아름다운 세상이여,
그대는 어디에

이 책은 아일랜드 문학의 지원을 받아 출판되었습니다.

아름다운 세상이여,
그대는 어디에

Beautiful World, Where Are You

샐리 루니 장편소설 | 김희용 옮김

arte

나는 보통 어떤 글을 쓸 때 그것이 아주 중요하고
또 나 스스로가 뛰어난 작가라고 생각한다.
이런 일은 누구에게나 있는 일이겠지만,
내 마음 한구석에는 내가 시시한,
그것도 아주 시시한 작가라는 인식도 자리하고 있다.
맹세코 나는 그 점을 잘 알고 있다.
하지만 그 사실은 내게 그리 중요하지 않다.

—나탈리아 긴츠부르그, '나의 소명'

차례

일러두기

옮긴이 주는 괄호 안에 '옮긴이'를 함께 넣어 표기하였습니다.

1

한 여자가 호텔 바에 앉아 문을 지켜보고 있었다. 그녀의 외모는 깔끔하고 단정했다. 하얀 블라우스를 입고, 앞머리를 귀 뒤로 넘긴 상태였다. 그녀는 메시지 접속 창이 떠 있는 휴대전화 화면을 힐끗 보고 나서, 또다시 문을 돌아보았다. 때는 3월 말, 바는 조용했고, 그녀의 오른쪽 창밖에서는 해가 대서양 너머로 지기 시작하고 있었다. 시간은 7시 4분이었다가, 이내 5분, 6분이 되었다. 그녀는 별 관심도 없이 잠시 손톱을 바라보았다. 7시 8분에 한 남자가 문으로 들어왔다. 그는 얄팍한 얼굴에 몸은 호리호리하고 머리 색은 짙었다. 그는 주위를 둘러보며 다른 손님들의 얼굴을 살핀 뒤, 휴대전화를 꺼내 화면을 확인했다. 창가에 있던 여자는 그를 알아보았지만, 그를 지켜보는 것 외에는 주의를 끌려고 애써 별다른 행동을 하지 않았다. 두 사람은 20대 후반이나 30대 초반으로, 같은 또래처럼 보였다. 그녀는 그가 자신을 알아보고 다가올 때까지 그냥 내버려두었다.

당신이 앨리스인가요? 그가 물어보았다.

네, 맞아요. 그녀가 대답했다.

맞군요. 내가 펠릭스예요. 늦어서 미안합니다.

그녀는 상냥한 말투로 대답했다. 괜찮아요. 그는 그녀에게 무엇을 마시고 싶은지 물어보고 나서 주문을 하려고 바에 갔다. 웨이트리스가 그에게 어떻게 지내는지 물어보자, 그는 이렇게 대답했다. 잘 지내, 당신도? 그는 보드카 토닉 한 잔과 라거 맥주 1,000CC를 주문했다. 그는 토닉 병을 테이블로 들고 가는 대신에, 재빨리 손을 놀려 유리잔에 다 따라버렸다. 테이블에 앉은 여자는 기다리면서 손가락으로 잔 받침을 톡톡 두드렸다. 그 남자가 안에 들어온 이후로 그녀의 태도는 더욱 민첩하고 활기를 띠었다. 그러곤 저녁노을에 관심이 생긴 듯 밖을 바라보았다. 지금까지는 전혀 관심이 없었으면서 말이다. 그 남자가 돌아와 잔들을 내려놓았고, 라거가 살짝 넘쳐 잔 바깥으로 흘러내리는 모습을 놓치지 않았다.

그가 말했다. 이제 막 여기로 이사 왔다고 했잖아요. 맞아요?

그녀는 고개를 끄덕이고 술을 홀짝이며 윗입술을 핥았다.

왜 그랬나요? 그가 물어보았다.

그게 무슨 말이죠?

일반적으로 사람들이 여기로 이사 오는 경우는 별로 없다는 뜻이에요. 보통은 다른 곳으로 이사를 가는 게 당연한 일이니까요. 일 때문에 여기 온 건 아니죠?

아. 네, 뭐 그렇지는 않아요.

그들이 순간적으로 주고받은 눈길에서 그가 더 많은 설명을 기대하는 게 느껴졌다. 그녀의 얼굴에는 결정을 내리려고 애쓰는 듯한 표정이 스쳐 지나갔고, 이내 공모라도 하는 것처럼 허물없는 미소를 지어 보였다.

그녀가 대답했다. 저, 어디론가 이사를 할 생각이었는데, 바로 그 때 이 마을 바로 외곽에 있는 집에 대해 들었어요. 내 친구 중 하나가 집주인들을 알고 있었죠. 듣자 하니 그들은 그걸 줄곧 매각해버리려고 했는데, 결국 당분간만이라도 거기 살 사람을 찾으려고 마음을 바꾼 것 같더라고요. 어쨌든 바닷가에 살아보고 싶었어요. 사실, 좀 충동적이었던 것 같기는 해요. 그러니까…… 그게 다예요. 다른 이유는 없어요.

그는 술을 마시며 그녀의 말에 귀를 기울이고 있었다. 말을 마칠 무렵 그녀는 다소 긴장한 듯 보였고, 그것은 가쁜 숨과 일종의 자조적인 표정으로 표출되었다. 그는 이런 행동을 아무 표정 없이 지켜보고 나서 잔을 내려놓았다.

그가 말했다. 그렇군요. 그리고 그 전에는 더블린에 있었죠?

여기저기요. 얼마 동안은 뉴욕에 있었어요. 내가 더블린 출신이라고 말했던 것 같은데. 하지만 작년까지는 뉴욕에 살고 있었죠.

그럼 이제는 여기서 뭘 할 건가요? 일거리 같은 걸 찾을 건가요?

그녀는 멈칫했다. 그는 미소를 머금고, 여전히 그녀를 바라보면서, 등받이에 기대앉았다.

그가 말했다. 자꾸 질문해서 미안해요. 아직 이야기를 다 듣지 못한 것 같아서요.

아니, 괜찮아요. 보다시피, 내가 답변을 그리 잘하는 편은 아니죠.

그럼 어떤 일을 하나요? 이게 내 마지막 질문이에요.

그녀는 이제 딱딱한 미소를 지어 보이며 대답했다. 나는 작가예요. 당신이 어떤 일을 하는지도 말해주지그래요?

아, 그건 그 일만큼 색다른 일은 아니에요. 뭐에 대해 쓰는지 궁금하지만, 묻지는 않겠어요. 나는 마을 외곽에 있는 물류 창고에서 일해요.

무슨 일을 하는 건가요?

음, 무슨 일을 하느냐. 그는 달관한 듯 따라 말했다. 주문받은 물품들을 여기저기 선반에서 가져다가 카트에 담은 후 포장하게끔 가져다주는 거예요. 그리 흥미로운 일은 아니죠.

그럼 그 일이 싫어요?

그가 대답했다. 세상에, 그럼요. 빌어먹을 나는 거기가 너무 싫어요. 하지만 내가 좋아하는 일을 하라고 돈을 줄 리는 없겠죠. 안 그래요? 일이라는 게 그런 거죠. 그게 조금이라도 좋으면 공짜로라도 해 줄 텐데 말이에요.

그녀는 빙긋 웃으며 맞는 말이라고 했다. 창밖 하늘은 어두워져 있었고, 주거용 트레일러 주차장에는 불이 하나둘 들어오는 중이었다. 야외용 램프의 은은한 흰색 불빛들과 창문으로 비치는 더 따스한 노란색 불빛들이 보였다. 웨이트리스가 빈 테이블들을 닦아내려고 바 뒤에서 나와 있었다. 앨리스라는 이름의 그 여자는 아주 잠깐 동안 그녀를 지켜보다가 다시 그 남자를 바라보았다.

그래, 여기 사람들은 주로 뭘 하고 놀죠? 그녀가 물어보았다.

다른 곳과 마찬가지예요. 근처에 술집이 몇 개 안 돼요. 저 아래 밸리나에 나이트클럽이 있죠. 차로 20분 정도 걸려요. 물론 우리도 놀이시설이 있기는 하지만, 그건 어른보다는 아이들을 위한 거죠. 아직 이 근처에는 친구가 별로 없을 것 같은데, 그렇죠?

이사 오고 나서 대화를 나눈 사람은 당신이 처음인 것 같아요.

그가 눈썹을 치켜세우며 물어보았다. 낯을 많이 가리나요?

어디 한번 맞혀봐요.

그들은 서로를 바라보았다. 그녀는 이제 더 이상 초조해 보이지는 않았지만 왠지 모르게 쌀쌀맞아 보였다. 한편 그의 두 눈은 그녀의 얼굴을 요모조모 뜯어보았다. 마치 무언가를 짜 맞추기라도 하려는 것 같았다. 결국 그는 자신이 성공하지 못했다는 결론에 도달하는 듯 보였다.

그런 것 같아요. 그가 말했다.

그녀는 어디에 사느냐고 물어보았고, 그는 인근에 친구들과 함께 집을 빌려 쓰고 있다고 대답했다. 그러곤 창밖을 내다보면서, 그 주택단지가 주거용 트레일러 주차장만 지나면 바로 있어서, 그들이 앉아 있는 곳에서 보일 수도 있다고 덧붙였다. 그는 그녀에게 보여주려고 테이블 너머로 몸을 숙였지만, 이내 날이 너무 어둡다고 하고 말았다. 어쨌든 바로 저 맞은편이에요. 그가 말했다. 그가 그녀 쪽으로 몸을 바짝 숙이자, 두 사람의 눈이 마주쳤다. 그녀가 자기 무릎으로 눈길을 떨구자, 그는 다시 자리에 앉으면서 웃음을 지그시 참는 듯했다. 그녀는 그의 부모님이 여전히 이 근처에 살고 있는지 물어보았다. 그는 그의 어머니가 재작년에 돌아가셨고 아버지는 '신만이 아시는 곳'에 있다고 대답했다.

그가 덧붙여 말했다. 내 말은요, 제대로 따지자면, 아버지가 아마도 골웨이 같은 데 있을 거라는 뜻이에요. 아르헨티나나 뭐 그런 데서 짠 하고 나타나지는 않을 거예요. 하지만 몇 년 동안이나 보지 못했어요.

당신 어머니 일은 정말 안타까워요. 그녀가 말했다.

네, 고마워요.

사실은 나도 한동안 우리 아버지를 못 봤어요. 아버지는…… 믿을 만한 사람이 아니거든요.

펠릭스가 자신의 술잔에서 고개를 들어 쳐다보며 말했다. 어? 아버지가 술꾼이에요?

음, 그리고…… 있잖아요, 우리 아버지는 이야기를 지어내요.

펠릭스가 고개를 끄덕이며 말했다. 그건 당신 일인 줄 알았는데요.

그녀는 이 말에 눈에 띄게 얼굴을 붉혔는데, 그는 그 모습에 놀란 듯, 심지어 아주 깜짝 놀란 듯 보였다.

그녀가 말했다. 아주 재미있네요. 그건 그렇고. 한 잔 더 할래요?

두 번째 잔을 마시고 나서, 그들은 세 번째 잔을 마셨다. 그는 그녀에게 형제가 있는지 물어보았고 그녀는 남동생이 하나 있다고 대답했다. 그는 자신도 형제가 하나 있다고 했다. 세 번째 잔이 비어갈 때쯤 앨리스의 얼굴은 분홍빛으로 보였고 두 눈에는 게슴츠레하게 취기가 돌았다. 펠릭스는 바에 들어섰을 때의 모습과 아주 똑같았고, 태도나 말투에도 아무 변화가 없었다. 하지만 그녀의 눈길이 실내 이곳저곳을 배회하며 갈수록 더 주변 환경의 이모저모에 관심을 드러낸 반면, 그는 그녀에게 더욱 빈틈없이 집중적으로 관심을 쏟게 되었다. 그녀는 흥겨워하면서 자신의 빈 유리잔의 얼음을 달가닥거렸다.

그녀가 물어보았다. 우리 집 구경할래요? 줄곧 자랑하고 싶었는데 초대할 사람이 아무도 없네요. 물론 내 친구들을 초대하고 싶지만 그 애들은 멀리 있거든요.

뉴욕에 있겠군요.

대부분은 더블린에요.

그가 물어보았다. 그 집은 어디쯤에 있죠? 걸어서 갈 수 있나요?

그렇고말고요. 사실 그럴 수밖에 없을 거예요. 나는 운전을 못 해요, 당신은요?

지금은 나도 못 해요. 안 돼요. 아니, 하여간 위험을 감수할 생각은 없어요. 하지만, 그래요, 면허증은 있어요.

그녀가 나직이 투덜거렸다. 그러시군요. 정말 낭만적이네요. 한 잔 더 할래요? 아니면 갈까요?

그는 이 질문에, 아니면 질문의 표현 방식에, 아니면 '낭만적'이라는 단어를 사용한 것에 대해 반사적으로 얼굴을 찡그렸다. 그녀는 고개를 숙이고 자신의 핸드백을 뒤지는 중이었다.

그래요, 까짓것 가보죠. 안 될 거 뭐 있나요? 그가 말했다.

그녀는 일어서서 재킷을, 그러니까 베이지색 외줄 단추 레인코트를 입기 시작했다. 그는 그녀가 한쪽 소맷부리를 다른 쪽 소맷부리에 맞춰 접어 올리는 것을 지켜보았다. 똑바로 서니, 그는 그녀보다 겨우 조금 더 컸다.

거리가 얼마나 되죠? 그가 물어보았다.

그녀가 그에게 장난스럽게 미소를 지으며 말했다. 다시 생각해보게요? 걷다가 지치면 언제든 날 버리고 돌아서도 돼요. 나는 그런 일에 꽤 익숙하거든요. 그러니까, 걷는 일에요. 버림받는 데 그렇다는 게 아니고요. 그런 일에도 익숙할지 모르지만, 그건 내가 낯선 사람에게 고백할 만한 일은 아니죠.

이 말에 그는 아무 대꾸도 하지 않은 채 기꺼이 아량을 베풀겠다는 듯이 퉁명스러운 표정으로 고개만 끄덕였다. 마치 대화를 나눈지 한두 시간 만에 그녀의 이런 성격적인 측면, 그러니까 '재치 있고' 말이 많은 성향을 알아채고 무시하기로 결정한 것 같았다. 그들이 떠날 때 그는 웨이트리스에게 잘 있으라며 작별 인사를 했다. 앨리스는 이 말에 깜짝 놀란 것처럼 보였고, 그 여자를 다시 보려는 듯 어깨 너머로 힐끗 뒤돌아보았다. 그들이 보도로 나왔을 때 그녀는 그에게 그 여자를 아느냐고 물어보았다. 그들 뒤로 파도가 나직이 달래듯 밀려들며 부서졌고 공기는 차가웠다.

펠릭스가 말했다. 저기서 일하고 있던 여자애요? 그래요, 알아요. 시네이드. 왜요?

그녀는 당신이 거기서 나랑 이야기하면서 뭘 하고 있었는지 알고 싶을 거예요.

펠릭스가 단호한 말투로 대답했다. 대충 짐작하겠죠. 우리 어느 쪽으로 가는 건가요?

앨리스는 두 손을 자신의 레인코트 주머니에 집어넣고 언덕을 올라가기 시작했다. 그녀는 그의 말투에서 일종의 힐난, 혹은 심지어 거절의 뉘앙스를 알아차린 듯했지만, 그로 인해 위축되기는커녕 결심을 더 굳히기라도 한 것 같았다.

어머, 거기서 여자들을 자주 만나나요? 그녀가 물어보았다.

그는 그녀의 속도에 맞춰 빨리 걸어야 했다.

그건 이상한 질문이네요. 그가 대꾸했다.

그런가요? 내가 좀 이상한 사람인가 봐요.

내가 거기서 사람들을 만난다고 한들 그게 당신이 상관할 일인가요? 그가 말했다.

물론 당신에 관한 건 내가 상관할 일이 아니죠. 그냥 호기심이 많은 것뿐이에요.

그는 이 말을 곰곰이 생각하는 듯했고, 그러면서 더 조용하고 다소 자신 없는 목소리로 다시 한번 말했다. 그래요, 하지만 당신이 무슨 상관인지 모르겠어요. 잠시 뒤 그는 덧붙여 말했다. 그 호텔에서 보자고 한 사람은 바로 당신이에요. 잊었을까 봐 알려주는 거예요. 나는 평소에는 절대로 거기 가지 않아요. 그러니까, 거기서 사람들을 만나는 일이 별로 없다는 뜻이에요. 됐어요?

괜찮아요, 그거면 됐어요. 바 안쪽에 있던 아가씨가 우리가 거기서 뭘 하고 있었는지 '대충 짐작할' 거라는 당신 말에 호기심이 동했을 뿐이에요.

그가 말했다. 음, 그래도 우리가 데이트 중이라는 건 파악했을 거예요. 내가 말하려던 건 그게 다였어요.

비록 그녀가 고개를 돌려 그를 살펴보지는 않았지만, 앨리스의 얼굴에는 전보다는 조금 더 즐거워하는 기색이, 혹은 전과는 다른 종류의 즐거움이 보이기 시작했다. 그녀가 물어보았다. 지인들이 당신이 낯선 사람들과 데이트하는 모습을 봐도 상관 안 하는군요?

어색하거나 뭐 그럴 거라는 뜻인가요? 아니요, 별로 신경 쓰이지 않아요.

그 후 해안 도로를 따라 앨리스의 집으로 걸어가는 동안 그들은 펠릭스의 사교 생활에 대해 대화를 나눴다. 앨리스는 그 주제에 관해 여러 가지 질문을 던졌고, 그가 곰곰이 생각해본 후 대답하는 동안 두 사람 모두 시끄러운 바닷소리 때문에 전보다 더 큰 소리로 이야기했다. 그는 그녀의 질문들에 놀라는 기색 없이 거침없이 대답했지만, 지나치게 상세히 말하거나 직접적으로 요구받은 것 이상의 정보를 제공하지는 않았다. 그는 그녀에게 자신은 학창 시절부터 알고 지낸 사람들이나 직장에서 알게 된 사람들과 주로 어울린다고 말했다. 그 두 집단은 약간 겹치기는 하지만 그리 많이 겹치지는 않았다. 그는 대답의 대가로 아무것도 물어보지 않았다. 그가 이전에 던졌던 질문들에 대한 그녀의 소심한 반응 때문에 미리 조심하게 되었거나, 더 이상 관심이 없어졌는지도 몰랐다.

바로 여기에요. 마침내 그녀가 말했다.

어디요?

그녀는 작고 하얀 대문의 빗장을 열며 말했다. 여기요.

그는 걸음을 멈추고 경사진 초록색 정원에 세로로 우뚝 선 그 집을 바라보았다. 불 켜진 창문이 하나도 없었고 집 정면이 아주 세세하게 보이지도 않았지만, 그의 표정에 그가 창문들이 어디에 있는지 알고 있다는 것이 은연중에 드러났다.

사제관(司祭館)에 살아요? 그가 말했다.

아, 당신이 그걸 알고 있는 줄은 몰랐어요. 내가 아까 이미 얘기했죠, 신비해 보이려고 하는 건 아니라고요.

그녀는 그를 위해 대문을 붙잡아 열어주었고, 그는 바다를 마주 보며 그들 위로 불쑥 솟아 있는 그 집의 모습에서 눈을 떼지 않은 채 그녀를 따라갔다. 그들 주위에서 어두운 초록 정원이 바람에 바스락거렸다. 그녀는 좁은 길을 사뿐사뿐 걸어 올라가 집 열쇠 꾸러미를 찾으려 핸드백을 뒤졌다. 그 가방 안 어딘가에서 열쇠 소리가 들렸지만, 찾지는 못하는 것 같았다. 그는 아무 말도 하지 않고 그저 가만히 서 있었다. 그녀는 꾸물거려 미안하다고 사과하고 휴대전화의 손전등 기능을 켜서 가방 내부를 밝히는 동시에 그 집 정면 입구 계단에도 한 줄기 차가운 회색 불빛을 비췄다. 그는 주머니에 두 손을 넣고 있었다. 찾았어요. 그녀가 말했다. 그러고 나서 현관문을 열었다.

내부에는 빨간색과 검은색 무늬의 타일이 커다란 복도 바닥에 깔려 있었다. 머리 위에는 대리석 무늬의 유리 전등갓이 걸려 있었고, 벽에 붙여놓은 우아하며 가늘고 긴 테이블에는 수달을 새긴 목각 작품이 전시되어 있었다. 그녀는 그 테이블 위에 열쇠 꾸러미를 툭 내던지고 벽에 걸린 흐릿하고 얼룩덜룩한 거울을 잽싸게 흘깃 들여다보았다.

이곳을 혼자 빌려 쓰고 있다고요? 그가 말했다.

그녀가 말했다. 알아요. 아무리 봐도 너무 크기는 하죠. 그리고 난방비도 엄청나게 들어요. 하지만 멋지잖아요, 그렇지 않아요? 게다가 나한테 집세를 한 푼도 안 받아요. 주방으로 갈까요? 난방을 다시 켤게요.

그는 그녀를 따라 복도를 지나 한쪽에는 붙박이 주방 설비가 늘어서 있고, 다른 한쪽에는 정찬용 주방 테이블이 있는 커다란 주방으로 들어갔다. 싱크대 너머에 있는 창문으로 뒤뜰이 내다보였다. 그녀가 찬장 중 한 곳을 뒤지러 간 사이, 그는 문간에 가만히 서 있었다. 그녀는 고개를 돌려 그를 쳐다보았다.

그녀가 말했다. 앉고 싶으면 앉아도 돼요. 하지만 서 있는 게 더 좋다면 당연히 계속 그래도 되고요. 와인 한잔할래요? 집에 있는 술 종류는 그것밖에 없어요. 하지만 나는 물부터 한 잔 마실래요.

당신은 어떤 종류의 글을 쓰나요? 만약 당신이 작가라면요.

그녀는 어안이 벙벙해져서 뒤돌아보며 말했다. 만약이요? 내가 계속 거짓말을 했다고 생각하는 건 아니겠죠. 그랬더라면 뭔가 더 좋은 걸 생각해냈을 거예요. 나는 소설가예요. 책을 써요.

그리고 그 일을 해서 돈을 벌고요, 그렇죠?

마치 이 질문에서 새로운 의미를 감지하기라도 한 것처럼, 그녀는 그를 한 번 더 힐끗 쳐다보고는 이내 다시 물을 따르며 대답했다. 네, 그래요. 그는 계속 그녀를 지켜보다가 테이블에 앉았다. 그 의자의 걸터앉는 부분은 주름 잡힌 적갈색 천 속에 완충재로 쿠션이 채워져 있었다. 모든 것이 아주 깨끗해 보였다. 그는 매끄러운 테이블 상판을 집게손가락 끝으로 문질렀다. 그녀는 그의 앞에 물 한 잔을 내려놓고, 의자에 앉았다.

그녀가 말했다. 전에 여기 와본 적이 있나요? 당신은 이 집을 알고 있는 것 같아요.

아니요, 이 집은 어려서 마을에서 자랄 때부터 죽 알고만 있었어요. 누가 여기에 사는지는 전혀 몰랐죠.

나도 그 사람들을 거의 알지 못해요. 나보다 나이가 많은 커플이죠. 여자 쪽이 화가인 것 같더군요.

그는 고개를 끄덕이고는 아무 말도 하지 않았다.

원한다면 집을 구경시켜줄게요. 그녀가 덧붙였다.

그는 여전히 아무 말도 하지 않았고 이번에는 고개조차 끄덕이지 않았다. 그렇다고 그녀가 당황하는 것처럼 보이지는 않았다. 그의 태도는 그녀가 줄곧 품고 있던 어떤 의심을 뒷받침해주는 듯했다.

그녀는 변함없이 건조하고, 거의 냉소적인 말투로 말을 계속 이어갔다. 틀림없이 내가 여기 혼자 사는 게 미친 짓 같아 보일 테죠.

그가 대답했다. 공짜인데요? 웃기는 소리 마요, 안 그러면 그게 미친 짓이죠. 그는 자기도 모르게 하품을 하며 창밖을 내다보았다. 아니, 더 정확히 말하면 창문을 바라보았다. 지금 바깥은 캄캄해서, 그 창유리에는 방 내부만 비쳤기 때문이었다. 그냥 호기심에서 물어보는 건데, 침실이 몇 개나 있죠? 그가 물어보았다.

네 개요.

당신 방은 어디 있어요?

그녀는 이 갑작스러운 질문에 대한 반응으로, 처음엔 눈길도 돌리지 않고 계속 그녀의 잔만 골똘히 응시했지만 곧이어 그를 똑바로 쳐다보며 대답했다. 위층에요. 침실은 다 위층에 있어요. 보여줄까요?

그거 좋죠. 그가 말했다.

그들은 테이블에서 일어났다. 위층 계단 꼭대기에는 회색 술이 달린 튀르키예풍 카펫이 깔려 있었다. 앨리스는 문을 열고 바닥에 세워두는 작은 스탠드의 스위치를 켰다. 왼쪽에는 커다란 더블 침대가 있었다. 마룻바닥은 맨바닥이었고 한쪽 벽에는 비췻빛 타일을 붙인 벽난로가 설치되어 있었다. 오른쪽에는 커다란 내리닫이창이 어둠 속 바다를 건너다보고 있었다. 펠릭스는 이리저리 돌아다니다 창가로 가서 창유리로 몸을 바짝 숙였고, 그러는 바람에 눈부신 반사광에 그의 어두운 그림자가 드리웠다.

낮에는 틀림없이 전망이 좋겠어요. 펠릭스가 말했다.

여전히 문가에 서서 앨리스가 말했다. 그래요, 아름다워요. 사실은, 저녁에 훨씬 더 좋아요.

앨리스가 지켜보는 동안 그는 창가에서 뒤돌아서고는 평가하는 듯한 눈초리로 그 방의 다른 특징적인 요소들을 둘러보았다.

그는 결론을 내렸다. 아주 멋져요. 정말 멋진 방이네요. 여기 있는 동안 책을 쓸 생각인가요?

그래 볼까 싶어요.

당신 책들은 뭐에 관한 거죠?

그녀가 대답했다. 아, 글쎄요. 사람들이요.

그건 좀 모호하네요. 당신은 어떤 사람들에 대해서 글을 쓰죠? 당신 같은 사람들?

그녀는 그를 침착하게 바라보았다. 마치 그에게 뭔가를 말하려고 하는 것처럼 보였다. 그러니까 자신이 그의 의도를 알아챘고 점잖게 굴기만 한다면, 그가 이겨도 상관없다고 말하기라도 하려는 듯했다.

당신은 내가 어떤 사람인 것 같아요? 그녀가 물어보았다.

그녀의 냉랭하고 차분한 표정에 서린 무언가가 그를 불안하게 한 것 같았다. 그가 카랑카랑한 웃음을 짧게 터뜨리고 나서 말했다. 이런, 이거 참. 나는 고작 몇 시간 전에 당신을 만났어요. 당신에 대한 마음을 아직 정하지 못했다고요.

마음을 정하면 알려줘요.

가능하다면요.

그가 잠시 주변을 어슬렁거리며 물건들을 살펴보았고, 그녀는 그저 가만히 서 있을 뿐이었다. 그 순간 곧 무슨 일이 일어날지 둘 다 알고 있었다. 비록 자신들이 정확히 어떻게 알았는지는 말할 수 없었지만 말이다. 그녀는 그가 계속해서 대충 둘러보는 동안 공정하게 기다려줬다. 아마도 불가피한 일을 더 이상 미룰 기력이 없었던 그가 결국 그녀에게 감사 인사를 한 후 방에서 나갈 때까지 말이다. 그녀는 그를 바래다주러 계단 중간까지 걸어 내려갔다. 그가 현관문 밖으로 나갈 때도 그녀는 계단에 서 있었다. 그것도 그런 일들 중 하나였다. 나중에 두 사람은 모두 속상해했다. 둘 중 어느 쪽도 그날 저녁이 결국 그렇게 실패작이 되어버린 이유를 확실히 알지 못한 채 말이다. 그녀는 계단에 덩그러니 서서, 계단 꼭대기를 다시 올려다보았다. 지금 그녀의 눈길을 따라가면, 침실 문이 열려 있고 난간 기둥들 사이로 하얀 벽이 살짝 보이는 것을 알아차릴 수 있다.

2

친애하는 아일린에게. 네가 내 마지막 이메일에 답장해주기를 너무 오랫동안 기다렸기 때문에, 사실은(한 번 짐작해봐!) 네 답장을 받기도 전에 너에게 새 이메일을 쓰는 중이야. 변명하자면, 지금껏 나는 너무 많은 이야깃거리를 모아놨고, 그저 기다리기만 한다면 다 잊어버릴 테니까. 우리가 이메일을 주고받는 게 내가 삶을 버티고 그것을 기록함으로써 내 존재(그러지 않으면 거의 쓸모없거나, 심지어 완전히 쓸모없는)의 일부를 급속도로 퇴보하는 이 행성에서…… 보존하는 나름의 방식이라는 걸 너는 알아야만 해. 내가 이 단락을 끼워 넣은 건 네가 지금까지 답장을 하지 않은 데 대해 죄책감을 느끼게 해서 이번에는 더 빨리 답장을 얻어내기 위해서야. 그건 그렇고, 나한테 이메일도 쓰지 않으면서 대체 뭐하고 있는 거니? 일하는 중이라는 말은 하지도 마.

나는 네가 더블린에서 내고 있는 집세를 생각하면 미칠 것 같아. 지금 거기 집세가 파리보다 더 비싼 거 아니? 그리고 미안한 말이지만, 파리에 있는 것이 더블린에는 없어. 문제점들 중 하나는 더블린이, 글자 그대로, 그리고 지형적으로 평평해서 모든 일이 꼭 단 하나의 평면 위에서 일어난다는 거야. 다른 도시들에는 깊이를 더하는 지하철 시스템과 높이를 확보해주는 가파른 언덕들이나 초고층 건물들이 있지만, 더블린에는 오로지 땅딸막한 회색 건물들과 도로를 따라 달리는 트램들만 있을 뿐이지. 게다가 유럽 대륙의 도시들과 달리 더블린에는 물리적인 수직 절단은 아니더라도, 최소한 개념적으로는 지표면을 분리하는 안뜰이나 옥상 정원도 없어. 전에 더블린에 대해서 이런 식으로 생각해본 적 있니? 그렇지는 않았더라도 어떤 잠재의식 수준에서는 알아차렸을 수도 있을 거야. 더블린에서는 아주 멀리까지 올라가거나 낮은 곳까지 내려가기는커녕, 자기 자신이나 다른 사람들을 잊고 무언가에 몰두하거나 균형감을 얻기가 어려워. 너는 도시를 체계화하는 것이 민주적인 방식이라고 생각할지도 모르겠어. 그래서 모든 일이 얼굴을 마주 보고, 다시 말해 동등한 입장에서 벌어진다고 말이야. 맞아, 아무도 너를 높은 곳에서 내려다보지는 않아. 하지만 그것은 하늘에 절대적인 우위를 내주는 거야. 그게 무엇이든 하늘을 끊거나 가르는 것은 어디에도 없어. 네가 **더스파이어**(The Spire, 더블린 시내 한복판에 밀레니엄을 기념하여 설치한 바늘 모양의 탑-옮긴이)에 대해 말할지도 모르겠어. 나도 그나마 **더스파이어**는 그렇다고 생각해. 그래도 그것 역시 폭이 무척 좁은 장애물이고, 주변의 다른 모든 인상적인 건물들의 크기가 아주 작다는 것을 보여주려고 마치 줄자처럼 달랑달랑 매달려 있어. 하늘의 전체주의적인 영향은 그곳 사람들에게 좋지 않아. 사물을 시야에서 가리기 위해 끼어드는 건 아무것도 없어. 그건 죽음의 상징 같은 거야. 누군가가 너를 위해 하늘에 구멍을 뚫어주면 좋겠어.

나는 최근 들어서 우익 정치에 대해 많이 생각해(우리 다들 그렇잖아). 그리고 어떻게 (사회 세력으로서) 보수주의가 탐욕스러운 시장 자본주의와 결부되었는지에 대해서도 말이야. 그 연관성이 명백하지는 않아. 적어도 나한테는 말이야. 시장은 아무것도 보존하지 않지만, 기존의 사회적 풍경의 모든 측면을 집어삼켜서 의미와 기억을 빼앗은 다음 상거래로 배설하기 때문이지. 그러한 과정에서 어떤 점이 '보수적'일 수 있을까? 하지만 '보수주의'라는 생각 자체가 잘못된 것 같기도 해. 엄밀한 의미에서 보존될 수 있는 것은 아무것도 없으니까. 내 말은, 시간은 오직 한 방향으로만 움직인다는 거야. 이 아이디어는 아주 기본적이어서 처음 떠올렸을 때는 내가 아주 똑똑하다는 기분이 들었지만 금세 바보일지도 모르겠다는 생각이 들었어. 그래도 이게 어느 정도는 말이 되는 것 같니? 우리는 아무것도 보존할 수 없고, 특히 사회적 관계는 더더욱 그래. 그 관계의 본질을 바꾸지 않는다면, 그 관계와 시간과의 상호작용의 일부를 부자연스러운 방식으로 막지 않는다면 말이지. 보수주의자들이 환경에 대해 어떻게 생각하는지 한 번 봐봐. 그들의 보존에 대한 개념은 추출하고 약탈하고 파괴하는 거야. '바로 그것이 우리가 항상 해왔던 일이니까.' 하지만 바로 그 사실 때문에, 지구는 더 이상 똑같은 그 지구가 아닌 거야. 너는 이 모든 게 몹시 초보적이고, 심지어 내가 논리적이지도 않다고 생각하겠지. 하지만 이런 것들은 그저 내가 하던 추상적인 생각들에 불과해. 그래서 기록해둘 필요가 있었고, 네가 좋든 싫든 너 자신이 그 생각들의 수령인이라는 걸 알게 될 거야.

오늘 점심에 먹을 것을 사러 동네 가게에 들렀어. 그리고 그때 불현듯 아주 이상한 기분이 들더라고. 이런 삶의 비현실성에 대한 즉흥적인 자각이었지. 무슨 말인가 하면 이거야. 나는 다른 모든 사람을 생각해봤어. 그들 대부분은 너나 내가 극도로 가난하다고 여길 만한 상태로 살고 있지. 그들은 그런 가게를 본 적도 들어간 적도 없어. 그리고 이것, 바로 이것이 그들이 그 모든 일을 해서 떠받치고 있는 거야! 우리 같은 사람들을 위한 이런 생활 방식을 말이야! 플라스틱 병에 담긴 그 모든 다양한 상표의 청량음료와 미리 포장되어 있어서 싸게 구입할 수 있는 점심 도시락 세트와 밀봉된 봉지 안에 들어 있는 과자류와 매장에서 구운 페이스트리, 바로 이거야. 세상의 모든 노동의 정점, 그 모든 화석 연료의 연소, 커피 농장과 설탕 농장의 그 모든 등골 빠지는 작업 말이야. 모두 이걸 위해서야! 이 편의점! 그 생각을 하니 머리가 어지러웠어. 무슨 말인가 하면, 내가 정말 아팠다는 거야. 마치 내 삶이 전부 어떤 텔레비전 쇼의 일부라는 것을, 그리고 날마다 사람들이 그 쇼를 만들다가 죽었다는 것을, 그러니까 내가 일회용 플라스틱으로 하나하나 포장되어 층층이 쌓여 있는 다양한 점심 메뉴를 고를 수 있도록 아이들, 여자들, 모든 사람이 가장 끔찍한 방식으로 착취당하다가 죽었다는 것을, 별안간 기억해내기라도 한 것 같았어. 그것이 그들이 죽은 이유였어. 위대한 실험이었지. 토할 것 같았어. 물론 그런 느낌은 오래가지 않아. 아마 오늘 하루 남은 시간 동안 기분이 안 좋을 거야. 이번 주가 끝날 때까지 그럴 수도 있겠지. 그래서 뭐? 나는 여전히 점심을 사야 해. 그리고 네가 걱정할까 봐 확실히 말해두는데, 나 정말 점심거리 샀어.

내 시골 생활에 대한 최신 정보를 알려준 다음, 편지를 마무리할게. 이 집은 무질서하게 거대해. 마치 처음 보는 새로운 방을 자발적으로 만들어내는 버릇이라도 있는 것 같아. 또 추운 데다 어떤 곳들은 눅눅하기도 해. 나는 아까 말했던 동네 가게에서 걸어서 20분 거리에 살고 있는데, 마치 바로 전에 거기 갔다가 잊어버리고 그냥 온 물건들을 사러 다시 왔다 갔다 하면서 대부분의 시간을 쓰는 것 같은 기분이야. 그것은 아마도 인격 함양에 무척 도움이 될 테고, 우리가 서로를 다시 보게 될 때쯤이면 나는 정말 놀랄 만한 성격을 갖게 될 거야. 열흘 전쯤 선적 창고에서 일하는 어떤 사람과 데이트를 했는데 그 남자는 나를 완전히 경멸했어. 나 자신에게 객관적으로 말하자면(늘 그렇지만 말이야), 나는 이제 사회적 교제를 어떻게 해야 하는지 잊어버린 것 같아. 정기적으로 다른 사람들과 교류하는 타입의 사람처럼 보이려고 노력하면서, 내가 어떤 표정을 짓고 있었을지 상상하기가 두려워. 심지어 이 메일을 쓰면서도, 약간 산만하고 해리성 정체 장애(한 사람 안에 둘 또는 그 이상의 인격체가 존재하는 정신 질환–옮긴이)를 일으킬 것 같은 기분이 들어. 릴케의 시 중에 이렇게 끝나는 게 있어. '지금 고독한 사람은 앞으로도 오랫동안 그렇게 살면서/ 깨어 있고, 글을 읽고, 긴 편지를 쓰리라/ 그리고 나뭇잎들이 바람에 날려 떠돌 때, 가로수 길을 따라/ 쉼 없이 이리저리 헤매고 다니리라.' 내가 직접 쓰는 것보다 내 현재 상태를 더 잘 표현해주는 시야. 지금이 4월이고, 나뭇잎들이 바람에 흩날리지 않는다는 것만 제외하면 말이지. 자, 그럼 '긴 편지'를 용서해줘. 네가 나를 보러 오면 좋겠어. 언제나 사랑하고 사랑하고 또 사랑해, 앨리스가.

3

어느 수요일 오후 12시 20분, 한 여자가 더블린 시내의 공유 사무실에 있는 책상에 앉아 텍스트 문서를 죽 스크롤하고 있었다. 그녀는 매우 짙은 색 머리카락을 모두 머리 뒤로 느슨하게 빗어 넘겨 거북딱지무늬 집게 핀으로 집고, 회색 스웨터를 검은색 시가렛 팬츠(체형이 그대로 드러나도록 몸에 꼭 맞게 입는 바지, 담배 모양처럼 폭이 가늘고 좁다-옮긴이) 안으로 집어넣은 차림이었다. 그녀는 컴퓨터 마우스의 부드럽고 매끄러운 롤러를 사용하여, 눈으로 문서의 행들을 좌우로 재빨리 보며 그 문서를 대강 훑어보다가, 때때로 멈추고, 클릭해서, 글자를 삽입하거나 삭제했다. 가장 자주 하고 있는 일은 'WH Auden'이라는 이름에 마침표 두 개를 삽입하는 것이었는데, 그 단어의 표기를 'W.H. Auden'이라는 표준 표기법에 맞추기 위해서였다. 문서 끝에 이르자, 검색창을 열고 **모두 찾기**를 선택해서 'WH'를 검색했다. 일치하는 항목이 전혀 없었다. 그녀는 스크롤을 하며 다시 문서 맨 위로 올라갔는데, 단어며 단락들이 날아가듯 지나갈만큼

빨라서 거의 읽기 어려워 보였다. 그러고 나서 만족한 듯 작업 내용을 저장하고 파일을 닫았다.

1시에 그녀는 동료들에게 점심을 먹으러 가겠다고 말했고, 그들은 모니터 뒤에서 그녀를 보고 미소 지으며 손을 흔들었다. 그녀는 재킷을 입고 사무실 근처 카페로 걸어가서 창가 테이블에 앉아 한 손으로 샌드위치를 들고 먹으면서 다른 한 손으로는 소설『카라마조프가의 형제들』을 읽었다. 이따금 그 책을 내려놓고, 냅킨으로 손과 입을 닦으면서, 마치 거기서 누군가가 자신을 지켜보고 있는지 확인이라도 하듯 그 공간을 죽 둘러본 다음, 다시 책을 보기 시작했다. 1시 40분에 그녀는 고개를 들었다가, 금발의 키 큰 남자가 카페로 들어오는 것을 보았다. 그는 양복에 넥타이를 매고 목에는 신분증 목걸이를 건 채, 그의 휴대전화에 대고 말하고 있었다. 네, 화요일이라고 듣기는 했지만, 다시 전화해서 대신 확인해줄게요. 그는 창가에 앉아 있는 여자를 보자, 표정을 바꾸어 재빨리 다른 손을 들어 올리며 입 모양으로만 이렇게 말했다. 안녕. 그는 전화기에 대고 말을 이어갔다. 아니, 그게 당신 걸 베낀 것 같지는 않아요. 그 여자를 바라보며, 그는 초조하게 전화기를 가리키고, 상대가 이야기 중이라는 손짓을 했다. 그녀는 보던 책의 페이지 모서리를 만지작거리며 미소를 지었다. 그 남자가 말했다. 맞아요, 맞아. 저기, 사실, 지금은 사무실 밖인데 다시 들어가면 그렇게 할게요. 그래요. 좋아요, 좋아, 통화하게 돼서 반가웠어요.

그 남자는 통화를 끝내고 그녀의 자리로 다가왔다. 그녀가 그를 위아래로 훑어보며 말했다. 이런, 사이먼, 당신 정말 중요한 사람처럼 보여. 암살이라도 당할까 봐 걱정스러운데. 그가 자기 신분증 목걸이를 집어 들고는 비판적으로 뜯어보며 말했다. 이 물건 때문이겠지. 이것 때문에 내가 그럴 자격이 있는 것 같은 기분이 들거든. 커피 한 잔 사줄까? 그녀는 다시 일하러 갈 것이라고 말했다. 그가 말했다. 그럼 가져가게 커피 한 잔 사주고 다시 회사까지 데려다줄까? 네 의견을 듣고 싶은 일이 있어. 그녀는 책을 덮으며 좋다고 말했다. 그가 계산대로 가는 동안, 그녀는 일어나서 무릎에 떨어져 있던 샌드위치 부스러기를 털어냈다. 그는 한 잔은 라테로, 한 잔은 블랙으로 커피 두 잔을 주문하고, 팁을 넣는 병에 동전 몇 개를 떨어뜨렸다. 그 여자는 머리에서 집게 핀을 뺐다가 이내 다시 꽂으면서 남자에게 다가갔다. 그 남자가 물어보았다. 롤라의 가봉은 결국 어땠어? 그 여자는 위를 흘깃 쳐다보다가 그와 눈이 마주치자 숨이 막힌 것 같은 이상한 소리를 내고 나서 대답했다. 아, 잘됐어. 알다시피 엄마가 시내에 있어서 내일 다 같이 만나서 우리가 결혼식 때 입을 옷 일체를 찾기로 했어.

그는 그들의 커피를 계산대 안쪽에서 만드는 과정을 지켜보면서 친절하게 미소 지었다. 그가 말했다. 우스운 얘긴데, 며칠 전 밤에 네 결혼 관련해서 나쁜 꿈을 꿨어.

뭐가 나빴다는 건데?

네가 나 말고 다른 사람과 결혼식을 올리고 있었어.

그 여자가 웃음을 터뜨리고 나서 물어보았다. 당신 직장에서도 여자들한테 이렇게 말해?

그가 그녀를 향해 돌아서서 즐거워하며 대답했다. 세상에, 큰일 날 소리. 그리고 아주 확실하게 말했다. 아니야, 직장에서는 어떤 사람과도 시시덕거리지 않아. 오히려 다른 사람들이 나한테 작업을 걸면 걸었지.

그 사람들은 다 중년들이고 당신이 자기 딸하고 결혼했으면 하는 거겠지.

이렇게 중년 여성들에게 부정적인 이미지를 부여하는 일에 찬성할 수 없어. 모든 인구통계학적 분류 집단 가운데서, 사실 나는 그들을 가장 좋아하거든.

젊은 여자들한테는 무슨 문제라도 있어?

그냥 약간 그런 거 있잖아…….

그는 허공에서 좌우로 손을 움직여 알력, 변덕, 성적인 끌림, 결정장애, 아니면 개성 부족을 암시했다.

당신 여자친구들은 아직 중년이 없잖아. 그 여자가 지적했다.

그리고 감사하게도 나도 아직은 아니지.

카페 밖으로 나가는 길에, 그 남자는 여자가 지나갈 수 있게 문을 잡아주었지만, 그녀는 고맙다는 인사도 없이 나가버렸다. 나한테 물어보고 싶었다는 게 뭐야? 그녀가 물어보았다. 그녀의 사무실로 가는 길을 따라 함께 걸어가면서, 그는 그의 두 친구 사이에 발생한 상황에 대해 조언을 구하고 싶다고 말했는데, 두 친구 모두 그 여자가 이름을 알고 있는 것 같았다. 그 친구들은 줄곧 룸메이트로 함께 살다가, 모종의 애매한 성적 관계에 휩쓸리게 되었다. 얼마 후에 그들 중 한 명이 다른 누군가를 만나기 시작했고, 이제 다른 한 친구, 그러니까 여전히 혼자인 친구는 그 집에서 나가고 싶어 하지만 돈도 없고 달리 갈 곳도 없었다. 그 여자가 말했다. 사실은 집이 문제인 상황이라기보다는 감정이 문제인 거네. 그 남자는 같은 의견이었지만, 그러면서도 이렇게 덧붙였다. 그래도 그녀가 그 집에서 나오는 게 최선일 것 같아. 분명히 그들이 섹스하는 소리가 들릴 텐데, 그건 정말 아니잖아. 그 얘기를 나눌 때쯤 사무실 건물 계단에 도착해 있었다. 그 여자가 말했다. 당신이 돈을 좀 빌려줄 수도 있을 거야. 그 남자는 자신이 벌써 제안해봤지만 그녀가 거절했다고 대답하고는 덧붙여 말했다. 사실은 다행이었어. 내 본능은 지나치게 관여하지 말라고 하고 있었거든. 그 여자는 첫 번째 친구가 틀림없이 자신을 변명했을 텐데 뭐라고 했느냐고 물어보았고, 그 남자는 첫 번째 친구가 자신은 잘못한 것이 하나도 없다고 여기며, 직전의 관계는 자연스럽게 끝난 것인데 자신이 어떻게 했어야 했느냐고, 영원히 혼자 지내야 했겠느냐고 반문했다고 대답했다. 그 여자가 얼굴을 찌푸리며 말했다. 맞아, 그녀는 정말로 그 집에서 나와야 해. 내가 두고 보겠어. 그들은 계단 위에서 조금 더 서성거렸다. 그나저나 나한테 청첩장이 왔어. 그 남자가 언급했다.

그녀가 말했다. 아, 맞다. 그게 이번 주였지.

그들이 나한테 동반자를 한 명 데리고 가도 된다고 할 거 알고 있었어?

그녀는 마치 그가 농담하는 건지 확인이라도 하려는 듯 그를 쳐다보다가 이내 눈썹을 치켜세우며 말했다. 그거 잘됐네. 나한테는 그렇게 해주지 않았지만, 상황을 고려해볼 때 그랬다면 무례한 일일 수도 있었을 거야.

연대의 표시로 나 혼자 갔으면 좋겠어?

조금 있다가 그녀가 물어보았다. 왜, 누구 데려오려고 생각 중인 사람 있어?

음, 내가 만나고 있는 여자애겠지. 네가 상관없다면.

그녀는 이런 소리를 냈다. 음. 그러곤 이내 덧붙였다. 성인 여자라는 의미면 좋겠는데.

그가 미소 지으며 말했다. 아, 우리 좀 사이좋게 지냅시다.

내 뒤에서 나를 여자애라고 부르고 다니는 거야?

절대 아니야. 나는 너를 어떤 호칭으로도 부르지 않아. 네 이름만 나오면, 그냥 허둥대기만 하다가 방에서 나와버리지.

이 말을 못 들은 체하며, 그 여자가 물어보았다. 그녀는 언제 만난 거야?

아, 글쎄. 한 6주 전쯤인가.

또 한 명의 스물두 살짜리 스칸디나비아 여자는 아니겠지?

아니, 그녀는 스칸디나비아 사람이 아니야. 그가 말했다.

그 여자는 과장되게 지친 표정으로, 사무실 건물 출입구 바깥에 있는 쓰레기통에 그녀의 커피 컵을 툭 던져버렸다. 그녀를 지켜보면서 그 남자가 덧붙였다. 네가 바란다면, 나 혼자 가도 돼. 우리끼리 방 양쪽에서 서로를 마주 보며 눈웃음을 칠 수도 있어.

이런, 나를 무척 절박한 사람인 것처럼 만드네. 그녀가 말했다.

세상에, 그럴 생각은 없었어.

잠시 그녀는 아무 말도 하지 않고, 그저 오가는 차량들을 응시하며 서 있을 뿐이었다. 그녀는 곧 큰 소리로 말했다. 가봉할 때 아름다워 보였어. 그러니까, 롤라 언니 말이야. 당신이 물어봤잖아.

그가 여전히 그녀를 주시하면서 대답했다. 상상이 가.

커피 고마워.

조언해줘서 고마워.

그 여자는 그날 오후 남은 시간 내내 사무실에서 똑같은 문서 편집 입출력 장치들로 작업을 하며, 새 파일들을 열어 따옴표들을 이리저리 옮기고 쉼표들을 삭제했다. 하나의 파일을 닫고 나서 다른 하나의 파일을 열기 전에, 일과처럼 자신의 SNS의 최신 게시물을 확인했다. 그녀의 표정과 자세는 그녀가 거기서 접한 정보에 따라 달라지지 않았다. 예를 들어, 끔찍한 자연재해에 대한 뉴스 보도, 누군가의 사랑하는 반려동물의 사진, 살해 위협에 대해 밝히는 여성 언론인, 막연하게나마 이해하려면 인터넷상의 다른 몇몇 농담들을 잘 알아야 하는 난해한 농담, 백인 우월주의에 대한 열정적인 비난, 임신부를 위한 건강 보조식품을 광고하는 홍보용 트윗 같은 정보들 말이다. 자신이 본 것에 대해서 어떻게 느끼는지를 관찰자가 결정할 수 있는 세상과 그녀가 형성하는 외적인 관계에 있어서 변한 것은 아무것도 없었다. 그러고 나서 시간이 얼마쯤 흐른 후, 눈에 띄는 계기도 없이, 그녀는 웹 검색창을 닫고 문서 편집 프로그램을 다시 열었다. 가끔 그녀의 동료 중 한 명이 업무와 관련된 질문을 불쑥 던지면 그녀가 대답하거나, 누군가가 재미있는 일화를 사무실 사람들과 공유하고 다 함께 웃음을 터뜨리곤 했지만, 대체로는 업무가 조용히 지속되었다.

오후 5시 34분에, 그 여자는 옷걸이에서 다시 한번 자신의 재킷을 집어 들고는 남아 있는 동료들에게 작별 인사를 했다. 휴대전화에 둘둘 감아놓았던 이어폰을 풀어 플러그를 꽂은 다음, 킬데어 가를 따라 나소 가를 향해 걸어가다가 왼쪽으로 꺾어 서쪽으로 구불구불한 길을 걸어갔다. 28분 동안 걸어간 끝에, 북쪽 부둣가의 새로 지은 복합 아파트에 멈춰 섰다. 안으로 들어가서 3층으로 올라간 다음 가장자리가 살짝 깨진 하얀 현관문을 열쇠로 열었다. 집에 아무도 없었지만, 실내 배치며 인테리어로 보아 그녀가 유일한 거주자는 아니었다. 커튼이 드리워진 창문 하나가 강을 바라보고 있는 작고 어둑어둑한 거실이 오븐과 중형 붙박이 냉장고와 싱크대가 있는 작은 부엌으로 이어졌다. 그 여자는 냉장고에서 비닐 랩에 덮여 있는 그릇을 꺼냈다. 비닐 랩을 제거하고, 그 그릇을 전자레인지에 집어넣었다.

식사를 하고 나서, 그녀는 자신의 침실로 들어갔다. 창문 너머로 거리가 내려다보였고, 천천히 불어나는 강물도 보였다. 그녀는 재킷과 신발을 벗고, 머리에서 집게 핀을 빼고 커튼을 쳤다. 얇고, 초록색 직사각형 무늬가 있는 노란색 커튼이었다. 그녀는 스웨터를 벗고 몸을 꿈틀꿈틀 움직여 바지에서 빠져나온 다음, 널브러진 옷가지들을 구겨진 채로 바닥에 내버려두었는데, 바지는 살짝 광택이 도는 재질이었다. 그러고 나서 면으로 된 맨투맨 티와 회색 레깅스를 잡아당겨 가며 입었다. 어깨 위로 느슨하게 흘러내린 그녀의 짙은 색 머리카락은 살짝 건조했지만 깨끗해 보였다. 그녀는 침대 위로 기어 올라가 노트북을 열었다. 한동안 다양한 매체의 타임라인을 훑어보면서, 때때로 외국 선거에 관한 장문의 기사들을 열어 일부분만 읽기도 했다. 그녀의 얼굴은 창백하고 지쳐 있었다. 그녀의 방 밖에서, 다른 사람 둘이 저녁 식사 주문에 대해 대화를 나누며 집으로 들어왔다. 그녀의 방을 지나갈 때 문 밑 틈새로 그들의 그림자가 언뜻 보였다. 이내 그들은 부엌으로 갔다. 그 여자는 노트북에 개인용 웹 검색창을 열자마자, SNS 웹사이트에 접속해서 검색창에 '에이든 라빈'이라는 단어를 입력했다. 검색 결과 목록이 뜨자, 그녀는 선택할 수 있는 다른 항목들은 거들떠보지도 않고 세 번째 결과를 클릭했다. 한 남자의 뒤통수와 어깨를 찍은 사진 밑에 '에이든 라빈'이라는 이름이 보이는 새로운 프로필이 화면에 열렸다. 그 남자는 숱이 많고 색이 짙은 머리에, 데님 재킷을 입고 있었다. 그 사진 아래에는 이렇게 적혀 있었다. 슬픔에 잠긴 동네 청년. 정상적인 두뇌의 소유자. 사운드클라우드(독일의 베를린에 본사를 두고 있는 음악 스트리밍 서비스 업체-옮긴이)를 확인하세요. 이 사용자의 가장 최근 업데이트는 세 시간 전에 게시된 것으로, 배수로에 버려진 빳빳한 종이 갑에 머리를 파묻고 있는 비둘기의 사진이었다. 사진 아래에는 이런 설명이 적혀 있었다. 똑같다. 그 게시물은 '좋아요'가 127개였다. 그 여자가 자기 침실에서 정돈되지 않은 침대의 머리 판에 몸을 기대고 나서, 이 게시물을 클릭하자 그 아래에 댓글들이 나타났다. **진짜 죽은 여자**라는 계정 명을 가진 한 사용자의 댓글은 다음과 같았다. 너랑 완전 똑같아. 에이든 라빈의 계정이 단 댓글은 이랬다. 네 말이 맞아, 터무니없게 잘생겼지. **진짜 죽은 여자**는 이 댓글에 '좋아요'를 눌렀다. 그녀의 노트북에서 마우스를 클릭하여 **진짜 죽은 여자**의 계정에 들어가 프로필을 눌렀다. 그 여자는 36분 동안 에이든 라빈 계정과 관련된 다양한 SNS 프로필들을 살펴본 후, 노트북을 닫고 침대에 다시 누웠다.

이제는 저녁 8시가 지나 있었다. 여자는 베개를 베고 누운 채, 이마에 손목을 얹었다. 그녀는 침대 머리맡 스탠드 불빛에 희미하게 빛나는 가느다란 금팔찌를 차고 있었다. 그녀의 이름은 아일린 라이든이었다. 그녀는 스물아홉 살이었다. 그녀의 아버지 팻은 골웨이주에서 농장을 운영했고, 어머니 메리는 **지리** 교사였다. 그녀에게는 롤라라는 언니가 하나 있는데, 그녀보다 세 살 위였다. 어린 시절에 아일린은 걱정이 많고 자주 아팠던 반면, 롤라는 튼튼하고 용감하며 장난이 심했다. 그들은 함께 방학을 보내며, 마법 영역에 접근한 인간 자매의 역할을 맡아서 복잡한 이야기 만들기 놀이를 했는데, 롤라가 줄거리상 중요한 사건들을 즉흥적으로 둘러대면 아일린은 그 뒤를 이어갔다. 가능할 때면 보조적 인물들의 역할을 맡길 어린 사촌들, 이웃들, 그리고 가족끼리 친구인 집안의 아이들을 끌어들였는데, 가끔 그중에 아일린보다 다섯 살 위이고 한때 그 지역 영주의 저택이었던 강 건너편 집에 사는 사이먼 코스티건이라는 소년이 있었다. 그는 항상 깨끗한 옷을 입고 어른들에게 감사하다고 말하는 무척 예의 바른 아이였다. 그는 뇌전증을 앓아서 종종 병원에 다녀야 했는데, 한번은 구급차에 실려 가기까지 했다. 롤라나 아일린이 버릇없이 굴 때마다, 어머니 메리는 아이들에게 왜 너희는 품행이 바를 뿐 아니라 '결코 불평하지 않는' 품위까지 갖춘 사이먼 코스티건을 좀 더 닮을 수 없는 것이냐고 물어보았다. 자매는 나이가 들어가면서 더 이상 사이먼이나 다른 아이들을 놀이에 끼워 넣지 않고, 실내로 자리를 옮겨 메모지에 가상의 지도를 스케치하며 수수께끼 같은 암호글자를 만들어내고 테이프를 녹음했다. 부모는 이런 놀이들을 호기심 하나 없이 바라보았지만, 종이와 펜과 공테이프는 기꺼이 제공했다. 하지만 가상 국가의 상상의 주민들에 대해서는 아무것도 관심이 없었다.

롤라는 열두 살에 작은 동네 초등학교에서 가장 가까운 큰 마을에 있는 머시 수녀원 여학교로 진학했다. 학교에서 항상 조용했던 아일린은 갈수록 더 외톨이가 되어갔다. 선생님은 부모님에게 그녀가 재능이 있다고 말했고, 그녀는 일주일에 두 번씩 특별히 마련된 방으로 끌려가 읽기와 수학의 별도 수업을 받았다. 롤라는 수녀원 학교에서 새로운 친구들을 사귀었고, 그 친구들은 농장에 찾아오기 시작하더니 가끔은 놀다가 자고 가기도 했다. 한번은 그들이 장난삼아, 아일린을 위층 화장실에 20분 동안 가둬놓은 적이 있었다. 그 후 아버지 팻이 롤라의 친구들에게 더 이상 집에 오지 말라고 말하자, 롤라는 그것이 아일린의 잘못이라고 했다. 아일린도 열두 살 때 롤라의 학교로 진학했는데, 이 학교는 여러 개의 건물과 조립식 구조물에 600명의 전교생이 분산되어 있었다. 그녀의 또래 대부분은 그 마을에 살았고, 초등학교 때부터 서로 알고 지냈기 때문에 그녀가 끼어들 자리는 없었다. 롤라와 그녀의 친구들은 그 무렵 점심을 먹으러 시내로 걸어갈 수 있을 만큼 나이를 먹었다. 반면 아일린은 구내 식당에 혼자 앉아 집에서 포장해온 샌드위치의 은박지를 벗기고 있었다. 아일린이 2학년 때, 같은 반의 다른 여학생 한 명이 뒤로 다가와 대담하게도 물병을 그녀의 머리 위로 들어 올려 쏟아버렸다. 나중에 교감이 그 여자아이에게 아일린에게 사과 편지를 쓰라고 시켰다. 집에서 롤라가 아일린이 그렇게 가식적으로 별나게 굴지만 않았다면 그런 일은 절대 일어나지 않았을 것이라고 하자, 아일린은 이렇게 말했다. 가식 떠는 거 아니야.

그녀가 열다섯 살이던 여름, 그들의 이웃집 아들 사이먼이 그녀의 아버지의 농장일을 도와주러 왔다. 그는 스무 살이었고 옥스퍼드대학에서 철학을 공부하는 중이었다. 롤라는 막 학교를 졸업하고 집에 있을 때가 거의 없었지만, 사이먼이 저녁을 먹기 위해 남아 있을 때면 집에 일찍 오곤 했고, 만약 입고 있던 맨투맨 티가 지저분하면, 심지어 옷도 갈아입었다. 학교에 다닐 때 롤라는 항상 아일린을 피했지만, 사이먼 앞에서는 다정하고 너그러운 언니처럼 행동하기 시작했고, 아일린의 머리카락과 옷차림에 지나칠 정도로 관심을 보이며 그녀를 훨씬 더 어린아이처럼 취급했다. 사이먼은 이 행동에 동참하지 않았다. 아일린을 대하는 그의 태도는 친절하고 정중했다. 그는 그녀가 말할 때면 귀를 기울여주었고, 심지어 롤라가 불쑥 끼어들려 했을 때도 마찬가지였다. 차분하게 아일린을 바라보며 이런저런 말들을 하곤 했다. 예를 들면 이렇게 말이다. 아, 그거 정말 흥미롭네. 8월이 되자 그녀는 일찍 일어나 침실 창밖을 내다보며 그의 자전거가 나타나기를 기다리기 시작했고, 그 자전거가 보이면 아래층으로 달려 내려가 그가 뒷문으로 들어올 때 그를 만나곤 했다. 그가 주전자에 물을 끓이거나 손을 씻는 동안, 그녀는 그에게 책이나 그의 대학 공부, 그의 영국 생활에 대해 이런저런 질문을 했다. 언젠가 그에게 아직도 발작에 시달리는지 물어보자, 그는 미소 지으며 아니라고, 그것은 오래전 일이라고 대답하며, 그녀가 기억하고 있다는 사실에 깜짝 놀랐다. 그들은 10분이나 20분 정도, 잠깐씩 이야기를 나누곤 했다. 그러고 나서 그는 농장으로 나갔고 그녀는 위층으로 돌아가 침대에 누웠다. 그녀는 어떤 날 아침에는 행복해서 얼굴을 붉히며 두 눈을 반짝거렸고, 또 어떤 날 아침에는 눈물을 흘리기도 했다. 롤라가 어머니 메리에게 그런 일은 그만둬야 한다고 말했다. 그건 집착이에요. 그녀가 말했다. 부끄러운 일이라고요. 그때쯤 롤라는 그녀의 친구들로부터 사이먼이 일요일마다, 설사 그의 부모님은 참석하지 않는다고 해도, 매번 미사에 참석한다는 이야기를 들은 상태였다. 그녀는 그가 남아 있어도, 더 이상 저녁을 먹으러 집에 오지 않았다. 메리가 아침을 먹고 신문을 읽으며, 아침마다 부엌에 직접 앉아 있기 시작했다. 그래도 아일린은 계속 내려갔고, 사이먼은 늘 그렇듯 똑같이 상냥한 태도로 그녀에게 인사했지만, 그녀는 시무룩하게 대꾸한 후 재빨리 자기 방으로 들어갔다. 그가 영국으로 돌아가기 전날 밤, 작별 인사를 하기 위해 찾아왔지만, 아일린은 자기 방에 숨어서 내려가기를 거부했다. 그가 그녀를 보기 위해 위층으로 올라오자, 그녀는 의자를 발로 차며 그가 자신이 대화할 수 있는 유일한 사람이라고 말했다. 내 평생에, 딱 한 사람이라고요. 그녀가 말했다. 그런데 식구들은 내가 당신에게 말을 거는 것조차 허락하지 않더니, 이제 당신은 가려고 해요. 죽었으면 좋겠어요. 그는 반쯤 열린 문을 등지고 서 있었다. 조용한 목소리로 그가 말했다. 아일린, 그런 말 하지 마. 다 잘될 거야, 내가 약속할게. 너랑 나는 우리의 남은 평생 동안 친구로 지낼 거야.

열여덟 살에, 아일린은 영어영문학을 공부하기 위해 더블린에 있는 대학에 갔다. 1학년 때, 앨리스 켈리허라는 이름의 여학생과 우정을 쌓기 시작했고, 이듬해 둘은 룸메이트가 되었다. 앨리스는 목청이 아주 크고, 몸에 안 맞는 중고 의류를 입었으며, 만사가 다 재미있다고 생각하는 것 같았다. 그녀의 아버지는 음주 문제가 있는 자동차 정비사였고 그녀는 혼란스러운 어린 시절을 보냈다. 동급생과 쉽사리 사귀지 못했고, 한 강사를 '파시스트 돼지'라고 불렀다가 가벼운 징계 절차에 회부되었다. 아일린은 참을성 있게 지정된 모든 교재를 읽고 모든 과제물을 마감 시한까지 제출하고 시험에 철저히 대비하며, 대학 학업을 끝까지 마쳤다. 그녀는 학업과 관련하여 수상자격이 되는 상은 거의 다 받았고, 심지어 전국 논술상을 수상하기도 했다. 그녀는 친목을 도모하는 사람들과 무리를 이뤄 나이트클럽에 갔다가 다양한 남자들의 접근을 거절하고, 나중에 집으로 돌아와 거실에서 앨리스와 토스트를 먹곤 했다. 앨리스는 아일린이 천재이자 값을 헤아릴 수 없는 진주만큼 귀중한 존재이며, 아일린의 가치를 알아본 사람들조차 아직도 그녀의 진가를 완전히 알지는 못한다고 말했다. 아일린은 앨리스가 인습 타파주의자이자 진정한 독창성의 소유자이며, 시대를 앞서가고 있다고 말했다. 롤라는 그 도시의 다른 지역에 있는 다른 대학에 다녔고, 거리에서 우연히 마주친 경우 외에는 아일린을 결코 본 적이 없었다. 아일린이 2학년이었을 때, 사이먼이 변호사 자격증을 목표로 공부하기 위해 더블린으로 이주했다. 아일린은 앨리스에게 사이먼을 소개해주기 위해 어느 날 밤 그를 집으로 초대했고, 그는 값비싼 초콜릿 한 상자와 화이트 와인 한 병을 가지고 왔다. 앨리스는 저녁 내내 그에게 몹시 무례하게 굴며, 그의 신앙심을 '해악'이라고 단정했고, 그의 손목시계가 꼴사납다고 말하기도 했다. 왜 그런지는 몰라도 사이먼은 이런 행동이 재미있고, 심지어 사랑스럽다고까지 느끼는 것 같았다. 그 후 그는 그들의 집에 잠깐씩 꽤 자주 들러서, 라디에이터에 등을 기대고 서서 앨리스와 함께 신에 대해 논쟁을 벌이고, 그들의 형편없는 살림 솜씨를 유쾌하게 비판하곤 했다. 그는 그들이 '불결한 생활을 하고 있다'고 말했다. 가끔은 떠나기 전에 설거지를 해주기도 했다. 어느 날 밤 앨리스가 없었을 때, 아일린이 그에게 여자친구가 있는지 물어보자, 그는 웃으며 반문했다. 왜 그런 질문을 하는 거지? 나는 현명한 늙은이야, 잊어버렸어? 아일린은 소파에 누워 있다가 고개를 들어 쳐다보지도 않고 그에게 쿠션을 던졌고, 그는 그것을 두 손으로 받아냈다. 그녀가 말했다. 그냥 늙기만 했어. 현명하지는 않아.

아일린은 스무 살이었을 때, 인터넷상에서 만난 남자와 처음으로 성관계를 가졌다. 그 후 그의 집에서 그녀의 집으로 혼자 걸어서 돌아왔다. 새벽 2시가 다 된 야심한 시각이었고 거리는 인적이 끊겨 있었다. 그녀가 집에 도착했을 때, 앨리스는 소파에 앉아 노트북에 무언가를 입력하고 있었다. 아일린은 거실 문의 문설주에 몸을 기대고 큰 소리로 말했다. 음, 참 이상했어. 앨리스가 타이핑을 멈추고 물어보았다. 뭐, 그 남자하고 잤어? 아일린은 한 손바닥으로 자신의 위팔을 문지르고 있었다. 그녀가 말했다. 그는 나에게 옷을 계속 입고 있어달라고 했어. 있잖아, 전부 말이야. 앨리스가 그녀를 빤히 쳐다보다가 말했다. 그런 사람들을 어디서 찾아내는 거니? 아일린은 바닥을 바라보며 어깨를 으쓱했다. 그러자 앨리스가 소파에서 일어서며 말했다. 속상해하지 마. 별일 아니야. 그건 아무것도 아니야. 2주 후면 까맣게 잊어버릴걸. 아일린은 앨리스의 작은 어깨에 그녀의 머리를 편히 기댔다. 앨리스가 등을 토닥여주며 다정한 목소리로 말했다. 너는 나랑 달라. 너는 행복한 삶을 살게 될 거야. 그해 여름 사이먼은 파리에 살면서 한 기후 위기 단체에서 일하고 있었다. 아일린은 그곳으로 그를 찾아갔다. 혼자 비행기를 탄 것은 그때가 처음이었다. 그가 공항에서 그녀를 맞이했고, 그들은 기차를 타고 도시로 갔다. 그날 밤 그들은 그의 집에서 와인 한 병을 마셨고, 그녀는 자신이 어떻게 순결을 잃었는지에 대한 이야기를 들려주었다. 그는 웃음을 터뜨렸고, 웃은 것에 대해 사과했다. 그들은 그의 방에 있는 침대에 함께 누워 있었다. 잠시 침묵이 흐른 후, 아일린이 말했다. 당신한테 어떻게 순결을 잃었는지 물어볼 생각이었어. 그런데 내가 알기로는, 당신은 아직 그런 적이 없잖아. 그는 그 말에 미소를 지으며 반박했다. 아니, 있어. 그녀는 잠시 숨을 쉬며, 얼굴을 천장으로 향한 채 조용히 누워 있었다. 그녀가 말했다. 가톨릭교도인데도 말이지. 그들은 어깨가 거의 맞닿을 정도로, 서로 바투 누워 있었다. 그가 대답했다. 맞아, 맞혔어. 성(聖) 아우구스티누스가 뭐라고 하시지? 주여, 나로 하여금 순결한 삶을 살게 하여주시옵소서, 하지만 아직은 그러지 마시옵소서.

졸업 후, 아일린은 아일랜드 문학 석사 과정을 시작했고, 앨리스는 커피숍에 일자리를 얻고 소설을 쓰기 시작했다. 그들은 여전히 함께 살고 있었고, 저녁이면 아일린이 요리를 하는 동안, 앨리스가 이따금 그녀의 원고에 있는 익살스러운 대목을 큰 소리로 읽어주기도 했다. 앨리스는 부엌 테이블에 앉아, 앞머리를 이마에서 뒤로 쓸어 넘기며 이렇게 말하곤 했다. 이것 좀 들어봐. 내가 얘기하던 남자주인공 알지? 글쎄, 그가 등장인물 중 여동생한테 문자를 받아. 사이먼은 파리에서 그의 여자친구인 나탈리라는 이름의 프랑스 여자의 집에 들어가 함께 살고 있었다. 아일린은 석사 과정을 마친 후, 서

점에 일자리를 얻었고, 책이 잔뜩 실린 카트를 밀며 서점 바닥을 가로질러 가서 책을 내린 다음 베스트셀러 소설 한 권마다 접착식 가격표를 하나하나 따로 붙였다. 그 무렵 부모님의 농장은 재정적 문제에 봉착해 있었다. 아일린이 집에 찾아갈 때면, 그녀의 아버지 팻은 시무룩한 표정으로 안절부절못했고, 이상한 시간에 집 안에서 서성거리며, 물건들의 전원을 껐다 켰다 했다. 저녁 식사 때는 거의 말을 하지 않았고, 다른 사람들이 식사를 다 마치기도 전에 테이블을 떠나는 경우가 잦았다. 어느 날 밤 어머니 메리와 단둘이 거실에 있을 때, 어머니는 이렇게 말했다. 계속 이런 식으로 살 수는 없어. 뭔가 바뀌지 않으면 안 돼. 아일린은 걱정스러운 표정으로 재정적인 상황을 의미하는 것인지, 아니면 결혼 생활을 의미하는 것인지 물어보았다. 메리는 지쳐 보이고, 실제보다 더 나이 들어 보이는 얼굴로 양 손바닥을 위로 향하게 뒤집으며 대답했다. 전부 다. 나도 잘 모르겠구나. 너는 집에 와서 네 직장과 네 삶에 대해 불평을 늘어놓지. 내 삶은 어떻게 되는 거니? 누가 나를 돌봐주는 거야? 그 당시 아일린은 스물세 살이었고 어머니는 쉰한 살이었다. 아일린은 잠시 손끝으로 한쪽 눈꺼풀을 지그시 누르면서 말했다. 엄마도 당장 지금 엄마의 삶에 대해 나한테 불평을 늘어놓고 있지 않나요? 그 순간 메리가 울기 시작했다. 아일린은 그녀를 어색하게 바라보며 말했다. 엄마가 불행하다니 정말 걱정스러워요, 나는 그저 엄마가 나한테 바라는 게 뭔지 모르는 것뿐이에요. 어머니는 얼굴을 가리고 흐느껴 울며 말했다. 내가 뭘 잘못했을까? 내가 어떻게 이리도 이기적인 아이들을 키웠을까? 아일린은 마치 그 질문을 진지하게 생각해보기라도 하는 것처럼, 소파에 기대며 앉았다. 그녀가 물어보았다. 지금 어떤 결과를 원해요? 나는 엄마한테 돈을 줄 수가 없어요. 시간을 거슬러 올라가

서 엄마가 다른 남자와 결혼하게 할 수도 없어요. 엄마가 불평을 늘어놓는 걸 귀 기울여 들어주길 원해요? 잘 귀담아들을게요. 귀담아듣고 있어요. 하지만 왜 엄마가 엄마의 불행이 내 불행보다 더 중요하다고 생각하는지 잘 모르겠어요. 메리는 그 방을 나가버렸다.

그들이 스물네 살이었을 때, 앨리스는 한 미국 출판사와 25만 달러에 출판 계약을 맺었다. 그녀는 출판업계에 대해 잘 아는 지인이 아무도 없었고, 만약 그들이 그녀에게 그 돈을 줄 만큼 어리석다면 자신은 그것을 받을 만큼은 탐욕스럽다고 말했다. 아일린은 케빈이라는 이름의 박사 과정 학생과 데이트 중이었고, 그를 통해 한 문학 잡지의, 박봉이지만 일은 흥미로운 보조 편집자 자리를 찾은 상태였다. 처음에는 그저 원고를 교열하는 일만 했지만, 몇 달 후에는 새로운 작품을 의뢰하는 일을 맡겨도 좋겠다는 허락이 떨어졌고, 그해 말에는 편집장에게 그녀의 글 중 일부를 기고해달라는 요청을 받았다. 아일린은 생각해보겠다고 말했다. 그 당시 롤라는 한 경영 컨설팅 회사에서 일하고 있었고 매튜라는 남자친구가 있었다. 그녀가 언제 한번 시내에서 함께 저녁 식사를 하자고 아일린을 초대했다. 퇴근 후의 어느 목요일 저녁, 그들 세 사람은 점점 더 어둡고 쌀쌀해지는 거리에서 45분 동안 기다려서, 롤라가 유난히 먹어보고 싶어 하는 새로 생긴 버거 레스토랑에 자리를 잡고 앉았다. 햄버거의 맛은 평범했다. 롤라가 아일린에게 향후 진로 계획에 대해 물어보자, 아일린은 그 잡지사에서 행복하다고 대답했다. 롤라가 말했다. 그래, 지금은 그렇겠지. 하지만 앞으로는 계획이 어떻게 되는데? 아일린은 잘 모르겠다고 대답했다. 롤라가 웃는 표정을 지어 보이며 말했다. 언젠가는 너도 현실 세계에서 살아야 할 거야. 아일린은 그날 밤 집으로 걸어 돌아가서, 소파에 앉아 자신의 책을 작업 중이던 앨리스를 보고 물어보았다. 앨리스, 내가 언젠가는 현실 세계에서 살아야 하는 거니? 앨리스는 고개를 들어 쳐다보지도 않고, 코웃음을 치며 말했다. 맙소사, 아니, 절대 아니야. 누가 그런 소리를 했니?

이듬해 9월, 아일린은 어머니를 통해 사이먼과 나탈리가 헤어졌다는 것을 알게 되었다. 그들은 그때까지 4년 동안 함께했다. 아일린은 앨리스에게 줄곧 그들이 결혼할 것이라고 생각했다고 말했다. 그러면 앨리스는 이렇게 대답하곤 했다. 그래, 전에도 얘기한 적 있어. 아일린은 사이먼에게 안부를 묻는 이메일을 보냈고, 그는 이렇게 답장을 써 보냈다. 조만간 파리에 올 생각은 없겠지? 네가 정말 보고 싶어. 그녀는 핼러윈에 며칠 동안 그의 집에 머물렀다. 그 당시 그는 서른 살이었고 그녀는 스물다섯 살이었다. 그들은 오후에는 함께 박물관에 가서 예술과 정치에 대해 이야기를 나눴다. 그녀가 나탈리에 대해 물어볼 때마다, 그는 자신을 낮추며 별일 아니라는 듯 대답하고는 화제를 바꿨다. 한번은 그들이 오르세 박물관에 함께 앉아 있었을 때, 아일린이 말했다. 당신은 나에 대해 다 아는데, 나는 당신에 대해 아무것도 몰라. 그는 상처받은 듯한 미소를 지으며 대답했다. 이런, 너도 꼭 나탈리처럼 말하는구나. 그러고 나서 웃음을 터뜨리고는 미안하다고 말했다. 그가 그녀의 이름을 언급한 것은 그때 딱 한 번뿐이었다. 아침에는 그가 커피를 만들었고, 밤에 아일린은 그의 침대에서 잤다. 그들이 사랑을 나눈 후, 그는 그녀를 오랫동안 안고 있는 것을 좋아했다. 더블린에 돌아온 날, 그녀는 남자친구와 헤어졌다. 그녀는 사이먼이 크리스마스에 그녀의 가족이 사는 집에 들러 브랜디를 한잔하면서 크리스마스트리를 칭찬할 때까지 그로부터 아무 소식도 듣지 못했다.

앨리스의 책은 이듬해 봄에 출간되었다. 그 출판을 둘러싸고 많은 언론의 관심이 쏟아졌는데, 처음에는 대체로 긍정적이었고, 그다음에는 아첨하듯 칭찬 일변도로 흘렀던 초기 언론 보도에 대해 반응하여 몇몇 부정적인 기사들도 있었다. 그리고 여름에 친구 시아라의 집에서 열린 한 파티에서 아일린은 에이든이라는 남자를 만났다. 그는 숱 많은 짙은 색 머리카락에 리넨 바지를 입고 더러운 테니스화를 신고 있었다. 그들은 결국 그날 밤 늦게까지 함께 부엌에 앉아 있으면서 어린 시절에 대해 이야기를 나누었다. 에이든이 말했다. 우리 가족들은 서로 토론이라는 걸 하지 않아요. 뭐든 속에만 담아두고, 아무 말도 꺼내지 않죠. 한 잔 더 따라줄까요? 그가 자신의 잔에 레드 와인을 적당히 따르는 것을 지켜보며 아일린이 말했다. 우리도 가족끼리 별로 대화가 없어요. 우리가 노력은 하지만 방법을 모른다는 생각이 가끔 들어요. 그 밤이 끝나갈 무렵, 아일린과 에이든은 집으로 가는 길에 같은 방향으로 걸어갔고, 그는 그녀가 집 현관문으로 들어가는 모습을 보기 위해 길을 돌아서 갔다. 그들이 헤어질 때 그가 말했다. 잘 지내요. 며칠 후 그들은 단둘이 만나 술을 마셨다. 그는 음악가이자 음향 엔지니어였다. 그는 그녀에게 그의 일, 그의 집에 함께 사는 친구들, 어머니와의 관계, 그가 사랑하거나 몹시 싫어하는 다양한 것들에 대해 이야기했다. 그들이 대화하는 동안, 아일린은 웃음을 자주 터뜨렸고, 자신의 입을 만지고, 앉은 자리에서 몸을 앞으로 숙이는 등 활기찬 모습을 보였다. 그날 밤 그녀가 집에 돌아온 후, 에이든이 이런 메시지를 보냈다. 당신은 남의 말을 정말 잘 들어주는 사람이에요! 와! 내가 너무 말이 많았죠. 미안. 우리 또 볼 수 있을까요?

그들은 그다음 주에 또 한 번 술을 마시러 갔고, 그런 다음 또 한 번 갔다. 에이든의 집은 바닥 여기저기에 검은색 케이블이 잔뜩 엉켜 있었고 그의 침대는 그저 매트리스에 불과했다. 가을에 그들은 며칠 동안 피렌체에 머물렀고 함께 서늘한 대성당을 거닐었다. 어느 날 밤 그녀가 저녁 식사 중에 재치 있는 말을 하자, 그는 너무 웃어서 자주색 냅킨으로 눈물을 훔쳐야 했다. 아일린은 앨리스에게 보낸 메시지에 이렇게 적었다. 삶의 모든 것이 믿을 수 없을 만큼 아름다워. 이렇게 행복할 수 있다는 게 믿어지지 않아. 그 무렵 사이먼은 더블린으로 돌아와 좌익 의회 교섭 단체의 정책 보좌관으로 일하고 있었다. 아일린은 가끔 버스를 타고 가다가, 혹은 길을 건너다가, 이런 저런 미모의 여성들에게 한쪽 팔을 두르고 있는 그를 보곤 했다. 크리스마스를 앞두고, 아일린과 에이든은 함께 살기 위해 이사를 했다. 그는 그녀의 책이 든 상자들을 그의 차 뒷좌석에서 꺼내 옮기면서 자랑스럽다는 듯 말했다. 네 뇌의 무게로군. 앨리스는 그들의 집들이에 와서 부엌 타일 위에 보드카 한 병을 툭 던져놓고는, 오직 아일린과 자신만이 아주 조금이나마 재미있다고 생각하는 것 같은 그들의 대학 시절에 대한 아주 긴 일화를 늘어놓고 나서 집으로 돌아갔다. 파티에 참석한 다른 사람들은 대부분 에이든의 친구들이었다. 나중에 아일린은 술에 취해서 에이든에게 말했다. 나는 왜 친구가 없을까? 친구가 둘 있는데, 그들마저 다 괴짜야. 그리고 다른 사람들은 그냥 지인이라고 하는 게 더 맞는 표현인 것 같고. 그가 한 손으로 그녀의 머리를 쓰다듬으며 말했다. 너한테는 내가 있잖아.

그 후 3년 동안 아일린과 에이든은 불법으로 외국 영화를 내려받고 집세를 어떻게 분담할 것인가를 두고 논쟁을 벌이고, 요리와 설거지를 번갈아 하며, 도심 남부의 침실 하나짜리 집에서 살았다. 롤라와 매튜는 약혼을 했다. 앨리스는 돈벌이에 큰 보탬이 되는 문학상을 수상한 후, 뉴욕으로 옮겨가 밤낮없이 이상한 시간에 아일린에게 이메일을 보내기 시작했다. 그러다가 이메일을 보내는 것을 그만두더니, 그녀의 SNS 프로필들을 삭제하고, 아일린의 메시지들을 무시했다. 12월의 어느 밤, 사이먼이 아일린에게 전화를 걸어 앨리스가 더블린에 돌아와서 정신병원에 입원해 있다고 말했다. 아일린이 전화기를 귀에 대고 소파에 앉아 있는 동안, 에이든은 싱크대에서 수돗물에 접시를 헹구고 있었다. 그녀와 사이먼이 이야기를 마친 후, 그녀는 전화기를 든 채 아무 말 없이 앉아 있었다. 사이먼도 아무 말 하지 않았고, 그들은 둘 다 말이 없었다. 마침내 그가 말했다. 그럼, 들어가. 이만 끊을게. 몇 주 후, 아일린과 에이든은 헤어졌다. 그는 너무 많은 일이 일어나고 있어서 둘 다에게 자기만의 공간이 필요하다고 말했다. 그는 자기 부모님과 함께 살러 갔고, 그녀는 한 부부가 살고 있는 도심 북부의 침실 두 개짜리 집으로 이사했다. 롤라와 매튜는 여름에 조촐한 결혼식을 올리기로 결정했다. 사이먼은 변함없이 서신에 즉시 답했고, 가끔 아일린을 데리고 나가서 점심을 먹었으며, 그의 사생활은 비밀로 했다. 때는 4월이었고, 아일린의 친구들 가운데 몇몇은 그즈음 더블린을 떠났거나 떠나려고 하는 중이었다. 그녀는 단추가 달린 짙은 초록색 원피스나 어울리는 벨트가 달린 노란색 원피스를 입고 송별회에 참석했다. 천장이 낮고 종이 전등갓을 씌운 전등이 있는 거실에서, 사람들이 그녀에게 부동산 시장에 대해 이야기했다. 그녀는 그들에게 말하곤 했다. 우리 언니가 6월에 결혼할 예정이야. 그들이 대답하곤 했다. 그것참 흥분되는 일이네. 언니 때문에 정말 행복하겠구나. 아일린이 대꾸하곤 했다. 그래, 참 재미있어. 행복하지는 않아.

4

앨리스, 네가 편의점에서 느꼈던 그런 기분을 나도 경험한 적이 있는 것 같아. 내 경우에는 아래를 내려다보다가, 내가 아찔할 만큼 가파른 절벽의 아주 작은 바위 턱 위에 서 있는 걸 보고, 내 몸무게를 떠받치는 것이라고는 지구상의 거의 모든 사람의 고통과 쇠락뿐인 걸 난생처음 안 듯한 느낌이야. 그리고 결국에는 늘 이런 생각을 하게 돼. 그러니까, 나는 이 위에 있고 싶지도 않다는 거야. 이 모든 싸구려 옷과 수입 식품과 플라스틱 용기 따위는 필요도 없고, 내 삶을 나아지게 하는 것 같지도 않아. 그런 것들은 그저 쓰레기를 만들어내고, 어차피 나를 불행하게 할 뿐이야. (내가 나의 불만을 실제로 억압받는 나라 사람들의 고통과 비교하고 있다는 것은 아니야. 그저 내 개인적인 의견으로는, 그들이 우리를 위해 지탱해주는 생활양식이 만족스럽지 않다는 뜻일 뿐이지.) 사람들은 사회주의가 힘으로(재산의 강제 수용에 의해) 유지된다고 생각하지만, 나는 사람들이 자본주의도 반대 방향에서 가해지는 정확히 똑같은 힘에 의해, 그러니까 기존의 재산 분배 상황을 강제로 보호함으로써 유지된다는 것을 인정만이라도 했으면 좋겠어. 너도 잘 알고 있겠지. 나는 잘못된 기본 원칙들을 전제하고 똑같은 토론을 반복하기는 싫어.

또한 최근에는 시대와 정치적 보수주의에 대해 줄곧 생각해보고 있어. 비록 방식은 다르지만 말이야. 바로 지금 우리가 역사적 위기의 시대에 살고 있다고 말하는 것은 타당하다고 생각해. 그리고 대부분의 사람이 대체로 이 생각을 받아들이는 것 같아. 무슨 말인가 하면, 그 위기의 외적인 조짐들, 예를 들어 선거 정치에 예상치 못하게 발생하는 중대한 변화들 같은 것은 많은 사람 사이에서 이례적인 현상들로 인식될 수 있다는 거야. 나는 어느 정도는 난민들의 대량 익사 혹은 기후 변화로 인해 야기되는 반복적인 기상 재해와 같은, 보다 더 '감춰져 있던' 구조적인 증상 중 일부조차도 정치적 위기의 징후로 이해되고 있다고 생각해. 그리고 여러 연구 결과, 지난 몇 년 동안 사람들이 훨씬 더 많은 시간을 뉴스를 읽고 시사 문제를 접하는 데 쓰고 있다는 것이 밝혀졌다고 믿어. 예를 들어, 내 삶에서 다음과 같은 문자 메시지를 보내는 것이 평범한 일이 되어버렸어. 틸러슨(트럼프 전 대통령 당시 미국 국무장관이었던 렉스 틸러슨을 가리킨다-옮긴이) 경질된 거 진짜 웃기지 않아? 나는 그저 그런 문자를 보내는 것이 평범한 일이 되어선 안 된다는 생각이 들 뿐이야. 결과적으로 하루하루가 이제는 새롭고 독특한 정보 단위가 되었고, 그 전날의 정보 세계에 개입하며 대체하고 있어. 그리고 내가 궁금한 건 (너는 동문서답식으로 대답할지도 모르지만) 이 모든 것이 문화와 예술과 무슨 상관이 있는가야. 우리는 '현재'를 배경으로 하는 문화적 작업에 관여하는 데 익숙하다는 뜻이지. 하지만 연속적인 현재에 대한 이런 감각은 더 이상 우리 삶의 특징이 아니야. 현재는 불연속적이게 되었어. 매일, 심지어 매일의 매시간조차, 그전의 시간을 대체하며 현실성이 없게 만들고, 우리 삶의 사건들은 오로지 뉴스 보도 내용을 끊임없이 업데이트하는 타임라인과 관련해서만 이해가 돼. 그래서 영화 속 등장인물들이 살인을 실행할 음모를 꾸미거나 살인을 계획하거나 그들의 연애에 대해 슬픔을 느끼며, 저녁 테이블에 앉아 있거나 차를 타고 돌아다니는 것을 볼 때, 우리는 자연스럽게 그들이 정확히 어떤 시점에 이런 일들을 하고 있는지, 우리의 현실감을 구축하는, 엄청난 역사적 사건들과 관련지어 알고 싶어 해. 더 이상 중립적인 배경은 존재하지 않아. 타임라인만 있을 뿐이야. 이로 인해 새로운 형태의 예술이 탄생할지, 아니면 단지, 최소한 우리가 현재 알고 있는 예술의 총체적 종말을 의미하게 될 뿐일지는 정말이지 잘 모르겠어.

네가 시간에 대해 적은 문단을 보고는, 내가 최근에 온라인에서 읽은 어떤 글도 생각이 났어. 아무래도 기원전 1500년경 시작된 후기 청동기 시대에, 지중해 동부 지역은 복잡하고 전문화된 도시 경제를 통해 돈과 재화를 재분배하는 중앙집권적인 궁정 정치 체계가 특징이었던 것 같아. 위키피디아에서 이것에 대해 읽었어. 이 시기에는 무역로들이 고도로 발달했고, 문자 언어들이 등장했지. 값비싼 사치품들이 생산되고, 엄청난 거리를 가로질러 거래되었어. 1980년대에 튀르키예의 앞바다에서 그 시기의 난파선 한 척이 발견되었는데, 이집트의 보석, 그리스의 도자기, 수단산 아프리카블랙우드, 아일랜드의 구리, 석류, 상아 등이 실려 있었어. 그 후 기원전 1225년부터 1150년까지 75년의 기간 동안 문명이 붕괴되었어. 지중해 동부의 큰 도시들은 파괴되거나 버려졌지. 글을 읽고 쓸 줄 아는 능력은 거의 사라지다시피 했고, 전체적인 문자 체계는 온데간데없어졌어.

그나저나 왜 이런 일이 일어났는지 확실히 아는 사람은 아무도 없어. 위키피디아에는 '일반적인 체제 붕괴' 이론이 실려 있는데, 그 이론에 따르면 후기 청동기 문명은 '중앙집권화, 전문화, 복잡성, 그리고 상부가 비대한 정치 구조' 때문에 특히 더 몰락하기가 쉬워졌다고 해. 다른 이론들 중 하나에는 간단히 '기후 변화'라는 표제가 달려 있어. 이것이 우리의 현재 문명에 일종의 불길한 빛을 비추는 것 같지 않니? 일반적인 체제 붕괴는 전에는 정말이지 한 번도 가능할 거라고 생각해본 적이 없는 이론이야. 물론 머릿속으로는 우리가 우리 자신에게 인간 문명에 대해 말하는 모든 게 거짓이라는 것을 잘 알고 있어. 하지만 실생활에서 알아내야 한다고 상상해봐.

상관없는 얘기이고, 사실 너무 뜬금없는 소리라서, 그냥 단도직입적으로 묻겠는데 말이야. 너는 네 생체시계에 대해 생각해본 적이 있니? 꼭 그래야 한다는 뜻이 아니라, 그냥 그래 본 적이 있는지 궁금해서 그래. 물론, 우리는 아직 상당히 젊어. 하지만 인류 역사를 통틀어 대부분의 여자가 우리 나이에 이르렀을 때 이미 여러 명의 아이를 낳았다는 건 사실이야. 그렇지? 지금 생각해보니 네가 아이를 낳고 싶어 하는지도 확실히 모르겠어. 낳고 싶니? 아니, 어쩌면 너는 갈피를 못 잡고 있는지도 모르지. 나는 10대 땐 아기를 낳느니 차라리 죽는 게 낫겠다고 생각했고, 20대에는 막연하게 그게 결국에는 나한테 그냥 일어날 일이라고 짐작했어. 그리고 이제 막 서른 살이 되려고 하니, 이런 생각이 들기 시작해. 과연 그럴까? 두말할 것 없이, 내가 이 생물학적 기능을 이행하도록 도와주려고 줄을 서서 기다리고 있는 사람은 아무도 없어. 게다가 내가 불임일지도 모른다는 기묘하고 전혀 설명할 길 없는 심증도 있어. 내가 이렇게 생각할 의학적 근거는 전혀 없어. 최근에 사이먼에게 입증되지 않은 다양한 의학적인 걱정거리에 대해 푸념을 늘어놓다가 이 문제를 언급했어. 그는 내가 그 문제에 대해 걱정할 필요가 없을 것 같다고 했어. 그의 의견으로는 내가 '애를 잘 낳을 외모'를 지니고 있기 때문이라는 거야. 그 말에 거의 하루 종일 낄낄거렸어. 사실 너한테 이 이메일을 쓰고 있는 동안에도 그 일로 여전히 웃고 있어. 나는 그냥 네 생각이 궁금한 것뿐이야. 다가오는 문명의 붕괴를 고려해볼 때, 너는 어차피 아이들은 말도 안 되는 소리라고 생각할지도 모르겠어.

아마도 지금 이 모든 생각을 하게 된 것은, 내가 요전 날 거리에서 우연히 에이든을 보고 심장마비를 일으켜 죽을 뻔했기 때문일 거야. 그를 본 후로 시간이 갈수록 점점 더 고통스러워졌어. 아니면 그저 지금 내가 느끼는 고통이 너무 강렬해서 그 당시 느꼈던 고통을 재구성할 수 있는 내 능력을 넘어서버린 것뿐일까? 아무래도 기억으로 존재하는 고통은 설사 그것이 정말로 훨씬 더 심했을지라도, 결코 현재의 고통만큼 심하게 느껴지지 않는 것 같아. 우리는 그 고통이 얼마나 더 심했는지는 기억하지 못해. 기억해내는 것은 지금 경험하고 있는 것보다는 설득력이 약하기 때문이야. 그래서 중장년층들은 항상 자신들의 생각과 감정을 젊은이들의 생각과 감정보다 더 중요하게 생각하는지도 모르겠어. 그들의 현재 경험이 자신의 인생관을 지배하게 두는 데 반해, 젊은 시절의 감정들은 희미하게만 기억이 나기 때문이지. 그런데도 내가 그를 보았던 그 순간에 느꼈던 것보다, 에이든을 본 지 이틀이 지난 지금이 더 고통스럽다고 느끼고 있어. 우리 사이에 있었던 일이 그저 하나의 사건일 뿐, 상징이 아니라는 것을 알고 있어. 그냥 일어난 일 혹은 그가 한 일일 뿐, 일반적으로 내 삶이 실패할 것이라는 필연적인 징후는 아니라는 걸 말이야. 하지만 내가 그를 다시 보는 순간, 마치 그 모든 일을 다시 겪는 것 같았어. 그리고 앨리스, 정말이지 내가 실패자인 듯 느껴졌어. 게다가 어떤 면에서 내 삶은 정말로 아무것도 아니고, 내 삶에서 무슨 일이 일어나는지에 관심을 가지는 사람은 거의 없어. 때때로 삶에서 의미가 있다고 생각하는 것들이 알고 보니 아무 의미가 없고, 나를 사랑해야 할 사람들이 나를 사랑하지 않을 때면, 이해하기가 무척 어려워. 심지어 이 바보 같은 이메일을 입력하면서도 눈물이 나. 그 일을 극복하는 데 거의 6개월이 걸렸어. 사실은 극복할 수 없을지도 모르겠다는 생각도 들기 시작해. 어떤 특정한 종류의 고통은, 삶의 특정한 형성 단계에서 한 사람의 자아감에 영원히 아로새겨지는지도 모르겠어. 내가 스무 살이 되고 나서야 순결을 잃었던 것처럼 말이야. 그것은 아주 고통스럽고 어색하고 불쾌했어. 그리고 그때 이후로 나는 늘 꼭 그런 일을 겪을 법한 부류의 사람인 것 같은 기분이 들었어. 그전에는 안 그랬는데도 말이야. 그리고 지금 나는 인생의 동반자와 몇 년을 지내고 나면 사랑이 식어버리는 그런 부류의 사람에 불과한 것 같은 기분이 들고, 더 이상 그런 부류의 사람이 되지 않을 방법을 찾지 못하겠어.

멀고 먼 그 외딴곳에서 뭔가 새로운 작품이라도 쓰고 있는 거니? 아니면 그냥 고집 센 동네 젊은 남자들을 데리고 데이트하러 나가곤 하는 게 다야? 보고 싶어! 온 마음을 다해 사랑해. E(아일린의 머리글자-옮긴이).

5

편의점의 냉장 코너에서, 펠릭스는 조금 멍한 표정으로 진열된 즉석식품들을 훑어보고 있었다. 목요일 오후 3시였고 머리 위에서는 하얀 조명기구들이 윙윙거렸다. 가게 앞문이 열렸지만 그는 돌아보지 않았다. 그는 즉석식품을 선반에 다시 내려놓고 전화기를 꺼냈다. 새로 온 알림 메시지는 하나도 없었다. 무표정한 얼굴로 휴대전화를 다시 주머니에 넣고는, 마치 되는대로 고른 듯 선반에서 플라스틱 상자 하나를 들어 올린 다음, 계산대로 걸어가 돈을 지불했다. 가게에서 나가는 길에 신선한 과일 진열대 앞에 잠시 멈춰 섰다. 앨리스가 거기 서서 사과를 하나하나 들어 올려 살펴보며 흠이 없는 사과를 고르고 있었다. 그는 그녀를 알아본 후 자세를 미묘하게 바로 하고 서 있기 시작했다. 처음에는 그가 그녀에게 인사를 할 것인지, 아니면 인사도 없이 그냥 나가버릴 것인지 분명하지 않았다. 그 자신도 모르는 것 같았다. 즉석식품을 한 손에 들고, 그것으로 하염없이 다리 바깥쪽을 툭툭 치고 있었다. 그때 그가 내는 소리가 들렸거나, 혹은 그저 주변 시야에 그의 존재가 포착된 듯 그녀가 고개를 돌렸다가 알아채고는 바로 머리를 귀 뒤로 넘겼다.

저기, 안녕하세요. 그녀가 말했다.

안녕. 어떻게 지내요?

잘 지내요, 고마워요.

이제 친구는 좀 사귀었어요? 그가 물어보았다.

전혀요.

그는 미소를 지으며, 즉석식품으로 또다시 다리를 툭툭 치면서 출구를 둘러보았다. 이런, 이 동네에서. 그가 말했다. 우리가 당신을 어쩌면 좋죠? 당신 혼자 그 위에서 미쳐버릴 텐데.

그녀가 말했다. 이런, 벌써 그런걸요. 하기야 여기 오기도 전에 벌써 그랬는지 몰라요.

미쳤다고요? 당신이? 내가 보기에는 지극히 멀쩡한 것 같은데요.

나 자신과 관련해서 자주 듣는 말은 아니지만, 고마워요.

그들은 그녀가 눈을 내리깔고 자기 머리를 다시 만질 때까지 서로 바라보며 가만히 서 있었다. 그는 자기 어깨너머로 한 번 더 힐끗 뒤를 돌아본 다음, 다시 그녀를 쳐다보았다. 그녀가 불편해하는 것을 즐기고 있는지, 아니면 단순히 그녀를 측은하게 여기고 있는지 구분하기가 어려웠다. 그녀는 그가 말하고 싶어 하는 한 계속 그대로 서 있어야 한다는 의무감을 느끼는 것 같았다.

그럼, 그 구닥다리 데이트 앱은 포기해버린 건가요? 그가 물어보았다.

그녀는 미소를 머금고 그를 똑바로 쳐다보며 대답했다. 네, 이렇게 말해서 미안하지만, 마지막 시도로 내게 자신감이 생기지 않은 건 분명해요.

내가 남자들한테 완전히 정떨어지게 만든 건가요?

아, 남자들만은 아니에요. 남녀 가릴 것 없이 다요.

그가 웃음을 터뜨리고는 말했다. 내가 그렇게 형편없이 군 줄은 몰랐어요.

아니, 당신은 그렇지 않았어요. 하지만 나는 그랬죠.

아, 당신은 괜찮았어요.

그는 다시 말하기 전에 신선한 채소가 있는 쪽을 보며 얼굴을 찡그렸다. 그녀는 이제 좀 더 느긋해 보였고, 그를 제3자의 객관적 입장에서 지켜보았다.

그가 말했다. 사람들을 만나고 싶다면 오늘 밤 우리 집에 오는 게 어때요. 직장 동료들도 몇 명 와 있을 거거든요.

파티를 여나요?

그가 얼굴을 찌푸리며 말했다. 글쎄요. 내 말은, 거기 사람들이 있기는 할 거라는 거예요. 정말이에요. 당신이 부르는 식으로는 파티나 뭐 그런 거죠. 그래요. 그렇지만, 별건 아니에요.

고개를 끄덕이고, 이를 보이지 않고 입을 우물거리며 그녀가 말했다. 그거 좋네요. 그럼 당신이 어디 사는지 다시 한번 알려줘요.

혹시 구글 지도 앱이 있다면 거기에 주소를 입력해줄게요. 그가 말했다.

그녀는 주머니에서 전화기를 꺼내 그 앱을 열었다. 그에게 휴대전화를 건네주곤 말했다. 오늘은 쉬는 날인가요?

고개를 들어 쳐다보지 않고, 자신의 주소를 검색창에 입력하며 그가 말했다. 그래요. 이번 주에는 정말이지 마구잡이로 교대 근무를 시키네요. 그가 전화기를 다시 건네 주소를 보여주었다. 오션 라이즈 16번지였다. 화면에는 바다를 의미하는 파란색 영역 옆으로, 회색

바탕 위에 하얀 도로망이 표시되어 있었다. 그가 덧붙였다. 가끔은 일손이 거의 필요 없어요. 그러고 나서 몇 주 동안은 날마다 출근하는 식이죠. 돌아버리겠어요. 그가 또다시 계산대를 둘러보았다. 겉으로 보기에는 이제 기분이 달라진 모양이었다.

오늘 저녁에 보는 거죠, 그렇죠? 그가 말했다.

내가 오기를 바라는 게 확실하다면요. 그녀가 대답했다.

마음대로 해요. 하루 종일 혼자 거기 있으면 나는 미쳐버릴 거예요. 하지만 당신은 그걸 좋아할 수도 있겠죠.

아니요, 정말 안 좋아해요. 가고 싶어요. 초대해줘서 고마워요.

그가 말했다. 그래요, 별것 아닌데요, 뭐. 어쨌든 거기에는 꽤 많은 사람들이 있을 거예요. 그럼, 나중에 봅시다. 살펴 가요.

그는 그녀와 다시 눈을 마주치지 않고, 돌아서서 가게를 나갔다. 그녀는 고개를 돌려 신선한 사과가 든 상자를 바라보았고, 마치 이제 계속해서 사과를 세세히 살펴보는 것이 부적절하다고 느끼기라도 하는 것처럼, 마치 과일 표면의 멍을 찾는 그 모든 과정이 우스꽝스럽고 심지어는 창피해져버리기라도 한 것처럼, 사과 한 알을 골라 들고 냉장 코너로 향했다.

/

오션 라이즈 16번지의 집은 정면의 툭 튀어나온 왼쪽 절반은 붉은 벽돌로 되어 있고, 오른쪽 절반은 흰색으로 칠해져 있는 듀플렉스 주택(하나의 지붕 아래 나란히 두 가구가 배치되어, 중앙에 있는 하나의 벽을 공유하는 형태의 주택-옮긴이)이었다. 그 집과 이웃집의 콘크리트 앞마당은 낮은 담으로 나뉘어 있었다. 길가에 면한 창문에 커튼이 드리워져 있기는 했지만, 집 안에는 불이 켜져 있었다. 앨리스는 아까 입고 있던 것과 똑같은 옷을 입고 문 앞에 서 있었다. 그녀는 얼굴에 파우더를 발라서 피부가 건조해 보였고, 왼손에는 레드 와인 한 병을 들고 있었다. 초인종을 누르고 기다리자 잠시 후, 그녀 나이 또래의 한 여자가 문을 열었다. 그녀의 뒤쪽 복도는 환하고 시끌벅적했다.

앨리스가 말했다. 안녕하세요. 펠릭스가 여기 사나요?

그래요, 어서 들어와요.

그 여자는 그녀를 집 안으로 들이고 나서 문을 닫았다. 그녀는 콜라가 약간 들어 있는 듯 보이는, 이가 빠진 머그잔을 한 손에 들고 있었다. 그녀가 말했다. 나는 다니엘이에요. 친구들은 바로 저기 있어요. 복도 끝 주방에 남자 여섯과 여자 둘이 테이블 주변에서 다양한 자세로 앉아 있었다. 펠릭스는 맥주 캔을 들고 마시며, 조리대 위 토스터 옆에 앉아 있었다. 그는 앨리스가 들어오는 것을 보고도 일어나지 않고, 그녀에게 그저 고개만 끄덕였다. 그녀는 다니엘을 따라 주방으로 들어가서, 그가 앉아 있는 곳 근처의 냉장고 쪽으로 갔다.

안녕. 그가 말했다.

안녕하세요. 앨리스가 말했다.

주방에 있던 사람 중 두 명은 고개를 돌려 그녀를 바라보았지만, 다른 사람들은 그때까지 나누고 있던 대화를 계속 이어갔다. 다니엘이 앨리스에게 와인 잔을 원하는지 물어보았고, 앨리스는 물론이라고 대답했다. 찬장을 샅샅이 뒤지면서 다니엘이 물어보았다. 그래서, 둘이 어떻게 알게 된 사이예요?

우리는 틴더에서 만났어. 펠릭스가 말했다.

다니엘이 깨끗한 와인 잔을 들고 일어서며 말했다. 그리고 이런 게 네가 생각하는 데이트고? 정말 낭만적이시네.

그가 말했다. 우리는 이미 데이트를 해봤어. 그녀 말로는, 그 바람에 남자들에 대한 흥미가 완전히 사라져버렸대.

앨리스는 이 말을 재미있어 한다는 걸 보여주려고 그를 향해 웃어 보이려 했지만, 그는 그녀를 쳐다보고 있지 않았다.

나는 그녀를 비난하지 않겠어. 다니엘이 말했다.

조리대에 와인 병을 내려놓으며, 앨리스는 주방 벽에 밀어 붙여놓은 CD 수납장을 바라보았다. 앨범이 많네요. 그녀가 말했다.

그래요, 다 내 거예요. 펠릭스가 대꾸했다.

그녀는 한 손가락으로 플라스틱 CD 케이스의 등을 따라 죽 훑다가, 어느 구멍에 꽂혀 있던 케이스를 살짝 끌어내서 마치 혀처럼 늘어지게 했다. 그때쯤 다니엘은 주방 테이블 위에 앉아 있던 한 여자와 이야기를 나누기 시작한 상태였다. 다른 남자 하나가 냉장고를 열려다가 그녀를 가리키며 펠릭스에게 물어보았다. 이쪽은 누구야?

펠릭스가 대답했다. 이쪽은 앨리스야. 소설가지.

누가 소설가라고? 다니엘이 물어보았다.

펠릭스가 말했다. 여기 이 숙녀분이. 그녀는 책을 써서 먹고살아. 아니, 더 정확하게는 그렇다고 말하더라고.

그 남자가 물어보았다. 이름이 뭐죠? 구글에 검색해볼래요.

앨리스는 억지로 무관심한 표정을 하고 이 모든 일이 전개되는 것을 지켜보았다. 앨리스 켈리허예요. 그녀가 말했다.

펠릭스는 그녀를 지켜보았다. 그 남자가 빈 의자에 앉아서 휴대전화에 그녀의 이름을 입력하기 시작했다. 앨리스는 와인을 마시며, 마치 무관심한 것처럼 멍하니 주방을 둘러보고 있었다. 그때 그 남자가 휴대전화 위로 몸을 숙이며 말했다. 여기 있네. 유명한데. 앨리스는 아무 반응도 보이지 않았고, 펠릭스와 눈길을 마주치지도 않았다. 다니엘이 화면 위로 몸을 굽힌 채 보면서 말했다. 이것 좀 봐. 위키피디아며 여기저기 다 나와 있어. 펠릭스가 조리대 위에서 미끄러지듯 내려와 친구의 손에서 전화기를 빼앗았다. 웃음을 터뜨리기는 했지만, 순전히 진심으로 즐거워하는 것 같지는 않았다.

그가 큰 소리로 읽었다. 문학 작품. 각색. 개인사.

그 부분은 짧을 거예요. 앨리스가 말했다.

왜 나한테 당신이 유명하다고 말해주지 않았죠? 그가 물어보았다.

그녀는 지겨워하고, 거의 경멸하는 듯한 말투로 대답했다. 작가라고 말해줬잖아요.

그가 그녀에게 이를 드러내 보이며 말했다. 다음에 데이트할 때를 대비해서 요령 하나 알려줄게요. 대화할 때 당신이 유명 인사라는 걸 언급해요.

데이트에 관해 요청한 적도 없는 조언을 해줘서 고맙군요. 꼭 무시하도록 할게요.

뭐야, 우리가 인터넷에서 당신을 찾아냈다고 지금 짜증을 내는 거예요?

그녀가 말했다. 그럴 리가요. 내 이름을 직접 말해줬잖아요. 꼭 그럴 필요는 없었다고요.

그가 잠시 그녀를 계속 바라보다가, 이내 고개를 가로저으며 말했다. 당신은 괴짜예요.

그녀가 웃음을 터뜨리며 말했다. 굉장한 통찰력이네요. 내 위키피디아 페이지에 그 말도 올려놓지그래요?

그 순간 다니엘 역시 웃음을 터뜨렸다. 펠릭스의 얼굴에 살짝 홍조가 퍼졌다. 앨리스를 외면하고 돌아서며 그가 말했다. 누구든 그런 페이지 하나쯤은 가질 수 있어요. 아마도 당신이 직접 썼겠죠.

앨리스는 마치 즐기기 시작한 것처럼, 이렇게 응수했다. 아니요, 내가 쓴 건 책뿐이에요.

당신은 자신이 무척 특별하다고 생각하는 게 틀림없어요. 그가 말했다.

왜 그렇게 예민하게 구는 거야? 다니엘이 말했다.

펠릭스가 대꾸했다. 그렇지 않아. 그는 친구에게 전화기를 돌려주고 나서 팔짱을 낀 채 냉장고에 기대어 섰다. 앨리스는 그의 바로 옆 조리대 앞에 서 있었다. 다니엘은 앨리스를 쳐다보며 눈썹을 치켜세웠지만, 이내 그 전에 나누고 있던 대화를 다시 시작했다. 다른 여자들 중 하나가 음악을 틀었고, 주방 안 맞은편에 있는 몇몇 다른 남자들은 이야기를 나누며 소리 내 웃기 시작했다. 앨리스는 펠릭스에게 말했다. 내가 떠나기를 원한다면, 갈게요.

내가 당신이 떠나기를 원한다고 누가 그러던가요? 그가 물었다.

새로 한 무리의 사람들이 주방으로 들어왔고 그 방은 더 시끄러워졌다. 앨리스나 펠릭스에게 따로 말을 걸어 온 사람은 아무도 없었고, 그들은 둘 다 말없이 냉장고 옆에 가만히 서 있었다. 이 일이 두 사람에게 특별히 고통스러웠는지가 그들의 얼굴에 드러나지는 않았지만, 잠시 후 펠릭스가 기지개를 켜며 말했다. 나는 집 안에서 담배 피우는 걸 좋아하지 않아요. 한 대 피우러 나갈래요? 우리 개를 만날 수도 있을 거예요. 앨리스는 아무 말 없이 고개를 끄덕이고, 와인 잔을 들고 그를 따라 테라스 문을 통해 뒤뜰로 나갔다.

펠릭스는 미닫이문을 닫고, 잔디밭을 따라 임시방편으로 방수포로 지붕을 덮어놓은 작은 정원 창고를 향해 어슬렁어슬렁 걸어갔다. 스프링거 스패니얼 한 마리가 즉시 정원 한구석에서 그를 맞이하러 껑충껑충 달려왔고, 신이 나서 재채기를 하며 펠릭스의 다리에 앞발을 올리고 나서 딱 한 번 짖었다. 그가 말했다. 얘는 사브리나예요. 진짜 우리 개는 아니에요. 우리 앞에 살았던 사람들이 남겨두고 떠났죠. 지금은 주로 밥을 주는 사람이 나라서, 나를 엄청 좋아해요. 앨리스는 한눈에 알아보겠다고 말했다. 우리는 평소에는 사브리나를 밖에 두지 않아요. 사람들이 집에 와 있을 때만 그러죠. 다들 집에 가고 나면 오늘 밤 다시 집으로 들일 거예요. 그가 말했다. 암캐와 침대에서 함께 자는지 앨리스가 물어보자, 펠릭스는 웃음을 터뜨리며 대답했다. 그러려고 애를 쓰죠. 하지만 어림없다는 걸 잘 알아요. 그는 개의 귀를 마구 문지르며, 다정한 말투로 말했다. 멍청아. 그러곤 앨리스 쪽으로 돌아가며 덧붙여 말했다. 그나저나 재는 완전히 바보예요. 정말 멍청하죠. 담배 피워요? 앨리스는 몸을 떨고 있었고, 소매 밖으로 드러난 손목 부분에 소름이 돋았지만, 담배를 받아들고 펠릭스가 자기 담배에 불을 붙이는 동안 가만히 서서 담배를 피웠다. 그는 담배를 한 모금 빨고 깨끗한 밤공기 속으로 연기를 내뿜으며, 그 집을 되돌아보았다. 집 안은 불이 환했고, 그의 친구들은 손짓하며 대화를 나누고 있었다. 그 집의 어두움, 잔디, 하늘의 맑고 검은 허공이 따뜻한 노란색의 직사각형 테라스 문을 에워싸고 있었다.

다니는 착한 여자예요. 그가 말했다.

네, 그렇게 보여요. 앨리스가 말했다.

맞아요. 우리는 한때 데이트하는 사이였어요.

아? 오랫동안요? 아니면?

그는 어깨를 으쓱하며 말했다. 한 1년쯤. 글쎄요, 실은 1년 이상이요. 아무튼 한참 전 일이고, 지금은 좋은 친구 사이예요.

아직도 그녀를 좋아하나요?

마치 다니엘을 언뜻 보기라도 하면 마음속에서 이 질문을 해결하는 데 도움이 될지도 모른다는 듯, 그가 다시 집 안을 응시하며 말했다. 어쨌든 그녀에게는 다른 사람이 있어요.

당신 친구들 중 하나예요?

그래요, 나도 그를 알아요. 오늘 밤 여기에는 없지만, 당신도 그를 만나게 될지 모르죠.

그가 집에서 고개를 돌리고 담뱃재를 톡톡 털어내자, 불똥 몇 개가 캄캄한 허공을 가르며 천천히 아래로 떨어졌다. 그 개는 껑충껑충 뛰며 창고를 지나간 다음 곧바로 빙글빙글 원을 그리며 주위를 몇 바퀴나 뛰어다녔다.

공평하게 말해서 그녀가 내 말을 들을 수 있다면, 그녀는 바로 내가 우리 사이를 망친 사람이라고 당신에게 말할 거예요. 펠릭스가 덧붙여 말했다.

당신이 뭘 어떻게 했는데요?

아, 아마도 그녀를 차갑게 대했던 것 같아요. 하여간 그녀 말에 따르면 그래요. 원한다면 직접 물어봐도 괜찮아요.

미소를 지으며 앨리스가 말했다. 내가 물어봐줬으면 좋겠어요?

맙소사, 아니에요. 나는 됐어요. 그 당시에 들을 만큼 들었거든요. 아직도 그 일로 울고 있는 건 아니니까, 걱정하지 마요.

그 당시에는 그 일로 울었나요?

그가 대답했다. 음, 말 그대로는 아니고요. 당신 말은 그런 의미죠? 실제로 울지는 않았지만, 뭐랄까, 그래요, 정말 열 받아서 울컥했죠.

실제로 울어본 적 있어요?

짧은 웃음을 터뜨리고는 그가 말했다. 아니요, 당신은요?

아, 자주요.

그가 말했다. 그래요? 무슨 일로 우는 거죠?

뭐든요, 정말이에요. 나는 아주 불행해요.

그가 그녀를 바라보며 말했다. 진심이에요? 왜요?

구체적인 이유는 없어요. 그냥 기분이 그래요. 나는 내 삶이 힘들다는 생각이 들어요.

그가 잠시 잠자코 있다가 고개를 돌려 자기 담배를 쳐다보며 말했다. 당신이 여기로 이사 온 자초지종을 아직 못 들은 것 같아요.

그녀가 말했다. 그리 즐거운 이야기는 아니에요. 신경쇠약에 걸렸었죠. 몇 주 동안 병원에 입원해 있다가 퇴원하면서 여기로 이사를 왔어요. 하지만 별로 신비스러운 일은 아니에요. 무슨 말인가 하면, 특별한 이유가 있어서 신경쇠약에 걸렸던 건 아니라는 거죠. 그리고 그건 비밀도 아니에요. 다들 아는 얘기죠.

펠릭스는 이 새로운 정보에 대해 곰곰이 생각하는 눈치였다. 당신 위키피디아 페이지에 그 얘기도 나와 있나요? 그가 물어보았다.

아니요. 내 말은, 내 지인들은 다 알고 있다는 거예요. 세상 사람들이 다 안다는 게 아니라요.

그런데 무슨 일로 신경쇠약에 걸렸던 거죠?

특별한 건 없었어요.

알았어요. 하지만 그렇다면 신경쇠약에 걸렸었다는 게 무슨 뜻이죠? 그러니까, 무슨 일이 있었던 거예요?

한쪽 입꼬리로 담배 연기를 길게 내뿜고 나서, 그녀가 말했다. 도무지 나 자신을 주체할 수 없을 것 같았어요. 그냥 항상 극도로 화가 나고 마음이 심란하기만 했죠. 마음의 평정을 찾지 못했고, 평범하게 살 수 없었어요. 이 이상 더 설명하지는 못하겠어요.

그 정도면 충분히 알겠어요.

그들은 침묵에 빠졌다. 앨리스는 그녀의 잔에서 마지막 와인 한 모금을 다 마시고 담배를 발로 비벼 끈 다음, 또다시 팔짱을 꼈다. 펠릭스는 마치 그녀가 그 자리에 있다는 걸 잊어버리기라도 한 것처럼, 심란한 표정으로 느릿느릿 담배를 계속 피웠다. 목청을 가다듬고 나서 그가 말했다. 우리 엄마가 돌아가시고 나서 나도 약간 그런 기분이었어요. 작년이었죠. 이제 막 생각해보기 시작했는데 말이죠. 있잖아요, 빌어먹을 삶이란 게 대체 무슨 의미가 있죠? 그 끝에 뭐가 있는 것도 아닌데. 내가 정말로 죽고 싶거나 뭐 그랬던 건 아니지만, 살아 있다는 게 그리 큰 의미가 있는 것 같지도 않았어요. 당신이 그런 걸 신경쇠약이라고 부를지도 모르겠어요. 나는 그냥 몇 달 동안 줄곧 일어나서 출근하거나 뭐 그런 것들에 대해서 별로 신경 쓰지 않고 지냈을 뿐이에요. 사실은 그러다가 다니던 직장을 잃었고, 그래서 지금 이 물류 창고에 와 있는 거예요. 그래요. 그래서 당신이 신경쇠약에 대해 무슨 말을 하는 건지 나도 대충은 알겠어요. 물론 내가 한 경험에는 다른 점들도 있겠지만, 그래요, 당신 마음을 이해할 수 있어요.

앨리스는 다시 한번 그에게 애도의 뜻을 표했고, 그는 그녀의 뜻을 순순히 받아들였다.

그녀가 말했다. 다음 주에 로마에 갈 거예요. 내 책의 이탈리아어 번역본이 나올 예정이거든요. 혹시 나랑 같이 갈 생각이 있는지 궁금하네요.

그는 그 초대에 조금도 놀란 기색을 보이지 않았다. 그는 창고 벽에 담뱃불을 몇 번 비벼 껐다. 그 개가 정원 맨 끝에서 한 번 더 짖었다.

나는 돈이 없어요. 펠릭스가 말했다.

저, 내가 다 부담해도 돼요. 나는 돈이 많고 유명하잖아요, 잊지 않았죠?

이 말에 그의 입가에 희미한 미소가 번졌다. 그가 말했다. 당신은 괴짜예요. 나는 그 말을 취소하지 않을 거예요. 얼마나 있다 올 거죠?

거기 수요일에 도착해서 월요일 아침에 다시 집으로 올 예정이에요. 하지만 당신이 원한다면, 더 오래 머물 수도 있어요.

그 순간 그가 웃음을 터뜨리고 말했다. 제기랄.

로마에 가본 적 있어요?

아니요.

그녀가 말했다. 그럼 꼭 가야 할 것 같네요. 좋아할 거예요.

내가 뭘 좋아할지 당신이 어떻게 알아요?

그들은 서로를 쳐다보았다. 너무 어두워서 둘 중 어느 쪽도 상대방의 얼굴에서 많은 걸 읽어낼 수 없었지만, 마치 그들이 볼 수 있는 것보다 본다는 행위 자체가 더 중요하기라도 한 것처럼 계속 쳐다보며 눈길을 거두지 않았다.

그녀가 말했다. 그야 모르죠. 그냥 그럴 것 같아요.

마침내 그가 고개를 돌려 그녀를 외면하면서 말했다. 좋아요. 갈게요.

6

날마다 나는 내 삶이 왜 이렇게 되어버렸는지 모르겠다는 생각을 해. 이 모든 일을(나에 대한 기사를 쓰게 내버려두고, 인터넷상에서 내 사진을 보고, 나 자신에 대한 세평을 읽는 등등) 참아야 한다는 것이 믿기지가 않아. 이렇게 말하면서, 나는 이런 생각을 해. 그게 다야? 그래서 뭐 어쩌라고? 하지만 사실 비록 별것 아닌 일일지라도, 나는 그 일 때문에 비참해져. 그리고 이런 삶을 살고 싶지 않아. 첫 번째 책을 내겠다고 원고를 보냈을 때, 그저 그다음 책을 완성할 수 있을 만큼 돈을 벌고 싶을 뿐이었어. 나는 결코 내 성격과 성장 과정에 대한 광범위한 공개적인 조사를 견뎌낼 수 있을 만큼 정신적으로 강한 사람이라고 광고하지 않았어. 의도적으로 유명해지는 사람들은(그러니까 명성을 조금 맛본 후에, 점점 더 유명해지고 싶어 하는 사람들은) 정신적으로 몹시 병들어 있어. 솔직히 말해서 나는 그렇다고 믿어. 우리 문화 도처에 이런 사람들이 마치 평범할 뿐 아니라 매력적이고 선망의 대상인 것처럼 노출되어 있다는 사실은, 우리를 망가뜨리는 사회적 병폐가 어느 정도인지를 보여줘. 그들은 무언가 문제가 있는 사람들이고, 우리가 그들을 바라보며 배움을 얻을 때 우리에게도 무언가 문제가 생겨.

그건 그렇고 유명한 작가는 그들의 유명한 책과 어떤 관계일까? 만약 내가 매너가 나쁘고, 인간 쓰레기에 기분 나쁜 말투로 말한다면(내 생각에는 아마 그런 것 같아), 그것이 내 소설들과 관계가 있을까? 그럴 리 없지. 작품은 전혀 다를 바 없이 똑같을 거야. 그렇다면 나와, 내 얼굴, 내 버릇 따위와 연관된다고 해서 그 책들에 득이 될 것이 뭐가 있을까? 아무것도 없어. 그런데 왜, 왜, 이런 식이 되어버리는 것일까? 그것은 누구의 이익에 부합할까? 그런 일은 나를 비참하게 만들고, 내 삶에서 의미가 있는 단 하나를 계속 멀리하게 하고, 공공의 이익에 아무런 기여도 하지 않고, 오로지 가장 천박하고 가장 외설적인 호기심만을 만족시키고, 전적으로 '작가'라는 지배적인 인물 주위에만 문학 담론의 장을 마련하는 역할을 해. 그런데도 그 작가의 생활 방식과 특이 사항들은 아무 이유도 없이 채택되어 역겨울 정도로 상세하게 다뤄져.

나는 나 자신인 이 인물과 계속 마주치고, 또 온 힘을 다해 싫어해. 그녀가 자신을 표현하는 방식을 싫어하고, 그녀의 외모를 싫어하고, 그녀의 의견이라면 무엇에 대한 의견이든 다 싫어해. 하지만 다른 사람들이 그녀에 대해 읽을 때, 그들은 그녀가 나라고 믿어. 이 사실에 직면하면 내가 이미 죽어버린 것 같은 기분이 들어.

물론 나는 불평을 할 수도 없어. 다들 항상 내게 '이 상황을 즐기라'고 말하기 때문이야. 그 사람들이 뭘 알겠니? 그들은 이런 지경에 이르렀던 적이 없고, 나는 그 모든 것을 나 혼자 감당해왔어. 좋아, 그건 그 나름대로 사소한 경험이었다고 쳐. 그리고 몇 달 혹은 몇 년 후면 모든 것이 다 잠잠해질 테고 아무도 나를 기억하지 못할 거야. 참 다행이지. 하지만 여전히 나는 변함없이 그런 일을 해야만 했고, 아무도 방법을 가르쳐주지 않는 상태에서 나 혼자 그 상황을 헤쳐 나가야만 했어. 그리고 그로 인해 나는 견딜 수 없을 정도로 나 자신을 혐오하게 되었어. 내가 할 수 있는 일이 무엇이든, 내가 가진 하찮은 재능이 무엇이든, 사람들은 내가 그것을 팔길 기대할 뿐이야. 무슨 말인가 하면, 말 그대로 돈을 받고 팔기를 기대한다는 거야. 돈은 많이 있지만, 재능은 하나도 남지 않을 때까지 말이야. 그러고 나면 그것으로 끝이야. 나는 끝장이 나. 그런 다음, 심리적 붕괴가 머지않은 겉만 번지르르한 또 한 명의 스물다섯 살짜리가 나타나. 만약 내가 그 과정에서 누군가 진실한 사람을 만났을지라도, 그들이 피에 굶주린 병적인 이기주의자들이 득시글거리는 군중 속에 몸을 너무 잘 숨기고 있어서 알아보지 못했어. 내가 실제로 알고 있는 진실한 사람들은 너와 사이먼뿐인 것 같아. 그리고 지금쯤 너는 나를 측은하게만 바라보겠지. 사랑이나 우정이 아니라 그저 측은한 마음으로만. 마치 내가 반쯤 죽어 길가에 누워 있는 어떤 존재이고, 가장 친절한 일은 나를 죽여서 그 고통에서 벗어나게 해주는 일인 것처럼 말이야.

후기 청동기 시대의 붕괴에 대한 네 이메일을 읽고 나서, 나는 문자 체계가 '온데간데없어질' 수 있다는 생각에 몹시 흥미를 느끼게 되었어. 사실 난 그것이 무슨 의미인지도 확실히 몰라서 자료를 찾아봐야만 했고, 결국 선형문자 B라고 불리는 것에 대해 많은 글을 읽게 되었어. 너는 이걸 이미 다 알고 있었던 거니? 요컨대 1900년경, 크레타 섬에서 한 영국 발굴대가 테라코타 욕조에 보관되어 있던 고대의 점토판들을 발견했어. 그 점토판은 알려지지 않은 언어의 음절 문자가 새겨져 있었고, 기원전 1400년경에 만들어진 것 같았지. 20세기 초 내내, 고전학자들과 언어학자들이 선형문자 B라고 알려진 그 기호들을 해독하려고 노력했지만 성공하지 못했지. 비록 그 선형문자 체계가 일반적인 문자와 비슷하기는 했지만, 어떤 언어를 기록한 것인지는 아무도 알아낼 수 없었어. 대부분의 학자는 그것이 크레타 섬의 미노스 문명의 소멸된 언어이며, 현대의 언어에는 그 흔적이 전혀 남아 있지 않다고 가정하고 있어. 1936년에 고고학자 아서 에반스가 여든다섯 살의 나이로, 런던에서 그 점토판들에 대한 강의를 했고, 그 강의에 마이클 벤트리스라는 이름의 열네 살 학생이 참석했지. 제2차 세계대전이 발발하기 전에, 이번에는 그리스 본토에서 새로운 평판 보관소가 발견되고 사진이 찍혔어. 그런데도 그 문자를 번역하거나 언어를 식별하려는 시도는 하나도 성공을 거두지 못했어. 그사이에 마이클 벤트리스는 자라서 건축가로 교육을 받았고, 전쟁 중에는 징집되어 영국 공군에 복무했어. 그는 언어학이나 고전 언어 분야에서 공식적인 학위를 받은 적은 없었지만, 그날 아서 에반스의 선형문자 B에 대한 강의는 결코 잊지 않았어. 전쟁이 끝난 후, 벤트리스는 영국으로 돌아가 그리스 본토에서 새로 발견된 평판의 사진들과 예전에 발견된 크레타의 점토판에 새겨진 글자들을 비교하기 시작했어. 그는 크레타의 점토판들에 새겨진 일정한 부호들이 필로스에서 발견된 표본들 중 어디에도 다시 사용되지 않았다는 것을 알아챘어. 그 특정한 부호들이 그 섬의 지명들을 나타낼지도 모른다고 추측했고. 바로 그 지점부터 연구를 시작해서, 그 문자를 해독하는 방법을 알아냈어. 선형문자 B가 사실은 고대 그리스어의 초기 문자 형태였다는 것을 밝혀낸 거야. 벤트리스의 연구는 그리스어가 미케네 문명의 언어라는 것을 입증했을 뿐만 아니라, 가장 오래된 것으로 알려진 사례들보다도 수백 년이나 앞선 그리스 문자의 증거를 제공했어. 그 발견이 있고 나서, 벤트리스와 고전학자이자 언어학자인 존 채드윅은 '미케네 그리스어 문헌'이라는 제목으로, 그 문자의 해석에 관한 책을 함께 썼어. 1956년에 그 책이 출판되기 몇 주 전에 벤트리스는 자기 차로 주차되어 있던 트럭을 들이받고 사망했어. 서른네 살이었지.

나는 지금 그 이야기를 적당히 극적인 형태로 간추렸어. 선형문자 B의 해독에 중요한 기여를 하고 마흔셋의 나이에 암으로 사망한 앨리스 코버라는 미국인 교수를 포함해, 수많은 다른 고전학자들이 관련되어 있지. 벤트리스, 선형문자 B, 아서 에반스, 앨리스 코버, 존 채드윅 등등 미케네 문명기의 그리스에 대한 위키피디아의 표제 항(사전 등에서 하나의 표제어에 대해 실질적으로 개념을 설명하고 있는 각각의 항목을 통틀어 이르는 말-옮긴이)들은 다소 무질서하고, 일부는 심지어 같은 일에 대해서 서로 다른 설명을 제공하기도 해. 벤트리스가 에반스의 강의에 참석했을 때 에반스는 여든네 살이었을까, 아니면 여든다섯 살이었을까? 그리고 벤트리스는 정말로 그날 처음으로 선형문자 B의 존재를 알게 되었을까? 아니면 이미 들어본 적이 있었을까? 그의 사망은 오직 가장 짧고 가장 수수께끼 같은 방식으로만 서술되어 있어. 위키피디아에 따르면, 그가 '자정 무렵 주차되어 있던 트럭과 충돌'한 후 '즉시' 사망했고, 검시관은 사고사로 판정했다고 해. 최근 들어 나는 고대 세계가 우리 마음에 되살아나는 것에 대해서 많이 생각했어. 시간의 이상한 틈새 사이로, 20세기의 엄청난 속도와 낭비와 무신론을 통해서, 줄담배를 피우다가 마흔셋에 사망한 앨리스 코버와 서른네 살에 자동차 충돌사고로 사망한 마이클 벤트리스의 손과 눈을 통해서 모습을 드러내는 것에 대해서 말이야.

어쨌든 이 모든 것이 청동기 시대에, 정교한 음절 문자가 그리스어를 문자로 표현하기 위해 발달되었고, 그런 다음 네가 알려준 그 붕괴 기간 동안, 그 모든 지식이 완전히 파괴되었다는 것을 의미해. 나중에 그리스어를 기술하기 위해 고안된 문자 체계들은 선형문자 B와 전혀 관계가 없어. 그 체계들을 발달시키고 사용한 사람들은 일찍이 선형문자 B가 존재했다는 것조차 전혀 알지 못했지. 참을 수 없는 것은, 처음 새겨졌을 때는 그 기호들이 그것을 쓰고 읽은 사람들에게 어떤 의미가 있었지만, 그 후 수천 년 동안은 전혀, 전혀, 전혀 아무 의미도 없었다는 점이야. 연결 고리가 끊어졌고, 역사가 멈춰버렸다는 이유로 말이지. 그러고 나서 20세기가 그 시계를 흔들어서 역사가 또다시 굴러가게 했어. 하지만 우리도 그렇게 할 수는 없을까? 방식은 달라도?

요전 날 에이든과 우연히 마주친 후 네 기분이 그렇게 끔찍했다니 안타까워. 그런 감정들은 의심의 여지없이 완전히 정상이야. 하지만 너를 아주 많이 사랑하고 네 삶의 모든 면에서 너를 위해 최선만을 바라는, 네 가장 친한 친구로서, 네가 그와 함께할 때 정말로 행복하지는 않았다는 것을 지적한다면 화가 날까? 상황을 끝내기로 결정한 사람이 바로 에이든이라는 것을 잘 알고, 그것이 틀림없이 고통스럽고 좌절감을 안겨주는 일이라는 것도 잘 알아. 속상해하지 말라고 설득하려는 건 아니야. 그저 내가 말하려고 하는 것은, 그것이 아주 좋은 관계는 아니었다는 것을 너도 마음속으로는 잘 알고 있는 것 같다는 거야. 헤어지고 싶은데 방법을 모르겠다고 나한테 여러 번 말했잖아. 내가 이런 말을 하는 것은 오로지, 네가 이미 지나간 과거를 돌아보며 에이든이야말로 네 영혼의 동반자였다거나, 그가 없으면 절대로 행복할 수 없을 거라고 믿는 걸 바라지 않기 때문이야. 너는 20대에 한 사람과 오래 사귀어봤지만 잘 풀리지 않았지. 그것이 곧 하느님이 너를 지목해서 실패와 고통으로 점철된 삶을 살라고 했다는 뜻은 아니야. 나도 20대에 꽤 오래 연애를 했지만, 잘 안 풀렸어. 기억나? 사이먼과 나탈리도 헤어지기 전까지 거의 5년 동안이나 함께했고. 너는 사이먼이나 내가 실패자라고 생각하니? 음, 이런. 지금 생각해보니 우리 셋 다 실패자인지도 모르겠어. 하지만 만약 그렇다면, 나는 성공한 사람이 되느니 차라리 실패자가 되겠어.

아니, 나는 내 생체시계에 대해 정말로 생각해본 적이 한 번도 없어. 어쨌든 내 출산 능력은 앞으로도 10년 정도는 계속 더 유지되면서 나를 괴롭힐 것 같아. 우리 어머니는 키스를 낳았을 때 마흔두 살이었거든. 하지만 나는 특별히 아이를 낳고 싶지는 않아. 네가 아이를 낳고 싶어 한다는 것도 몰랐어. 심지어 이런 세상인데도 그런 거야? 만약 그렇다면 너를 임신시켜줄 누군가를 찾는 것은 문제가 되지 않을 거야. 사이먼의 말처럼 너는 '애를 잘 낳을 외모'를 지니고 있어. 남자들은 그런 외모를 무척 좋아해. 마지막으로, 여전히 나를 보러 올 생각이 있는지 물어보고 싶어. 미리 알려주는 건데, 다음 주에는 로마에 있을 테지만 아마도 그다음 주에는 다시 집에 돌아와 있을 것 같아. 여기서 (정말로) 펠릭스라는 친구를 사귀었어. 그리고 만약 네가 그 사실을 믿을 수 있다면, 그가 나와 함께 로마로 갈 거라는 사실 또한 믿어야 할 거야. 아니, 이유는 설명 못 하겠으니까 아예 물어보지도 마. 그저 불현듯 이런 생각이 든 것뿐이야. 그를 초대하면 재미있지 않을까? 그리고 그는 불현듯 초대를 받아들이는 게 재미있을 거라는 생각이 든 것 같고. 확실히 그는 내가 별종이라고 생각하겠지만, 내가 그의 비행기표까지 다 부담할 거라서 자신이 손해

보는 일 따윈 없을 것이라는 점 또한 잘 알고 있어. 네가 그를 만나보면 좋겠어! 그게 네가 나를 찾아와야 할 또 하나의 이유야. 제발 그래 줄래? 언제나, 온 마음을 다해 사랑해.

7

같은 날인 목요일 저녁, 아일린은 자신이 다니는 잡지사에서 주최한 시 낭독회에 참석했다. 그 장소는 도심 북부에 있는 아트 센터였다. 행사가 시작되기 전, 아일린은 작은 테이블 앞에 앉아 그 잡지의 최신호를 판매했고, 그러는 사이 사람들은 와인 잔을 들고 눈길을 피하며, 그녀의 앞에 밀어닥쳐 북적대고 있었다. 이따금 누군가가 화장실이 어디에 있느냐고 묻곤 했고, 그녀는 매번 같은 손짓과 같은 어조의 목소리로 길을 알려주었다. 낭독이 시작되기 직전, 한 노인이 테이블 너머로 몸을 구부리고 그녀에게 '시인의 눈'을 가졌다고 말했다. 아일린은 얌전하게 빙긋 웃으며, 아마도 그의 말을 듣지 못한 척하려는 듯 안에서 행사가 곧 시작될 것 같다고 말했다. 낭독이 시작되자마자, 그녀는 금전 등록기를 잠근 다음 등 뒤에 있는 테이블에서 와인 한 잔을 집어 들고 대강당으로 들어갔다. 안에는 스무 명에서 스물다섯 명 정도의 사람들이 맨 앞 두 줄은 완전히 비워 둔 채 자리에 앉아 있었다. 편집장이 강단에서 첫 번째 낭독자를 소개하는 중이었다. 행사장에서 일하던 폴라라는 이름의 아일린 또래의 여자가 통로 자리에서 안쪽으로 옮겨 앉아, 아일린이 그녀 옆에 앉게 해주었다. 그녀가 나직한 목소리로 물어보았다. 많이 팔았니? 아일린이 대답했다. 2부. 한 작은 노인이 다가오는 것을 보고, 세 번째 고객이 걸려들었나 보다 생각했지만, 알고 보니 그저 내 눈을 칭찬하고 싶었던 것뿐이더라고. 폴라가 키득키득 웃고 나서 말했다. 뜻깊은 평일 저녁이었네. 아일린이 말했다. 적어도 지금은 내 눈이 예쁘다는 건 알아.

그 행사에는 막연히 '위기'라는 주제를 중심으로 함께 묶은 다섯 명의 시인들이 출연했다. 그들 중 두 명은 상실과 질병 같은 개인적인 위기를 다룬 작품의 일부분을 골라 읽었고, 한 명은 정치적 극단주의라는 주제를 다뤘다. 안경을 쓴 젊은 남자는 몹시 추상적이고 운율적인 시를 낭독하는 바람에, 위기라는 주제와 어떤 관계가 있는지 의문을 초래했고, 마지막 낭독자인 검은색 긴 원피스를 입은 여자는 10분 동안 출판사를 찾는 고충을 늘어놓느라 단 한 편의 시를 읽는 시간을 가진 것이 고작이었는데, 그 시는 운율을 맞춰 쓴 소네트(14행의 짧은 시로 이루어진 서양 시가-옮긴이)였다. 아일린은 자신의 휴대전화에 다음과 같은 내용의 메모를 입력했다. 6월의 달은 대개 숟가락 위로 진다('Moon June Spoon'처럼 뻔한 운율의 단어를 사용해 창조적 능력이 부족한 작가나 시인의 작품에 대해 흔히 사용하는 풍자적 농담의 일종-옮긴이). 그녀는 폴라에게 그 메모를 보여주었고, 폴라는 희미하게 미소를 짓고 나서 다시 낭독에 관심을 쏟았다. 아일린은 그 메모를 삭제했다. 낭독이 끝난 후, 그녀는 와인 한 잔을 더 집어 들고 책상 앞으로 가 다시 앉았다. 그 노인이 그녀에게 한 번 더 다가오더니 말했다. 당신이 직접 저 위에 올라가야 해요. 아일린은 상냥하게 고개를 끄덕였다. 그가 말했다. 확실해요. 당신은 그럴 능력이 있어요. 아일린이 소리를 냈다. 음. 그는 잡지를 사지 않고 가버렸다.

행사가 끝난 후, 아일린과 그 행사를 준비한 몇몇 다른 직원, 행사장 직원들이 근처 바로 술을 마시러 갔다. 아일린과 폴라는 또다시 함께 앉아서, 폴라는 커다란 자몽 조각 하나가 들어 있는 거대한 어항 같은 유리잔에 담겨 나온 진토닉을 마시고, 아일린은 얼음을 넣은 위스키를 마셨다. 그들은 '최악의 이별'에 대해 이야기하고 있었다. 폴라는 2년이나 질질 끌며 지속된 연애의 막바지를 설명하고 있었는데, 그 기간 동안 그녀와 그녀의 전 여자친구는 둘 다 계속 술에 취해 서로에게 문자를 보냈고, 필연적인 결과로 '엄청난 말다툼이나 섹스를' 했다. 한입 가득 단숨에 술을 삼키고 아일린이 말했다. 적절한 일 같지는 않아. 하지만 동시에, 적어도 너는 여전히 섹스는 하고 있었다고. 알겠니? 그 관계는 완전히 식어버린 게 아니었어. 만약 에이든이 술에 취했을 때 나한테 문자를 보낸다면, 그래, 어쩌면 결국 우리가 싸우게 될지도 모르지. 하지만 적어도 그가 내가 누구인지 기억하는 것처럼 느껴질 거야. 폴라는 그들이 몇 년 동안이나 함께 살았던 것을 보면, 그가 기억하고 있는 것이 확실하다고 말했다. 아일린은 얼굴을 찌푸린 것 같은 미소를 지으며 대답했다. 그래서 괴로워 죽을 지경이라는 거야. 내 20대의 절반을 그 사람과 함께 보냈는데, 결국 그는 그냥 내게 질려버린 거지. 그래서 그런 일이 생긴 거라는 뜻이야. 나는 그를 지루하게 했어. 어떤 면에서는 그게 나에 대해 무언가 중요한 점을 말해주는 것 같아. 그렇지? 틀림없어. 눈살을 찌푸리며 폴라가 대답했다. 아니, 그렇지 않아. 그 순간 아일린은 남의 이목을 의식한 듯 쓴웃음을 터뜨리며, 폴라의 팔을 꽉 쥐고는 말했다. 미안. 내가 한잔 살게.

11시쯤, 아일린은 혼자 침대에서 몸을 웅크리고 모로 누워 있었고, 그녀의 눈 밑은 화장이 살짝 번져 있었다. 그녀는 눈을 가늘게 뜨고 휴대전화를 바라보다가, SNS 앱을 누르자 화면이 열리고 로딩 중이라는 표시가 나타났다. 아일린은 엄지손가락을 화면 위로 옮겨 그 페이지가 뜨기를 기다리다가 느닷없이, 마치 충동적인 것처럼 그 앱을 닫았다. 그러곤 자신의 연락처를 탐색해서 '사이먼'으로 기재된 연락처를 선택하고 통화 버튼을 눌렀다. 전화벨이 세 번 울린 후에, 그가 전화를 받으며 말했다. 여보세요?

그녀가 말했다. 여보세요, 나야. 당신 혼자 있어?

수화기 너머에 있는 사이먼은 호텔 방의 침대에 앉아 있었다. 그의 오른쪽에는 두꺼운 크림색 커튼으로 가려진 창문이 있었고, 침대 맞은편 벽에는 커다란 벽걸이 텔레비전 세트가 걸려 있었다. 그는 침대 머리 판에 등을 기대고 두 다리를 쭉 뻗어 발목을 겹쳐놓았으며, 무릎 위에는 노트북을 켜 두었다. 그가 대답했다. 혼자 있어. 나 런던에 있는 거 알지? 별일 없어?

이런, 잊고 있었어. 지금 통화하기 어려운 거야? 끊어도 괜찮아.

아니야, 어렵지 않아. 그런데 오늘 밤에 시에 관해서 뭐 한다고 하지 않았어?

아일린은 그에게 그 행사에 대해 말했다. 그녀가 '6월의 달'에 관한 농담을 들려주자, 그는 그 뜻을 알아듣고 웃음을 터뜨렸다. 그녀가 그에게 말했다. 그리고 도널드 트럼프에 관한 시도 한 편 있었어. 사이먼은 그런 발상을 듣고 보니 진지하게 죽음의 품에 안기고 싶어진다고 말했다. 그녀는 그에게 런던에서 참석 중인 회의에 대해 물어보았고, 그는 '유럽연합을 넘어서: 국제 사회에서 영국의 미래'라는 제목의 '대담 시간'을 상세히 설명했다. 사이먼이 말했다. 다 똑같아 보이는 네 명의 안경을 쓴 중년 남자들뿐이었어. 한 장의 사진을 포토샵으로 조금씩 보정한 것처럼 서로 닮아 보였다는 뜻이야. 초현실적인 모습이었어. 아일린은 그에게 지금 무엇을 하고 있느냐고 물어보았고, 그는 무언가 업무와 관련된 일을 마무리하는 중이라고 대답했다. 그녀는 천장 몰딩의 바늘로 콕콕 찍어놓은 점 같은 희미한 무늬를 올려다보며 천천히 침대에 드러누웠다.

그녀가 말했다. 그렇게 늦게까지 일하면, 당신 건강에 좋지 않아. 어디에 있는 거야? 당신 호텔 방이야?

그가 대답했다. 맞아. 침대에 앉아 있어.

그녀는 누워서 발바닥이 매트리스에 딱 붙도록 무릎을 세웠다. 그녀가 말했다. 사이먼, 당신한테 뭐가 필요한지 알아? 당신 자신을 위한 사랑스러운 아내가 필요해. 안 그래? 사랑스러운 아내가 한밤중에 당신에게 다가와서 어깨에 한 손을 얹고, 이렇게 말하는 거야. 당신은 너무 늦게까지 일해. 이제 됐어, 그만 자자.

전화기를 반대쪽 귀로 옮기며 사이먼이 말했다. 참 설득력 있는 장면을 묘사하네.

출장에 여자친구랑 동행하면 안 돼?

그가 말했다. 그녀는 내 여자친구가 아니야. 그냥 내가 만나는 사람일 뿐이지.

그 차이를 잘 모르겠어. 여자친구와 만나는 사람의 차이점이 대체 뭐야?

우리는 독점적인 관계가 아니야.

아일린이 비어 있는 손으로 눈을 비비자, 그 손에 짙은 화장이 묻으며 광대뼈 너머 옆얼굴로 번져 나갔다. 그러니까 당신도 누군가 다른 사람과 섹스를 하는 거구나? 그녀가 말했다.

아니, 나는 안 그래. 하지만 그녀는 그런다고 믿고 있어.

그 순간 아일린이 손을 툭 떨어뜨리며 말했다. 그녀가 그런다고? 세상에, 그 다른 남자가 얼마나 매력적인데?

재미있다는 듯 그가 대답했다. 전혀 몰라. 왜 물어보는 거야?

내 말은 그저, 만약 그가 당신보다 매력이 부족하다면, 굳이 왜 그러냐는 거지. 그리고 만약 그가 당신만큼 매력적이라면…… 음, 그 여자를 만나서 악수를 하고 싶어질 것 같아.

그가 나보다 더 매력적이면 어쩌지?

설마. 불가능해.

침대 머리 판에 편하게 몸을 기대고 그가 말했다. 내가 너무 잘생겨서 그렇다는 말이야?

그래.

알아. 그래도 한 번 말해봐.

그 순간 그녀가 웃음을 터뜨리고 나서 말했다. 당신이 너무 잘생겨서 그래.

아일린, 고마워. 정말 친절하네. 너도 그리 못생기지는 않았어.

그녀는 머리를 베개에 푹 파묻으며 편하게 누웠다. 오늘 앨리스한테 이메일을 받았어.

잘됐네. 그녀는 좀 어때?

그 애 말로는, 에이든이랑 내가 정말로 그렇게 행복하지는 않았기 때문에, 그가 나와 헤어진 건 별일 아니래.

사이먼은 마치 아일린이 계속 말하기를 기다리기라도 하는 것처럼 잠시 머뭇거리다가 곧이어 물어보았다. 정말 그렇게 말했어?

정확히 그렇게 말했어.

그러면 네 생각은 어때?

아일린은 한숨을 내쉬고 대답했다. 신경 쓰지 마.

아주 세심하게 들리는 말은 아닌 것 같은데.

그녀가 눈을 감은 채 말했다. 당신은 항상 그 애를 옹호해주더라.

방금 그녀가 무신경했다고 말했는데.

하지만 그 애 말에 일리가 있다고 생각하잖아.

그는 침대 머리맡 테이블 위에 놓인 호텔 이름이 새겨진 펜을 만지작거리며 얼굴을 찌푸리고 있었다. 그가 말했다. 아니야, 나는 그가 너한테는 부족한 상대였다고 생각해. 하지만 그건 다른 얘기야. 그녀가 정말로 별일 아니라고 했니?

사실상 그런 말이었어. 참, 그 애가 다음 주에 자기 책 홍보하러 로마에 갈 예정이라는 거 알고 있지?

그가 펜을 다시 내려놓고 되물었다. 그래? 나는 그녀가 그딴 일에서 다 벗어나서 쉬고 있는 줄 알았어.

그랬지. 그 애가 지겨워지기 전까지는.

그렇군. 그거 재미있네. 나는 줄곧 그녀를 보러 가려고 했지만, 그녀는 항상 지금은 좋은 때가 아니라고 해. 그녀가 걱정되니?

거친 웃음을 터뜨리고 나서 아일린이 말했다. 아니, 걱정 안 해. 짜증이 나. 걱정은 당신이 하겠지.

너는 둘 다일 거야. 그가 자기 의견을 말했다.

당신은 누구 편이야?

미소를 지으며 달래는 어조의 나직한 목소리로 그가 대답했다. 나야 네 편이지, 공주님.

그러자 그녀는 마지못해 쓴웃음을 지으며, 앞머리를 뒤로 쓸어 넘겼다. 벌써 침대에 누워 있어? 그녀가 물어보았다.

아니, 일어나 앉아 있어. 네가 내가 침대에 눕기를 바란다면 또 모르지만.

그래, 그랬으면 좋겠어.

아, 좋아. 그거야 조율할 수 있는 문제지.

그는 일어나서 노트북을 벽 거울 앞에 있는 작은 책상에 내려놓았다. 그의 등 뒤 바닥 공간은 대부분 침대가 차지하고 있었고, 그 침대는 팽팽하게 잡아당겨 매트리스 밑에 끼워 넣은 하얀 시트로 잘 정돈되어 있었다. 그는 노트북을 벽에 있는 충전 케이블에 연결하는 동안에도 여전히 전화기를 들고 있었다.

아일린이 말했다. 당신 아내가 지금 거기 있다면, 당신 넥타이를 풀어줄 거야. 넥타이를 매고 있어?

아니.

뭘 입고 있어?

거울에 비친 자신의 모습을 흘깃 보고는 다시 눈길을 돌려 침대 쪽을 바라보며 그가 말했다. 나머지 정장은 다 차려입고 있어. 물론, 구두는 말고. 그건 방에 들어오면 벗어버려. 문명인답게.

그럼 그다음에는 재킷을 벗는 거지? 그녀가 말했다.

휴대전화를 양손에 번갈아 바꿔 들고 재킷을 벗으면서, 그가 말했다. 그게 일을 처리하는 일반적인 순서겠지.

그러면 아내가 당신을 위해 재킷을 벗겨서 걸어놓을 거야. 아일린이 말했다.

그녀는 정말 친절하군.

그리고 그녀는 당신을 위해 셔츠 단추를 풀어줄 거야. 단순히 절차상 필요해서만이 아니라, 상냥하고 애정 어린 방식으로 말이야. 그것도 걸어놔야 해?

사이먼은 한 손으로 셔츠 단추를 풀면서 아니라고, 그것은 그가 집에 가서 세탁을 하기 위해 그의 여행 가방에 다시 집어넣을 뿐이라고 말했다.

아일린이 말했다. 그러고 나서는, 다음 차례가 어떤 건지 잘 모르겠어. 벨트 같은 것도 하고 있어?

그래. 그가 말했다.

두 눈을 감고, 아일린이 말을 이어갔다. 그녀는 다음에는 벨트를 풀어서, 어디든 그걸 두는 곳에 치워놔. 이럴 때면 늘, 벨트를 풀고 나서 어디에 둬?

옷걸이에 걸어.

아일린이 말했다. 당신은 정말 깔끔해. 그게 바로 아내가 당신을 사랑하는 이유 중 하나야.

왜? 그녀 자신도 깔끔한 사람이라서? 아니면, 정반대인 사람들이 서로 끌리는 법이니까, 그런 면을 사랑하는 건가?

음. 그녀가 정말로 단정치 못하다거나 뭐 그런 건 아니지만, 당신만큼 깔끔하지는 않아. 그리고 그녀는 당신을 동경하고 있어. 이제 옷 다 벗었어?

그가 말했다. 아직 아니야. 나는 줄곧 전화를 쥐고 있었잖아. 잠깐 내려놨다가 다시 집어 들어도 될까?

남의 이목을 의식하듯 수줍은 미소를 지으며 아일린이 대답했다. 되고말고. 내가 당신을 인질로 붙잡고 있는 게 아니잖아.

그래. 하지만 네가 지루해져서 갑자기 내 전화를 끊어버리는 걸 원하지는 않거든.

걱정 마. 안 그럴 거야.

그는 가장 가까운 침대 모서리에 전화기를 내려놓고 옷을 마저 벗었다. 아일린은 눈을 감고 누워서, 전화기를 느슨하게 쥔 오른손을 얼굴 근처에 두고 있었다. 사이먼은 이제 짙은 회색 사각팬티만 입고서 다시 전화기를 집어 들고는 침대에 누워 베개를 벤 후 말했다. 나야.

아일린이 말했다. 보통 몇 시에 일이 끝나? 그냥 궁금해서 그래.

8시쯤. 아마 최근에는 8시 반이 더 맞는 말이겠다. 다들 바빠서 말이야.

당신 아내는 그것보다는 훨씬 일찍 끝나는 일을 할 거야.

사이먼이 말했다. 그럴까? 부럽네.

그리고 당신이 집에 오면, 그녀가 저녁을 차려놓고 기다릴 거야.

그가 미소를 지으며 물어보았다. 내가 그렇게 구식인 것 같아?

아일린은 마치 그녀의 몽상이 방해를 받기라도 한 것처럼, 두 눈을 떴다. 그녀가 말했다. 나는 당신이 한 사람의 인간이라고 생각해. 만약 8시 반까지 직장에서 옴짝달싹 못하고 있다면 누군들 자신을 위해 차려져 있는 저녁을 먹고 싶지 않겠어? 차라리 빈집에 와서 저녁을 직접 만들고 싶은 거라면 내가 사과할게.

그가 말했다. 아니, 빈집에 가는 거 별로 좋아하지 않아. 그리고 환상이라는 게 다 그렇듯이, 나도 지극정성으로 챙겨준다는 데 정말로 이의가 있다는 건 아니야. 그저 인생의 동반자에게 기대하는 일은 아니라는 것뿐이지.

이런, 내가 당신의 페미니스트 원칙을 위반하려고 하는 거구나. 여기까지만 할게.

제발 그러지 마. 아내와 내가 저녁 식사 후에 뭘 할 건지 듣고 싶을 뿐이야.

아일린이 다시 눈을 감고 말했다. 음, 물론 그녀는 좋은 아내이니까, 당신이 굳이 그래야 한다면 일을 좀 하게 내버려둘 거야. 하지만 밤늦게까지는 아니고. 그런 다음 그녀는 자러 가고 싶어 해. 내가 알기로는, 당신이 지금 있는 곳에 말이야.

정말이야.

반사적으로 기분 좋은 함박웃음을 지으며 아일린이 말을 이어갔다. 오늘 하루 직장에서 잘 보냈어? 아니면 운 나쁜 날이었어?

괜찮은 편이었어.

그리고 당신은 이제 피곤해.

그가 말했다. 그렇다고 너랑 얘기도 못 할 정도는 아니야. 하지만 맞아. 피곤하기는 해.

아내는 이 모든 세부적인 요소들에 익숙해져 있어서, 물어볼 필요도 없을 거야. 만약 긴 하루를 보내고 피곤하다면, 당신은 11시쯤에 잠자리에 들고, 아내가 입으로 애무를 해줄 것 같아. 그녀가 정말 잘하는 일이지. 하지만 저속한 방식이 아니라, 부부 사이에 있을 법한 아주 친밀하거나 뭐 그런 일들처럼 말이야.

사이먼은 오른손에 전화기를 들고, 왼손으로 사각팬티의 얇은 면직물을 사이에 두고 자기 자신을 만졌다. 그가 말했다. 고맙게 생각하지 않는다는 건 아니지만, 왜 입으로 해주는 걸 받기만 하고 있는 거야?

웃음을 터뜨리고 나서 아일린이 말했다. 피곤하다고 했잖아.

아, 너무 피곤해서 내 아내와 사랑을 나누지 못할 정도는 아니야.

당신의 사내다움을 의심하려던 건 아니었어. 그저 당신이 그걸 좋아할 줄 알았을 뿐이야. 어쨌든 나는 오해할 수도 있어, 그건 괜찮아. 아내는 절대로 오해하지 않을 거야.

그녀가 오해해도 괜찮아. 어쨌든 나는 그녀를 사랑할 거야.

솔직히 말해서 당신이 오럴 섹스를 좋아하는 줄 알았어.

그러자 싱긋 웃으며 사이먼이 대답했다. 좋아해, 정말 좋아해. 하지만 가상의 아내와 딱 하룻밤만 함께한다면 더 많은 걸 해보고 싶어. 내키지 않는다면 자세히 말할 필요는 없어.

아일린이 말했다. 천만에, 세부적인 묘사야말로 내 삶의 목적인 걸. 우리가 어디까지 얘기했지? 당신은 특유의 능수능란한 솜씨로 아내의 옷을 벗겨.

그러자 자기 속옷 안으로 손을 넣으며 그가 말했다. 나는 너무 친절해.

그녀가 매우 아름답다고 믿어도 좋아. 하지만 내가 감히 그녀의 몸매를 묘사하지는 않겠어. 남자들한테 자기 나름의 미묘한 취향과 기호가 있다는 걸 알고 있어.

공식적으로 자유를 허락해줘서 고마워. 그녀의 모습을 생생하게 그려볼 수 있어.

아일린이 말했다. 그래? 그러고 보니 그녀가 어떻게 생겼는지 궁금하네. 그녀는 금발이야? 말하지 마. 장담하건대 그녀는 금발이고, 어, 키는 160센티미터쯤일 거야.

그러자 그가 웃음을 터뜨리고 말했다. 아니야.

좋아. 음, 말하지는 마. 그건 그렇고, 그녀는 푹 젖었어. 하루 종일 당신이 자기를 만져주기를 기다리고 있었기 때문이야.

그는 두 눈을 꼭 감았다. 전화기에 대고 그가 말했다. 내가 그녀를 만져도 되는 거야?

응.

그다음에는 또 뭐지?

아일린은 남은 손으로 자신의 젖가슴을 부드럽게 감싸 쥐고 엄지손가락 끝으로 젖꼭지 주위에 원을 그렸다. 그녀가 말했다. 음, 당신은 그녀의 눈을 보고 그녀가 흥분한 걸 알 수 있어. 하지만 동시에 그녀는 초초해하기도 해. 당신을 아주 많이 사랑하지만, 정말로 당신을 속속들이 아는 건 아니라는 걸 가끔씩 불안해하는 거지. 당신이 거리를 둘 수도 있기 때문이야. 아니면 거리를 두지는 않지만, 둘 사이에 벽을 칠 수도 있고. 나는 그저 당신이 성적인 상호작용을 더 잘 이해하게끔, 무대 뒤에서 밑그림만 그리고 있는 것뿐이야. 그녀는 당신을 존경하고 행복하게 해주고 싶어 하기 때문에 초조해해. 때로는 당신이 기뻐하지 않는 걸 두려워하며, 어쩔 줄 몰라 하기도 해. 어쨌든 당신이 침대 위로 올라가면, 그녀는 당신 밑에서 작은 나뭇잎처럼 오들오들 떨고 있어. 그리고 당신은 아무 말도 하지 않고, 그냥 섹스를 하기 시작해. 아니, 아까 당신이 뭐라고 했더라? 당신은 그녀와 사랑을 나눠. 됐지?

그가 말했다. 음, 그리고 그녀는 그걸 좋아해?

아, 그럼. 그녀는 당신과 결혼하기 전에는 상당히 순진했던 것 같아. 그래서 둘이 함께 잠자리에 누워 있을 때 당신한테 꼭 매달려 있는 거야. 너무 벅차니까 말이야. 아마도 그녀는 그러는 내내 오르가슴을 느끼고 싶어 할 거야. 당신은 그녀에게 정말 좋은 여자라고, 그녀가 자랑스럽다고, 그녀를 사랑한다고 말할 테고, 그녀는 당신을 믿어. 당신이 그녀를 무척 사랑한다는 걸 명심해, 그게 차이를 만드니까. 나는 당신에 대해 많은 걸 알지만, 그건 내가 모르는 당신의 일면이야. 당신이 사랑하는 여자와 어떻게 행동하는지 말이야. 미안, 지금 이야기가 딴 데로 새고 있네. 당신 아내가 당신에게 입으로 해주는 일에 대해 그런 말을 한 이유는 말이야, 내가 많이 생각해보는 일이기 때문에 무의식중에 그 얘기를 꺼낸 것 같아. 우리가 파리에서 그렇게 했던 거 기억나? 중요한 건 아니야. 그저 당신이 그걸 좋아했다는 것만 기억이 나. 그 덕분에 나는 무척 자신만만해졌었어. 그건 그렇고, 얘기가 점점 산으로 가고 있네. 당신이 아내와 섹스하는 걸 묘사하고 있었는데 말이야. 장담하는데 그녀는 나보다 엄청나게 예쁘고 어릴 거야. 그리고 뭐랄까, 살짝 백치미마저 흐를지 모르지. 만약 내가 정말로 제멋대로 굴 작정이라면, 당신이 아내와 함께 잠자리에 들었을 때, 매번은 아니지만 딱 이번 한 번만은, 당신이 내 생각을 하게 했을 거야. 일부러 그럴 필요도 없어. 사소한 생각이나 추억이 당신 마음을 스쳐 지나가는 거, 그거면 충분해. 지금 이대로의 내가 아니라, 스무 살이나 뭐 그때쯤의 나 말이야. 있잖아, 그 당시에 당신은 정말이지 나한테 무척 잘해줬어. 그러니까 당신은 완벽한 아내와 섹스를 하는 중이고 그녀는 이 세상에서 가장 아름다운 여자이고 당신은 그녀를 그 무엇보다도 사랑하지만, 당신이 그녀 안에 있고, 그녀가 부들부들 떨고 전율하면서 당신 이름을 읊조리는 그 짧은 순간에도, 당신은 내 생각을 하고 있어. 우리가 더 어렸을 때 파리에서 함께했던 일들, 예를 들어 파리에서 내가 당신이 내 입안에서 일을 마치게 해줬던 걸 떠올리면서, 그때 그게 얼마나 좋았는지를, 그러니까 그런 식으로 나를 가지고, 내게 그 일이 특별했다고 말한 것을 기억해내고 있어. 있잖아, 어쩌면 정말 그랬을지도 몰라. 만약 당신이 몇 년이나 되는 이 세월이 흐른 후에도 아내와 함께 잠자리에 들어서 여전히 그 일을 생각하고 있다면, 아마도 그 일은 특별했을 거야. 어떤 일들은 그래.

그 순간 그는 오르가슴에 도달하는 중이었고, 숨은 거칠었다. 그는 두 눈을 꼭 감았다. 아일린은 말을 멈춘 채 가만히 누워 있었고, 얼굴이 화끈거리는 것처럼 보였다. 그는 이런 소리를 냈다. 흠. 잠깐 동안 그들은 둘 다 조용했다. 그러고 나서 낮은 목소리로 그녀가 물어보았다. 우리 1분만 더 통화할 수 있을까? 사이먼은 다시 눈을 뜨고 침대 머리맡 캐비닛 위의 티슈 갑에서 티슈를 뽑아 그의 손과 몸을 닦기 시작했다.

그가 말했다. 네가 원하는 만큼 얼마든지. 아주 좋았어. 고마워.

아일린은 마치 한시름 놓았다는 듯 바보같이 웃음을 터뜨렸다. 그녀의 양 볼과 이마가 환히 빛났다. 그녀가 말했다. 와, 천만에. 당신이 늘 '고맙다'고 말하는 사람들 중 하나라는 걸 잊고 있었어. 당신의 그 말은 정말 큰 힘을 줘. 당신은 90퍼센트 정도 바람둥이지만, 가끔 숫총각처럼 행동해서 바람둥이 이미지를 희석해버려. 존경스럽다고 말할 수밖에 없어. 이제 우리가 실제로 서로를 보면 어색할까?

사용한 티슈를 침대 머리맡 캐비닛 위에 떨어뜨리고 새로 티슈를 뽑으며 사이먼이 말했다. 아니, 우리 둘 다 그냥 아무 일 없었던 것처럼 행동할 거야. 그렇지? 언젠가 네가, 나한테는 얼굴 표정이 고작 하나밖에 없다고 말했던 것 같은데.

내가 정말 그렇게 말했어? 나 정말 냉정하네. 어쨌든 당신한테는 표정이 적어도 두 개는 있다고. 재미있어하는 표정이랑, 걱정스러워하는 표정 말이야.

그는 미소를 지으며 손으로 자기 가슴을 쓰다듬고 있었다. 그가 말했다. 네가 냉정하게 굴고 있던 건 아니었어. 그냥 농담이었지.

당신 아내는 당신한테 절대로 그런 식으로 말하지 않을 거야.

왜? 나를 열렬히 사랑하니까?

아일린이 말했다. 맞아. 당신은 그녀에게 아버지 같은 존재야.

익살스럽게 끙 하는 신음을 내고 나서 그가 말했다. 그것참 멋지네. 아일린이 싱긋 웃으며 말했다. 당신은 틀림없이 그게 멋지다고 생각할 거야. 당신이 그럴 줄 알았어. 한 손을 자신의 납작한 배 위에 얹은 채 사이먼이 말했다. 너는 모르는 게 없어. 아일린이 입술을 삐죽거리며 말했다. 당신에 대해서는 아니야. 다 알지는 못한다고. 두 눈을 감은 채 피곤해 보이는 얼굴로 그가 말했다. 그 환상의 가장 현실적인 부분은 내가 파리에서의 너를 생각하기 시작했을 때였던 것 같아. 그 순간 그녀가 숨을 깊게 들이마시는 듯했다. 잠시 후 그녀는 조용한 목소리로 말했다. 당신은 오로지 나를 기쁘게 해주려고 그런 말을 하는 것에 불과해. 반사적으로 미소 지으며 그가 말했다. 음, 그러면 공평할 것 같은데, 안 그래? 하지만 아니야, 나는 진실을 말하고 있어. 우리 가까운 시일 안에 만날 수 있을까? 아일린은 좋다고 했다. 그가 덧붙여 말했다. 평소처럼 행동할게. 아무 걱정 마. 둘은 전화를 끊은 후, 그녀는 휴대전화에 충전 케이블을 연결하고 침대 머리맡 조명을 껐다. 도시의 빛 공해로 인한 인공적인 주황색 불빛이 그녀의 침실 창문의 얇은 커튼으로 비쳐 들었다. 그녀는 여전히 눈을 뜬 채, 1분 30초 동안 자신의 몸을 만지더니, 소리 없이 오르가슴에 도달하고는 이내 모로 돌아누워 잠을 청했다.

8

친애하는 앨리스에게. 로마에 갈 예정이라고 한다면, 일 때문에 간다는 말이니? 주제넘게 참견하고 싶지는 않지만, 내 생각에는 네가 당분간은 휴식을 취하고 있어야 할 것 같았거든? 물론 여행은 잘 다녀오기를 바라. 단지 이렇게 빨리 공식적인 행사를 다시 시작하는 것이 좋은 생각인지 모르겠어. 만약 네 말대로 네가 아는 모든 사람이 피에 굶주려 너를 죽이거나 죽도록 학대하고 싶어 한다는, 출판계에 대한 과장된 이메일들을 나에게 쓰면서 카타르시스를 느낀다면, 계속 그렇게 하도록 해. 네가 일을 하면서 줄곧 나쁜 사람들을 만났다는 데는 의심의 여지가 없지만, 지루하고 윤리적인 보통 사람들도 많이 만나지 않았을까 싶어. 그나저나, 네가 고통스러워한다는 것을 부인하는 건 아니야. 네가 그렇다는 걸 잘 알고 있고, 그래서 네가 또다시 이 모든 일을 감수하겠다고 나선 것에 깜짝 놀랐어. 더블린에서 비행기를 타고 가는 거니? 만약 그렇다면 그 전에 우리가 서로 만날 수도 있을 텐데…….

이 답장을 쓰려고 앉아 있으면서 내가 기분이 나쁘다고 생각하지 않았지만, 사실은 그런지도 모르겠어. 네 끔찍한 삶이 사실은 특권이라고 느끼게 하려는 건 아니야. 비록 모든 합리적인 정의에 따르면, 그야말로 말 그대로 특권이기는 하지만 말이야. 자, 나는 1년에 2만 유로 정도를 벌고 그중 3분의 2를 나를 싫어하는 사람들과 함께 조그마한 아파트에서 살려고 집세로 지불해. 그리고 너는 1년에 20만 유로 정도를 벌고(?), 시골 대저택에 혼자 살아. 하지만 그렇다고 해도 네가 삶을 즐기는 것 이상으로 내가 네 삶을 즐길 수 있을 것 같지는 않아. 네가 지적한 대로, 그것을 즐길 수 있는 사람은 누구든지 틀림없이 무언가 문제가 있는 사람일 거야. 하지만 우리는 모두 무언가 문제가 있는 사람들이잖아, 안 그래? 나는 오늘 인터넷을 너무 오래 보는 바람에, 기분이 우울해지기 시작했어. 최악인 건 사실 인터넷상에서 사람들의 의도는 대체로 선하고 일시적인 감정도 아예 틀린 것은 아닌 듯하지만, 우리의 정치 용어가 20세기 이후로 너무 심각하고 빠르게 쇠퇴했기 때문에 현재의 역사적인 순간을 이해하려는 대부분의 시도가 나중에 알고 보면 본질적으로는 횡설수설에 불과하다는 거야. 모든 사람은 당연하게도 특정한 정체성의 범주에 속하지만, 동시에 그러한 범주들이 무엇으로 구성되고, 어떻게 생겨났으며, 어떤 목적에 기여하는지는 명확히 밝히기를 대체로 꺼리지. 단 하나의 명백한 도식은 모든 피해자 집단(가난한 가정에서 태어난 사람들, 여자들, 유색인종)에게는 억압자 집단(부유한 가정에서 태어난 사람들, 남자들, 백인종)이 있다는 것뿐이야. 하지만 이런 틀에서 피해자들은 초월적으로 선하고 억압자들은 개별적으로 악하기 때문에, 피해자와 억압자가 맺는 관계들은 역사적이라기보다는 신학적이야. 이런 이유로 특정한 정체성 집단에 대한 개인의 구성원 자격은 윤리적으로 그 무엇보다 중요한 문제이고, 우리는 담론의 많은 부분을 개인을 그들에게 적절한 집단으로 분류하는 것, 다시 말해 그들에게 적절한 도덕적 심판을 내리는 데 할애하지.

만약 진지한 정치적 활동이 여전히 가능하더라도(이것은 내 생각에 현시점에서는 아직 답을 찾지 못한 문제인 것 같은데) 우리 같은 사람들은 참여할 수 없을지도 몰라. 아마 틀림없이 그럴 거야. 그리고 솔직히 말해서, 우리가 인류의 더 큰 이익을 위해 죽어야 한다면 나는 양처럼 순순히 받아들일 거야. 이런 삶을 살 자격이 없고, 심지어 이런 삶을 즐기지도 않기 때문이야. 하지만 그 프로젝트에 어떤 식으로든, 뭐가 됐든 도움을 주고 싶을 거야. 그리고 내가 아주 조금밖에 도와줄 수 없다고 하더라도 상관하지 않을 거야. 나는 나 자신의 이익을 위해서 행동하고 있을 테니까. 물론 방식은 다르겠지만, 우리가 짐승 취급하고 있는 것은 바로 우리 자신이니까 말이야. 아무도 이렇게 살고 싶어 하지는 않아. 아니, 적어도 나는 이렇게 살고 싶지 않아. 나는 다르게 살고 싶어. 아니, 만약 필요하다면 죽어서라도 다른 사람들이 언젠가는 다르게 살 수 있게 하고 싶어. 하지만 인터넷을 살펴봐도, 목숨을 내놓을 만한 가치가 있는 아이디어들은 별로 보이지 않아. 그곳에 존재하는 단 한 가지 생각은 우리가 우리 앞에 펼쳐지는 엄청난 인간의 고통을 지켜보며, 가장 궁핍한 사람들과 가장 억압받는 사람들이 뒤돌아서서 그 고통을 멈출 방법을 우리에게 말해주기를 기다려야 한다는 거야. 착취라는 상황이 저절로 착취에 대한 해결책을 만들어낼 것이라는 묘하게 설명되지 않은 믿음이 존재하는 것 같고, 그렇지 않다고 암시하는 것은 마치 맨스플레인처럼 짐짓 겸손한 체하고 잘난 체하는 것 같아 보여. 하지만 만약 그 상황이 해결책을 만들어내지 못하면 어쩌지? 만약 우리의 기다림이 헛

된 것이고, 이 모든 사람이 그들 자신의 고통을 끝낼 수단도 없이 고통을 받고 있는 것이라면 어쩌지? 그리고 그 수단을 가지고 있는 우리는, 행동하는 사람들은 비난 받는다는 이유로 그들의 고통에 대해 무언가 조치를 취하길 거부하는 거야. 아, 다 그럴 만하다고 쳐. 그런데 과연 나는 어떤 행동을 한 적이 있을까? 변호를 좀 하자면, 나는 아주 피곤한 데다가 좋은 생각이 아무것도 떠오르지 않아. 정말이지 내 문제는 답을 다 가지고 있지 않은 다른 모든 사람들에게 짜증이 난다는 거야. 나 또한 아무 답도 가지고 있지 않으면서 말이야. 그러면서 다른 사람들에게 겸손과 열린 마음을 요구하는 나란 사람은 대체 누구일까? 내가 일찍이 세상에 무엇을 주었기에, 보답으로 그렇게 많은 것을 요구하는 걸까? 내가 먼지 더미로 분해가 되어도 세상은 신경도 안 쓸 테고, 그것이 당연한 건데 말이야.

그건 그렇고, 나한테 새로운 이론이 있어. 들어볼래? 만약 원치 않으면 이 글은 못 본 체 넘어가. 내 이론은 인간이 1976년에 아름다움에 대한 본능을 상실했다는 거야. 1976년은 플라스틱이 현존하는 가장 널리 퍼진 물질이 된 해였어. 1976년 전과 후의 거리 사진을 보면 진행 중인 변화를 실제로 볼 수가 있어. 우리에게 미를 추구하는 노스탤지어에 회의적인 태도를 보일 만한 타당한 이유가 있다는 것은 잘 알지만, 1970년대 이전에 사람들이 양모와 면으로 된 튼튼한 옷을 입고, 음료수를 유리병에 담아 보관하고, 식료품을 종이로 포장하고, 그들의 집을 견고한 원목 가구로 채웠다는 사실은 여전히 변하지 않아. 현재 우리의 시각적 환경 안에 있는 대부분의 물체는 지구상에서 가장 추악한 물질인 플라스틱으로 만들어져 있어. 이 물질은 염색이 될 때 색이 흡수되지 않고, 사실상 스며 나와. 비길 데 없이 추한 방식으로 말이야. 정부가 내 동의를 받으면서 할 수 있는 한 가지 일은 (그런 일은 많지 않아) 인간의 삶을 유지하기 위해 긴급하게 필요하지 않은 플라스틱은 어떤 종류든 전부 생산을 금지하는 거야. 네 생각은 어떠니?

이 펠릭스라는 사람에 대해서 네가 왜 그렇게 말을 잘 안 하려고 하는지 모르겠어. 그 남자 누구니? 그 남자랑 자는 거야? 말하고 싶지 않으면 안 해도 돼. 사이먼은 나한테 더 이상 아무 말도 안 해줘. 듣자 하니 그는 스물세 살짜리와 두 달 정도 데이트를 하고 있는데, 나는 심지어 그녀를 본 적도 없어. 말할 필요도 없이(내가 열다섯 살이었을 때 벌써 20대 성인 남자였던) 사이먼이 나보다 여섯 살이나 어린 여자와 정기적으로 섹스를 하고 있다는 생각만 해도 나는 무덤 속으로 곧장 기어들어 가고 싶어져. 게다가 칙칙한 갈색 머리카락과 피에르 부르디외(프랑스의 사회학자이자 철학자, 비평가-옮긴이)에 대해 흥미로운 의견을 가진 어떤 못생긴 괴짜 꼬맹이 따위가 결코 아니야. 항상 팔로워 수가 1만 7,000명에 달하고 스킨케어 브랜드들에서 보내는 무료 샘플을 받는 인스타그램 모델 같은 여자라고. 앨리스, 나는 매력적인 젊은 여자들의 외모에 대한 허영심을 그저 지루하고 창피한 것으로 몰아가는 게 정말 싫어. 내가 제일 형편없어. 호들갑을 떨고 싶지는 않지만, 만약 사이먼이 이 여자애를 임신이라도 시키면 나는 창밖으로 몸을 던질 거야. 어떤 여자가 사이먼 아이의 어머니라는 이유로, 내가 내 남은 평생을 상냥하게 굴어야 한다고 상상해봐. 그가 지난 2월에 데이트를 신청했다고 얘기해준 적 있었니? 실제로 나랑 데이트를 하고 싶어서가 아니라, 그저 내 자존감을 높여주려고 그랬을 뿐인 것 같아. 하지만, 어젯밤에 우리는 아주 재미있는 통화를 했는데…… 그건 그렇고, 펠릭스는 몇 살이니? 너한테 우주에 관한 시를 써 보내는 늙은 신비주의자야? 아니면 하얀 치아를 가진 열아홉 살의 주(州) 수영 선수권 대회 우승자야?

너만 괜찮다면, 결혼식 다음 주에 너를 보러 갈 수 있을 것 같아. 6월 첫째 주 월요일에 도착하게 될 거야. 어때? 내가 운전할 수 있다면 분명히 더 수월하겠지만, 기차와 택시 여행을 잘 짜 맞추면 일이 잘 풀릴 수도 있을 것 같아. 너 없이 이 휑뎅그렁한 더블린에서 지내는 게 얼마나 지루한지 상상도 못 할 거야. 정말 말 그대로 다시 한번 너와 함께 지내고 싶은 생각이 간절해. E.

9

수요일에 앨리스와 펠릭스는 피우미치노 공항에서 미즈 켈리허라고 인쇄하고 비닐 커버를 씌운 종이를 들고 있던 한 남자의 마중을 받았다. 밖에는 밤이 찾아와 있었지만, 대기는 따뜻하고 건조했으며 인공적인 빛으로 빈틈없이 밝혀져 있었다. 그들은 그 운전사의 차인 검은색 벤츠에 탔는데, 펠릭스는 조수석에, 앨리스는 뒷좌석에 앉았다. 고속도로에서 그들의 옆 차선 트럭들이 경적을 요란하게 울리며 무서운 속도로 서로를 앞질렀다. 그들이 아파트 건물에 도착했을 때 펠릭스가 그들의 짐, 그러니까 앨리스의 바퀴 달린 여행 가방과 그 자신의 검은색 운동 가방을 들고 3층까지 계단을 올라갔다. 커다란 노란색 거실에는 소파와 텔레비전이 있었고, 탁 트인 아치형 입구를 지나면 현대적이고 깨끗해 보이는 부엌이 있었다. 침실 문 중 하나는 거실 뒤쪽에 있었고, 다른 하나는 오른쪽에 있었다. 그들이 방을 두 개 다 들여다본 후, 그가 그녀에게 어느 쪽을 택할 것인지 물어보았다.

당신이 골라요. 그녀가 말했다.

내 생각에는 여자가 골라야 할 것 같은데.

저런, 나는 그 말에 동의하지 않아요.

얼굴을 찡그리며 그가 말했다. 좋아요, 그럼, 돈을 내는 사람이 골라요.

사실 그 말에는 더더구나 동의하지 않아요.

자기 가방을 들어 어깨에 메고 더 가까운 침실 문손잡이를 잡으며 그가 말했다. 이번 휴가에 우리가 많은 의견 차이를 보일 게 불 보듯 훤하네요. 내가 여기 이 방으로 할게요, 됐죠?

그녀가 말했다. 고마워요. 잠자리에 들기 전에 뭐 좀 먹을래요? 원한다면 내가 인터넷으로 식당을 좀 찾아볼게요.

그는 좋을 것 같다고 말하고는 자기 방으로 들어가 문을 닫으며 전등 스위치를 찾아낸 다음 가방을 서랍장 위에 올려놓았다. 그의 침대 뒤쪽으로 창문 하나가 길거리를 향해 나 있었다. 그는 가방의 지퍼를 열고, 옷 몇 벌, 예비용 일회용 면도날을 끼운 면도기, 알루미늄포일 포장재에 든 알약들, 반쯤 남은 콘돔 상자 같은 물건들을 이리저리 옮기며 가방 안을 뒤졌다. 휴대전화 충전기를 찾아내서 꺼내고는 돌돌 감긴 케이블을 풀기 시작했다. 앨리스도 자기 방에서 여행 가방을 풀며, 투명한 공항 비닐봉지에서 몇몇 세면도구를 꺼내고 옷장에 갈색 원피스를 걸었다. 그러고 나서는 침대에 앉아 휴대전화로 지도를 열어 손가락으로 능숙하게 화면을 누볐다.

40분 후, 그들은 동네 식당에서 식사를 했다. 테이블 중앙에는 불 켜진 양초, 라탄 빵 바구니, 땅딸막한 올리브 오일 병, 오일 병보다 더 길고 세로로 홈이 파인 둥근 흑식초 병이 놓여 있었다. 펠릭스는 아주 살짝만 익혀서 얇게 썰고 파르메산 치즈와 루콜라 잎으로 마무리한 스테이크를 먹고 있었는데, 스테이크 안쪽이 마치 상처처럼 분홍빛으로 반짝였다. 앨리스는 치즈와 후추를 뿌린 파스타 요리를 먹고 있었다. 그녀의 팔꿈치 옆에는 레드 와인이 반쯤 든 카라프(밑은 넓고 목은 좁은 긴 병 모양의 용기-옮긴이)가 놓여 있었다. 그 식당은 붐비지는 않았지만, 가끔씩 다른 테이블의 대화나 웃음소리가 점점 더 커져서 귀에 들려왔다. 앨리스는 펠릭스에게 그녀의 가장 친한 친구인 아일린이라는 이름의 한 여자에 대해 말하는 중이었다.

앨리스가 말했다. 그 애는 아주 예뻐요. 사진 한번 볼래요?

네, 어디 봐요.

앨리스는 휴대전화를 꺼내 SNS 앱을 스크롤했다. 그녀가 말했다. 우리는 대학에 다닐 때 만났어요. 그 당시 아일린은 마치 유명 인사 같았고, 모두 그 애한테 반해 있었죠. 그 애는 늘 상을 탔고, 대학 신문 같은 데 사진이 실리곤 했어요. 이게 그 애예요.

앨리스가 보여준 휴대전화 화면에는 유럽의 도시로 보이는 곳에서 짙은 색 머리의 날씬한 백인 여자가 발코니 난간에 기대어 있고, 그녀 옆에서 금발의 키 큰 남자가 카메라를 바라보고 있는 사진이 떠 있었다. 펠릭스는 앨리스의 손에서 전화기를 빼내 마치 심사를 하는 것처럼, 화면을 살짝 젖혔다.

그가 말했다. 그러네요. 확실히 인물이 좋아요.

앨리스가 말했다. 나는 그 애의 들러리 같았어요. 아무도 그 애가 왜 나와 친구로 지내고 싶어 하는지 이해하지 못했죠. 그 애는 무척 인기가 있었고, 다들 어느 정도는 나를 미워했거든요. 하지만 내 생각에는 그 애가 비딱하게도 아무도 좋아하지 않는 사람과 가장 친한 친구가 되는 걸 즐겼던 것 같아요.

왜 아무도 당신을 좋아하지 않았죠?

한쪽 손으로 불분명한 손짓을 하며 앨리스가 말했다. 아, 그건요. 내가 항상 무언가에 대해 불평을 늘어놓곤 했거든요. 누구에게나 그 생각이 틀렸다면서 비난을 해댔고요.

그가 말했다. 그런 일은 사람들의 신경을 건드리게 마련이죠. 사진 속 남자의 얼굴을 한 손가락으로 짚으며 그가 물어보았다. 그녀와 함께 있는 이 사람은 누구죠?

그 사람은 우리 친구, 사이먼이에요. 앨리스가 대답했다.

인물도 나쁘지 않네요, 그렇죠?

그녀가 빙긋 웃으며 말했다. 그래요, 미남이죠. 그 사진은 심지어 그를 제대로 담아내지도 못했어요. 그는 자기 자아에 대한 감각이 왜곡될 정도로 몹시 매력적인 사람들 중 하나예요.

휴대전화를 돌려주며 펠릭스가 말했다. 이렇게 인물 좋은 친구들이 있어서 참 좋겠네요.

앨리스가 말했다. 당신 말은 내가 바라보고 있기에는 좋다는 얘기겠죠. 하지만 나는 상대적으로 좀 매력 없는 여자인 것 같은 기분이 들어요.

펠릭스가 미소를 지으며 말했다. 이런, 당신은 매력 없는 여자가 아니에요. 당신은 당신대로 장점이 있어요.

내 매력적인 성격 같은 것 말이죠.

그가 잠시 망설이다가 물어보았다. 그런 걸 매력적이라고 하나요?

그 순간 그녀는 진심이 담긴 웃음을 터뜨렸다. 아니요. 내가 항상 이런 바보 같은 말을 해대는 걸 당신이 어떻게 참는지 모르겠어요.

그가 말했다. 글쎄요, 고작 얼마 동안만 참았을 뿐인걸요. 우리가 서로를 더 잘 알게 되면, 당신이 그런 소리를 그만할지도 모르죠. 아니면 내가 참는 걸 그만둘지도 모르고요.

아니면 내가 당신을 점점 더 좋아하게 될지도 모르고요.

식사에 다시 관심을 쏟으며 펠릭스가 말했다. 그래요, 그럴지도 모르죠. 확실히 무슨 일이든 일어날 수 있어요. 그러니까, 이 사이먼이라는 친구 말이에요, 그에게 끌리죠, 그렇죠?

그녀가 말했다. 아, 그럴 리가요. 전혀 아니에요.

펠릭스가 눈에 띄게 솔깃해하며 그녀를 흘깃 쳐다보면서 물어보았다. 잘생긴 남자들한테 관심이 없다고요? 전혀?

그녀는 정직하게 말했다. 그를 많이 좋아해요. 한 인간으로요. 존경하기도 하고요. 그는 아주 작은 의회 교섭단체의 정책 보좌관으로 일하고 있어요. 다른 일을 하면 훨씬 더 많은 돈을 벌 수 있는데도요. 저기, 그는 신앙심이 깊어요.

펠릭스는 그녀가 그 농담을 분명히 설명해주기를 기대하는 듯 고개를 갸웃했다. 그러니까, 예수를 믿는다는 거예요?

그래요.

제기랄, 정말이에요? 그 사람 머리가 이상하거나 뭐 그런 거죠?

앨리스가 말했다. 아니요, 그는 지극히 정상이에요. 당신을 개종시키려고 하지도 않을 테고, 그 문제에 대해서는 언급하길 극도로 꺼려요. 당신은 틀림없이 그를 좋아할 거예요.

펠릭스는 자리에 앉은 후 고개를 절레절레 흔들었다. 그는 포크를 내려놓고 식당을 휙 둘러본 뒤 다시 포크를 집어 들었지만 곧바로 다시 식사를 시작하지는 않았다. 그는 게이나 뭐 그런 것에 반대하는 사람일까요? 그가 물어보았다.

아니, 아니에요. 내 말은 당신이 그를 만난다면 직접 물어봐야 한다는 거예요. 하지만 나는 사이먼이 오히려 예수를 가난한 사람들의 친구나 소외된 사람들의 대변자 같은 존재로 여긴다고 믿어요.

이봐요. 미안하지만, 그는 제정신이 아닌 것 같아요. 요즘 같은 시대에 사람이 그런 걸 다 믿는다고요? 1,000년 전에 어떤 젊은이가 무덤에서 펑 하고 튀어나왔고, 그게 그 모든 이야기의 요점이라는 걸 믿는다고요?

우리 모두 실없는 소릴 믿을 때가 있지 않나요? 그녀가 되물었다.

나는 안 믿어요. 내 눈앞에 보이는 걸 믿죠. 하늘에 계신 예수님이라는 어떤 너그러운 존재가 우리가 선한지 악한지 판단하면서 우리를 굽어보고 있다고는 믿지 않아요.

잠시 동안 그녀는 그를 이리저리 뜯어보며 아무 말도 하지 않았다. 마침내 그녀가 대답했다. 그래요, 아마 당신은 그럴 수도 있을 거예요. 하지만 인생을 당신이 생각하는 것처럼(모든 게 헛수고이며 아무런 의미도 없다고) 생각하면서 기뻐하는 사람은 많지 않을 거예요. 대부분의 사람은 무언가 의미 있는 게 있다고 믿는 걸 더 좋아하죠. 그러니까 그런 의미에서 보면, 모든 사람이 착각에 빠져 있는 셈이에요. 사이먼의 착각은 단지 좀 더 체계적일 뿐이고요.

펠릭스는 칼로 스테이크를 두 조각으로 썰기 시작했다. 그러곤 물어보았다. 만약 그가 행복해지고 싶은 거라면, 무언가 더 믿을 만한 걸 만들어낼 수 있지 않을까요? 모든 게 다 죄악이고 지옥에 갈 수도 있다고 믿는 대신에요.

그가 지옥에 대해 걱정하는 건 아닌 것 같아요. 그저 이 세상에서 옳은 일을 하고 싶을 뿐인 거죠. 그는 옳고 그름을 구별할 수 있다고 믿어요. 당신은 그걸 믿지 못하겠군요. 결국 모든 것이 다 무의미하다고 생각한다면요.

아니요. 물론 나도 옳고 그름이 있다고 믿어요.

한쪽 눈썹을 치켜세우며 그녀가 말했다. 이런, 그러면 당신은 착각하고 있는 거예요. 결국 우리 모두가 그저 죽고 말 뿐이라면, 무엇이 옳고 그른지 누가 알겠어요?

그는 그 문제에 대해 생각해보겠다고 말했다. 그러곤 식사를 이어갔지만 이내 다시 멈추고는, 한 번 더 고개를 절레절레 흔들었다.

그가 말했다. 게이 얘기를 지겹도록 계속 지껄이려는 건 아니에요. 하지만 이 사람한테 게이 친구들이 있을까요? 사이먼 말이에요.

음, 그는 나랑 친구 사이예요. 그리고 나도 엄밀한 의미에서 이성애자는 아니고요.

펠릭스는 이제 재미있어하며, 더 정확히 말하면 짓궂게 굴며 대답했다. 아, 알았어요. 그런데 그건 나도 마찬가지예요.

그녀가 재빨리 그를 올려다보았고 그는 그녀의 눈을 마주 보았다.

깜짝 놀란 것 같네요. 그가 말했다.

내가요?

다시 음식에 관심을 쏟으며, 그가 말을 이어갔다. 그저 그 문제에 있어서 극단적인 호불호가 없을 뿐이에요. 상대가 남자든 여자든요. 대부분의 사람들에게는 그 문제가 뭐랄까, 그들이 유일하게 정말로 신경 쓰는 큰일이라는 걸 알아요. 하지만 나한테는 그냥 아무런 차이가 없을 뿐이에요. 내가 사람들에게 늘 이런 말을 하고 다니는 건 아니에요. 사실 어떤 여자들은 그걸 좋아하지 않기 때문이죠. 그들은 상대가 남자들과 어울린 적이 있다는 걸 알게 되면, 좀 옳지 않은 일이라고 생각해요. 그들 중 일부는 그래요. 하지만 당신은 나랑 마찬가지니까 당신한테 말하는 건 상관없어요.

그녀는 와인을 한 모금 홀짝 마시고 꿀꺽 삼킨 다음 말했다. 나는 그렇기보다는 오히려 아주 격렬하게 사랑에 빠지는 경우인 것 같아요. 하지만 그 사람이 누가 될지, 그들이 남자일지 아니면 여자일지,

또는 그 밖에 그들에 관한 그 어떤 것도 미리 알 수 없어요.

펠릭스가 천천히 고개를 끄덕이며 말했다. 그거 흥미롭네요. 그런데 그런 일이 자주 생기나요? 아니면 그렇게 많이는 아닌가요?

그녀가 대답했다. 그리 많이는 아니에요. 아주 행복하지도 않고요.

아, 그것참 안됐군요. 하지만 결국엔 행복해질 거예요. 장담해요.

고마워요. 참 친절하군요.

그는 계속 식사를 했고, 그러는 동안 그녀는 맞은편에서 그를 지켜보았다.

틀림없이 사람들은 늘 당신과 사랑에 빠질 테죠. 그녀가 말했다.

그는 솔직하고 진지한 표정으로 그녀를 바라보며 물어보았다. 사람들이 왜요?

그녀가 어깨를 으쓱하며 말했다. 우리가 처음 만났을 때 나는 당신이 늘 데이트를 하러 다닌다는 인상을 받았어요. 당신은 만사에 무척 심드렁하고 냉담해 보였죠.

내가 데이트를 한다고 해서, 그게 곧 사람들이 나랑 사랑에 빠지게 된다는 의미는 아니에요. 우리도 같이 데이트한 적이 있지만, 당신은 나랑 사랑에 빠지지 않았잖아요. 안 그래요?

그녀가 차분하게 대답했다. 그렇더라도, 당신한테는 말 안 할 거예요.

그가 웃음을 터뜨리고 말했다. 잘됐네요. 그렇다고 오해는 하지 마요. 원한다면 마음대로 나를 사랑해도 되니까요. 당신을 살짝 정신 나간 사람이라고 기억해둬야겠네요. 하긴 어차피 그렇게 생각하고 있기는 해요.

접시에 남아 있는 소스를 빵 한 조각에 싹싹 묻히면서 그녀가 말했다. 현명하네요.

/

목요일 아침 10시에, 앨리스의 출판사에서 보낸 어시스턴트가 아파트 밖에서 그녀를 차에 태워 몇몇 기자들과의 만남에 데리고 갔다. 펠릭스는 오전 내내 도시 곳곳을 돌아다니며 이것저것 구경하고, 이어폰으로 음악을 듣고, 사진을 찍어 왓츠앱 단체 대화방에 올리며 시간을 보냈다. 한 사진에서는 좁고 그늘진 자갈길과 그 길 끝에서 햇살 아래 눈부시게 빛나고 있는, 밝은 초록색 문과 덧문이 달린 하얀 성당이 보였다. 또 다른 사진에서는 앞문 위쪽에 고풍스러운 모양의 글자가 새겨져 있는 어느 가게 바깥에 주차되어 있는 빨간색 모페드(모터와 페달을 갖춘 자전거의 일종-옮긴이)가 보였다. 그는 마지막으로 눈부시게 빛나는 하늘을 배경으로, 멀리 비아 델라 콘칠리아치오네(성 베드로 대성당 끝에서 산탄젤로 성까지 일직선으로 이어지는 긴 도로의 이름으로 '화해의 길'이라는 의미-옮긴이)에서 바라다보이는, 당의를 입힌 케이크처럼 부드러운 푸른색인 성 베드로 대성당의 반구형 지붕을 찍은 사진을 올렸다. 단체 대화방에서 믹이라는 사용자 명을 쓰는 사람이 이런 댓글을 달았다. 이 자식아 너 대체 어디 있는 거야??? 데이브라는 사용자 명을 쓰는 사람은 이렇게 적었다. 잠깐만 너 **이탈리아**에 있는 거야? 미친, 이게 다 뭐임 하하. 너 이번 주에 출근 안 함. 펠릭스가 댓글을 입력했다.

펠릭스: 짜식아 로마다

펠릭스: 개웃겨

펠릭스: 틴더에서 만난 어떤 여자랑 여기 있음, 돌아가면 말해 줄게

믹: 틴더에서 만났다는 사람이랑 로마에서 잘 지내니?
믹: 더 많은 설명이 필요할 것 같은데 하하하

데이브: 잠깐 뭐라고!! 돈 많은 할머니가 인터넷에서 널 낚은 거야?

믹: 오호
믹: 이렇게 말 하긴 싫지만 이런 얘기 들어본 적 있어
믹: 깨어나면 콩팥이 사라지고 없을걸

이런 얘기를 나눈 후, 펠릭스는 그 단체 대화방을 닫고 '16번지'라는 이름의 또 다른 대화방을 열었다.

펠릭스: 야 오늘 사브리나한테 밥 줬어
펠릭스: 그리고 사브리나는 건식 사료만이 아니라 습식 사료도 원해
펠릭스: 밥 다 주고 나면 사진 한 장 올려 사브리나가 보고 싶어

아무도 바로 응답하거나 메시지를 보지 않았다. 같은 시간, 그 도시의 다른 지역에서 앨리스는 이탈리아 텔레비전 프로그램의 한 코너를 녹화 중이었는데, 그녀의 목소리는 나중에 통역사가 더빙할 예정이었다. 그녀는 이렇게 말하는 중이었다. 페미니스트의 관점에서 볼 때, 그건 성별 분업에 대한 거예요. 펠릭스는 휴대전화 화면을 닫은 후 계속 걸어서 다리를 건너다가, 강 쪽에서 산탄젤로 성을 바라보기 위해 잠시 멈춰 섰다. 그는 이어폰으로 〈나는 그 남자를 기다리

고 있어요(I'm Waiting for the Man)〉를 듣고 있었다. 그 순간 햇살은 특히 더 쨍쨍하게 황금빛으로 빛나며 대각선으로 어두운 그림자를 드리우고 있었고, 아래쪽에 있는 티베르 강의 강물은 우유처럼 희부연 옅은 초록색이었다. 펠릭스는 폭이 넓고 하얀 돌난간에 기댄 채, 휴대전화를 꺼내고 손가락을 휙휙 움직여 카메라 앱으로 향했다. 그 휴대전화는 몇 년이나 된 것이고, 무슨 까닭인지는 몰라도 카메라 앱을 열면 음악이 멋대로 건너뛰어 재생되다가 곧 꺼져버렸다. 그는 짜증이 나서 이어폰을 빼고 성의 사진을 찍었다. 곧이어 이어폰을 다리 난간 너머로 축 늘어뜨린 채, 몇 초 동안 휴대전화를 들고 팔을 쭉 내밀었다. 이 동작으로 그가 이미 찍힌 사진을 더 잘 보려고 하는 중인지, 다른 사진을 찍기 위해 새로운 각도에서 보려고 하는 중인지, 아니면 단순히 그 휴대전화가 손에서 슬그머니 소리 없이 빠져나가 강물로 떨어지게 놔둘까 생각 중인지는 분명히 알 수 없었다. 그는 팔을 쭉 뻗고 심각해 보이는 표정으로 가만히 서 있었지만, 그저 눈부시게 내리쬐는 햇빛 때문에 얼굴을 찡그리고 있었을 뿐인지도 모른다. 그는 사진을 더 찍지 않고 이어폰을 감은 다음 휴대전화를 주머니에 넣고 계속 걸어갔다.

앨리스는 그날 밤 한 문학 축제에서 작품을 낭독할 예정이었다. 그녀는 펠릭스에게 그가 참석할 필요는 없다고 했지만, 그는 다른 계획이 없다면서 말했다. 당신 책의 내용이 뭔지 들어보는 게 좋을 것 같아요. 내가 그 책들을 읽을 것 같지는 않거든요. 앨리스는 만약 그 행사가 정말 좋다면 그가 마음을 바꿀지도 모른다고 말했고, 그는 자신이 그럴 리 없다고 장담했다. 그 행사는 음악당이 있고 현대 미술 전시회가 개최되곤 하는, 도시 외곽의 커다란 건물에서 열렸다. 다양한 낭독과 대담이 동시에 진행되고 있어서 그 건물의 복도는 몹시 붐볐다. 행사 전에 출판사 사람이 오더니 무대 위에서 앨리스를 인터뷰할 남자를 소개하기 위해 그녀를 데리고 갔다. 펠릭스는 이어폰을 끼고 메시지와 SNS 타임라인을 확인하면서, 근처를 돌아다녔다. 한 영국 정치인이 '피의 일요일'(1972년 1월 30일 북아일랜드에서 시위 중이던 비무장 가톨릭교도들에게 영국군이 발포하여 29명의 사상자를 낸 유혈 사건-옮긴이)에 대해 모욕적인 발언을 한 일이 뉴스로 올라와 있었다. 펠릭스는 자신의 타임라인의 맨 위로 돌아가 새로고침을 하고 새로운 게시물들이 뜨기를 기다렸다가, 이내 또다시 같은 일을 되풀이했다. 심지어 그는 새 게시물을 다 읽고 나서 새로고침을 하는 것도 아닌 듯했다. 그 시점에 앨리스는 창문 없는 방에 앉아 이런 글이 적혀 있는 과일 그릇을 앞에 두고 있었다. 감사합니다, 감사합니다, 정말 친절하시네요. 맛있게 드셨다니 정말 기쁩니다.

앨리스의 행사에는 100여 명의 사람들이 참석했다. 그녀는 무대 위에서 5분 동안 낭독하고 나서 인터뷰 진행자와 대담을 나누고, 그 후 청중들의 질문을 받았다. 통역사가 앨리스의 옆에 앉아 귀엣말로 질문을 통역해주고, 곧이어 청중들을 위해 앨리스의 대답을 통역해주었다. 그 통역사는 일솜씨가 빠르고 능란해서 앨리스가 이야기하는 동안 메모장을 가로지르며 재빨리 펜을 놀린 다음, 잠시도 머뭇거리지 않고 큰 소리로 통역을 하고, 이내 앨리스가 다시 입을 열자마자 자신이 적었던 모든 내용을 줄을 죽죽 그어 지우고 또다시 메모하기 시작했다. 펠릭스는 청중석에 앉아 귀를 기울이고 있었다. 앨리스가 무언가 재미있는 말을 할 때면, 그는 영어를 이해하는 일부 청중들과 함께 웃음을 터뜨렸다. 나머지 청중들은 나중에 통역사가 말해줄 때 웃음을 터뜨리거나 아니면 아예 웃지 않기도 했는데, 아마도 통역사가 그 농담을 통역하지 않았거나 청중들이 그 농담을 웃기다고 느끼지 않았기 때문인 듯했다. 앨리스는 페미니즘, 섹슈얼리티, 제임스 조이스의 작품, 아일랜드 사람들의 문화생활에서 가톨릭교회의 역할에 대한 질문들에 대답했다. 펠릭스는 그녀의 대답이 흥미로웠을까? 아니면 지루했을까? 그는 그녀에 대해 생각하고 있었을까? 아니면 다른 무언가, 다른 누군가에 대해 생각하고 있었을까? 그리고 무대 위에서, 자신의 책들에 대해 이야기하면서, 앨리스는 그에 대해 생각하고 있었을까? 그 순간 그는 그녀를 위해 존재했을까? 만약 그랬다면, 그것은 어떤 방식이었을까?

행사가 끝난 후, 그녀는 한 시간 동안 책상에 앉아 책에 사인을 했다. 그는 그녀와 함께 앉아 있어도 된다는 말을 들었지만, 그러고 싶지 않다고 말했다. 그는 담배를 피우며 건물 주변을 빙빙 돌면서 바깥을 걸어 다녔다. 나중에 앨리스가 그를 찾아냈을 때, 그녀의 옆에는 출판사 직원인 브리지다가 있었는데, 그녀는 그들 두 사람을 모두 저녁 식사에 초대했다. 브리지다는 계속해서 저녁 식사가 '무척 소박할 것'이라고 말했다. 앨리스의 두 눈은 흐릿했고 말하는 속도는 평소보다 빨랐다. 반면 펠릭스는 이전보다 상당히 더 조용했는데, 침울한 편에 가까울 정도였다. 그들은 같은 출판사 직원인 리카르도와 함께 차를 타고 다 같이 시내에 있는 식당으로 갔다. 차 앞좌석에서는 리카르도와 브리지다가 이탈리아어로 계속 대화를 나눴다. 뒷좌석에서는 앨리스가 펠릭스에게 말했다. 지금 미치도록 지루해요? 그는 잠시 머뭇거리다가 대꾸했다. 내가 왜요? 앨리스의 얼굴은 밝고 활기가 넘쳤다. 그녀가 말했다. 나라면 그럴 거예요. 나는 꼭 필요한 경우가 아니면 문학 낭독회에 절대로 가지 않아요. 펠릭스가 자신의 손톱들을 검사하듯 살펴보면서 얕은 숨을 내쉬고 말했다. 질문에 아주 잘 대답하더군요. 질문을 사전에 알려준 거예요? 아니면 즉석에서 대답을 생각해낸 거예요? 그녀는 질문을 미리 보지 못했다고 대답했다. 그러곤 덧붙여 말했다. 겉보기에만 유창한 거예요. 정말로 실질적인 내용은 아무것도 말하지 않았어요. 하지만 내가 당신한테 깊은 인상을 남겼다니 기쁘네요. 그는 그녀를 바라보며 공모라도 하는 듯한 어조로 말했다. 뭘 좀 한 거예요? 앨리스가 놀라고 순진한 표정을 지으며 대답했다. 아니요, 무슨 말이에요?

좀 지나치게 활기차 보여서요. 그가 말했다.

아, 미안해요. 대중 앞에서 말을 하고 나면 가끔 이렇게 되더라고요. 아드레날린 같은 거죠 뭐. 좀 더 차분해지도록 노력해볼게요.

아니요, 그냥 나도 좀 할 수 있을지 물어보려고 했을 뿐이에요.

그녀가 웃음을 터뜨렸다. 그는 미소를 지으며 좌석에 나른하게 머리를 기댔다.

그녀가 말했다. 업계 사람들이 다들 코카인을 복용한다는 얘기를 듣긴 해요. 하지만 아직까지는 아무도 나한테 권한 적이 없어요.

흥미롭다는 듯 고개를 돌리며 그가 말했다. 아, 그래요? 이탈리아에서요? 아니면 어디서든 다요?

어디서든 다요. 나는 그렇다고 들었어요.

그거 흥미로운 얘기네요. 나는 상황만 된다면 조금 하는 건 괜찮을 것 같아요.

내가 물어봐줄까요? 그녀가 말했다.

그는 하품을 하며 앞좌석에 앉은 브리지다와 리카르도를 힐끗 쳐다보고 나서, 잠을 쫓으려 졸린 눈을 손가락으로 문질렀다. 당신이라면 그러느니 차라리 확 죽어버리겠다고 할 줄 알았어요. 그가 말했다.

하지만 당신이 그래달라고 하면 그렇게 할게요. 그녀가 대답했다.

그가 두 눈을 감으며 말했다. 나랑 사랑에 빠졌으니까요.

흠. 앨리스가 입속으로 소리를 냈다.

그는 마치 잠든 것처럼 머리 받침대에 기대고 미동도 없이 계속 앉아 있었다. 앨리스는 이메일 앱을 열고 아일린에게 새로 이런 이메일을 썼다. 만약 내가 또다시 낯선 사람을 로마로 데려간다고 하거든 그건 끔찍한 생각이라고 부담 갖지 말고 말해줘. 그녀는 이메일을 보내고 나서 휴대전화를 가방에 넣어버린 다음 큰 소리로 말했다. 브리지다, 우리가 마지막으로 만났을 때 이사한다고 했었잖아요. 브리지다가 조수석에서 고개를 돌려 바라보며 말했다. 네. 지금은 사무실에서 훨씬 더 가까운 데 살고 있어요. 그녀가 자신의 새집을 예전 집과 비교해 설명하는 동안, 앨리스는 고개를 끄덕이며 이런 말들을 했다. 그러면 지난번 집은 침실이 두 개였나요? 하지만 내가 기억하기로는 엘리베이터가 없었는데……. 펠릭스는 고개를 돌려 차창 밖을 내다보았다. 로마의 거리가 하나둘 모습을 드러냈다가, 어둠 속으로 물러나며 사라져갔다.

10

낯선 사람에 대해 썼던 직전 이메일에 덧붙이는 말이야. 펠릭스는 우리랑 동갑인 스물아홉 살이야. 내가 그와 잤는지 네가 알고 싶다면 말인데, 그런 적은 없어. 하지만 그런 정보가 너에게 이 상황에 대해 그리 많은 걸 설명해줄 것 같지는 않아. 지난번에도 얘기했지만 우리가 첫 데이트를 실패로 끝냈던 건 사실이야. 하지만 그 후로 아무 일도 없었어. 네가 정말로 묻는 것은 우리 사이에 특정한 성적 행위가 있었는지가 아니라, 그와의 관계가 전반적으로 성적인 양상을 띠고 있는가 하는 거겠지. 내 생각에는 그런 것 같아. 하지만 모든 관계가 다 그런 것 같아. 내가 읽어볼 만한 섹슈얼리티에 관한 좋은 이론이 있었으면 좋겠어. 기존의 모든 이론은 주로 젠더에 관한 것처럼 보여. 하지만 그렇다면 섹스 그 자체는 어쩌지? 그러니까 섹스란 게 대체 뭐야? 나한테는 실제로 사람들과 성관계를 갖지 않아도 그들을 만나고 그들에 대해 성적인 방식으로 생각하는 것이 평범한 일이야. 아니, 더 중요한 것은, 심지어 그들과 성관계를 갖는 것을 상상할 생각조차 하지 않아도 그렇다는 거야. 이것은 섹슈얼리티에 성행위에 관한 것이 아닌, 어떤 '다른' 개념이 포함된다는 것을 암시해. 우리의 성적 경험의 대부분이 이런 '다른' 개념의 영역일지도 모르고. 그렇다면 이 다른 개념은 무엇일까? 그러니까 내가 펠릭스에게 (그나저나 나를 육체적으로 건드린 적조차 없는 이 사람에게) 느끼는 것, 우리의 관계를 성직인 관계라고 여기게 만드는 것은 무엇일까?

내가 섹슈얼리티에 대해 생각하면 할수록 그것은 더 혼란스럽고 다양해 보이고, 그것에 대해 말하는 우리의 방식은 점점 더 시시해 보여. 자신의 섹슈얼리티를 '받아들이는 법을 배운다'는 개념, 이것은 기본적으로 자신이 남자를 좋아하는지, 아니면 여자를 좋아하는지를 깨닫게 된다는 의미인 것 같아. 내가 남자와 여자를 둘 다 좋아한다는 걸 깨달은 것은 그 과정의 1퍼센트에 불과했을지도, 어쩌면 심지어 그만큼도 안 됐는지도 몰라. 나는 내가 양성애자라는 걸 알지만, 거기에 정체성으로서 결속감을 느끼지 않아. 내가 다른 양성애자들과 특별한 공통점이 있다고 생각하지 않는다는 뜻이야. 내 성적 정체성에 대해 내가 가지고 있는 거의 모든 다른 의문들이 더 복잡해 보여. 답을 찾을 수 있는 명백한 방법이 없고, 심지어 내가 답을 찾는다고 해도 그 답을 명확히 설명할 언어조차 전혀 없을 정도로 말이야. 우리가 어떤 종류의 섹스를 즐기는지, 그리고 왜 즐기는지를 어떻게 결정해야 하는 것일까? 혹은 섹스는 우리에게 어떤 의미이고, 얼마나 많이, 어떤 맥락에서 섹스를 하고 싶어 하는 것일까? 그런 개별적인 성적 취향을 통해서 우리 자신에 대해 무엇을 배울 수 있을까? 그리고 이 모든 개념에 대한 용어들은 어디에 있는 것일까? 내가 보기에 우리는 늘 터무니없이 강한, 그러니까 우리 자신의 삶을 망치고 우리의 결혼과 경력을 파괴하고 방해하고 싶게 만들 만큼 강력한 이런 충동과 욕망을 느끼며 돌아다니는 것 같아. 하지만 아무도 그 욕망이 무엇인지, 또는 그 근원이 무엇인지 애써 설명하려 하는 것 같지는 않아. 섹슈얼리티에 대해 우리가 사고하고 말하는 방식은, 우리의 실제 삶에서 섹슈얼리티를 경험하면서 그 자체를 소모하고 약화시키는 힘에 비하면, 아주 제한적인 것 같아. 하지만 너한테 보낼 이메일에 이 모든 말을 다 쓰고 보니, 네가 나를 미쳤다고 여길지 모르겠다는 생각이 들어. 너는 내가 성적 욕망을 느끼는 것만큼 강하게 느끼지 못할지도 모르기 때문이야. 어쩌면 다들 그런지도 모르겠어. 사람들은 성욕에 대해서 별로 이야기하지 않잖아.

때때로 나는 인간관계가 모래나 물처럼 부드러운 것이고, 우리가 그것을 특정한 그릇에 부어서 거기에 형태를 부여한다는 생각을 하곤 해. 그래서 어머니와 딸의 관계를 '어머니와 아이'라고 표시된 그릇에 부으면, 그 관계는 좋든 싫든 그 용기의 모양을 그대로 받아들이고 계속 그 틀에 맞춰 형태를 유지하고 있는 거야. 교우 관계가 불행한 사람들은 자매 관계로, 혹은 부부지간은 부모 자식 사이로 완벽한 만족감을 느꼈을지도 모르지. 하지만 미리 정해진 형태가 없는 관계를 형성한다면 어떨까? 그냥 물을 붓고, 물이 떨어져 내리게 내버려둔다면 말이야. 형태는커녕 사방팔방으로 흘러가버리겠지. 그 부분은 나와 펠릭스가 비슷한 것 같아. 우리 관계가 앞으로 어떻게 될지 정의를 내리기는 어려워. 내 생각에 그가 나를 친구라고 설명할 것 같지는 않아. 그가 친구들과 관계를 맺는 방식이 나와 관계를 맺는 방식과는 다르기 때문이야. 나와 그의 거리는 내가 생각하는 그와 그의 친구들 사이의 거리보다는 훨씬 더 멀지만, 동시에 어떤 의미에서는 우리가 더 가까워. 우리의 관계를 제한하는 어떤 경계도, 관습도 없기 때문이야. 다시 말해 우리의 관계를 다르게 만드는 것은 그나 내가 아니고, 우리 둘 중 어느 한쪽이 지닌 특별한 개인적 자질도 아니야. 또는 심지어 우리의 개별적인 성격의 특정한 조합도 아니야. 그건 우리가 서로 관계를 맺는 방식, 아니면 그 방식의 결여라고 할 수 있어. 우리는 기어이 서로의 삶에서 그냥 빠져나가버리거나, 결국 친구나 다른 무언가가 될지도 모르지. 하지만 무슨 일이 일어나든 간에 그것은 적어도 이 실험의 결과물일 거야. 그런데 이 실험은 때로는 심각하게 잘못되고 있는 것처럼 느껴지기도 하고, 또 때로는 맺을 가치가 있는 유일한 관계처럼 느껴지기도 해.

서둘러 한마디 덧붙이자면, 너와 내 우정은 제외하고 말이야. 하지만 아름다움에 대한 본능에 관해서는 네가 잘못 생각하는 것 같아. 인간이 그것을 잃어버린 건 베를린 장벽이 무너졌을 때야. 소련에 대해서 너랑 또 다른 논쟁을 벌일 생각은 아니지만, 소련이 소멸했을 때 역사도 소멸했어. 나는 20세기를 하나의 긴 질문이라고 생각해. 그리고 다 따지고 보면 우리는 답을 틀렸어. 우리는 세상이 끝났을 때 태어난 불운한 아기들이 아닐까? 그 후로는 이 행성에도, 우리에게도 기회가 없었어. 아니, 그것은 단지 하나의 문명, 즉 우리의 문명의 끝일 뿐이고, 미래의 언젠가 또 하나의 문명이 그 자리를 대신할지도 모르지. 그렇다면 우리는 어둠이 깃들기 전 불을 밝힌 마지막 방에 서서 무언가의 증인이 되고 있는 셈이야.

한 가지 대안 가설을 제시할게. 아름다움에 대한 본능은 여전히 존재해. 적어도 로마에서는 말이야. 당연히 바티칸 박물관을 방문해 라오콘 군상을 보거나, 그 작은 성당에 가서 가느다란 봉헌함 구멍에 동전을 넣고 카라바조의 그림들을 보는 것이 가능해. 그리고 보르게세 미술관에는 베르니니의 프로세르피나까지 있는데, 타고난 관능주의자인 펠릭스는 자신이 그 작품의 각별한 팬이라고 공언한

바 있어. 하지만 그것 말고도 이런 게 있어. 거무스름하고 향기로운 오렌지 나무, 작고 하얀 커피 잔, 푸르른 오후, 황금빛 저녁…….

내가 더 이상 현대 소설을 읽지 못하겠다고 말했니? 내 생각에는 현대 소설을 쓰는 사람들을 너무 많이 알아서 그런 것 같아. 페스티벌에서 늘 그런 사람들을 봐. 레드 와인을 마시며 뉴욕에서 누가 누구의 책을 출판하는지에 대해 이야기하지. 세상에서 가장 따분한 것들, 그러니까 홍보 부족이나 나쁜 서평이나 돈을 더 많이 버는 다른 누군가에 대해서 불평을 늘어놔. 어쩌라는 거야? 그러고 나서 그들은 그 자리를 떠나 '평범한 삶'에 대한 자신들의 작고 섬세한 소설을 쓰는 거야. 사실 그들은 평범한 삶에 대해 아무것도 몰라. 그들 대부분은 수십 년 동안 현실 세계에 곁눈질조차 거의 하지 않았어. 그 사람들은 1983년부터 줄곧 하얀 리넨 테이블보를 앞에 펼쳐놓고 앉아서 나쁜 서평에 대한 불평을 늘어놨어. 나는 그들이 보통 사람들에 대해 어떻게 생각하는지는 신경도 쓰지 않아. 내 생각에 그들은 실제로 처하지도 않은 입장에서 이야기하고 있어. 왜 자신들이 실제로 어떤 삶을 살고 있는지에 대해, 그리고 실제로 자신들을 사로잡는 것들에 대해 쓰지 않는 것일까? 왜 죽음과 슬픔과 파시즘에 사로잡혀 있는 척하는 것일까? 사실은 자신들의 최신작이 《뉴욕 타임스》 서평란에 실리는지에나 집착하고 있으면서 말이야. 아, 그리고 그들 대부분이 나처럼 평범한 배경을 가지고 있어. 그들이 모두 부르주아 집안의 자식들은 아니야. 요점은 그들이 평범한 삶에서 바로 벗어나 버렸다는 거지. 그들의 첫 번째 책이 나왔을 때는 아니었을지도 몰라. 세 번째나 네 번째 책부터였는지도 모르지만, 어쨌든 그건 오래전이었고. 이제 평범한 삶이 어땠는지를 기억해내려 애쓰며 자신들의 뒤를 되돌아볼 때, 그 삶은 눈을 가늘게 뜨고 쳐다봐야 할 만큼 너무 멀리 떨어져 있어. 만약 소설가들이 그들의 삶에 대해 정직하게 (그리고 완전히 공정하게!) 쓴다면, 아무도 소설을 읽으려고 하지 않겠지. 그렇다면 아마도 우리는 드디어 출판계의 현재 시스템이 얼마나 잘못되었는지, 철학적으로 얼마나 심각하게 잘못되었는지를 직면해야 할 거야. 다시 말해 현재의 시스템이 작가들을 평범한 삶에서 멀어지게 하고, 그들의 등 뒤에서 문을 닫아버리고, 그들이 아주 특별하고 그들의 의견이 아주 중요하다고 몇 번이고 거듭 말한다는 사실을 직면해야 한다는 거야. 그들은 베를린에서 주말 동안 네 번의 신문 인터뷰, 세 번의 사진 촬영, 두 번의 매진 이벤트, 다 함께 나쁜 서평에 대해 불평을 늘어놓았던 세 번의 길고 여유로운 저녁 식사를 한 후에 집으로 돌아가. 그리고 '평범한 삶'에 대해 아름답게 관찰한 작은 소설을 쓰려고 오래된 맥북을 열어. 가벼운 마음으로 이런 얘기를 하고 있는 게 아니야. 토하고 싶을 지경이거든.

유럽과 미국의 현대 소설의 문제는 그 구조적 완결성을 얻기 위해 지구상의 대다수 인간들이 살아가는 현실을 억압하는 데 의존한다는 점이야. 수백만 명의 사람들이 어쩔 수 없이 겪으며 살아갈 수밖에 없는 빈곤과 고통에 맞선다면, 그러니까 그런 빈곤과 고통이라는 사실을 소설 속 '주인공'들의 삶과 나란히 배치한다면, 감각이 부족하거나 그야말로 예술적으로 실패한 것으로 여겨질 거야. 한마디로 인류의 대다수가 점점 더 빠르게, 점점 더 잔인하게 착취당하는 맥락 속에서 이야기가 진행된다면, 그 소설의 주인공들에게 무슨 일이 일어나는지 누가 신경이나 쓰겠니? 그런 세상에서 주인공들이 헤어지든 계속 함께하든 그게 뭐가 중요할까? 그래서 소설은 세상의 진실을 숨김으로써, 텍스트의 반짝이는 표면 아래 단단히 파묻어버림으로써 작동해. 그러면 우리는 다시 한번 현실의 삶에서 그러는 것처럼 사람들이 헤어지는지, 아니면 계속 함께하는지에 관심을 가질 수 있게 돼. 우리가 그것보다 더 중요한 세상만사를, 즉 모든 것을 싹 다 잊어버리는 데 성공한다는 필요충분조건을 충족하는 경우에 말이야.

내 작품은 이런 면에서 두말할 나위 없이 최악의 원흉이야. 이런 이유로 나는 다시는 소설을 쓰지 않을 것 같아.

너는 지난번 이메일에서 기분이 좋지 않았고, 혁명을 위해 죽고 싶다는 아주 끔찍한 말을 했어. 이 답장을 받을 때쯤에는 네가 혁명을 위해 살고 싶어 하면서 그런 삶이 어떤 모습일지에 대해 좀 더 생각해봐줬으면 좋겠어. 너는 네게 무슨 일이 일어나는지 아무도 신경 쓰지 않는다고 말하지. 나는 그 말이 사실인지는 잘 모르지만, 우리 중 일부가, 예를 들어 나 자신, 사이먼, 너희 어머니가 너에 대해 아주 아주 많이 신경을 쓴다는 것은 잘 알고 있어. 또 나는 깊이 사랑받는 것이(너는 정말 그래) 널리 호감을 사는 것보다 낫다고(아마 이것도 사실일 거야, 하지만 뻔한 얘기를 반복하지는 않을래!) 확신해. 책 홍보 일에 대한 불평을 너무 많이 늘어놔서 미안해. 제정신인 사람이라면 결코 듣고 싶어 하지 않을 이야기인데 말이야. 그리고 너한테 홍보 일을 오랫동안 쉬겠다고 얘기해놓고는, 비겁한 데다 사람들을 실망시키기 싫어서 금세 책 홍보하러 로마로 날아온 것도 미안해. (내가 비행기를 타기 전에, 우리가 서로 만나지 못한 것도 사과할게. 하지만 사실 그 일은 내 잘못이 아니었어. 출판사에서 공항으로 가는 차를 예약해줬거든.) 내가 돈을 너무 많이 벌고 무책임하게 살고 있다는 네 말은 맞아. 틀림없이 나 때문에 지겨울 테지만, 내가 나 자신 때문에 지겨운 만큼만이라는 것도 알아. 그리고 또 나는 너를 사랑하고, 네게 모든 면에서 고마워하고 있어.

그나저나, 그래, 결혼식이 끝나면 꼭 나를 보러 와줘. 사이먼도 같이 초대할까? 함께라면 분명히 우리 두 사람은 그가 우리보다 어리고 믿을 수 없을 정도로 아름다운 여자들과 데이트를 하는 것이 왜 잘못된 일인지에 대해서 설명해줄 수 있어. 그게 왜 잘못인지 나도 아직은 확실히 모르지만, 그때까지는 분명히 무슨 생각이 떠오를 거야. 온 마음을 다해 사랑해, 앨리스.

11

그 이메일을 받은 후 저녁에 아일린은 템플바 지역을 지나 데임가 쪽으로 걸어가고 있었다. 5월 초의 화창한 토요일 저녁, 황금빛 햇살이 건물들의 전면을 비스듬히 가로지르고 있었다. 그녀는 프린트된 면 원피스 위에 가죽 재킷을 걸치고 있었고, 지나가는 남자들, 그러니까 플리스 재킷을 입고 부츠를 신은 젊은 남자들이나 몸에 딱 맞는 셔츠를 입은 중년 남자들의 눈길이 쏠리자 희미하게 미소 지으며 눈길을 돌렸다. 8시 반쯤 그녀는 옛 중앙은행 건물 맞은편에 있는 버스 정류장에 도착해 있었다. 그녀는 핸드백에서 박하 껌 하나를 꺼내서 포장지를 벗겨 입에 넣었다. 그녀가 손톱으로 은박 포장지의 주름을 펴는 동안, 차량이 지나가고 거리의 그림자들이 천천히 동쪽으로 움직였다. 휴대전화 벨이 울려대자, 그녀는 주머니에서 잽싸게 전화기를 꺼내 화면을 보았다. 어머니가 건 전화였다. 그녀는 통화 버튼을 눌러 인사를 주고받은 후 말했다. 있잖아요, 사실은 시내에서 버스를 기다리고 있는 중이에요. 나중에 내가 전화해도 될까요?

네 아버지가 디어드리 프렌더개스트 일로 화가 났어. 어머니가 말했다.

아일린은 껌을 씹으며, 번호를 확인하기 위해 눈을 가늘게 뜨고 다가오는 버스를 보고 있었다. 그렇군요. 그녀가 말했다.

롤라랑 얘기 좀 해볼 수 없겠니?

그 버스는 멈추지 않고 지나가버렸다. 아일린은 손가락으로 이마를 만지며 말했다. 그러니까 아빠는 롤라 언니한테 화가 나서 엄마한테 얘기하고, 엄마는 나한테 얘기하고, 이제 롤라 언니한테 얘기해야 하는 사람은 바로 내가 됐네요. 이게 합리적인 얘기로 들려요?

그렇게 귀찮다면 잊어버려.

이때 다른 버스 한 대가 다가와 멈춰 서기 시작하자, 아일린이 전화기에 대고 말했다. 가봐야 해요. 내일 전화할게요.

그녀는 버스 문이 열리자 올라타서 카드를 찍고 위층 앞쪽으로 가서 자리에 앉았다. 버스가 도심을 지나 남쪽으로 이동하는 사이 그녀는 휴대전화의 지도 앱에 바의 이름을 입력했다. 아일린의 휴대전화 화면 위에서 깜박거리는 파란 점이 17분 거리에 있는 그녀의 최종 목적지를 향해 똑같은 경로를 따라 이동하기 시작했다. 그녀는 지도 앱을 닫고 나서 롤라에게 메시지를 보냈다.

아일린: 언니, 결국 디어드리 P를 결혼식에 초대 안 한 거야?

30초 안에 답장이 왔다.

롤라: ㅋㅋㅋ 엄마 아빠 대신 궂은일을 도맡아 하는 대가로 돈 많이 받아라.

아일린은 이 메시지를 읽으면서, 미간을 모으고 코로 흥 하고 숨을 내쉬었다. 그녀는 답장 버튼을 누르고 내용을 입력하기 시작했다.

아일린: 결혼식에 집안사람들을 초대한 걸 지금 진심으로 취소하겠다는 거야? 그게 얼마나 못되고 유치한 짓인지 알기나 해?

곧이어 그녀는 메시지 앱을 닫고, 지도 앱을 다시 열었다. 화면의 점을 보고 하차 벨을 누른 후 아래층으로 내려갔다. 운전사에게 감사 인사를 하고는 버스에서 내렸다. 그러고는 신중한 눈초리로 휴대전화를 계속 흘끔거리며, 버스가 온 방향으로 길을 거슬러 올라가기 시작했다. 미용실과 여성복 부티크를 지나 횡단보도를 건너자, 마침내 깃발 하나가 다음과 같은 파란색 메시지 한 줄과 함께 화면에 나타났다. 목적지에 도착했습니다. 그러자 그녀는 씹던 껌을 다시 은박 포장지로 감싸 근처 쓰레기통에 버렸다.

입구는 비좁은 현관을 사이에 두고 카운터로 통했고, 그 뒤로는 소파와 낮은 테이블, 온통 빨간색 전구로 불을 밝힌 방이 있었다. 그 모습은 마치 한 시대 전의 커다란 가정집 거실처럼 묘하게 가정적이었지만, 그러면서도 타는 듯한 붉은빛이 방을 가득 채우고 있었다. 아일린은 즉시 여러 친구들과 지인들의 환영을 받았다. 그들은 술잔을 내려놓고, 소파에서 일어나 그녀를 껴안았다. 다라크라는 남자가 보이자 그녀는 쾌활한 목소리로 말했다. 야, 생일 축하한다! 그 후 그녀는 술을 주문하고 나서, 약간 끈끈한 가죽 소파 중 하나에 앉아 있던 친구 폴라의 옆자리에 앉았다. 벽에 부착된 스피커에서는 음악이 흘러나오고 있었고, 방 끝에서는 화장실 문이 흔들리며 주기적으로 열려서 잠시 하얀빛의 홍수를 쏟아낸 다음 다시 닫히곤 했다.

아일린이 그녀의 휴대전화를 확인하자, 롤라가 보낸 새 메시지가 보였다.

롤라: 흠 내가 얼마나 유치한지에 대해 정말로 듣고 싶어 할까? 그것도 나이 서른에 돈도 못 버는 형편없는 직장에 처박혀 있으면서 하숙집에서나 살고 있는 사람한테……

아일린은 잠시 화면을 뚫어져라 바라보다가, 곧 휴대전화를 다시 호주머니에 집어넣었다. 그녀의 옆에서 로이신이라는 여자가 자신의 지상층 아파트의 깨진 유리창에 대해 말하고 있었다. 집주인이 한 달 넘게 수리를 거부했다는 이야기였다. 그 후, 모든 사람이 임차 시장에 대한 끔찍한 경험담을 나누기 시작했다. 한 시간, 두 시간, 이런 식으로 시간이 흘렀다. 폴라가 술을 한 잔씩 더 주문했다. 칵테일 소시지, 웨지포테이토, 걸쭉한 소스에 젖어 반짝거리는 닭 날개 튀김 같은 뜨거운 음식이 담긴 커다란 은빛 접시들이 바 안쪽에서 줄줄이 등장했다. 10시 50분에 아일린은 자리에서 일어나 화장실로 간 후 호주머니에서 휴대전화를 다시 꺼냈다. 새로 온 메시지 알림은 전혀 없었다. 그녀는 메시지 앱을 열고 사이먼 이름을 클릭해 전날 저녁의 메시지로 이동했다.

아일린: 집에 잘 도착했어?

사이먼: 그래, 막 문자하려던 참이었어

사이먼: 너한테 줄 선물을 가져왔을지도 모르지

아일린: 정말??

사이먼: 페리에 있는 가게에서 토블론 초콜릿을 면세가로 특가 판매하고 있었다는 걸 알게 되면 기쁠걸

사이먼: 내일 밤에 약속 있어?

아일린: 응, 사실……

아일린: 다라크가 생일 파티를 연다고 해서, 미안

사이먼: 아 알았어

사이먼: 그럼 주중에 볼 수 있을까?

아일린: 그래 그러자

그것이 마지막 메시지였다. 그녀는 볼일을 보고, 손을 씻고, 거울을 보며 립스틱을 덧바른 다음, 두루마리 화장지 한 칸을 이용해 립스틱 색깔을 연하게 만들었다. 누군가가 화장실 밖에서 문을 두드리자 큰 소리로 말했다. 잠깐만요. 그녀는 힘없이 거울을 응시하고 있었다. 그녀가 두 손으로 자기 얼굴의 이목구비를 아래쪽으로 끌어내리자, 천장에 달린 하얀 형광등 불빛 아래 두개골 뼈가 눈에 띄게 거슬리고 이상해 보였다. 그 사람이 또다시 문을 두드리고 있었다. 아일린은 가방을 어깨에 메고 문을 열어 화장실 밖으로 나갔다. 폴라의 옆자리에 다시 앉은 다음 테이블 위에 남겨놓았던 반쯤 빈 술잔을 집어 들었다. 얼음이 모두 녹아 있었다. 그녀가 물어보았다. 무슨 얘기 하는 중이야? 폴라는 그들이 공산주의에 대해 이야기하는 중

이라고 대답했다. 아일린이 말했다. 다들 그 얘기를 하려고 들어. 놀라운 일이야. 내가 처음 마르크스주의에 대해 자주 이야기했을 때는 다들 나를 비웃었는데, 이제는 누구나 하고 싶어 하는 얘기가 됐어. 공산주의를 멋진 것으로 만들려고 노력하고 있는 이 모든 새로운 사람들에게, 그냥 이 말을 해주고 싶을 뿐이야. 한배에 탄 걸 환영합니다, 동무들. 악감정은 없어요. 노동자 계급의 미래는 밝아요. 그러자 로이신이 그녀의 잔을 들었고 다라크도 그의 잔을 들었다. 아일린은 미소 짓고 있었고 조금 취한 것 같았다. 그녀가 물어보았다. 음식 접시 다 가져간 거야? 맞은편에 앉은 게리라는 남자가 말했다. 그렇지만 여기 있는 어떤 사람도 진짜 노동 계급은 아니야. 아일린이 코를 문지르며 대꾸했다. 맞아. 음, 마르크스는 그 말에 동의하지 않겠지만, 무슨 뜻인지는 나도 알아.

게리가 말했다. 사람들은 자기들이 노동 계급이라고 주장하는 걸 아주 좋아해. 여기에 실제로 노동자 계급 출신자는 아무도 없어.

맞아. 하지만 여기 있는 사람들은 모두 먹고살기 위해 일하고, 집주인한테 집세를 지불해. 아일린이 말했다.

두 눈썹을 치켜세우며 게리가 말했다. 집세를 낸다고 해서 노동 계급이 되는 건 아니야.

그래, 일을 한다고 해서 노동 계급이 되는 것도 아니지. 자기 월급의 절반을 집세로 쓰고, 자산은커녕 상사에게 착취를 당하는 것, 그중 어느 것도 노동 계급이 될 수 있는 조건은 아니지, 안 그래? 그렇다면 어떤 특정한 억양이 있다면 어때, 그건 되나?

짜증 섞인 웃음을 터뜨리며 그가 대답했다. 아빠의 BMW를 타고 돌아다니다가 돌아와서, 상사랑 사이가 안 좋다는 이유로 자기가 노동 계급이라고 말할 수 있다고 생각해? 알잖아, 그건 유행이 아니야.

정체성이라고.

한 입 가득 술을 삼키고 나서 아일린이 말했다. 이제는 모든 것이 정체성이야. 그나저나 당신은 나를 잘 몰라. 왜 여기에 노동 계급이 아무도 없다고 말하는지 모르겠어. 나에 대해 아무것도 모르잖아.

문학 잡지사에서 일한다는 건 알고 있어. 그가 말했다.

맙소사. 다시 말하자면 나한테는 직장이 있어. 진정한 부르주아 계급의 행태로군.

다라크는 그들이 '노동 계급'이라는 동일한 용어를 사용해서 전혀 별개인 두 개의 인구 집단, 그러니까 자본보다 노동에서 소득을 얻는 사람들로 이뤄진 한 집단과 특정한 문화적 전통과 기표를 지니고 주로 도시에 거주하는 빈곤층이라는 다른 한 집단을 설명하고 있는 것 같다고 말했다. 폴라는 중산층인 사람도 여전히 사회주의자일 수 있다고 말했고, 아일린은 중산층은 존재하지 않는다고 말했다. 이내 모든 사람이 동시에 서로에게 자기 말만 해대기 시작했다. 아일린은 한 번 더 휴대전화를 확인했다. 새로운 메시지는 전혀 없었고, 화면에 표시된 시간은 23시 21분이었다. 그녀는 자신의 술잔을 비우고는 재킷을 입었다. 손바닥을 펼치고 키스를 훅 불어 날려 보내는 시늉을 한 후, 테이블에 앉아 있는 다른 사람들에게 손을 흔들어 작별 인사를 하며 말했다. 집에 가야겠어. 다라크, 생일 축하해! 조만간 또 봐. 소음과 대화 소리의 한복판에서 그녀가 떠나는 것을 알아차린 사람은 고작 몇 명뿐이었다. 그들은 뒤로 물러나는 그녀에게 손을 흔들며 큰 소리로 인사했다.

10분 후 아일린은 또 다른 버스, 그러니까 이번에는 도심으로 되돌아가는 버스에 올라타 있었다. 그녀는 버스 2층의 창가 자리에 혼자 앉아, 호주머니에서 휴대전화를 잽싸게 꺼내고는 잠금을 해제했다. SNS 어플을 열고 나서 '에이든 라빈'이라는 이름을 입력하고, 검색 결과물 중에서 세 번째 결과를 눌러서 선택했다. 그의 프로필이 뜨자마자, 아일린은 기계적으로 스크롤해 건성건성 훑으며 최근 올라온 내용을 살폈다. 마치 즉흥적인 관심에 자극을 받아서가 아니라 습관적으로 하는 행동인 듯 보였다. 몇 번 더 두드려서 에이든 라빈의 페이지에서 **진짜 죽은 여자**라는 사용자의 프로필로 이동한 다음, 그 프로필이 뜨기를 기다렸다. 그 순간 버스는 세인트 메리 중등학교에 정차해, 개방한 문으로 승객들이 하차하는 중이었다. 페이지가 로딩되자, 아일린은 사용자가 최근 게시한 내용들을 멍하니 죽 스크롤했다. 버스가 정차하기 위해 차선을 바꿨을 때, 다시 한번 하차 벨이 울렸다. 누군가가 아일린의 옆자리에 앉기에 힐끗 쳐다보았다가 예의 바르게 미소를 짓고는 곧 관심을 돌려 휴대전화 화면을 바라보았다. 이틀 전, 사용자 **진짜 죽은 여자**는 '이렇게 슬픈 사건'이라는 제목을 붙인 사진을 새로 게시해놓았다. 그 사진에는 짙은 색 머리의 남자를 두 팔로 감싸 안고 있는 사용자의 모습이 담겨 있었다. 그 남자에게는 에이든 라빈이라는 태그가 붙어 있었다. 이 사진을 보는 동안, 아일린은 입을 살짝 벌렸다가 다시 다물었다. 그녀는 그 사진을 톡톡 두드려 확대했다. 그 남자는 빨간색 코듀로이 재킷을 입고 있었다. 그의 목에 감긴 여자의 두 팔은 육감적인 데다 맵시가 있었다. 그 사진은 34개의 '좋아요'를 받은 상태였다. 버스는 이제 또 다른 정류장에 정차하는 중이었다. 아일린은 차창 밖으로 눈길을 돌렸다. 그들은 운하 바로 앞에 있는 그로브 공원에 멈춰 서 있었다. 그녀의 얼굴에 어디인지 알아본 표정이 스쳐 지나갔고, 미간을 찡그린 다음 깜짝 놀라 자리에서 일어서더니 옆자리의 승객을 밀치며 간신히 빠져나갔다. 차문이 열리자 그녀는 헐떡거리며 빠른 걸음으로 계단을 뛰어 내려갔고, 룸미러에 비친 운전사에게 감사 인사를 하며 거리로 내려섰다.

이제 자정이 다 되어가는 시간이었다. 모퉁이에 있는 어두컴컴한 가게 전면 위로 노란빛이 도는 아파트 창문들이 군데군데 보였다. 아일린은 단호해 보이는 걸음걸이로 정해진 방향으로 걸어가면서, 재킷의 지퍼를 올리고 어깨에 멘 핸드백을 고쳐 멨다. 그녀는 걸어가면서 한 번 더 휴대전화로 사진을 다시 살펴보았다. 그런 다음 헛기침을 했다. 거리는 조용했다. 그녀는 전화기를 주머니에 집어넣고 마치 손을 깨끗이 닦기라도 하듯 두 손으로 재킷 앞쪽을 단호하게 쓸어내렸다. 길을 건너면서 더 활기차게 성큼성큼 활보하기 시작했고, 마침내 대문 뒤에 바퀴 달린 대형 쓰레기통 여섯 개가 늘어서 있는 높다란 벽돌 타운하우스에 다다랐다. 그녀는 고개를 들어 집을 쳐다보며 기묘한 웃음소리를 내면서 손으로 이마를 문질렀다. 그녀는 자갈길을 가로질러 가 현관의 초인종을 눌렀다. 5초, 10초, 아무 일도 일어나지 않았다. 15초. 그녀는 마치 가상의 대화를 연습하는 것처럼 소리 없이 입술만 움직이며 도리질을 하고 있었다. 20초가 지났다. 그녀는 떠나려고 몸을 돌렸다. 그때 인터폰에서 사이먼의 목소리가 들렸다. 여보세요? 그녀는 다시 돌아서서 인터폰을 응시하며 아무 말도 하지 않았다. 그 목소리가 같은 말을 반복했다. 여보세요? 그녀는 통화 버튼을 눌렀다.

그녀가 말했다. 안녕, 나야. 미안.

아일린이니?

응, 미안. 나야, 아일린.

그가 물어보았다. 너 괜찮은 거야? 올라와. 문 열어줄게.

현관문이 열리는 소리가 났고, 그녀는 안으로 들어갔다. 로비의 조명은 아주 밝았고 누군가가 우편함에 기대 세워놓은 자전거가 한 대 있었다. 아일린은 계단을 오르면서, 뒷머리를 더듬어 집게 핀에서 빠져나온 머리카락을 긴 손가락으로 능숙하게 정성껏 다시 매만졌다. 그런 다음 휴대전화로 시간이 23시 58분이라는 것을 확인하고, 재킷의 지퍼를 내렸다. 사이먼의 집 문은 이미 열려 있었다. 그는 문간에 맨발로 서서, 살짝 부은 졸음기 가득한 두 눈으로 복도의 불빛을 향해 얼굴을 찡그리고 있었다. 그녀는 난간에 손을 얹은 채 계단 꼭대기에 우뚝 멈춰 섰다. 미안, 자고 있었어?

별일 없는 거야? 그가 물어보았다.

그녀는 마치 몹시 지치거나 부끄러운 것처럼 고개를 푹 숙이고 두 눈을 감았다. 몇 초가 지나서야 눈을 뜨고 대답했다. 다 괜찮아. 그저 다라크의 생일 파티가 끝나고 집으로 가던 길이었는데, 당신이 보고 싶더라고. 왜 그런지 모르겠지만 당신이 깨어 있을 거라고 생각했어. 늦은 시간이라는 거 알아.

별로 그렇지도 않아. 안으로 들어올래?

그녀는 여전히 복도의 카펫을 내려다보며 긴장한 목소리로 말했다. 아니야, 방해하지 않을게. 너무 멍청한 짓을 한 것 같아. 미안해.

계단 꼭대기에 서 있는 그녀를 몰래 곁눈질로 훑어보며 그가 말했다. 그런 말 하지 마. 들어와. 한잔하자.

그녀는 그를 따라 안으로 들어갔다. 부엌 전등 가운데 유일하게 켜진 전등 하나가 퍼져 나갈수록 희미해지는 원을 그리며 그 작은 집 안을 밝히고 있었다. 티셔츠, 양말, 속옷 등 다양한 옷가지를 말리기 위해 널어놓은 접이식 빨래 건조대가 안쪽 벽에 붙여 세워져 있었다. 그녀가 재킷과 신발을 벗는 동안 그는 뒤에서 문을 닫았다. 이내 그녀는 그의 앞에 서서 마룻바닥을 의기소침하게 응시하고 있었다.

그녀가 말했다. 사이먼, 부탁 하나 해도 돼? 싫다고 해도 좋아. 괜찮아.

그래.

당신 침대에서 함께 자도 돼?

그가 그녀를 잠시 더 바라보다가 대답했다. 그래. 되고말고. 정말 별일 없는 거지?

그녀는 눈도 들지 않고 고개만 끄덕였다. 그는 유리컵에 수돗물을 가득 받아 그녀에게 건넸고, 그들은 함께 그의 방으로 들어갔다. 어두운색 마루가 깔린 깔끔한 방이었다. 중앙에는 누비이불이 젖혀져 있는 더블 침대가 있었고, 침대 머리맡 램프는 불이 켜져 있었다. 방문 맞은편에는 블라인드를 친 창문이 있었다. 사이먼이 램프를 끄자 아일린은 원피스 단추를 풀어 훌훌 벗고는 책상 의자 등받이에 걸쳐 놓았다. 그들은 침대로 들어갔다. 그녀는 컵에 든 물을 조금 마시고 나서 모로 누웠다. 몇 분 동안 그들은 말없이 가만히 있었다. 그녀가 그를 바라보았지만, 그는 돌아누워 있어서 뒤통수와 어깨만 희미하게 보였다. 나 좀 안아줄래? 그녀가 부탁했다.

잠시 동안 그는 뭔가 말을 할 것처럼 망설였지만, 이내 돌아누워 그녀에게 팔을 두르며 중얼거리듯 말했다. 물론이야, 이리 와. 그녀가 그의 품으로 파고들며 얼굴을 그의 목에 파묻자, 서로의 몸이 밀착되었다. 그는 목구멍에서 으음 하고 낮은 소리를 냈다. 곧이어 침을 꿀꺽 삼키고는 말했다. 미안. 그녀의 입이 그의 목에 닿아 있었다. 그녀가 말했다. 괜찮아. 참 좋아. 그러자 그는 훅 하고 숨을 삼켰다. 그가 말했다. 그래? 너 취한 건 아니지? 그녀의 눈은 감겨 있었다. 그녀가 대답했다. 응. 그녀는 그의 속옷 속으로 손을 집어넣었다. 그는 눈을 꼭 감고 아주 나직한 신음 소리를 냈다. 잠시 동안 그녀는 그렇게 천천히 그를 어루만지며, 그를, 그의 감겨 있는 축축한 눈꺼풀과 살짝 벌어진 입을 쳐다보고 있다가 그에게 물어보았다. 우리, 할까? 그는 좋다고 대답했다. 그들이 각자 속옷을 벗고 나서, 그가 말했다. 콘돔 가져올게. 그녀가 피임약을 먹고 있다고 말하자, 그는 잠시 망설이는 것 같았다. 그가 말했다. 아, 그럼 이대로? 그녀는 고개를 끄덕였다. 그들은 얼굴을 마주 보며 모로 누워 있었다. 그는 그녀의 엉덩이를 잡고 그녀의 안으로 들어갔다. 그녀는 훅 하고 숨을 들이쉬었고, 그는 손으로 그녀의 엉치뼈를 문질렀다. 몇 초 동안 그들은 가만히 있었다. 그가 그녀에게 몸을 더 바짝 밀착하자 그녀는 두 눈을 꼭 감고 훌쩍였다. 그가 말했다. 음, 반듯하게 눕게 해줄까? 그래도 괜찮겠어? 그렇게 하면 네 안으로 조금 더 깊이 들어갈 수 있을 것 같아. 네가 원한다면 말이야. 그녀의 두 눈은 감겨 있었다. 그녀가 대답했다. 그래. 그러자 그가 몸을 뗐고, 그녀는 몸을 돌려 등을 대고 누웠다. 그가 다시 그녀의 안으로 들어가자, 그녀는 두 다리를 들어 올려 그를 감싸며 소리를 질렀다. 그는 두 팔에 체중을 실어 몸을 지탱하며 두 눈을 감았다. 잠시 후 그녀가 말했다. 사랑해. 그는 숨을 내뱉고 낮은 목소리로 대답했다. 아, 나는 아직…… 나도 정말 사랑해. 그녀는 입으로 거칠게 심호흡을 하며 그의 목덜미로 손을 옮기는 중이었다. 그가 말했다. 아일린, 미안하지만, 나는 이미 거의 다 된 것 같아. 그냥, 나는 아직은…… 잘 모르겠어. 미안해. 그녀는 얼굴이 뜨겁게 달아오른 채 도리질을 하고 숨을 헐떡거리며 말했다. 괜찮아. 걱정 마. 미안하다고 하지 마. 그가 일을 마친 후, 그들은 잠시 숨을 고르며 서로의 품에 안겨 누워 있었고, 그녀는 손가락으로 그의 머리카락을 빗질하고 있었다. 이윽고 그는 따뜻하고 묵직한 손을 그녀의 배 위로, 그녀의 가랑이로 천천히 내려 보냈다. 지금 괜찮아? 그가 물어보았다. 그녀가 두 눈을 감으며 중얼거리듯 대답했다. 그래. 그가 가운뎃손가락을 그녀의 몸 안으로 밀어 넣으며 엄지손가락으로 그녀의 음핵을 어루만지자, 그녀가 속삭였다. 그래, 그거야. 그 후 그들은 서로 몸을 뗐고, 그녀는 몸을 굴려 등을 대고 누우며 누비이불을 걷어차고는 숨을 가다듬었다. 그가 눈을 반쯤 감은 채 모로 누워 그녀를 지켜보면서 물어보았다. 좋아? 그녀는 떨리는 것 같은 웃음을 터뜨리고 대답했다. 그래. 고마워. 그러자 그가 매트리스 위에 길게 뻗은 그녀의 길고 날씬한 몸 위로 눈길을 옮기고, 나른하게 미소를 지으며 대답했다. 원한다면 아무 때나 좋아.

아침 8시에 알람이 울리며, 두 사람 다 잠에서 깨어났다. 사이먼은 팔꿈치로 짚고 일어나 앉아서 알람을 껐고, 아일린은 등을 대고 누운 채로 손가락으로 눈을 비볐다. 네모난 블라인드 테두리로 환한 햇빛이 새어 들어왔다. 그녀가 물어보았다. 오늘 아침에 무슨 계획 있어? 휴대전화를 침대 머리맡 테이블 위에 다시 놓으며 그가 말했다. 9시 미사에 갈 생각이었어. 하지만 나중에 가도 아무 상관없어. 베개 위에 머리카락을 흐트러뜨린 채 두 눈을 감고 행복한 표정으로 누워 있으면서 그녀가 물어보았다. 함께 가도 될까? 그는 잠시 그녀를 내려다보다가 간단히 대답했다. 그야 물론이지. 그들은 함께 일어났고, 그녀가 샤워하는 동안 그는 커피를 끓였다. 그녀는 커다란 하얀 타월로 몸을 감싸고 욕실 밖으로 나왔고, 그들은 부엌 조리대에 기대어 입을 맞췄다. 그녀가 물어보았다. 미사 도중에 내가 나쁜 생각을 하면 어쩌지? 그가 머리카락이 축축하게 젖어 있는 그녀의 목덜미를 문지르며 말했다. 어젯밤처럼? 우리는 나쁜 짓 한 거 없어. 그녀는 그의 티셔츠 어깨솔기에 입을 맞췄다. 이윽고 그녀가 옷을 입는 동안 그는 아침을 만들었다. 그들은 고작 9시 몇 분 전에 집에서 나와 성당까지 함께 걸어갔다. 성당 안은 서늘하고 거의 비어 있었으며, 축축한 습기를 머금은 냄새와 향냄새를 풍겼다. 사제가 누가복음의 구절을 읽고 연민에 대한 설교를 했다. 영성체를 하는 동안, 성가대가 〈주여, 제가 여기 있사오니〉를 불렀다. 사이먼이 신도석에서 나갔고, 그가 대부분 나이가 지긋한 다른 신도들과 함께 줄을 서서 기다리는 모습을 지켜보았다. 그들 뒤쪽에 있는 2층 회랑에서 성가대가 이렇게 노래하고 있었다. **내가 그들의 어둠을 밝힐지니.** 아일린은 사이먼이 제단에 이르러 영성체를 하는 동안, 자세를 바꿔 앉아 계속 그를 지켜보았다. 그는 고개를 돌리고 성호를 그었다. 그녀는 두 손을 무릎에 얹고 앉아 있었다. 그는 그들 위에 있는 거대한 돔 형태의 천장을 올려다보며, 입술을 소리 없이 움직이고 있었다. 그녀는 탐색하는 표정으로 그를 주시했다. 그가 옆자리에 다가와 앉으며 그녀의 손 위에 한 손을 포갰다. 그 손은 듬직하게 가만히 있었다. 이윽고 그는 그녀의 옆에서 신도석에 붙어 있는 무릎 방석 위에 무릎을 꿇었다. 그는 두 손 위로 고개를 숙였지만, 오직 평온해 보일 뿐 근심스럽거나 심각해 보이지는 않았고, 더 이상 입술을 움직이고 있지도 않았다. 그녀는 깍지 낀 두 손을 무릎 위에 얹고 그를 지켜보았다. 성가대가 이렇게 노래했다. **제가 밤중에 주의 부르심을 들었나이다.** 사이먼은 한 번 더 성호를 긋고 일어나서 그녀의 옆자리에 다시 앉았다. 그녀가 그를 향해 한 손을 움직이자, 그는 그 손을 침착하게 잡아 쥐고는 엄지손가락으로 작은 능선 같은 그녀의 손마디들을 천천히 쓰다듬었다. 그들은 미사가 끝날 때까지 그렇게 앉아 있었다. 성당 밖 거리에서 그들은 다시 미소 짓고 있었고, 그 미소는 비밀스러웠다. 시원하고 화창한 일요일 아침, 건물들의 하얀 정면이 햇빛을 반사하고, 차들이 지나가고, 사람들이 밖으로 나와 개를 산책시키며 길 건너에서 서로를 부르고 있었다. 사이먼은 아일린의 볼에 입을 맞추었고, 그들은 서로에게 작별 인사를 했다.

12

앨리스, 너는 현대 소설의 문제가 단순히 현대 생활의 문제라고 생각하니? 인간 문명이 붕괴 위기에 직면한 마당에 섹스와 우정이라는 사소한 일들에 에너지를 쏟는다는 것이 저속하고 퇴폐적이며 심지어 지적으로는 폭력적인 것처럼 보인다는 데 나도 동의해. 하지만 동시에, 바로 그것이 내가 날마다 하는 일이야. 뭐랄까, 우리가 어떤 고차원적인 단계에 올라서기를 기다릴 수도 있을 거야. 그 시점에 우리는 모든 정신적, 물질적 자원을 실존적 질문들에 쏟아붓고, 우리 자신의 가족, 친구, 연인 따위는 아무렇지도 않게 여기기 시작할 테지. 하지만 내 생각에 우리는 오래 기다리게 될 거야. 사실 그 전에 먼저 죽게 될 테지. 어쨌든 사람들은 늘 숨을 거둘 때가 되어서야 그들의 배우자와 아이들에 대해 이야기하지 않니? 그리고 죽음은 단지 1인칭 시점의 묵시록에 불과한 것 아닐까? 그렇다면 네가 그렇게 비웃듯이 말하는 '헤어지거나 함께하는 것'보다 더 중요한 일은 아무것도 없어. 우리의 삶이 끝날 때, 우리 앞에 아무것도 남아 있지 않을 때, 그것이야말로 우리가 여전히 이야기하고 싶어 하는 단 한 가지이기 때문이야. 우리는 그저 지인들을 사랑하며 걱정하기 위해서, 심지어 우리가 해야 할 더 중요한 일들이 있을 때조차 계속 사랑하고 걱정하기 위해 태어났는지도 몰라. 그리고 만약 그것이 인종이 멸종할 거라는 의미라면, 그것은 어떻게 보면 멸종하기 좋은 이유, 그러니까 상상할 수 있는 가장 좋은 이유가 아닐까? 왜냐하면 세계의 자원 분배 구조를 개편하고 지속 가능한 경제 모델로 일괄적으로 전환했어야 했을 때, 그러기는커녕 섹스와 우정에 대해 걱정하고 있었으니까. 우리는 서로를 너무나 사랑하고 또 흥미로운 대상이라고 여겼으니까 말이야. 게다가 나는 인류의 그런 면을 사랑해. 그리고 사실은 그것이야말로 우리가 살아남기를 응원하는 이유야. 우리는 서로에 대해 아주 어리석게 굴기 때문이지.

이 마지막 의견은 내 개인적인 경험을 바탕으로 말하는 거야. 어젯밤 생일파티에서 집으로 돌아가는 길에, 그로브 공원에서 무작정 버스에서 내려 사이먼의 집까지 걸어갔어. 좀 취해서 자괴감이 들었나 봐. 그에게 의지해 함께 시간을 보내며 칭찬을 좀 듣고 싶었는지도 모르겠어. 아니면 그가 집에 없었으면 했는지도 몰라. 아니면 그가 만나고 있다던 여자랑 같이 집에 있었으면 했는지도 모르지. 훨씬 더 심한 자괴감을 느낄 수 있도록 말이야. 나도 잘 모르겠어. 내가 뭘 원했는지, 어떤 일이 일어날 거라고 생각했는지 잘 모르겠어. 어쨌든 내가 위층으로 올라가보니 그가 초인종 소리에 자다 깨서 나를 집에 들이려고 잠자리에서 나와야 했던 건 확실했어. 정말로 늦은 시간은 아니었고, 겨우 자정 무렵이었지. 그는 피곤하고 나이 들어 보이는 모습으로 문간에 서 있었어. 나쁜 의미로 그랬다는 건 아니야. 하지만 보통 그를 볼 때, 내가 어린 여자아이였을 때부터 늘 봐

왔던 그 아름다운 금발 머리 10대를 보는 데 익숙해져 있나 봐. 어젯밤 그가 문간에 서 있는 모습을 보고는 더 이상 그 소년이 아니라는 것을 깨달았어. 내가 그의 삶에 대해 정말 아는 게 뭘까? 10대 시절에 처음으로 사이먼에게 홀딱 반하게 되었을 때, 나는 성적인 감정을 그리 잘 이해하지 못했어. 그가 나를 만졌을 때 내가 느꼈던 감정을 스스로에게 설명하려고 '특별한 손길'이라는 문구를 생각해냈어. 그건 그렇고, 그는 그저 우연히, 혹은 상상할 수 있는 가장 순진한 방법으로만 그랬을 뿐이야. '특별한 손길'이라니 정말 웃기는 문구 아니니? 이제 와 생각하면 실소가 터져 나와. 하지만 어젯밤 침대에서 그가 나를 껴안자마자, 마치 지난 15년이 아무것도 아니었던 것처럼 문득 그 말이 내 머릿속에 떠올랐는데 감정도 똑같았어.

우리는 결국 오늘 아침에 함께 미사에 갔어. 그가 사는 거리의 성당은 입구에 아주 화려한 석조 포르티코(건물 입구로 이어지는 현관 또는 건물에서 확대된 주랑-옮긴이)가 있고, '죄인들의 피난처, 동정녀 마리아의 교회'라는 특별한 이름을 가진 가톨릭교회야. 그나저나 같이 가자고 청하지는 않았어. 내가 가고 싶었지. 비록 왜 그러고 싶어 했는지, 지금은 확실히 모르겠지만 말이야. 그와 함께 있는 것이 너무 좋아서 단지 한 시간만이라도 그와 물리적으로 떨어져 있고 싶지 않았던 걸 수도 있어. 하지만 또 이걸 어떻게 표현해야 할지 확실히는 모르겠는데, 질투가 나서 그가 나 없이 가기를 원치 않았을 수도 있어. 막상 말을 해놓고 보니, 무슨 말을 하려고 했던 건지 나도 잘 모르겠네. 나를 좋아하는 것보다 신이라는 관념을 더 좋아한다는 이유로 분개했던 걸까? 그것은 분명히 말도 안 되는 생각인 것 같아. 하지만 그렇다면 뭘까? 비록 아주 잠깐 동안이라고 해도 사이먼과 친밀한 관계를 회복하고 보니 그가 나를 씻어내고 깨끗해지려고 미사에 가는 걸까 봐 두려웠을까? 아니, 어쩌면 어떤 면에서는 그가 정말로 기어코 미사에 갈 것이라고는 믿지 않았고, 만약 내가 함께 가겠다고 제안하면 속내를 드러내고 결국 그가 여태껏 종교 문제에 대해 완전히 진지하지는 않았다는 것을 인정해야 할 거라고 생각했는지도 몰라. 물론 결국 우리는 별 탈 없이 함께 성당에 들어갔어. 안에는 온통 흰색과 파란색으로 칠해진 조각상들과 고급스러운 벨벳 커튼이 달린 상자형의 어두운색 판자벽 고해실들이 있었어. 다른 참석자들은 대부분 파스텔색 재킷을 입은 자그마한 체구의 아주머니들이었지. 예배가 시작되었을 때 사이먼이 갑자기 아주 강렬한 영적인 행동을 하거나, 존엄한 하느님 아버지 때문에 눈물을 흘리거나 뭐 그러지는 않았어. 그는 그저 평소의 자신일 뿐이었지. 대체로 가만히 앉아서 말씀을 경청하며 아무것도 하지 않았어. 처음에 모든 사람이 '그리스도여 우리를 불쌍히 여기소서'니 뭐니 하는 말들을 계속 반복했을 때, 내 마음 한구석에서는 그가 소리 내 웃기 시작하며 그 모든 것이 다 농담이었다고 말해주기를 바랐던 것 같아. 어떤 면에서는 나는 그가 '제가 큰 죄를 지었나이다'라는 식으로 행동하고, 그런 말을 평소 같은 목소리로 크게 소리 내 실제로 말하는 것이 무서웠어. 그건 마치 내가 진심으로 비가 오고 있다고 믿고 있고, 이 믿음이 터무니없다는 생각이 전혀 들지 않는다면, 정말로 '비가 오고 있어'라고 말할 수 있는 것과 같은 이치야. 그의 진지함에 놀랐던 것인지 그를 자꾸 건너다보았지만, 그는 그저 다정하게 나를 힐끗 돌아볼 뿐이었지. 마치 이렇게 말하는 것 같았어. 그래, 이건 미사야. 뭘 기대한 거니? 곧이어 한 여자가 예수의 발에 기름을 붓고, 아마도 그녀의 머리카락으로 그의 발을 닦아준 것에 대한 봉독이 있었어. 내가 잘못 알아들은 것이 아니라면 말이야. 사이먼은 자리에 가만히 앉아 이 명백하게 기이하고 괴상한 이야기를 경청하고 있었고, 여느 때처럼 침착하고 평범해 보였어. 내가 계속 그의 평범함에 대해 말하고 있다는 건 잘 알고 있어. 하지만 나를 혼란스럽게 한 것은 그의 사람됨에 아무 변화가 없어 보인다는 것, 그러니까 정확하게는 미사 내내 그가 완전히 그리고 충분히 알아볼 만큼 여느 때와 똑같은 남자라는 사실이었어.

봉독이 끝난 후 사제가 빵과 포도주를 축성하기 시작했고, 곧이어 신도들에게 '마음을 드높이' 하라고 요청했어. 성당의 모든 사람이 부드러운 목소리로 일제히 속삭이듯 대답했어. '주님께 올립니다.' 불과 몇 시간 전에 더블린 한복판에서 내가 그런 장면을 목격했다는 것이 정말로 사실일까? 너와 내가 함께 살고 있는 현실 세계에서, 글자 그대로 그런 일들이 계속 일어난다는 것이 사실일까? 사제가 '마음을 드높이'라고 말하자, 사이먼을 포함한 모든 사람이 일말의 망설임도 없이 대답했어. '주님께 올립니다.' 그들은 자신들이 진실을 말하고 있다고 믿었을까? 그리고 그 순간 그들의 마음이 정말로 주님께 올라갔다고 믿었을까? 그것이 무엇을 의미하든 말이야. 만약 내가 어제 나 자신에게 그 질문을 했더라면 당연히 아니라고 대답했을 거야. 미사는 단지 사회적인 제의식일 뿐이고, 신앙심이 깊은 사람들도 실제로는 신에 대해 생각하면서 시간을 보내지는 않으며, 그들의 마음을 주님께 올리거나, 그런 일을 하는 것이 무엇을 의미하는지를 개념적으로 해석하려고 애쓸 리는 없다고 말이야. 하지만 오늘은 다른 생각이 들어. 적어도 그 성당 사람들 중 일부는 자신들이 주님께 마음을 올리고 있다고 진심으로 믿는다는 느낌이 들었어. 사이먼도 그런 것 같았어. 내 생각에 그는 자신이 무슨 말을 하는지 알고 있었고, 그것에 대해 생각해본 적이 있으며, 그것이 사실이라고 믿고 있었어. 그 후 사제가 우리에게 서로 평화 예식을 할 것을 청하자, 사이먼은 은발의 자그마한 아주머니들과 모두 악수를 나눈 다음 나와 악수하며 '평화를 빕니다'라고 말했고, 그때쯤 나는 그 말이 그의 진심이기를 바라고 있었어. 그가 농담하고 있는 것이면 좋겠다는 생각은 이제는 사라졌고, 사실은 그가 겉보기만큼, 그리고 그 이상으로 진지하면 좋겠고, 모든 말이 다 진심이면 좋겠다는 생각이 들었어.

예배를 보는 동안, 내가 사이먼의 믿음의 진정성에 실제로 감탄하게 된 것일까? 하지만 어떻게 내가 믿지 않고, 믿고 싶지도 않고, 명백히 틀렸으며 터무니없다고 생각하는 것을 믿는 사람을 존경할 수 있을까? 예를 들어 만약 사이먼이 거북이를 신의 아들로 숭배하기 시작한다면 내가 그의 진정성에 감탄할까? 엄격한 합리주의자의 관점에서 볼 때, 거북이를 숭배하는 것과 1세기의 유대인 설교자를 숭배하는 것은 타당성이라는 측면에서 별 차이가 없어. 신이 존재하지 않는다는 것을 고려하면, 그 모든 것이 무작위적이므로 예수든 플라스틱 양동이든 윌리엄 셰익스피어든 마찬가지야. 다 상관없어. 그렇다고 하더라도 만약 사이먼이 거북이 숭배의 길을 간다면, 그의 진정성에 감탄하지 못할 것 같아. 그렇다면 나는 그저 그 제의식에 감탄하고 있는 것에 불과할까? 종교적 통념을 담담하게 무비판적으로 받아들이는 그의 능력에 감탄하고 있는 것에 불과할까? 아니면 은근히 예수에게 무언가 특별한 점이 있고, 그를 신으로 숭배하는 것이 비록 완전히 합리적이지는 않지만, 왠지 거리낄 일은 아니라고 생각하는 것일까? 잘 모르겠어. 어쩌면 그것은 사이먼이 성당에서 취한 차분하고 정중한 태도였을 뿐인 거야. 작은 노부인들과 똑같이, 그러니까 그들과 조금이라도 달리 하려 하지 않고, 그들보다 더 열렬히 아니면 덜 열렬히, 혹은 더 비판적이거나 지적으로 믿는다는 티를 내지 않으면서, 그저 똑같이 조용하고 침착하게 기도문을 암송하는 방식일 뿐이었을 거야. 게다가 그는 내가 거기서 자기를 지켜보고 있는 것조차 당황스러워하지 않았어. 무슨 말인가 하면 나 때문에, 그러니까 내가 그 자리에 얼마나 어울리지 않는지에 대해 당황스러워하지도 않았지만, 동시에 그 자신이 내가 믿지 않는 절대자를 숭배하는 현장에서 포착되는 것도 당황스러워하지 않았다는 거야.

나중에 성당 밖 거리에서 그는 자신과 함께 가줘서 고맙다고 했어. 그 순간 나는 잠시 동안 그가 그냥 어색하거나 초조해서 결국 그 말을 우스갯소리 취급하려고 할까 봐 두려웠고, 그 생각에 소름이 끼쳤어. 하지만 그는 그러지 않았지. 나는 그가 그러지 않을 줄 알았어야 했어. 그것은 전혀 그답지 않은 일이었을 테니까. 그는 그저 나에게 고맙다고 했을 뿐이고, 우리는 각자 갈 길을 갔어. 내가 그 미사가 이상하게 낭만적이었다고 말하더라도, 너는 내 말이 무슨 뜻인지 알았으면 좋겠어. 이로 인해 사이먼에게 내가 오랫동안 보지 못했던 어떤 깊고 진지한 면이 있다고 느끼게 되었는지도 모르고, 아니면 그저 우리가 악수할 때 그에게서 느낀 상냥함 때문이었는지도 모르지. 아니면 진화 심리학자들의 의견처럼 나는 그저 연약한 작은 여자일 뿐이라 한 남자의 침대에서 자고 난 후 갑자기 그에게 마음 약해지고 다정해진 것에 불과한지도 몰라. 내가 꼭 다 맞는다고 주장하는 건 아니야. 아마 그들의 의견이 맞을 수도 있을 거야. 그리고 이메일을 쓰는 이 순간에도 나는 사이먼에게 마음 약해지고 다정해져, 왜 그런지는 몰라도 심지어 지켜주고 싶은 마음까지 들어. 만약 내가 오늘 아침에 그와 함께 성당에 가는 대신 곧장 집으로 갔더라도 지금과 똑같이 느꼈을지는 확실히 알 수 없어. 하지만 동시에 만약 우리가 오늘 아침에 그냥 미사에만 가고, 어젯밤에 잠자리를 함께 하지 않았더라면 지금 이런 기분은 아니었을 것 같아. 잠자리를 함께 하고 나서 미사에 간다는 것은 참 어울리지 않는 조합이었지만, 그로 인해 이런 기분을 느끼게 된 것 같아. 그러니까 그저 잠깐일지라도 그의 삶에 관여하고, 전에는 한 번도 본 적이 없는 그의 어떤 면을 보고, 그 결과로 그를 달리 보게 되어버린 기분을 말이야.

우정과 로맨스에 대한 얘기가 나왔으니 말인데, 로마는 어떠니? 펠릭스는 어때? 너는 어떻게 지내니? 네 이메일에서 섹슈얼리티에 관한 부분은 아주 웃겼어. 성적 욕망을 느껴본 사람이 너 하나라고 생각해? 네가 그렇다고 대답할 경우에 대비해서, 오드리 로드의 에세이인 '성애의 활용'(오드리 로드의 에세이집 『시스터 아웃사이더』의 네 번째 장에 해당하는 에세이의 제목-옮긴이)의 PDF 파일을 첨부하려고 해. 네가 무척 즐겁게 읽을 거라는 걸 분명히 아니까 말이야. 마지막으로 얘기하고 싶은 것은 이거야. 아무렴, 사이먼도 초대해야 하고말고! 내가 알기로는 그도 너를 보고 싶어 해. 게다가 나 혼자 너희 둘을 바닷가에서 일주일이나 독차지하는 것보다 이 세상에서 더 좋은 일은 생각나지도 않아. 언제나 사랑해, E.

13

같은 날인 로마의 일요일 아침, 앨리스는 욕실의 샤워기를 끌 수 없었다. 그녀는 일단 몸을 말리고 드레싱가운을 입은 후, 펠릭스에게 살펴봐달라고 부탁했다. 그가 샤워기의 머리 부분을 벽 쪽으로 돌리고, 헛되이 작동 버튼을 눌러서 잠갔다 틀었다 하면서 살펴보는 동안, 그녀는 머리카락에서 어깨 위로 물이 뚝뚝 떨어지는 채로 그의 뒤에 서 있었다. 그는 샤워기의 바깥쪽 플라스틱 케이스를 벗기고 나서, 실눈으로 그 안에 있는 상표를 살펴보았다. 왼손으로 주머니에서 휴대전화를 꺼내고는, 앨리스가 받아 들도록 등 뒤로 손을 뻗었다. 그녀가 전화기를 잡자마자, 그는 제조사와 모델 번호를 큰 소리로 읽어주며 구글로 검색해보라고 요청했고, 그러는 동안에도 다시 작동 버튼을 누르고 샤워기 내부의 작동 방식을 관찰했다. 그녀가 휴대전화 화면의 구글 어플을 누르자, 인기 있는 포르노 웹사이트가 열렸다. '거친 항문 성교'라는 질의어에 대한 검색 결과 목록이 보이는 페이지였다. 맨 위의 섬네일에는 한 여자가 의자 위에 무릎을 꿇고, 그 뒤에서 한 남자가 그녀의 목을 잡고 있는 모습이 보였다. 그 아래, 또 다른 섬네일에는 립스틱이 얼룩지고 두 눈가에 마스카라가 과하게 번진 채 울고 있는 한 여자의 모습이 보였다. 앨리스는 화면을 건드리지 않고, 그 페이지에 어떤 식으로든 영향을 주지도 받지도 않은 채 펠릭스에게 전화기를 돌려주며 말했다. 그 페이지를 닫고 싶을지도 모르겠어요. 그는 그 전화기를 돌려받으며 힐끗 쳐다보더니, 순식간에 얼굴과 목이 온통 빨개졌다. 샤워기의 플라스틱 외피가 다시 떨어져 나오는 바람에 그는 다른 손으로 받아내며 균형을 다시 잡아야 했다. 그가 말했다. 저, 미안해요. 이런, 참 민망하네요. 그런 걸 보게 해서 미안해요. 그녀는 고개를 끄덕이며 드레싱가운 주머니에 두 손을 찔러 넣었다가 다시 꺼내고는, 이내 자기 방으로 갔다.

몇 분 후, 펠릭스는 샤워기 문제에 대한 해결책을 찾아냈다. 그런 다음 밖으로 나가 산책을 하러 갔다. 앨리스는 침실에서 일을 하고, 펠릭스는 혼자 도시를 돌아다니면서 몇 시간이 흘러갔다. 그는 이어폰으로 음악을 들으며 가게 진열창들을 힐끔거리고 간간이 자기 휴대전화를 확인하면서, 코르소 가를 따라 어슬렁거렸다. 한편 아파트에 있던 앨리스는 주방으로 나가 바나나와 약간의 빵과 초콜릿 바 반 개를 먹은 다음 곧 자기 방으로 돌아갔다.

펠릭스는 아파트로 돌아와 앨리스의 침실 문을 두드렸다. 방문은 열지 않은 채, 그녀에게 무언가 좀 먹을 생각이 있는지 물어보았다.

그녀가 방 안에서 말했다. 고맙지만 벌써 먹었어요.

그는 반사적으로 고개를 끄덕이고는 콧등을 두 손가락으로 꼭 집으며, 그녀의 방문 앞을 떠나 걸어가다가 다시 되돌아갔다. 고개를 절레절레 흔들며 다시 방문을 두드렸다.

좀 들어가도 될까요? 그가 물어보았다.

물론이죠.

그는 문을 열고, 그녀가 노트북을 무릎에 올린 채 침대 머리 판에 기대어 앉아 있는 것을 발견했다. 창문이 열려 있었다. 그는 방 안으로 들어가지는 않고, 한 손으로 문틀을 짚은 채 문간에 서 있었다. 그녀는 왜 그러느냐고 물어보듯 고개를 갸웃했다.

샤워기 고쳤어요. 그가 말했다.

아까 보고 알았어요. 고마워요.

그녀는 노트북으로 시선을 돌려 하고 있던 일에 다시 관심을 쏟았다. 그는 불만스러운 표정으로 계속 그 자리에 서 있었다.

나한테 화났어요? 그가 물어보았다.

아니, 화나지 않았어요.

아까 있었던 일은 미안해요.

걱정하지 마요. 그녀가 말했다.

그는 짚고 있는 문틀을 손바닥으로 문지르며 여전히 그녀를 지켜보고 있었다.

정말로 내가 그 일에 대해 걱정하지 않기를 바라나요? 아니면 그냥 말만 그렇게 하는 거예요? 그가 물어보았다.

그게 무슨 소리죠?

내가 꼴도 보기 싫다는 듯이 굴고 있잖아요.

그녀는 어깨를 으쓱했다. 그는 그녀가 뭔가 말을 하길 기다렸지만 아무 말도 하지 않았다.

그가 말했다. 봐요, 이런 식이에요. 정말로 한마디도 안 하잖아요.

내가 무슨 말을 했으면 하는 건지 모르겠네요. 당신이 어떤 종류의 포르노를 즐겨 보든 그건 당신 사정이에요. 하지만 나한테는 그게 충격적이었기 때문에 당신이 그 페이지를 열어둔 건 유감스러운 일이에요.

그가 얼굴을 찡그리며 말했다. 나라면 그게 충격적이었다고 말하지는 않을 거예요.

물론, 당신이라면 안 그럴 테죠.

그게 무슨 의미죠?

이제 다소 사나운 표정으로 그를 올려다보며 그녀가 말했다. 펠릭스, 무슨 말이 듣고 싶어요? 당신은 연약한 여자들에게 끔찍한 일이 일어나는 동영상을 보는 걸 좋아해요. 그러면서 내가 뭐라고 하길 바라죠? 괜찮다고요? 물론 괜찮겠죠. 당신이 그 일 때문에 교도소에 가지는 않을 거예요.

당신은 그래야 한다고 생각하겠죠?

내가 어떤 생각을 하는지는 당신이 상관할 일이 아니잖아요?

그가 웃음을 터뜨렸다. 그러곤 고개를 절레절레 저으며 두 손을 주머니에 집어넣었다. 문틀을 신발로 가볍게 톡톡 치며 그가 말했다. 당신의 검색 기록에는 당혹스러운 건 아무것도 없겠군요.

네, 그런 건 없어요.

음, 그렇다면 당신은 유혹에 아주 초연한 사람인가 보군요.

그녀는 더 이상 그를 쳐다보지도 않고, 무언가를 입력하고 있었다. 그는 그녀를 지켜보았다.

그가 말했다. 나는 당신이 궁극적으로는 그런 여자들에게 정말로 신경 쓴다고 생각하지 않아요. 내가 당신이 싫어하는 걸 좋아하니까 짜증을 내는 것뿐이잖아요.

어쩌면 그럴지도 모르죠.

아니면 질투하는 것일지도 모르고요.

그들은 잠시 서로를 바라보았다. 그녀가 침착하게 말했다. 당신이 나한테 그런 식으로 말하다니 참 유감이에요. 왜냐하면 아니거든요. 나는 돈 때문에 자신의 품위를 떨어뜨릴 수밖에 없는 사람을 질투하지 않아요. 그럴 필요가 없다는 점에서 나는 참 행운이라고 생각해요.

하지만 당신 돈이 나한테는 별로 소용이 없었죠, 안 그래요?

그녀는 전혀 위축되지 않고 대꾸했다. 오히려 지난 사흘 동안 당신과 동행해서 즐거웠죠. 내가 뭘 더 요구할 수 있겠어요?

그는 등 뒤 거실을 힐끗 쳐다보고 나서, 이내 정신적 혹은 육체적으로 완전히 지친 듯한 몸짓으로 온 얼굴을 쓸어내렸다. 그녀는 제3자의 시선으로 무표정하게 그를 지켜보았다.

그게 당신이 바랐던 거예요? 나와 동행하는 즐거움이요? 그가 말했다.

그래요.

그리고 그걸 즐겼고요?

아주 많이요. 그녀가 말했다.

그는 천천히 고개를 가로저으며 주위를 둘러보았다. 마침내 방 안으로 걸어 들어가서는, 침대의 비어 있는 한쪽에 그녀를 등지고 앉았다.

잠깐 누워도 될까요? 그가 말했다.

그럼요.

그는 등을 대고 누웠고 그녀는 옆에서 계속 자판을 두드렸다. 이메일을 쓰고 있는 것 같았다.

그가 말했다. 당신은 내가 그다지 나쁘다고 생각하지 않는 것에 대해서 엄청나게 죄책감을 느끼게 만들고 있어요.

여전히 자판을 두드리며 그녀가 대답했다. 당신이 내 의견에 그렇게 신경을 쓴다는 걸 알게 되니 기쁘네요.

그가 말했다. 아무튼 당신이 그걸 나쁘다고 생각한다면 말인데, 솔직히 나는 훨씬 더 나쁜 짓도 한 적이 있어요. 그저 인터넷에서 그런 걸 보는 것조차 당신에게 불쾌감을 느끼게 한다면, 우리는 결코 좋은 친구가 될 수 없을 거라는 뜻이에요. 그런 건 나한테는 별일 아니거든요. 그보다 더 끔찍한 짓들을 저질러왔어요.

그 순간 그녀는 자판을 두드리길 멈추고 그를 쳐다보았다. 예를 들면 어떤 일이죠? 그녀가 물어보았다.

그가 말했다. 수없이 많죠. 대체 어디서부터 시작해야 할지, 그러니까 예를 들어볼게요. 당신은 이 예를 아주 싫어할 테지만요. 한 1년 전쯤 밤에 외출했다가, 어떤 젊은 여자를 집에 데려갔는데 나중에서야 그녀가 아직 학생이라는 걸 알게 됐죠. 당신을 놀리려고 그냥 해보는 말이 아니에요. 농담이 아니라고요. 아마 열여섯 살이나 열일곱 살이었을 거예요.

더 나이 들어 보였나요?

분명히 그랬다고 말하고 싶어요. 하지만 그 점에 대해서는 생각해보지 않았어요. 우리는 둘 다 취했고, 그녀는 즐거워 보였어요. 끔찍한 얘기라는 거 알아요. 그녀가 어린애라서 내가 의도적으로 뒤따라간 건 아니었어요. 만약 그 사실을 알았더라면 절대로 손끝 하나 대지 않았을 테지만, 그때 일어난 일이 여전히 잘못된 일이라는 건 분명하죠. 내가 지금, 이런, 그건 그저 실수였고 누구에게나 일어날 수도 있는 일이었다고 말하고 있는 건 아니에요. 사실 처음부터 끝까지 다 나 자신의 어리석음 때문이었으니까요. 그 일로 내가 얼마나 유감스러운지에 대해 계속 얘기할 생각은 없어요. 하지만 정말로 유감스러워요, 알겠어요?

조용한 목소리로, 그녀가 말했다. 믿어요.

그리고 솔직히 말해서, 나는 그보다 더 나쁜 짓도 한 적이 있어요. 내가 한 짓 중에서도 최악인데, 만약 당신이 듣고 싶다면…….

그가 말을 멈추자, 그녀는 그가 말을 이어가도록 고개를 끄덕였다. 그는 이야기하는 동안 고개를 돌려 방을 주의 깊게 살펴보며, 마치 불빛을 빤히 쳐다보고 있기라도 한 것처럼 희미하게 얼굴을 찡그렸다.

내가 저지른 최악의 짓인데요, 학창 시절에 한 여학생을 임신시켰어요. 그 애는 중등학력인증시험을 봐야 하는 해였고, 나는 5학년(우리나라의 고등학교 2학년에 해당한다-옮긴이)이었어요. 이것보다 더 끔찍한 얘기 들어본 적 있어요? 그 애의 엄마는 그 애를 영국으로 데리고 가야만 했어요(아일랜드는 2018년 낙태 금지 헌법조항이 폐지되기 전까지는 낙태가 엄격하게 금지되어 있었다-옮긴이). 배를 타고 간 것 같아요. 그 애는 열네 살쯤인가 그랬고, 기본적으로는 어린 아이였어요. 우리는 섹스도 하면 안 되는 거였는데, 내가 그 애를 설득했어요. 그러니까 내 말은 괜찮을 거라고 했다는 거예요. 어쨌든 그 일이 최악이에요.

그 애도 그러고 싶어 했나요? 아니면 당신이 그러자고 강요한 건가요?

그 애도 그러고 싶어 하기는 했지만, 임신할까 봐 두려워했어요. 나는 그런 일은 생기지 않을 거라고 했죠. 그 애한테 그 이상 강요하진 않았어요. 그냥 걱정하지 말라고만 했을 뿐이죠. 하지만 어떤 면에서는 그게 일종의 강요였을지도 몰라요. 누구나 열다섯 살일 때는 그런 생각은 하지 않는 법이죠. 아니, 나는 그런 생각은 못 했어요. 지금은 절대로 그러지 않을 텐데, 그러니까 만약 상대가 관심 없어

한다면 결코 설득하려고 하지 않을 거라는 말이에요. 굳이 설득하고 싶어 하지도 않을 테고요. 당신이 내 말을 믿든 안 믿든 상관없어요. 안 믿는다고 하더라도 당신을 비난하지 않아요. 하지만 그 애한테 그런 말을 했던 게 떠오르면, 정말이지 정신이 나가버릴 것 같아요. 심장박동이 이상해지기 시작하죠. 그러면 정말로 사악한 사람들에 대해서 생각해요. 연쇄 살인범이나 뭐 그런 거 말이에요. 그게 나일 수도 있다는, 어쩌면 내가 소문에 들리는 이 사이코패스들 중 하나일 수도 있을 것 같다는 기분이 들어요. 내가 그 말을 했으니까요. 그 애한테 걱정하지 말라고 했는데, 내가 그 애보다 나이가 더 많았기 때문에, 아마 그 애는 내가 스스로 무슨 말을 하는지 잘 안다고 생각했을 거예요. 나는 그냥 실제로 그런 일이 생길 줄은 몰랐어요. 있잖아요, 나는 그 당시에는 그 일에 대해 꺼림칙한 마음조차 별로 없었어요. 나중에 학교를 졸업하고 나서야 비로소 그게 얼마나 쓰레기 같은 짓이었는지, 내가 그 애한테 무슨 짓을 한 건지에 대해 생각하기 시작했죠. 그리고 좀 겁도 나고 여러 가지 기분이 느껴졌어요.

그녀가 지금 뭘 하고 지내는지 아나요? 앨리스가 물어보았다.

네, 여전히 그녀를 알고 지내요. 그녀는 더 이상 우리 마을에 살지 않아요. 스윈포드에서 일하죠. 하지만 그녀가 집에 있을 때는 틈나면 잠깐씩 보러 가곤 했어요.

만약 그녀가 당신을 보면 인사를 할까요?

그가 말했다. 아, 그럼요. 우리는 서로 말도 안 하거나 뭐 그런 사이는 아니에요. 단지 그녀를 보면 내가 한 짓이 생각나서 기분이 끔찍해질 뿐이죠.

미안하다고 말한 적 있어요?

아마, 그 당시에요. 하지만 나중에 그 일이 정말로 유감스러워졌을 때는 다시는 연락하지 않았어요. 그 모든 걸 공연히 끄집어내서 그녀를 화나게 하고 싶지 않았죠. 그녀가 어떻게 생각하는지는 모르겠어요. 그냥 다 잊고 마음에 담고 있지 않은지도 모르죠. 그렇기를 바라요. 하지만 당신은 마음껏 비난해도 돼요. 변명하지 않겠어요.

그는 베개를 베고 고개를 그녀 쪽으로 돌리고, 뒤쪽 창문에서 들어오는 맑은 햇빛을 받아 눈부실 만큼 반짝반짝 빛나는 두 눈으로 바라보았다. 그녀는 얼굴을 찡그린 채 똑바로 앉아 그를 내려다보고 있었다.

그녀가 말했다. 글쎄요, 나는 당신을 비난할 수 없어요. 내가 저지른 최악의 일을 생각하면, 나도 당신이 설명하는 것과 똑같은 기분이 들어요. 공황 상태에 빠져서 토할 것 같고 뭐 그런 기분이요. 학창 시절에 우리 학교의 한 여학생을 정말 잔인하게 괴롭혔어요. 아무 이유도 없었죠. 그 애를 고문하듯 지독히 괴롭혀야겠다고, 내가 생각한 거 말고는요. 왜 그랬느냐면 다른 애들이 그러고 있었거든요. 하지만 또 그 애들은 내가 그랬기 때문에 자기들도 그러고 있었다고 말할 테죠. 지금 그 일을 떠올리면 그냥 두렵기만 해요. 내가 왜 다른 사람에게 그런 고통을 주고 싶어 하곤 했던 건지 모르겠어요. 정말이지 내가 어떤 이유로든 다시는 그런 일을 하지 않을 거라고 믿고 싶어요. 하지만 나는 이미 한 번 그런 짓을 했고, 남은 평생 동안 그걸 감당해야 하죠.

그는 그녀를 골똘히 주시하며 아무 말도 하지 않았다.

그녀가 말했다. 내가 당신이 한 짓을 괜찮아지게 할 수는 없어요. 그리고 당신 역시 내가 한 짓을 괜찮아지게 할 수 없고요. 그러니까 우리는 둘 다 나쁜 사람들인지도 모르겠네요.

만약 내가 당신만큼만 나쁜 거라면 나는 별로 상관없어요. 아니,

심지어 우리 둘 다 형편없다고 하더라도, 나 혼자만 형편없는 것보다는 훨씬 낫죠.

그녀는 그런 감정을 이해한다고 말했다. 그는 손가락으로 코를 문지르고 나서, 고개를 돌려 그녀를 외면하고 천장을 바라보며 침을 삼켰다.

내가 했던 끔찍한 말을 취소하고 싶어요. 그가 말했다.

걱정 마요. 나도 끔찍하게 굴었어요. 돈 때문에 자신의 품위를 떨어뜨리는 그 여자들에 대한 내 발언이요. 그건 어리석은 말이었어요. 사실 그렇게 생각하지도 않아요. 문제 될 것 없어요. 우리 둘 다 짜증 냈잖아요.

자기 손톱을 내려다보며 그가 말했다. 당신이 나를 얼마나 짜증나게 하는지 정말 놀라울 정도예요.

그녀가 웃음을 터뜨리며 말했다. 그건 놀라운 일이 아니에요. 나는 많은 사람들에게 그런 영향을 주거든요.

왜 그런지 내가 말해주죠. 당신은 때때로 엄청 거만하게 굴어요. 하지만 내가 아는 사람 중에 당신만 그런 건 아니에요. 그렇다고 당신이 그럴 때처럼 괴롭지는 않지만요. 정말 솔직하게 말해서, 내가 당신을 좋아한다는 건 기정사실이에요. 그래서 당신이 심술궂게 굴면 난감해서 미치겠어요.

그녀는 잠자코 고개를 끄덕였다. 1분, 2분, 3분이 지나는 동안 그들은 아무 말도 하지 않고 침대에 앉아 있었다. 마침내 그가 다정하게 그녀의 무릎을 만지며 샤워를 하겠다고 말했다. 그가 방을 나간 후 그녀는 꼼짝도 않고 가만히 앉아 있었다. 욕실에서 그는 샤워기를 틀고 물이 따뜻해지는 동안 거울을 보며 서 있었다. 그들의 대화가 두 사람 모두에게 어느 정도 영향을 준 것 같았지만, 그 영향의 본질과 그 의미, 그 순간 그것을 어떻게 느꼈는지, 그것이 그들 사이에 공유된 것인지, 아니면 각자 다르게 느낀 것인지를 해독하기는 불가능했다. 아마 그들은 스스로를 잘 몰랐을 것이고, 이런 것들은 정해진 답이 없는 질문들이었으며, 의미를 만드는 작업이 여전히 계속되는 중이었으니까.

/

그날 저녁 앨리스는 시내에서 서적상들과 기자들과 함께 저녁을 먹었고, 그사이 펠릭스는 아파트에서 혼자 식사를 했다. 그 후 그들은 한잔하러 만났다가 함께 콜로세움으로 걸어갔다. 어둠 속에서 그것은 마치 고대 곤충의 바짝 마른 화석처럼, 골격만 남고 말라비틀어진 듯 보였다. 펠릭스가 말했다. 당신은 정말이지 여기서 아주 좋은 것들을 보네요. 앨리스가 빙긋 웃자 그가 힐끗 훑어보며 말했다. 왜요? 날 비웃는 거예요. 고개를 가로저으며 그녀가 대답했다. 그냥 당신과 함께 온 게 기뻐서요. 그게 다예요. 아파트로 돌아와서, 그들은 서로에게 잘 자라는 인사를 했고, 앨리스는 잠자리에 들었다. 펠릭스가 부엌에 앉아 휴대전화를 쳐다보고 있는 동안, 그녀는 바로 옆방에서 눈을 뜨고 누워 아무것도 응시하지 않고 있었다. 자정이 지나서, 그가 그녀의 침실 문을 두드렸다.

네? 그녀가 말했다.

전화기를 손에 들고 방 안을 들여다보며 그가 말했다. 자요? 그녀는 그에게 아니라고 말했다. 그가 물어보았다. 동영상 하나 볼래요? 그녀가 일어나 앉으며 좋다고 했다. 그는 안으로 들어가 문을 닫고, 그녀가 침대 한쪽으로 옮겨 앉아 마련해준 자리에 앉았다. 그는 여전히 티셔츠와 트레이닝복을 입고 있었다. 그 동영상에는 휴머노이드 같은 자세로 뒷다리를 쩍 벌리고 똑바로 앉아 있는 너구리가 등장했다. 목에는 턱받이를 둘렀고 무릎에는 블랙체리 한 그릇이 놓여 있었다. 그 너구리는 사람과 매우 유사한 방식으로, 자그마한 발톱이 난 앞발을 그릇에 넣어, 체리를 움켜쥐고 먹기 시작했고, 미식가가 그 체리의 맛을 알고 칭찬하듯 고개를 끄덕거렸다. 그 동영상에 달린 제목은 '과일을 즐겨 먹는 너구리'였다. 그것은 1분 길이였고 그 너구리가 한 일이라고는 먹고 고개를 끄덕인 것이 전부였다. 앨리스는 소리 내 웃고 나서 말했다. 놀라워요. 펠릭스는 그녀가 좋아할 것 같았다고 말했다. 그런 다음 휴대전화를 닫고, 생각에 잠긴 듯 그녀의 침대 머리 판에 등을 기댔다. 그녀는 누비이불을 허리까지 당겨 덮고, 그와 마주 보며 모로 누워 있었다.

자고 있었어요? 그가 다시 물어보았다.

아니요.

내가 방해한 게 아니었으면 좋겠어요.

그녀가 물어보았다. 그게 무슨 말이죠? 뭘 방해해요?

나야 모르죠. 여자들이 밤에 침대에 누워서 무슨 짓을 하든.

그녀는 아주 흥미로워하며 그를 올려다보았다. 아, 나는 내 몸을 만지고 있지 않았어요. 만약 그게 당신이 암시하는 거라면요.

당신은 안 그러나 보네요, 그렇죠?

물론 그러죠. 하지만 방금 전에는 안 그랬어요.

그는 베개를 베고 드러누워 천장을 올려다보고 있었다. 그녀는 한 팔을 베고 모로 누워 그를 지켜보고 있었다.

당신은 그걸 할 때 무슨 생각을 하나요? 그가 물어보았다.

이런저런 거요.

당신만의 작은 환상이나 뭐 그런 거군요.

당연히 그렇죠. 그녀가 말했다.

그런 환상 속에서는 누가 주연을 맡게 되나요?

음, 당연히 나죠.

그 말에 진심에서 우러난 듯한 웃음을 터뜨리고 그가 말했다. 물론 나도 그랬으면 좋겠어요. 하지만 당신 말고는 또 누가 있을까요? 유명한 배우나 유명인이나 뭐 그런 사람들 말이에요.

딱히.

그럼, 당신이 아는 사람들이겠군요.

대개는요. 그녀가 말했다.

그는 고개를 돌려 옆에 누워 있는 그녀를 바라보았다.

나는요? 그가 말했다.

그녀는 잠시 아랫입술을 깨물고 있다가 입을 열었다. 가끔 당신 생각도 해요.

그는 손을 내밀어 그녀의 나이트가운에 손을 댔고 그 순간 손가락이 허리를 스쳤다. 그리고 내가 당신한테 해주는 걸 어떻게 생각하나요? 그가 물어보았다.

그녀가 웃음을 터뜨렸지만, 어둠 속에서 그녀가 당황했는지 알아보기는 불가능했다. 당신이 나한테 아주아주 잘해주고 있다고 생각하죠. 그녀가 대답했다.

그는 이 말을 재미있어하는 것 같았다. 아, 그래요? 어떤 식으로요?

그녀는 몸을 돌려 베개에 얼굴을 숨겼는데, 그것은 사실 그녀가 당황했다는 것을 암시하는 효과가 있었다. 하지만 입을 열 때 그녀는 미소를 머금고 있었다. 내가 말해주면 당신은 날 놀릴 거예요.

진짜 안 그럴게요.

음, 여러 가지 생각을 해요. 무슨 말인가 하면, 매번 그냥 똑같은 환상에 잠기는 건 아니라는 거죠. 하지만 그 모든 환상에 한 가지 공통점이 있는데…… 당신은 웃음을 터뜨릴 거예요. 왜냐하면 허영심에서 비롯된 환상이거든요. 보통은 다른 사람에게 결코 이런 말을 하지 않겠지만, 당신이 물어봤잖아요. 당신이 나를 정말로 원한다고 상상하는 걸 좋아해요. 그냥 평범한 정도가 아니라 아주 많이 원한다고요.

그가 손을 그녀의 갈비뼈 위로, 그녀의 옆구리로 가볍게 움직이며 물어보았다. 내가 그런 줄 어떻게 아나요? 그 환상 속에서요. 내가 당신한테 그런 말을 하나요? 아니면 그냥 빤히 들여다보이는 건가요?

빤히 들여다보이는 거죠. 하지만 우리는 나중에 당신이 그런 말을 하는 부분에도 도달하죠.

당신은 내가 원하는 걸 주나요? 아니면 그냥 애가 닳게 놀리는 것만 좋아하나요?

그녀는 베개에 얼굴을 파묻은 채 고개를 한층 더 외로 틀었다. 그는 손을 다시 그녀의 허리로 올려서, 갈비뼈로, 부드러운 가슴 바로 밑으로 움직였다. 나직이 속삭이는 말투로 그녀가 말했다. 당신이 원하는 걸 얻어요.

그가 물어보았다. 왜 내가 얼마나 많이 원하는지에 따라 차이가 생기는 거죠? 내가 애원하는 건가요?

아니, 아니에요. 당신은 밀어붙이려고 하지 않아요. 그냥 푹 빠진 것뿐이죠.

내가 잘하는지 물어봐도 될까요? 아니면 그걸 너무 간절히 원하기 때문에 오히려 더 긴장하거나 하나요?

그녀는 몸을 돌려 다시 모로 누우며, 그를 바라보았다. 그의 손가락이 그녀의 젖가슴을 타고 넘어, 나이트가운 끈까지 갔다가 다시 내려왔다.

가끔 당신이 조금 긴장하는 걸 상상하긴 해요. 그녀가 대답했다.

그의 얼굴 표정과 태도에는 이 토론에 대한 깊은 관심이 나타나 있었다. 고개를 끄덕이며 그가 말했다. 다른 걸 좀 물어봐도 될까요? 꼭 말해줄 필요는 없어요. 하지만 절정에 이를 때 어떤 생각을 하나요?

당신이 절정에 이르는 걸 생각해요. 그녀가 대답했다.

어디에서? 당신 안에서요?

대개는요.

그는 깊은 생각에 잠긴 듯 손등으로 천천히 그녀의 배와 배꼽을 쓸어내렸다. 그녀는 가만히 그를 바라보고 있었다.

당신이 이제 무슨 말을 하게 될지 알고 있어요. 그녀가 말했다.

그래요? 뭐죠?

나를 그런 식으로 생각해본 적이 있는지 내가 물어볼 거예요. 그러면 당신은 이렇게 말할 테죠. 아니, 설마요.

그가 손등으로 그녀의 나이트가운의 천을 쓰다듬으며 웃음을 터뜨리고 나서 말했다. 아니, 나는 그렇게 말하지 않을 거예요. 당신이 원한다면 말해줄 수도 있지만, 당신 생각을 좀 더 듣고 싶어요. 그러니까 내 말은, 아무리 봐도 그 환상이 나를 중심으로 돌아가고 있는 게 분명해서 듣고 있는 게 좋기도 하지만, 동시에 그냥 그게 흥미롭다는 생각도 들어요. 전에도 사람들한테 이걸 물어본 적이 있지만, 그들은 대체로 나한테 아무 말도 해주지 않았거든요.

그녀가 말했다. 아, 지금 나한테 입에 발린 말을 써먹고 있었던 거예요? 우리가 아주 친한 줄 알았는데.

그의 웃음소리에는 쑥스러운 기색이 있었다. 그가 대답했다. 친한 거 맞아요. 과거에도 그런 질문을 한 적이 있지만, 말했다시피 대체로 다 헛수고였죠. 그리고 해명하자면, 이미 함께 잔 적이 있는 사람들한테만 물어봤어요. 나는 그 질문을 여자를 유혹하는 말로 사용했던 적은 한 번도 없었어요.

그건 좀 특이하네요. 하지만 당신이 정말로 나를 유혹하려고 하는 중이라고 생각하지는 않아요.

음, 내일까지 기다렸다가 너구리 동영상을 보여줄 수도 있었어요. 그가 말했다.

그러자 그녀가 웃음을 터뜨렸고, 그는 그녀를 웃게 했다는 데 기뻐하며 미소를 지었다.

내가 왜 여기 있는지 잘 알잖아요. 그가 덧붙였다.

그녀가 말했다. 아니, 몰라요! 우리는 로마에서 벌써 나흘 밤이나 있었는데, 줄곧 그럴 기분이 전혀 안 들던가요?

우리는 고작 서로를 알아가는 단계에 불과했어요.

그야말로 신사로군요.

다시 몸을 뒤척이며 그가 말했다. 잘 모르겠어요. 그 일에 관해서 마음이 왔다 갔다 했어요. 솔직히 말해서 당신은 어떤 상황에서는 좀 위협적일 때가 있어요. 당신도 그걸 아는지 모르겠네요.

다른 사람들한테는 들은 적이 있지만, 당신한테 들으니까 좀 놀랍네요. 그녀가 말했다.

그는 어깨를 으쓱하고 아무 말도 하지 않았다.

그러면 더 이상은 내가 위협적이지 않은 거죠? 그녀가 말했다.

지금도 그래요. 약간은요. 하지만 있잖아요, 상대방이 자기가 제일 좋아하는 성적인 환상을 다 말해주면, 그 덕에 그 위협에 좀 무뎌지는 거죠. 그러니까 내 말은, 기분 나빠하지 않았으면 좋겠는데 당신이 빤히 들여다보이게 정말로 나한테 반했다는 거예요.

그녀가 냉정하게 대답했다. 내가 그런 말을 하더라도, 놀리지 않을 거라고 했잖아요. 실컷 놀려요. 하지만 그런다고 상처받지 않아요. 그런 건 비열한 짓 같아요.

그가 팔꿈치로 짚고 일어나 그녀를 내려다보며 말했다. 봤죠? 보라고요. 당신이 그런 식으로 말할 때 위협적이잖아요. 그건 그렇고, 사실 나는 당신을 놀리려고 한 게 아니에요. 당신이 내가 그런다고 생각했다면 유감이에요. 하지만 당신은 나 때문에 화가 나면 이런 태도를 취해요. 마치 나보다 위에 있는 것처럼요. 그러면 나는 마치 하찮은 벌레 같은 기분이 들죠.

잠시 동안 그녀는 가만히 누워 아무 말도 하지 않았다. 이윽고 유감스럽게도, 그녀는 이렇게 말했다. 알았어요. 나는 방어적이고 거만한 데다 당신 기분을 나쁘게 만들어요. 게다가 당신한테 푹 빠진 게 빤히 들여다보이죠. 그러니 나는 당신한테 무척 한심하고 가까이하기에 유쾌하지도 않은 사람이겠군요.

그가 말했다. 그래요, 정확해요. 그게 바로 당신에 대한 내 생각이에요. 틀림없이 그래서 지난 나흘 동안 빌어먹을 바보 천치처럼 사방으로 당신을 따라다니면서 시간을 보냈던 거죠.

그녀가 물어보았다. 여기는 왜 들어온 거예요? 그냥 나를 놀리려고요?

젠장, 나도 모르겠어요. 나는 당신과 이야기를 하는 게 좋아요. 우리가 각자 잠자리에 들 때, 깨닫고 보면 당신 생각을 하고 있죠. 그래서 여기 들어와서 당신도 내 생각을 하고 있는지 확인해야겠다는 생각이 들었어요. 알겠어요?

당신은 어떤 생각을 하는데요?

그는 곰곰이 생각에 잠기더니 혀로 어금니들을 샅샅이 훑으며 말했다. 당신이 말한 것과 크게 다르지 않아요. 당신이 정말 그걸 원하고 있다고 상상하죠. 처음에는 애가 닳도록 좀 놀릴 수도 있고, 여러 번 절정에 이르게 하거나 뭐 그럴 수도 있어요. 환상 그 자체에는 그렇게 이상한 건 전혀 없어요. 딱 하나 기묘한 건 우리가 여기에 머무르는 동안, 특히 지난 이틀 밤 동안, 당신에 대해 생각할 때 당신도 이 방에서 내 생각을 하고 있는 것 같은 기분이 들었다는 거죠. 그랬나요?

그래요. 그녀가 대답했다.

게다가 당신이 내 옆에 있는 것 같더라고요. 사실 오늘 아침에 깨고 나서, 순간적으로 그게 진짜인지 아닌지 분간이 되지 않았죠. 침대에 나 혼자 있는지, 아니면 당신이 거기 같이 있는지 헷갈렸다는 거예요. 너무 진짜 같았거든요.

나직한 목소리로 그녀가 물어보았다. 당신이 혼자라는 걸 알았을 때 기분이 어땠나요?

그가 말했다. 그 눈 깜짝할 사이에, 솔직하게요? 실망스러웠죠. 아니면, 글쎄요, 좀 외로웠던 것 같아요. 잠시 멈칫하더니, 이내 그가 물어보았다. 지금 좀 만져봐도 될까요? 당신 생각은 어때요?

그녀는 좋다고 대답했다. 그는 그녀의 나이트가운 밑으로 한 손을 집어넣고 속옷을 손가락으로 쓰다듬었다. 그녀는 입을 벌리고 가쁜 숨을 내쉬었다. 그가 살며시 집게손가락을 그녀의 안에 밀어 넣자, 그녀는 신음을 흘렸다. 그의 얼굴이 빨개졌다. 아, 푹 젖었네요. 그녀는 여전히 두 눈을 감은 채로, 점점 더 숨을 헐떡였다. 윗입술을 핥으며 그가 말했다. 이거 벗겨줄게요. 그녀가 살짝 일어나 앉자 그가 옷을 벗겼다. 그 후 그는 티셔츠를 머리 위로 벗어 던졌고, 그녀는 그의 옷을 사이에 두고 발기한 페니스를 어루만졌다. 그녀가 말했다. 이걸 아주 간절히 원해요. 그의 귓불이 빨갛게 물들어 있었다. 그가 말했다. 그래요? 지금 원하나요? 그녀는 콘돔이 있는지 물어보았고, 그는 지갑에 있다고 대답했다. 그녀가 등을 대고 가만히 누워 있는 동안 그는 옷을 마저 다 벗고 그의 주머니에서 지갑을 꺼냈다. 그녀는 팔꿈치 안쪽의 살갗을 무심코 꼬집으며 그를 지켜보았다. 그녀가 말했다. 펠릭스, 나는 한동안 이걸 한 적이 없어요. 괜찮아요? 그 순간 그들은 머뭇거리며 서로를 바라보았다. 아마도 앨리스는 그가 무슨 생각을 하고 있는지 확실히 알지 못했을 것이고, 펠릭스는 그 질문이 무엇을 의미하는지 확실히 알지 못했을 것이다. 그가 지갑에서 작고 파란 사각형 은박지를 꺼내며 물어보았다. 그게 무슨 말이죠? 그녀는 불안한 표정으로 어깨를 으쓱하더니 계속해서 자기 팔을 꼬집었다. 그가 그녀의 손을 쳐내며 말했다. 그만해요. 다치겠어요. 무슨 문제 있어요? 이번이 처음이거나 뭐 그런 건 아니죠? 그 말에 그녀가 멋쩍다는 듯 웃음을 터뜨리자, 아마 안도했는지 그 역시 웃음을 터뜨렸다. 그녀가 대답했다. 아니에요. 한동안 내 인생이 그냥 좀 이상했어요. 한 2년 정도요. 하지만 그전에는 평범했어요. 손바닥으로 그녀의 허벅지를 어루만지며 그가 동정 어린 말투로 말했다. 이런, 괜찮아요. 긴장돼요? 그녀는 고개를 끄덕였다. 그러자 사각형 은박지를 뜯고 안에서 콘돔을 꺼내며 그가 말했다. 걱정 마요. 내가 조심할게요. 그런 다음 그는 그녀의 몸 위에 올라타고 그녀의 목에 입을 맞췄다. 나중에 그들의 몸이 떨어졌을 때, 앨리스는 이불이 거북하게 휘감긴 팔다리를 꼼짝도 않고 순식간에 잠들어버린 듯 보였다.

펠릭스는 그녀를 지켜보며 모로 누워 있다가, 이내 몸을 돌려 등을 대고 누워 천장을 물끄러미 올려다보았다.

14

친애하는 아일린에게, 사이먼과 있었던 일에 대한 네 이메일은 나의 메마른 마음에 기쁨을 안겨주었어. 너는 로맨스를 즐길 자격이 있어! 그리고 그도 마찬가지라고 느껴. 내가 그에 대해 뭔가 알려줘도 될까? 너에게 절대로 말하지 않겠다고 약속했지만, 지금이 딱 적당한 순간이기 때문에 그 약속을 어기려고 해. 몇 년 전 네가 에이든과 함께 살려고 이사한 직후, 어느 날 오후에 사이먼이 커피도 마실 겸 나를 보러 왔어. 우리는 이런저런 이야기를 나눴지. 아주 평범한 이야기들이었어. 이윽고 그가 떠나려고 하다가, 네가 쓰던 방 문간에 멈춰 서서 방 안을 들여다보았어. 방은 이미 텅 비어 있었어. 침대 시트도 다 벗겨져 있었고, 네가 마거릿 클라크의 포스터를 붙여놓았던 벽에 직사각형의 희미한 자국이 남아 있던 게 기억나. 사이먼은 쾌활한 척 꾸며낸 목소리로 '너는 그 애가 보고 싶을 거야'라고 말했어. 그리고 나는 별생각 없이 '당신도 그럴 거야'라고 대답했지. 정말이지 그건 말이 안 되는 소리였어. 너는 사실 사이먼의 동네에 더 가까운 곳으로 이사를 간 거였으니까. 하지만 그는 내가 그런 말을 했다는 데 놀란 것 같지 않았어. 그냥 '그래, 당연하지'라고 대답했을 뿐이야. 우리는 네 방문 앞에 몇 초 동안 더 가만히 서 있었고, 이내 그가 웃음을 터뜨리며 말했어. '내가 그런 말을 했다는 걸 아일린에게는 말하지 말아줘.' 물론 그 당시 너는 에이든과 함께였고, 그래서 나는 너한테 결코 말하지 않았어. 내가 그때껏 줄곧 알고 있었다고는 말할 수 없어. 왜냐하면 몰랐으니까. 너랑 사이먼이 아주 가까운 사이라는 건 알고 있었고, 파리에서 무슨 일이 있었는지도 알고 있었지. 하지만 어떤 이유에서인지 나는 그가 줄곧 너와 사랑에 빠져 있었을 것이라는 생각은 한 번도 해본 적이 없었어. 아무도 몰랐을 거야. 어쨌든 우리는 그 일에 대해 다시는 이야기하지 않았어. 내가 너한테 이 모든 것을 이야기하는 게 끔찍한 일일까? 아니었으면 좋겠어. 네 이메일만 봐서는 서로 계속 만날 건지 아닌지가 애매하던데…… 네 마음은 어떠니?

어제 오후(사실 내가 네 이메일을 받은 직후) 펠릭스가 자신이 과거에 저질렀고 나중에 후회한 몇 가지 일들에 대해서 내게 털어놨어. 나는 그것이 일종의 '내가 저지른 최악의 일'에 관한 대화 중 하나였던 것 같아. 그리고 실제로 그는 무척 나쁜 짓들을 좀 저질렀어. 자세한 것은 말하지 않겠지만, 그중 일부는 여자관계에 대한 거야. 내가 그를 판단할 입장은 아닌 것 같아. 내가 왜 그래야 하는지도 모르겠고, 또 가끔 나 역시도 내가 저지른 끔찍한 짓들 때문에 죄책감에 시달리고 있으니까. 사실 나는 그를 용서하고 싶은 충동이 들었어. 그가 오랫동안 후회하고 자책했던 것 같았기 때문이야. 하지만 내가 그를 용서할 입장이 아니라는 것을 깨달아야만 했어. 그가 설명한 행동들이 다른 사람들의 삶에는 일평생 갈 충격을 주었을 수도 있지만, 나한테는 아무 영향도 없을 테니까. 그가 내 죄를 용서해줄 수 없듯이, 나 역시 객관적인 제3자로서 개입해서 그의 죄를 용서해줄 수는 없는 거야. 그러니까 그가 그런 행동들을 고백했을 때 내가 느낀 기분이 무엇이었든 사실은 '용서'가 아니라, 무언가 다른 것이었던 거 같아. 그저 나는 그의 후회가 진심이고 그가 다시는 같은 실수를 반복하지 않을 거라고 믿고 싶었어. 그로 인해 나는 나쁜 짓을 저지른 사람들에 대해 생각해보게 되었어. 그들이 스스로 무엇을 해야 하는지, 그리고 공동체로서 우리가 그들과 함께 무엇을 해야 하는지에 대해서 말이야. 당장은 가식적인 공개 사과의 악순환으로 인해 아마도 모든 사람이 용서에 의구심을 품고 있을 거야. 그렇다면 과거에 끔찍한 일을 저지른 사람들이 실제로는 무엇을 해야 하는 것일까? 공개적인 폭로를 막기 위해 선수를 쳐서 자발적으로 자신의 죄를 널리 알려야 할까? 아니면 자신들을 더욱 철저히 조사받게 만들지도 모를 일은 그 어떤 것도 성취하지 않아야 할까? 내가 틀렸을지도 모르지만, 심각하게 나쁜 짓을 한 사람들의 수가 적지 않다고 생각해. 솔직히 말해서 성적인 상황에서 한 번이라도 비열하게 행동한 적이 있는 모든 남자가 내일 덜컥 죽는다면, 살아남을 사람은 열한 명쯤 될 것 같다는 거야. 그리고 남자들만 있는 게 아니야! 여자들도 있고, 아이들도 있고, 모두 다 있어. 내가 하고 싶은 말은 이거야. 만약 저 밖에서 자신들의 나쁜 행동이 폭로되기를 기다리고 있는 사악한 사람들의 수가 소수가 아니라면 어쩌지? 우리 전부라면 어쩌지?

네가 이메일에서 언급한 바에 따르면, 너는 미사에서 예수의 발에 기름을 부은 여자에 대한 봉독을 들었어. 복음서마다 비슷한 이야기들이 몇 개 있어서 내가 착각했을지도 모르지만, 네가 말하는 것은 『누가 복음』에서 예수의 발에 한 죄 많은 여자가 향유를 부은 구절 같아. 병원에서 가지고 온 『두에랭스 성경』으로 방금 막 그 구절을 다시 읽었어. 네 말이 맞아. 기이하고, 심지어 (네 말처럼) 괴상하기까지 해. 하지만 동시에 조금 흥미롭기도 하지 않니? 그 이야기 속 여자에게는 오직 한 가지 특이점만 있어. 그러니까 그녀가 죄 많은 삶을 살았다는 사실 말이야. 그녀가 무슨 짓을 했다는 것인지 누가 알겠어? 그녀는 그저 사회적인 왕따, 그러니까 본질적으로 소외된 결백한 사람이었을 뿐인지도 몰라. 하지만 다른 한편으로는, 실제로 나쁜 짓을 했을지도 모르지. 너나 내가 심각한 잘못이라고 여길 만한 그런 종류의 일들을 말이야. 적어도 가능성은 있지, 안 그래? 남편을 죽였거나 아이들을 학대했거나 뭐 그런 일을 저질렀을 수도 있어. 그녀는 예수가 바리새인 시몬과 함께 있다는 소식을 듣고, 그의 집으로 왔고, 예수를 보자 눈물로 그의 발을 적실 정도로 펑펑 울기 시작했어. 그 후에 그의 발을 자신의 머리카락으로 닦아내고 향유를 부었지. 네가 지적했듯이, 그 모든 것이 적잖이 터무니없고 조금은 에로틱해 보이기까지 해. 그리고 실제로, 바리새인 시몬은 예수가 죄 많은 여자가 그런 친밀한 방식으로 만지는 걸 허락했다는 데 충격을 받고 기분이 언짢은 것처럼 보여. 하지만 예수는 특유의 성격대로 수수께끼처럼, 그녀가 그를 너무 사랑하기 때문에 그 많은 죄를 용서받았다고 간단하게 말해버려. 그게 그렇게 쉬운 일일까? 우리가 그저 울며 엎드리기만 하면 신은 모든 것을 다 용서해주는 걸까? 하지만 그건 전혀 쉬운 일이 아닐 수도 있어. 순수하게 진심으로 울며 엎드리는 법을 배우는 것이 가장 어려울 수도 있지. 나는 그렇게 하는 법을 분명히 깨닫지 못할 거야. 내 안에는 저항감, 그러니까 무언가의 딱딱하고 작은 알맹이가 있는데, 그것 때문에 설사 내가 하느님의 존재를 믿는다고 할지라도 하느님 앞에 스스로 엎드리지 못할 것 같아.

지금 이메일을 쓰는 김에, 어젯밤에 펠릭스와 같이 잤다고 말해주는 편이 좋을 것 같아. 별로 말하고 싶지 않았지만, 안 그랬다면 좀 이상했겠지. 창피하다는 건 아니야. 아니, 그럴지도 모르지만 그 사람 때문에 그런 건 아니야. 그렇다기보다는 다른 사람이 나에 대해 어떻게 생각하는지를 신경 쓴다는 개념에 더 가까워. 그것이야말로 내가 평소 하지 않는 일이고, 잘 안 하던 일인데도 말이야. 정말이지 나한테 쉽지 않은 일이야. 우리는 줄곧 함께 즐거운 시간을 보내고 있는 것 같아. 그러니까 즐거운 시간을 보냈다는 것은 나고, 그가 어떤 기분인지는 결코 알지 못한다는 말이야. 비록 지금껏 우리의 삶이 근본적으로 모든 면에서 달랐지만, 우리가 서로 다른 경로를 밟아서 결국 비슷한 지점에 도달했고, 서로를 많은 면에서 이해한다는 것이 참 이상하게 느껴져. 내가 이 단락을 쓰는 데 얼마나 오래 걸렸는지 너는 믿지 않을 거야. 나는 상처받을까 봐 너무 두렵지만, 고통스러울까 봐 두렵지는 않아. 그건 감당할 수 있다는 걸 알고 있으니까. 하지만 고통에서 비롯되는 굴욕감, 그러니까 쉽사리 고통을 받는다는 굴욕감은 너무 두려워. 나는 그에게 아주 홀딱 반했고, 그가 애정을 보여줄 때면, 무척 흥분해서 바보같이 굴어. 그래, 물론 이 모든 일의 한복판에서도 세상은 그대로이고, 인류는 멸종의 문턱에 서 있고, 나는 여기서 섹스와 우정에 대한 또 하나의 이메일을 쓰고 있지. 그 두 가지 말고 우리가 살아야 할 이유가 또 뭐가 있을까? 언제나 사랑해, 앨리스.

15

월요일 저녁 8시 15분, 사이먼의 아파트 안방은 텅 비고 어둠침침했다. 자그마한 부엌 싱크대 위에 있는 작은 창문과 맞은편 거실의 더 큰 창문을 통해, 아직 남아 있던 햇빛이 집 안 곳곳에 가 닿았다. 싱크대의 은빛 싱크 볼과 싱크 볼 안에 나이프와 함께 놓인 지저분한 접시 하나, 여기저기 빵 부스러기가 흩어져 있는 부엌 테이블, 갈변 중인 바나나 한 개와 사과 두 개가 담긴 과일 그릇, 소파 위에 아무렇게나 널려 있는 편물 담요, 텔레비전의 위쪽 테두리에 얇은 막처럼 내려앉은 회색 먼지, 책장들, 테이블 램프들, 커피 테이블 위에 놓인 게임이 진행 중인 듯 보이는 체스 세트 등등. 그 거실에는 적막이 감돌았다. 햇빛이 서서히 자취를 감추는 사이 바깥 복도에서 사람들이 계단을 오르내리고, 거리에서 차량이 하얀 소리의 파도에 휩쓸려 지나가는 동안 내내 말이다. 8시 40분에 열쇠 구멍으로 열쇠가 미끄러져 들어가는 소리가 나더니, 이내 아파트 문이 열렸다. 사이먼이 휴대전화로 통화를 하며 들어서다가, 비어 있는 손으로 한쪽 어깨에서 가방을 벗어내리며 큰 소리로 말했다. 아니, 나는 그 사람들이 진짜로 그 일을 걱정하는 것 같지는 않아요. 그냥 성가신 일일 뿐인 거죠. 그는 짙은 회색 정장 차림에, 금빛 넥타이핀으로 고정한 초록색 넥타이를 매고 있었다. 조용히 한쪽 발을 써서 등 뒤의 문을 닫고, 가방을 옷 거는 고리에 걸며 그가 말했다. 아하, 거기 같이 계세요? 괜찮다면 지금 말씀드려볼게요. 그는 거실로 들어가 플로어 스탠드를 켜고 커피 테이블 위로 열쇠를 떨어뜨렸다. 알았어요. 그럼 어떻게 하는 게 제일 좋을 것 같으세요? 그가 물어보았다. 노르스름한 전등 불빛 아래 홀로 있는 그는 피곤해 보였다. 그러곤 부엌으로 가서 마치 그 무게를 가늠해보기라도 하는 것처럼 주전자를 집어 들었다. 그가 말했다. 그래요. 아니, 괜찮아요. 아버지한테는 그 일에 대해서 어머니한테 얘기했다고만 말씀드릴게요. 전기 주전자를 받침대에 다시 내려놓고 전원 스위치를 켠 다음, 부엌 의자에 걸터앉아 그가 말했다. 하지만 만약 어머니한테 아무것도 못 들은 척해야 한다면, 처음에 어떤 핑계를 대면서 아버지한테 전화를 하죠? 그는 전화기를 얼굴과 어깨 사이에 끼우고 구두끈을 풀기 시작했다. 이내 전화기 너머에 있는 통화 상대의 발언에 자극을 받아 허리를 꼿꼿이 세우며 앉더니, 전화기를 다시 손에 쥐었다. 그가 말했다. 내 말은 그런 뜻이 아니었어요. 그 대화는 한동안 이런 식으로 이어졌고, 그러는 사이 사이먼은 구두를 벗고 넥타이를 풀고, 자기가 마실 차를 한 잔 끓였다. 그의 손에서 전화기가 윙윙대며 울리자, 전화기 너머의 목소리가 계속 말을 이어가는 중이었는데도, 재빨리 전화기를 쥔 손을 뻗어서 화면을 확인했다. '화요일 통화'라는 제목의 이메일 알림이 떠 있었다. 그는 무심한 듯한 태도로 전화기를 다시 귀에 갖다 댄 후, 찻잔을 들고 소파로 가 자리에 앉아 말했다. 네, 네, 지금 집이에요. 지금 막 뉴스를 틀려던 참이었어요. 그는 전화기의 목소리가 말하는 동안 눈을 감고 있었다. 그가 말했다. 그럼요. 알려드릴게요. 나도 사랑해요. 안녕히 계세요. 그는 이 마지막 말을 여러 번 반복한 후 화면의 아이콘을 눌러 통화를 종료했다. 그는 화면을 내려다보다가, 메시지 앱을 열고 '아일린 라이든'이라는 이름을 눌렀다. 가장 최근 메시지가 '20:14'라는 시간 표시와 함께 화면 하단에 나타났다.

사이먼: 안녕, 주말에 너랑 보낸 시간은 정말 좋았어. 우리 이번 주에 다시 볼까?

아일린이 그 메시지를 읽었다는 표시가 떴지만, 답 문자는 오지 않았다. 그는 그 앱을 닫고 '화요일 통화' 이메일을 열었다. 그것은 보다 긴 메시지 목록의 일부였다. 이전에 받은 한 메시지에는 이런 내용이 적혀 있었다. 그래 그들이 전화 통화 기록도 가지고 있다고 들었어요. 사이먼이나 리사 둘 중 누구든 이 건을 말끔히 정리하고, 필요하다면 앤서니에게 연락을 취해주겠어요? 그의 동료 중 한 명이 이런 답장을 보내놓았다. 만약 우리가 이런 별것 아닌 사안을 다루는 데 시간을 더 소모한다면, 나는 미쳐버릴 거예요. 최근 이메일에는 이렇게 적혀 있었다. 사이먼, 앤서니의 전화번호와 세부 사항을 아래에 첨부할게요. 가능하다면 오늘 밤이나 내일 아침에 그에게 전화해주겠어요? 이 일로 좋아할 사람은 아무도 없지만, 그게 우리 현실이에요. 그는 휴대전화를 닫고 나서, 두 눈을 스르르 감았다. 숨을 쉴 때마다 가슴만 오르내릴 뿐 잠시 꼼짝 않고 소파에 앉아 있었다. 조금 있다가 한 손을 들어 올려 천천히 얼굴을 쓸어내렸다. 마침내 그는 손을 뻗어 리모컨을 잡고 텔레비전을 켰다. 9시 뉴스가 이제 막 시작되고 있었다. 그는 눈을 반쯤 감고 있어서 잠든 것처럼 보이기는 했지만, 이따금 바로 옆의 소파 팔걸이에 놓아둔 찻잔으로 차를 홀짝거리면서 처음 몇몇 기사가 화면에 스쳐 지나가는 걸 지켜보았다. 도로 안전에 관한 기사가 보도되는 동안 전화기가 윙윙거리자, 그는 즉시 전화기로 손을 뻗었다. 화면에 새 메시지가 떠 있었다.

아일린: 이건 이상할 정도로 격식을 차린 말투잖아 사이먼

그는 이 메시지를 몇 초 동안 빤히 내려다보고 나서 답글을 입력했다.

사이먼: 그랬나?

아일린이 글을 입력 중인지, 점 세 개짜리 말줄임표가 화면에 나타나 움직이고 있었다.

아일린: 왜 서른 살이 넘은 남자들은 링크드인(세계 최대의 비즈니스 전문 소셜 네트워크 서비스-옮긴이) 프로필을 업데이트하는 중인 것처럼 문자를 보내는 거야

아일린: 안녕하십니까. [아일린입니다], [토요일]에 만나서 반가웠습니다. 다시 연결할 수 있을까요? 상세 메뉴에서 시간 및 날짜를 골라보십시오

그는 두 엄지손가락을 키보드 위로 움직이면서 희미한 미소를 지었다.

사이먼: 네 말이 맞아

사이먼: 내가 더 젊은 남자였다면 좀 더 느긋해 보이려고 내 휴대전화의 자동 대문자 변환 기능을 일일이 다 취소하곤 했을 거야

아일린: 설정에 있어

아일린: 못 찾겠으면 도와줄게

화면 상단에, '화요일 통화' 목록의 새 이메일 도착 알림이 떴다. 미리보기에는 이런 내용이 표시되었다. 여러분 안녕하세요. 방금 TJ에게 들었어요……. 사이먼은 열어보지도 않은 채 그 알림을 무시하고, 아일린에게 또 다른 메시지를 입력하기 시작했다.

사이먼: 아니 괜찮아

사이먼: 나는 항상 이런 메시지를 복사해서 붙여 넣기 해. 주말에 참 좋았어, 우리 다시 볼 수 있을까 등등 말이야

사이먼: 전에는 불평을 들어본 적이 한 번도 없어

아일린: 아하하

아일린: 복사해서 붙여 넣을 수 있다고?? 정말 멋진걸

아일린: 어쨌든 좋아, 우리 이번 주에 보자

아일린: 언제가 좋아?

화면 상단에 '제럴딘 코스티건'으로 입력된 연락처에서 온 또 다른 메시지가 나타났다.

제럴딘: 우리 아들 너희 아빠가 그러시는데 너만 좋다면 내일 저녁에 아빠한테 전화해도 된대. xxx('키스를 보내며'라는 의미-옮긴이)

사이먼은 한숨처럼 길고 느릿한 숨을 내쉬고 나서 그 메시지를 위쪽으로 밀어 올려 무시해버렸다. 그는 아일린과 주고받은 메시지들을 위아래로 훑어본 후, **네가 원하는**이라는 말을 입력했다가 이내 삭제해버렸다. 그러곤 이전 메시지들이 보이게 화면을 죽 밀어 올려서, 한 번 더 내용을 살펴보았다. 마침내, 다시 입력하기 시작했다.

사이먼: 지금 바빠?

두 개의 체크 표시가 아일린이 메시지를 봤다는 것을 알려주었고, 이내 말줄임표가 보이기 시작했다.

아일린: 아니

아일린: 목욕을 하려고 했는데 동거인들이 뜨거운 물을 다 써버렸어

아일린: 그래서 그냥 침대에 누워서 인터넷 보고 있어

아일린: 왜?

텔레비전에서는 뉴스가 끝나고 일기예보가 방영되고 있었다. 노란색 태양 그림이 지도의 더블린 지역 위를 맴돌고 있었다. 사이먼은 다시 입력하기 시작했다.

사이먼: 여기로 올래?
사이먼: 뜨거운 물이 펑펑 나와
사이먼: 냉동실에는 아이스크림이 있고
사이먼: 동거인은 아무도 없어

몇 초가 지났다. 그는 손으로 턱을 문지르며 화면을 주시했다. 머리 위에 있는 유리 전등갓을 덧씐 천장 등의 전구가 화면 위에 비치고 있었다.

아일린: !!
아일린: 초대받으려고 유도한 거 아니야!!

사이먼: 나도 알아

아일린: 정말?

사이먼: 그래

아일린: 참 친절하네

사이먼: 뭐랄까, 원래 아주 친절한 성격이야

아일린: 재미있을 거 같긴 한데……
아일린: 하지만 또다시 당신을 방해하고 싶지 않아!!

사이먼: 아일린

사이먼: 신발 신어, 택시 불러줄게

아일린: 하하하

아일린: 네 아빠

아일린: 감사합니다

그는 기뻐 보이는 얼굴로 메시지를 닫고, 택시 앱을 열어 택시 기사를 아일린의 주소로 보냈다. 그런 다음 소파에서 일어나 텔레비전 소리를 죽이고는 빈 찻잔을 들고 싱크대로 갔다. 부엌 구석구석을 말끔히 씻고 닦은 후, 자기 방으로 가서 침대를 정돈했다. 이런 일들을 하면서도 주머니에서 몇 번이나 휴대전화를 꺼내 택시 앱에서 아일린의 택시를 의미하는 작은 아이콘이 부둣가를 따라 남쪽으로 쉬엄쉬엄 이동하고 있는 걸 확인한 후, 다시 주머니에 넣고 그전에 하던 일을 이어서 하곤 했다.

20분 후 그가 문을 열러 현관으로 나가자, 아일린이 회색 맨투맨 크롭 티와 면 주름치마를 입고, 한 런던 문학잡지의 로고가 인쇄된 토트백을 들고 복도에 서 있었다. 그녀는 마치 아까까지 바르고 있던 짙은 색 립스틱이 서서히 지워져버리기라도 한 것처럼 보였다. 그는 그녀 앞에 잠시 가만히 서 있다가 그녀의 허리에 손을 얹고 볼에 입을 맞췄다. 그가 말했다. 만나서 반가워. 그녀는 그의 목을 끌어안았고, 그는 그녀가 매달리게 내버려뒀다. 그녀가 응답했다. 초대해줘서 고마워. 그들은 안으로 들어갔다. 그가 문을 닫자 그녀가 가방에서 레드 와인 한 병을 꺼내며 말했다. 이걸 가져왔어. 꼭 마실 필요는 없어. 그냥 다른 사람 집에 오면서 아무것도 안 들고 오는 건 질색이라서. 특히 당신 집. 우리 어머니가 뭐라고 할지 생각해봐. 지난 번에 예고 없이 들이닥쳤을 때 뭐라도 가져왔다는 건 아니지만 말이야, 하하. 그녀는 와인 병을 테이블 위에 놓고 한쪽 어깨에서 가방을 벗어 내렸다. 텔레비전을 흘끗 보더니 그녀가 말했다. 아, 클레어 번(아일랜드의 언론인 겸 방송 진행자-옮긴이) 볼 거야? 그럼 방해하지 않겠어. 그냥 소파에 조용히 앉아 있을게. 아일린이 가방을 부엌 의자 등받이에 걸고 트레머리를 동여맨 고무줄 끈을 풀고 나서 머리를 다시 손질하는 동안, 그는 미소를 머금고 그녀의 뒤를 눈으로 좇았다. 그가 말했다. 아니, 안 볼 거야. 너 멋져 보여. 차 같은 것 좀 마실래? 와인이 더 좋으면 와인 한잔하고. 그녀는 소파로 가서 자리에 앉아, 신고 있던 가죽 플랫 슈즈를 벗어버리고 하얀 양말을 신은 두 발을 들어 쿠션에 얹었다. 그녀가 말했다. 차 마실게. 사실 와인은 별로 마시고 싶지 않아. 이거 퍼즐 풀듯 혼자 두는 거야? 부엌에서 힐끗 쳐다보고는, 그녀가 체스판을 가리키고 있는 것이 보이자 그가 대답했다. 아니, 게임이야. 피터가 어젯밤에 왔었는데, 게임을 끝내기 전에 가야만 했거든. 나한테는 오히려 다행이었지. 그가 주전자에 물을 끓이고 찬장에서 잔을 꺼내는 동안, 그녀는 계속 체스판을 쳐다보다가 물어보았다. 당신이 검은 말이야? 그가 등을 돌리고 서서 대답했다. 아니, 하얀 말. 그녀가 말했다. 그럼, 당신 폰이 두 개 더 살아 있네. 그리고 당신 비숍으로 체크메이트를 할 수 있어. 그는 재미있어하면서, 서랍 통에서 찻숟가락을 꺼내고 있었다. 그가 말했다. 다시 생각해봐. 그가 커피 테이블로 차를 가져오는 동안, 그녀는 얼굴을 찌푸리고 체스판을 조금 더 오래 들여다보았다. 그녀가 말했다. 음, 함부로 손댔다가 망치고 싶지 않아. 소파의 반대편 끝에 앉아 텔레비전을 끄고, 그가 말했다. 한번 해봐. 네가 하얀 말이야. 그녀는 하얀색 비숍을 집어 들고 검은색 킹을 체크메이트 상태로 몰아넣었다. 그는 몸을 앞으로 숙이며, 검은색 폰을 움직여 그 공격을 막으며 비숍을 위협했다. 그녀는 비숍을 사용해 그 폰을 잡았다. 곧이어 그는 검은색 나이트를 앞으로 데려와 그 비숍을 잡았고, 하얀색 퀸과 루크를 동시에 위협했다. 얼굴을 찌푸리며 그녀가 말했다. 나는 멍청이야. 그는 어쨌든 하얀 말이 그렇게 약한 입장에 처하게 된 것은 자신의 잘못이라고 말했다. 찻잔을 들고 소파의 팔걸이에 기대앉으며, 그녀가 말했다. 롤라 언니의 결혼식 초대 문제로 우리 가족이 서로 다투는 중이라고 말해줬던가? 내가 왜 끼어들었는지 정말 모르겠어. 언니는 그야말로 악몽 그 자체야. 언니가 보낸 문자들 좀 볼래? 그가 그러겠다고 하자, 그녀는 전화기를 꺼내 롤라가 토요일 밤에 보낸 메시지를 보여주었다.

롤라: 흠 내가 얼마나 유치한지에 대해 정말로 듣고 싶어 할까? 그것도 나이 서른에 돈도 못 버는 형편없는 직장에 처박혀 있으면서 하숙집에서나 살고 있는 사람한테…….

그는 눈길을 화면 위로 옮기더니, 이내 얼굴을 찡그리며 그녀의 손에서 휴대전화를 가져갔다. 그러곤 메시지를 다시 읽은 후 중얼거리듯 말했다. 세상에, 적개심이 엄청나군.

아일린이 다시 전화기를 가져가며 말했다. 나는 엄마가 부탁해서 결혼식 얘기를 꺼냈을 뿐이야. 그런데 내가 이 끔찍한 문자 메시지에 대해 불평했을 때, 엄마는 이런 식이었어. 글쎄, 그건 너희 둘 사이의 문제지, 나랑은 아무 상관없는 일이다.

만약 네가 롤라에게 그런 메시지를 보냈다면…….

그렇지? 내 말이 그 말이야. 엄마는 나한테 전화를 걸어서 이렇게 말하겠지. 어떻게 감히 언니한테 그런 식으로 말할 수 있니?

너희 아빠한테 말해봐야 소용없을 것 같아. 그가 말했다.

휴대전화를 닫고 마룻바닥에 내려놓으며 그녀가 대답했다. 맞아. 아빠가 유일하게 제정신인 사람인 건 분명해. 하지만 우리가 다 미쳤다는 걸 잘 알기 때문에 너무 두려워서 끼어들지 못할 거야.

그녀의 발을 들어 자기 무릎에 올려놓으며 그가 말했다. 너는 미치지 않았어. 다른 두 사람은 그렇지만 너는 아니야.

미소를 머금고 팔걸이에 편히 기대앉으며 그녀가 말했다. 그걸 알아볼 수 있는 사람이 이 세상에 한 명이라도 있어서 정말 다행이야.

기꺼이 도와줄게.

그가 엄지손가락으로 그녀의 발바닥 가운데를 문지르는 동안, 그녀는 잠시 그를 지켜보았다. 이윽고 그녀가 달라진 말투로 물어보았다. 오늘 하루 어땠어?

그녀를 힐끗 올려다보고 나서 다시 아래를 바라보며, 그가 말했다. 괜찮았어. 너는 어땠어?

당신 좀 피곤해 보여.

고개를 들어 쳐다보지도 않고 대수롭지 않다는 듯이, 그가 대꾸했다. 내가?

그가 그녀의 눈길을 피하는 동안, 그를 계속 지켜보던 그녀가 말했다. 사이먼, 당신 오늘 슬퍼?

약간 당황스러운 듯한 웃음소리를 내고 나서, 그가 말했다. 흠, 잘 모르겠어. 그런 것 같지는 않아.

만약 그렇다면 나한테 말해줄래?

내 상태가 그렇게 나빠 보여?

장난스럽게 발로 그를 쿡 찌르며, 그녀가 말했다. 나는 지금 오늘 하루 어땠느냐고 묻고 있는데 당신은 아무것도 말하려 하지 않는군.

한 손으로 그녀의 발목을 잡으며 그가 대답했다. 흠, 어디 보자. 오늘 저녁에 어머니와 전화 통화를 했어.

아? 어머니는 어떻게 지내셔?

잘 지내. 아버지 때문에 애를 태우지만, 그야 특별할 게 없는 일이고. 아버지한테는…… 아버지는 괜찮기는 하지만 혈압이 높은데, 어머니는 아버지가 약을 제대로 복용하지 않는다고 생각해. 무엇보다도 심리적인 문제야. 가족들이 어떤 식인지 잘 알잖아. 그리고 아버지는 나 때문에 엄청 화가 났어. ……하지만 이건 지루한 얘기야. 전부 일과 관련된 거지.

하지만 아버지는 이제 일 안 하시잖아, 그렇지? 그녀가 말했다.

무심코 손으로 그녀의 발목을 따라 계속 원을 그리며, 그가 대답했다. 그래. 그러니까, 내 일 말이야. 알다시피 우리는 정치적으로 의견이 달라. 그건 괜찮아. 평범한 세대 차니까. 아버지는 내 정치적 견해가 치기 어린 성격의 결과물이라고 생각해.

조용히 아일린이 말했다. 그건 좀 심한데.

그래. 나도 알아. 나보다는 어머니가 더 속상해하는 것 같기는 하지만 말이야. 그건 사실…… 우리 아버지 말을 들어보면, 그건 아버지의 꽤 상세한 지론이야. 메시아 콤플렉스와 같은 맥락이지. 내가 그걸 제대로 말해주지는 못할 것 같아. 솔직히 말해서, 아버지가 그 얘기를 하기 시작할 때면 나는 한 귀로 듣고 한 귀로 흘리거든. 어쨌든 아버지는 내가 영향력 있고 남자답다거나 뭐 그렇게 느껴지기 때문에 사람들을 구하러 돌아다니고 싶어 한다고 생각하는 것 같아. 웃기는 건 내 일이 사람들을 돕는 것과는 아무 상관도 없다는 거야.

혹시 내가 사회복지사라거나 의사 같은 사람이라면 또 모르겠지만, 사실상 나는 하루 종일 사무실에 앉아 있을 뿐이야. 이해가 안 돼. 최근에 집에 갔는데, 내가 아침에 일어나서 머리가 아프다는 이유로 우리는 정말로 특이한 갈등을 겪었어. 아버지는 하루 종일 나에게 말도 걸지 않더니, 저녁때 어머니가 얼마나 나를 보길 학수고대했는지, 그리고 내가 이 두통을 앓는 바람에 어떻게 어머니의 주말을 통째로 망쳐버렸는지에 대해 한바탕 거창한 연설을 하셨지. 아버지는 결코 자신이 화가 났다고는 말하지 못하고, 본인 감정을 항상 어머니에게 투사하곤 해. 내가 편두통이 생긴 게 마치 어머니에 대한 개인적인 모욕이라도 되는 것처럼 굴었어. 아버지는 편두통을 아주 싫어해. 어머니도 편두통에 시달리는데, 아버지는 그게 심리적인 문제라고 확신하기 때문이지. 어쨌든 어머니는 내가 내일 이 혈압 약 문제로 아버지에게 전화하기를 원해. 내가 말한다고 뭔가가 달라지지는 않을 거야. 미안. 지금껏 한 1년쯤 줄곧 떠들어댄 것 같네. 이제 그만할게.

그는 말하는 동안 줄곧 아일린의 장딴지와 다리오금을 어루만지다가, 마지막 말과 함께 손을 떼며 자세를 바로 하고 앉았다.

그만두지 마. 그녀가 말했다.

그가 그녀를 건너다보며 물어보았다. 뭘? 말하는 걸 그만두지 마? 아니면 그렇게 하는 걸 그만두지 마?

어느 쪽이든 다.

그는 아까와 같은 위치에, 그러니까 그녀의 다리오금에 손을 다시 가져다 댔다. 그에 반응하여, 그녀는 기분 좋은 듯 음 하고 나직한 소리를 냈다. 그는 엄지손가락으로 그녀의 치마 속 허벅지를 스치듯 쓸었다. 그녀가 말했다. 아버지가 당신을 질투하는 것처럼 들려. 그가 애정 어린 눈길로 그녀를 계속 주시하며 물어보았다. 왜 그렇게 생각하는데? 몸을 뒤로 젖혀 팔걸이에 머리를 기대고, 머리 위의 불빛이 비치는 유리 전등갓을 올려다보며 그녀가 말했다. 음, 당신은 젊고 잘생겼잖아. 여자들은 당신을 사랑하고. 당신이 아버지를 우러러보고 그분을 닮으려고 노력하는데도, 그분이 그걸 언짢아할 거란 뜻은 아니야, 하지만 당신은 안 그러잖아. 물론 내가 그분을 그리 잘 알지는 못하지만, 내 경험상 그분은 아주 고압적이고 무례해. 아마도 당신이 누구에게나 그렇게 친절하고 아무 고민도 없는 것 같다는 게 그분을 열받게 하는 걸 거야. 사이먼은 그녀의 다리오금을 쓰다듬으며 고개를 끄덕였다. 그가 말했다. 하지만 그분한테는 내가 누구에게나 친절한 게 그저 자기만족을 느끼기 때문인 걸로 보이나 봐. 아일린은 어이가 없다는 표정을 지으며 대꾸했다. 그게 뭐 어때서? 자기 기분 좋자고 다른 사람들을 다 괴롭히는 것보다 낫지, 안 그래? 이 세상에 사디스트가 차고 넘친다는 걸 누가 알겠어. 게다가 왜 당신이 자기만족을 느끼면 안 돼? 당신은 진실하고 관대하고 정말 좋은 친구야. 그는 살짝 눈썹을 치켜세우고 잠시 아무 말도 하지 않았다. 이윽고 이렇게 대꾸했다. 아일린, 네가 나를 그렇게 높이 평가하는지 몰랐어. 눈을 감으며 미소를 머금고 그녀가 말했다. 아니, 알고 있었잖아. 그는 두 눈을 감고 고개를 뒤로 젖힌 채 누워 있는 그녀를 힐끔 건너다보았다.

네가 여기 있어서 정말 기뻐. 그가 말했다.

우스꽝스러운 표정을 지으며 그녀가 물어보았다. 당신 말은, 플라토닉하게 그렇다는 거야?

그는 그녀의 치마 속에서 손을 위쪽으로 움직이며 미소를 지었다. 아니, 플라토닉하게는 아니야. 그가 말했다.

팔걸이에 기댄 채 살짝 꿈틀거려 몸을 미끄러뜨리듯 내리며 그녀가 물었다. 당신이 나한테 그 문자를 보냈을 때 말이야…… 뭐라고 적혀 있었더라? 신발 신어, 택시 불러줄게. 뭐 그런 말이었지. 아주 좋았어.

그렇게 생각해줘서 기뻐.

응, 이상할 정도로 섹시했어. 웃기는 게, 나는 당신이 나를 쥐고 흔드는 걸 즐기는 것 같아. 내 마음 한구석은 뭐 그냥 이런 식인 거 같아. 그래, 제발 내가 어떻게 살아야 하는지 말해줘.

그 순간 그는 손가락으로 그녀의 허벅지를 만지며 웃음을 터뜨렸다. 그가 말했다. 네 말이 맞아. 섹시하네.

그러면 무척 안전하고 편안한 느낌이 들어. 예를 들어, 내가 당신한테 뭔가 불평을 늘어놓고 당신이 나를 '공주님'이라고 부를 때면 약간 흥분이 돼. 내가 이런 말 하는 거 싫어? 마치 당신이 모든 걸 통제하고 있고, 나한테 그 어떤 나쁜 일도 생기게 놔두지 않을 것처럼 느껴져.

아니, 그런 거 아주 좋아해. 너를 돌본다거나 너한테 내 도움이 필요하다거나 뭐 그런 생각 말이야. 그건 그렇고, 아마 나는 그런 걸 아주 좋아하나 봐. 여자가 잼 병을 열어달라고 부탁할 때마다 그녀와 사랑에 빠지거나 뭐 그러거든.

자기 손가락 끝을 입에 물고 있다가 그녀가 말했다. 내가 특별한 줄 알았는데.

네가 좀 더 특별하기는 해. 언젠가 나탈리가 실제로 너에 대해 말했던 게 기억이 나……. 이건 좀 이상한 얘기일 수도 있지만, 뭐 어쨌든. 네가 우리를 만나러 파리에 올 예정이었는데 내가 그 뭐랄까, 네가 비행기를 타는 거며 뭐 그런 일에 대해서 걱정을 했어. 그러자 나탈리가 이런 말을 했던 것 같아. 이런, 아빠의 어린 딸이 아무도 없이 혼자군. 뭐 그 비슷한 말이었어. 웃겼어. 내 말은 그녀가 농담한 것 같다는 거야.

그 순간 아일린이 두 눈을 가리며, 웃음을 터뜨리고는 말했다. 나도 얘기 하나 해줄게. 어느 날 밤 당신이 문자를 보냈는데, 마침 에이든이 내 전화기 바로 근처에 있어서 대신 그 메시지를 확인해줬어. 누구냐고 물었더니 나한테 화면을 보여주면서 '네 아빠야'라고 하더라.

그는 고개를 절레절레 흔들며, 기뻐하기도 하고, 당황스러워하기도 했다. 그가 말했다. 만약 내가 이런 얘기를 누군가에게 설명하려고 한다면, 그 사람들이 경찰을 부를 것 같아.

겨우 아빠의 공주님이라고 한 것 가지고? 아니면 나를 꽁꽁 묶어놓고 고문이라도 하고 싶은 거야?

아니, 아니야. 하지만 그게 훨씬 더 평범하겠지, 안 그래? 내 생각은 뭐랄까 좀 더…… 내가 이런 얘기를 다 한다고 해서 소름 끼쳐 하지 않았으면 좋겠어. 그 환상에서 그냥 너는 정말이지 무력하고, 나는 뭐랄까, 네가 얼마나 착한 아가씨인지 말해주는 중인 것 같아.

그녀는 새침하게 속눈썹을 파르르 떨며 그를 올려다보았다. 그녀가 말했다. 그런데 만약 내가 착한 아가씨가 아니라면? 나를 당신 무릎 위에 엎어놓고 벌을 주고 싶지는 않아?

그녀의 속옷의 얇고 축축한 면직물 위로 손을 옮기며 그가 말했다. 아, 하지만 너를 다치게 할 생각은 없어. 그저 얌전히 굴게만 할 생각이야.

그녀는 잠시 동안 아무 말도 하지 않다가 이내 입을 열었다. 어떻게 해야 할지 말해줄래?

평소처럼 느긋하고 반쯤 재미있어하는 목소리로 그가 대답했다. 시키는 대로 할래?

그녀는 다시 웃기 시작했다. 응. 우습게도 그러면 무척 흥분이 돼. 참 묘해. 당신이 나한테 무슨 짓을 할지 생각하면 정말 흥분이 돼. 평소 생각하던 내 이미지랑 너무 달라서 환상을 깨고 있는 거라면 미안.

아니, 그런 이미지에 맞추지 마. 그냥 자연스럽게 행동해.

곧이어 그는 몸을 숙여 그녀에게 입을 맞췄다. 팔걸이에 머리를 기댄 그녀의 입속으로 축축한 그의 혀가 들어갔다. 그녀는 수동적으로 그가 자신의 옷을 벗기게 내버려두고, 그의 손이 치마 단추를 풀고 속옷을 말아 내리는 것을 지켜보았다. 그는 그녀의 다리오금으로 손을 뻗어 올려, 왼다리는 소파 등받이 위로 들어 올리고 다른 쪽 발은 바닥으로 끌어내렸다. 그러자 그녀의 가랑이가 쫙 벌어졌고, 그녀는 덜덜 떨고 있었다. 그가 말했다. 아, 아주 착하게 굴고 있어. 그녀는 고개를 가로저으며 초조한 웃음을 터뜨렸다. 그가 아직은 손가락을 집어넣지 않은 채 가볍게 그녀를 만지자, 그녀는 엉덩이로 소파를 꽉 내리누르며 두 눈을 감았다. 곧이어 그가 그녀 안으로 손가락을 넣자 그녀는 숨을 토해냈다. 그가 나직이 속삭였다. 착하지. 긴장 풀어. 그런 다음 그가 그녀의 안으로 손가락을 하나 더 부드럽게 밀어 넣자, 그녀는 날카롭고 거친 비명을 질렀다. 그가 말했다. 쉿, 아주 착하게 잘하고 있어. 그녀는 입을 벌린 채 또다시 도리질을 치고 있었다. 그녀가 말했다. 당신이 나한테 계속 그런 식으로 말하면, 금방 갈 것 같아. 그녀를 내려다보며 빙긋 웃고 있다가, 잠시 후에 그가 말했다. 아직은 안 돼. 그가 옷을 벗는 동안, 그녀는 소파 등받이에 여전히 한쪽 다리를 걸치고 두 눈을 감은 채 누워 있었다. 그녀의 귀에 대고 그가 말했다. 내가 네 안에 들어가도 괜찮지? 그녀가 한 손으로 그의 목덜미를 와락 움켜잡으며 말했다. 당신이 정말 그랬으면 좋겠어. 그는 잠시 두 눈을 감고, 말없이 고개만 끄덕였다. 그가 그녀에게 들어갔을 때, 그녀는 다시 그에게 매달리며 비명을 질렀다. 그녀가 말했다. 사랑해. 그는 조심스럽게 숨을 들이쉬며 아무 말도 하지 않았다. 그를 올려다보며 그녀가 물어보았다. 사이먼, 내가 이런 말 하는 거 마음에 들어? 쑥스러운 듯 미소 지으려 애쓰며, 그가 그렇다고 말했다. 그녀가 대답했다. 당신이 좋아하는 게 느껴져. 윗입술과 이마가 축축한 채로 계속 숨을 쉬다가, 그가 말했다. 음, 나도 너를 사랑해. 그녀는 지금 그를 지켜보면서 입술을 빨고 있었다. 그녀가 대답했다. 내가 무척 착한 여자이기 때문이겠지. 집게손가락 끝으로 그녀를 만지며 그가 말했다. 너는 착한 여자야. 그녀는 아무 소리도 내지 않고 입술만 움직이면서, 또다시 두 눈을 감았다. 몇 분 후 그녀는 자신이 절정에 이를 것이라고 말했다. 그녀의 숨결은 가쁘고 거칠었고, 그녀의 몸은 그의 두 손 안에서 팽팽하게 긴장한 채 수축했다. 그녀가 일을 마쳤을 때, 그가 조용히 말했다. 계속해도 될까? 아니면 그만할까? 그녀는 몹시 지친 목소리로 미안하다고 하면서 오래 걸리느냐고 물어보았다. 그가 대답했다. 아니, 금방 끝나. 하지만 네가 싫다면 그만둘 수 있어. 괜찮아. 그녀는 계속해도 괜찮다고 말했다. 그는 그녀의 안에서 움직이는 동안, 그녀의 양쪽 엉덩이에 각각 손을 얹고 그녀가 소파에 기대 버티게 했다. 그때 그녀는 푹 젖은 채 전혀 저항하지 않고 축 늘어져서 때때로 희미한 흐느낌 소리만 내고 있었다. 그가 외쳤다. 이런, 우아. 그 후, 그는 그녀의 몸에 기대어 누웠다. 그들은 둘 다 천천히 숨을 쉬며 가만히 있었고, 그의 피부에서는 땀이 식어가고 있었다. 그녀는 손바닥으로 그의 등을 쓰다듬었다. 그가 말했다. 고마워. 그녀는 그를 흘끔 내려다보고 미소 지으며 대답했다. 나한테 고마워할 필요 없어. 두 눈을 감은 채 그가 말했다. 맞아. 그래도 고맙게 생각해. 게다가…… 그냥 너랑 함께 있어서 좋다는 소리야. 네가 와줘서 기뻐. 저녁에 나 혼자 있으면 솔직히 말해서 좀 우울하거든. 아니면 그냥 외롭거나. 그가 힘없이 헐떡이며 웃고 나서 말했다. 미안. 내가 왜 그런 말을 했는지 모르겠네. 네가 여기 있어서 기뻐. 그게 다야. 누군가 너한테 친절하게 굴 때, 너무 고마워서 실제로는 기분이 나빠지는 것 같다고 느껴본 적 있어? 다른 사람들도 그런 기분을 이해하는지, 아니면 그냥 나만 그런 건지 모르겠어. 신경 쓰지 마, 내가 멍청이처럼 굴고 있네. 그런 다음 그는 일어나 앉아 옷을 입기 시작했다. 벌거벗고 누워 그를 지켜보면서, 그녀가 말했다. 하지만 내가 당신한테 호의를 베풀고 있었던 게 아니야. 상호적인 거였어. 그는 뒤돌아보지 않고, 또 한 번 쓴웃음을 지으며, 손으로 눈가를 훔치는 것 같았다. 그가 말했다. 그래, 알아. 네가 그렇게 하고 싶어 했다는 게 고마울 뿐이야. 미안, 내가 왜 이러는지 모르겠어.

그녀가 말했다. 나는 괜찮아. 하지만 당신 기분이 나빠지는 건 원하지 않아.

그가 일어서서 셔츠를 다시 입으며 말했다. 나는 괜찮아. 걱정하지 마. 와인 한잔할래? 아니면 같이 아이스크림을 먹어도 되고.

천천히 고개를 끄덕이며 일어나 앉아, 그녀가 말했다. 그래, 아이스크림이 좋을 것 같아. 그는 부엌으로 갔고, 그녀는 옷을 입으면서 소파 등받이 너머로 그를 지켜보았다. 뒤에서 보면 그는 키가 커 보였고 셔츠는 약간 구겨져 있었으며, 머리 위 조명을 받은 머리카락은 부드러운 황금빛이었다.

편두통에 시달리는지 몰랐어. 그녀가 말했다.

뒤돌아보지 않은 채 그가 대답했다. 자주는 아니야.

치마허리의 단추를 채우며 그녀가 말했다. 내가 최근에 편두통을 앓았을 때, 얼마나 심한지 불평하려고 침대에 누워서 당신한테 문자메시지를 보냈는데. 기억나?

그가 서랍 통에서 숟가락 두 개를 꺼내며 대답했다. 그래, 네 편두통이 나보다 더 심한 것 같아.

말없이 고개만 끄덕이다가, 마침내 그녀가 말했다. 텔레비전 다시 켜도 될까? **뉴스나이트** 같은 걸 볼 수 있을 거야. 당신 생각은 어때?

좋은 생각이야.

그녀가 텔레비전의 음량을 높이는 동안 그가 그들의 아이스크림 그릇을 가지고 왔다. 화면에서는 한 영국인 진행자가 파란 배경 앞에 서서 한 영국 정당의 당 대표 선거에 대해 카메라를 보며 이야기하는 중이었다. 화면을 주시한 채, 아일린이 말했다. 저거 거짓말이지, 그렇지? 어서, 거짓말이라고 해. 그래도, 아니야. 그들이 그럴 리 없어. 사이먼이 옆에 앉아, 숟가락으로 자기 그릇의 아이스크림을 가르며 언급했다. 그녀가 헤지펀드 매니저와 결혼한 거 알잖아. 그들은 텔레비전을 시청하면서, 해가 가기 전에 국내에서 또 다른 총선이 있을 수 있다는 것, 만약 그렇게 되면 사이먼의 당에서는 어떤 당원들이 그들의 자리를 계속 지킬 가능성이 높은지에 대해 간간이 이야기를 나눴다. 그는 자신이 가장 좋아하는 사람들은 자리에서 밀려나고, '출세 지상주의자'들은 자리를 지킬 가능성이 더 높을까 봐 걱정했다. 텔레비전에서는 당 대변인이 이렇게 말하고 있었다. 총리가…… 실례합니다. 죄송하지만, 총리가 몇 번이고 거듭 말했습니다……. 아일린은 그녀의 텅 빈 아이스크림 그릇을 커피 테이블 위에 두고는, 소파에 기대 편히 앉아 다리를 접어 발을 소파 위로 올렸다. 그녀가 말했다. 당신이 텔레비전에 출연했을 때 기억나? 사이먼은 여전히 먹고 있었다. 그가 말했다. 한 3분 동안이었지. 또다시 머리 끝을 꽉 조이며 그녀가 대답했다. 그날 밤에 문자 메시지를 100통쯤 받았어. 이렇게 적혀 있었지. 네 친구 사이먼이 텔레비전에 나왔어! 그리고 한 사람이⋯⋯ 누구였는지는 말하지 않을 거야. 어쨌든 어떤 특정인이 나한테 문자로 당신의 화면 이미지를 파일로 저장해서 보냈는데, 그 메시지에 이런 식으로 적혀 있었어. 이 사람이 네가 늘 이야기하던 그 사이먼이라는 사람이니? 그때 그는 눈길을 텔레비전에 둔 채 씩 웃고 있었지만, 아무 말도 하지 않았다. 아일린은 그의 표정을 눈치채고는 말을 이어갔다. 사실 당신에 대해서 그 정도로 많이 말하지는 않아. 아무튼 나는 '그래, 바로 그 사람이야'라고 대답했어. 그랬더니 그녀가, 정확히 글자 그대로 이런 문자 메시지를 다시 보냈어. 기분 나빠하지 않았으면 좋겠어. 어쨌든 나는 그의 아이들을 낳고 싶어. 그가 소리 내 웃으며 말했다. 못 믿겠어. 아일린이 다시 말했다. 정확히 그대로야. '기분 나빠하지 않았으면 좋겠어'라는 부분에 짜증이 나지만 않았다면, 그 메시지를 당신한테 전달했을 거야. 있잖아, 내가 왜 기분이 나빠야 한다는 거지? 그녀는 우리가 일종의 슬픈 짝사랑이 얽힌 우정을 나누고 있다고 생각하는 걸까? 나는 사실은 당신을 사랑하는데 당신은 심지어 눈치도 못 채는 그런 우정 말이야. 나는 사람들이 우리에 대해 그렇게 생각하는 게 정말 싫어. 그 순간 그녀는 화면을 향해 얼굴을 돌리고 있어서 사이먼에게는 전체 얼굴의 4분의 1에 해당하는 옆얼굴 일부만 보였다. 그녀의 광대뼈와 눈꺼풀 가장자리로 천장 등의 불빛이 하얗게 비쳤다. 그가 말했다. 내 친구들은 모두 그 반대인 줄 알아. 텔레비전에서 고개를 돌리지는 않았지만 그녀는 즐거워하는 것 같았다. 그녀가 말했다. 설마, 당신이 나를 짝사랑한다고? 그거 재미있네. 나는 상관없어. 내 자존심에는 좋은 일이야. 누가 그렇게 생각하는데? 피터가? 데클런일 것 같은데. 그때 제작에 참여한 사람들의 이름이 화면을 스쳐 지나가며 그 프로그램이 끝나가고 있었다. 여전히 화면에 눈길을 둔 채 그녀가 가볍게 말을 이어갔다. 있잖아, 당신이 이 얘기를 하고 싶어 하지 않는다는 건 알아. 하지만 아까 당신이 얘기했던 거, 그러니까 외롭다고 느낀다는 거 말이야. 나는 항상 그런 기분이야. 내가 이런 말을 하는 건 오로지, 그런 기분을 느끼는 사람이 정말이지 당신 혼자가 아니라는 걸 알아줬으면 하기 때문이야. 혹시 그렇다고 생각할지도 모르니까. 그리고 순전히 내 관점에서만 보면, 당신은 내가 정말 외로울 때마다 늘 전화를 거는 대상이야. 당신한테는 내 마음을 달래주는 효과가 있거든. 있지, 내가 평상시에 걱정하는 일들이 당신과 이야기할 때면 걱정거리가 아닌 것처럼 느껴지거든. 어쨌든 내가 하려는 말은, 당신도 그런 기분이 들 때 나한테 전화하고 싶으면 해도 된다는 거야. 왜 전화했는지 이유를 말할 필요도 없어. 그냥 다른 얘기를 해도 돼. 아마 나는 우리 가족에 대해 불평을 늘어놓겠지. 아니면 내가 여기로 와서, 그렇게 해도 좋고. 알았지? 물론 나한테 꼭 전화할 필요는 없지만, 원하면 해도 돼. 아무 때나. 그게 다야. 그는 그녀가 말을 하는 동안 잠시도 눈을 떼지 않았고, 그녀가 말을 마치자 얼마간 잠자코 있었다. 이윽고 온화하고 상냥한 목소리로 그가 말했다. 아일린, 있잖아. 요전 날 밤 통화할 때, 나 자신을 위해서 아내를 찾아야 한다고 말했었지? 그녀가 웃음을 터뜨리고, 고개를 돌려 그를 바라보며 말했다. 그래. 행복하면서도 지쳐 보이는 얼굴로 미소를 지으며 그가 말했다. 내 인생에 들어와서 나와 결혼할 어떤 새로운 사람을 말이야. 내가 전에는 한 번도 만나본 적 없는 사람. 아일린이 불쑥 끼어들어 덧붙였다. 그리고 아주 아름다워. 더 어린 여자라고 했던 것 같아. 지나치게 똑똑하지는 않지만 다정다감하고. 그가 고개를 끄덕이며 말했다. 맞아. 환상적인 여자인 것처럼 들려. 자, 물어보고 싶은 게 있어. 네 주장의 요지로 미루어보면, 너랑은 다른 사람인 이런 아내를 내가 얻으면…… 아일린이 분한 척하며 불쑥 끼어들어 말했다. 그래, 확실히 나는 아니야. 우선 첫째로, 내가 훨씬 더 많이 책을 읽었어. 반사적으로 계속 미소를 지으며 그가 말했다. 물론이지. 하지만 일단 내가 그녀를 찾으면, 누가 됐든, 너와 내가 여전히 친구로 지낼 수 있을까? 그때 그녀는 마치 그 질문을 곰곰이 생각해보려는 듯 소파 쿠션에 등을 기대며 편히 앉았다. 잠시 머뭇거린 후 대답했다. 아니, 그녀를 찾으면 나를 포기해야 할 것 같아. 애초에 나를 포기하는 게 그녀를 찾기 위한 전제 조건일지도 모르지.

그가 말했다. 내가 추측한 대로군. 그렇다면 나는 결코 그녀를 찾지 않을 거야.

깜짝 놀라서 두 손을 번쩍 쳐들며 아일린이 말했다. 사이먼, 진지해져봐. 이 여자는 당신 영혼의 동반자야. 하느님이 당신을 위해 이 땅에 보내준 사람이라고.

만약 하느님께서 내가 당신을 포기하기를 원하신다면, 나를 지금의 내가 되게 하지 않으셨을 거야.

그들은 잠시 서로를 바라보았다. 이내 한쪽 뺨에 손을 가져다 대고 얼굴이 빨갛게 상기된 채, 그녀가 말했다. 그러니까 당신은 우리의 우정을 포기하지 않을 작정이군.

무슨 일이 있어도.

손을 뻗어 그의 손을 어루만지며 그녀가 말했다. 나 역시 우리 우정을 포기하지 않을 거야. 내 말 믿어도 돼. 내 남자친구는 누구 하나 당신을 좋아한 적이 없었지만, 그건 나한테 아무 영향도 미치지 않았거든.

그때 그는 소리 내 웃고 있었다. 그들 둘 다 웃고 있었다. 자정 무렵 그녀는 이를 닦으러 갔고 그는 부엌의 불을 껐다. 화장실에서 나오며 그녀가 말했다. 봐, 나한테는 분명히 딴 꿍꿍이가 있었어. 칫솔을 가지고 온 것만 봐도 그렇잖아. 그녀는 그를 따라 방으로 들어갔고 그는 무언가 잘 들리지 않는 말을 하면서 방문을 닫았다. 그녀는 웃음을 터뜨렸고, 문 너머 그녀의 웃음소리는 그윽한 음악 소리 같았다. 어둠 속에서 그 아파트의 큰방은 다시 쥐 죽은 듯 고요해졌다. 싱크대에는 빈 그릇 두 개, 숟가락 두 개, 테두리에 립밤이 희미하게 묻은 빈 물컵이 놓여 있었다. 문 너머 대화 소리는 단어들이 뭉개져 또렷하지는 않았지만, 들릴 듯 말 듯 나직하게 이어지다가 새벽 1시쯤 잠잠해졌다. 5시 반이 되자 동쪽으로 나 있는 거실 창문에서 하늘이 검은색에서 푸른색으로, 이윽고 은백색으로 밝아져갔다. 또 다른 날이었다. 머리 위 송전선에서 까마귀 울음소리가, 거리에서 버스 소리가 들려왔다.

16

앨리스, 내가 몇 주 전, 아니면 몇 달 전에 후기 청동기 시대의 붕괴에 대해 너한테 이메일을 보냈던 것 기억하니? 그 후에도 계속 찾아 읽어봤더니, 그 시대에 대해 알려진 것은 거의 없지만 내가 위키피디아를 보고 생각했던 것보다는 학술적인 해석들이 더 많이 있는 것 같아. 우리는 붕괴 전, 지중해 동부 지역의 풍요롭고 교양 있는 궁정 경제 체제하에서, 서로 다른 왕국의 통치자들끼리 엄청나게 값비싼 재화를 서로 선물로 주고받으며 거래했다는 걸 분명히 알고 있어. 게다가 그 후에 궁전들이 파괴되거나 버려지고, 문자 언어가 온데간데없어지고, 사치품이 더 이상 같은 양만큼 생산되거나 같은 거리를 넘나들며 거래되지 않았다는 것도 알고 있어. 하지만 이 '문명'의 얼마나 많은 사람들이, 얼마나 많은 거주자들이 실제로 궁정에 살았을까? 얼마나 많은 사람이 보석을 걸치고, 청동 잔으로 음료수를 마시고, 석류를 먹었을까? 엘리트 계층 구성원 한 명당 수천 명 이상의 사람들이 글을 읽을 줄 모르고 가난에 허덕이는 자급

자족 농민이었어. '문명의 붕괴' 이후 대부분의 사람들이 어딘가 다른 곳으로 이주했지. 일부는 죽었을 수도 있지만, 아마 대다수 사람의 삶은 별로 변하지 않았을 거야. 그들은 계속 농작물을 재배했지. 때로는 수확이 좋을 때도 있고 또 때로는 그렇지 않을 때도 있었어. 그리고 그 대륙의 다른 한구석에서는, 그와 같은 사람들이 너의 조상이자 나의 조상이었어. 궁정 거주자들이 아니라 소작농들이 말이야. 생산과 분배의 풍부하고 복잡한 국제적 네트워크는 진작 끝이 났지만, 지금 우리가, 너와 내가 있고, 여기 인류가 있어. 만약 이 세상에서 삶의 의미가 어떤 불특정 목표를 향해, 그러니까 점점 더 강력한 기술의 공학적 발전과 진보, 점점 더 복잡하고 심오한 문화적 형태의 발달을 향해 끊임없이 나아가는 것이 아니라면 어쩌지? 삶의 의미는 언제나 그대로인 채, 그저 다른 사람들과 함께하며 살도록 마치 밀물과 썰물처럼 그저 자연스럽게 밀려왔다가 물러난다면 어쩌지?

너와 펠릭스에 대한 뜻밖의 사실들을 읽고 네 친구로서 내가 한마디하자면, 네가 전에 말한 일정한 틀에 가둘 수 없는 관계나 실험적인 정서적 유대관계 이야기에 비해, 나에겐 전혀 놀라운 일이 아니었어. 만약 그가 너에게 잘해준다면 나는 무조건적으로 그를 인정할 것이고, 만약 그렇지 않다면 그때는 영원히 그의 적이 될 거야. 합리적인 것 같지 않니? 하지만 그가 잘해줄 거라고 확신해.

전에도 네게 이런 얘기를 한 적이 있는지 잘 모르겠지만, 몇 년 전에 내가 '생활 백서'라고 부르는 일기를 쓰기 시작했어. 날마다 짧은 일기를 하나씩 쓰자는 생각으로 시작했지. 그냥 뭔가 좋은 것을 서술하는 글을 한두 줄 적자는 거였어. '좋다'는 말로 내가 의도한 건 틀림없이 뭔가 나를 행복하게 해주거나 내게 기쁨을 안겨주는 것이었겠지. 며칠 전에 일기를 다시 살펴봤는데, 초반에 쓴 건 전부 지금으로부터 거의 6년 전, 그해 가을에 쓴 것들이었어. 남부 순환도로를 따라 집게발처럼 종종걸음치는, 바짝 말라 뒤집힌 플라타너스 잎사귀들. 극장 팝콘의 인공적인 버터 맛. 저녁의 연노란색 하늘. 부연 안개에 휩싸인 토머스 거리. 이런 글들이야. 나는 그해 9월, 10월, 11월 내내 하루도 거르지 않았어. 항상 뭔가 좋은 걸 생각해냈고, 때로는 그 기록에 집어넣으려고 일부러 목욕이나 산책 같은 일들을 하기도 했어. 그 당시 나는 삶을 완전히 받아들이고 있어서, 하루가 끝날 무렵이면 내가 보거나 들은 좋은 걸 생각해내려고 전혀 무리할 필요가 없었어. 그런 생각이 그냥 저절로 떠올랐고, 심지어 단어들도 마찬가지였어. 내 유일한 목표는 나중에 어떤 느낌이었는지 기억나도록 그 이미지를 명확하게 간단히 적어두는 것이었기 때문이야. 그리고 지금 그 글들을 읽으면서 내가 느꼈던 것, 혹은 적어도 내가 보고 듣고 알아차렸던 것이 기억나. 여기저기 걸어 다니면서, 심지어 궂은 날에도 이런저런 것들을 보곤 했어. 그러니까 그냥 내 눈앞에 있는 것들을 말이야. 사람들의 얼굴, 날씨, 차량, 차고에서 나는 휘발유 냄새, 비를 맞는 느낌, 그야말로 평범한 것들. 그리고 그렇게 궂은 날들조차도 좋았어. 내가 그것들을 느꼈고, 그 느낌들을 기억했기 때문이야. 그런 식으로 사는 데는 뭔가 섬세한 면이 있었어. 마치 내가 악기이고 세상이 나를 건드려서 내 안에 반향이 울려 퍼지는 것처럼 말이야.

두어 달 후 나는 며칠씩 거르기 시작했어. 때론 뭔가를 적어야 한다는 걸 기억도 못 한 채 잠이 들곤 했지만, 또 어떤 날 밤에는 막상 그 일기장을 펼치고도, 뭘 적어야 할지 모르겠더라고. 아무것도 생각나지 않곤 했어. 내가 일기를 쓸 때면, 그조차도 갈수록 더 말뿐이고 추상적이었어. 예를 들어 노래 제목, 또는 소설에서 인용한 문장들, 또는 친구들이 보낸 문자 메시지 등등. 봄이 되자 더 이상 계속하지 못했어. 한번에 몇 주씩 그 일기장을 처박아두기 시작했지. 그것은 내가 직장에서 가져온 싸구려 검은색 공책에 불과했어. 그러다가 결국 다시 꺼내서 그 전해의 기록들을 살펴보곤 했지. 그 시점에서 나는 다시 이전처럼 비나 꽃을 느끼는 건 상상하는 것조차 불가능하다는 걸 깨달았어. 그것은 단지 내가 감각적인 경험들로 기쁨을 느끼지 못한다는 뜻만은 아니었어. 실제로 그런 경험들을 더 이상 하지 못하는 것 같다는 뜻이었어. 나는 걸어서 출근하거나 식료품 같은 것들을 사러 나가곤 했지만, 다시 집에 왔을 때쯤에 눈에 띄는 뭔가를 보고 들은 기억은 전혀 없었어. 나는 보고 있기는 했지만, 유심히 보고 있지는 않았던 것 같아. 눈에 보이는 세상이 마치 주르륵 나열되어 있는 정보처럼 그냥 밋밋하게 다가왔을 뿐이야. 더 이상 사물이 결코 예전 같은 방식으로 보이지 않았어.

지금 그 기록을 다시 읽으니 정말 낯선 기분이 들어. 내가 한때는 정말 그랬었나? 가장 찰나의 감동에 빠져들어 어떻게든 그것을 확장하고, 그 상태에 머무르며 거기서 풍요로움과 아름다움을 찾아낼 수 있는 사람 말이야. 아무래도 나는 '두어 시간 동안은 그랬지만, 지금은 그런 사람이 아닌 것 같아(미국 시인, 프랭크 오하라의 시 〈그곳에 가는 법(How to Get There)〉의 한 구절-옮긴이).' 나는 그 기록 자체, 그러니까 기록을 작성하는 과정 때문에 내가 그렇게 살았던 것인지, 아니면 그런 종류의 경험을 있는 그대로 기록하고 싶어서 일기를 썼던 것인지 모르겠다는 생각이 들어. 나는 그 당시 내 삶에서 무슨 일이 일어나고 있는지 기억하려고 노력했어. 혹시 그러면 내가 이해하는 데 도움이 될까 싶어서 말이야. 나는 분명히 스물세 살이었고, 잡지에서 막 일하기 시작한 상태였어. 너와 나는 더리버티 지역의 그 끔찍한 아파트에서 함께 살고 있었고, 케이트도 아직 더블린에 있었어. 톰과 이퍼도 마찬가지였고. 우리는 함께 파티에 가곤 했고, 사람들을 저녁 식사에 초대했으며, 와인을 지나치게 많이 마셨고 말다툼도 했어. 때때로 사이먼이 파리에서 나한테 전화를 걸곤 했고, 그러면 우리는 서로에게 각자의 일에 대해 불평을 늘어놓을 수 있었지. 우리가 웃음을 터뜨리는 동안, 배경 소리로 나탈리가 부엌에서 접시를 치우는 소리가 들리곤 했어. 나의 모든 감정과 경험은 어떤 의미에서는 극도로 강렬했고, 또 어떤 의미에서는 완전히 사소한 것이었어. 내가 내린 결정들 중 어떤 결과를 낳은 건 아무것도 없는 것 같았고, 내 삶의 그 무엇도(직업도, 집도, 욕망도, 연애도) 내게 영원하다는 인상을 주지는 않았기 때문이야. 나는 무엇이든 다 가능하다고, 내 등 뒤에 닫힌 문은 하나도 없고 아직 알려지지는 않았지만 저기 어딘가에 나를 사랑하고 숭배하며 행복하게 해주고 싶어 할 사람들이 있다고 느꼈어. 그것이 내가 세상을 향해 느꼈던 열린 마음을 어느 정도 설명해줄지도 모르겠어. 어쩌면 나는, 나도 모르는 사이에 내 미래를 예상하며 신호를 기다리고 있었는지도 몰라.

이틀 전 밤에, 책 출간을 마치고 혼자 택시를 타고 집으로 가는 중이었어. 거리는 조용하고 어두웠고, 공기는 이상할 정도로 따뜻하고 바람 한 점 없었어. 부둣가의 사무실 건물들은 내부의 불이 모두 밝혀진 채 텅 비어 있었고, 나는 모든 것의 안에서, 모든 것의 표면 아래에서, 그것을 다시 한번 느끼기 시작했어. 마치 가시적인 세계 뒤에서 부드럽게 퍼져 나오며 모든 것을 비추는 빛과 같은 아름다움의 가능성이 가까움을 말이야. 내가 느끼고 있는 것을 깨닫는 순간 나는 내 생각 속에서 그것을 향해 나아가고 손을 뻗어 쥐어보려 해봤지만, 그것은 조금 식어버리거나 내게서 뒷걸음질 치거나 앞서가며 슬며시 빠져나갈 뿐이었어. 텅 빈 사무실의 불빛을 보며 떠오르는 것이 있었어. 너에 대해 생각하면서 네 집을 마음속에 그려보려고 애쓰고 있었던 것 같아. 너한테 이메일을 받은 것이 기억났고, 동시에 사이먼과 그의 성찬식이 생각났고, 왜 그런지는 몰라도 택시 차창 밖을 내다보면서 이 도시에 있는 그의 물리적 존재에 대해 생각하기 시작했지. 이 도시 구조의 안쪽 어딘가에 서 있거나 앉아 있거나, 옷을 입고 있거나 입지 않고 있거나, 어떤 형태로든 팔짱을 낀 그가 있었고, 더블린은 백만 개나 되는 창문 중 하나 뒤에 그를 숨겨둔 강림절 달력(강림절은 그리스도의 성탄을 기념하기 위한 성탄 전 4주간을 말하며, 요즘은 흔히 어드벤트(advent calender)라고 부르기도 한다-옮긴이) 같았어. 공기의 속성과 온도에, 그의 존재와 네 이메일과 심지어 그때도 머릿속으로 쓰고 있던 이 답장이 스며들어 있었어. 세상은 이 모든 걸 담을 수 있는 것처럼 보였고, 내 눈과 내 머리는 그것들을 받아들이고 이해할 수 있었어. 나는 피곤했고 늦은 시간이었지. 택시 뒷좌석에 반쯤 잠든 채 앉아 있었는데, 이상하게도 내가 어디를 가든 네가 나와 함께 있고, 그도 나와 함께 있다는 것, 그리고 너희 둘 다 살아 있는 한 이 세상은 내게 아름다울 거라는 생각이 떠올랐어.

네가 병원에서 성경을 읽고 있었다는 건 전혀 몰랐어. 왜 그렇게 하고 싶어졌던 거니? 도움이 됐어? 네가 죄의 용서에 대해 한 말은 아주 흥미로웠어. 요전 날 밤 사이먼에게 하느님께 기도하느냐고 물었더니, 그는 '그렇다고, 감사하다고 말씀드리기 위해 기도한다'고 대답했어. 그런데 하느님을 믿는다고 해도 나라면 그 앞에 엎드려 용서를 빌고 싶지는 않을 것 같아. 그냥 매일 모든 것에 대해 하느님께 감사드리고 싶을 뿐이야.

17

5월의 두 번째 금요일 저녁, 펠릭스는 퇴근하면서 보안 검색 대기 줄에 8분 동안 서 있었다. 그의 앞에 있던 사람들 중 한 명 때문에 경보 장치가 울렸고, 그 사람은 몸수색을 받기 위해 곁방으로 끌려갔다. 그 방문에 붙어 있는 종이에는 이렇게 적혀 있었다. **관리자 전용, 입장 시 신분증 지참 필수.** 대기 줄이 멈춘 채 밖까지 길게 늘어져 있었고, 방 안에서 고함이 흘러나왔다. 펠릭스는 앞에 서 있는 사람과 눈길을 주고받았지만 둘 중 어느 쪽도 말은 하지 않았다. 그가 스캐너를 통과해 자기 차에 올랐을 때가 7시 13분이었다. 머리 위 하늘에는 짙은 흰 구름이 낮게 깔리고, 구름 사이로 햇살이 여기저기 내비치고 있었다. 그는 CD를 틀고는 차를 후진시켜 주차장 밖으로 빠져나간 다음 그 산업단지를 떠났다.

그는 몇 분 동안 길을 따라가다가, 도로를 벗어나 바다가 내려다보이는 자갈이 깔린 평지로 들어섰다. 입구의 목조 관광 안내소는 문이 닫혔고 근처에 다른 차는 한 대도 없었다. 한쪽 끝의 커다란 노란색 벽보판에 역사적, 지리적 관심거리에 대한 정보가 게시되어 있었다. 펠릭스는 그 주차장의 가장 바깥쪽 가장자리에 주차했다. 앞 유리창 바깥에 거친 잿빛 대서양이 죽 뻗어 있었다. 그는 안전벨트를 풀고, 작은 흰색 자수 로고가 박힌 빛바랜 초록색 맨투맨 티를 드러내며, 그 위에 입고 있던 검은색 패딩의 지퍼를 내렸다. 주머니에서 전화기를 꺼내 전원을 켠 다음, 조수석 글로브 박스를 열고 마리화나 담배를 말기 시작했다. 그가 작업을 하는 동안, 전화기는 밀려든 메시지들을 수신하며 다양한 윙윙 소리를 냈고, 그의 눈은 무릎 위 화면과 핸들 위에 놓인 담배 종이 사이를 왔다 갔다 했다. 일을 마치자, 그는 아직 불을 붙이지 않은 담배를 입에 물고 화면의 메시지와 알림을 죽 스크롤했다. 다양한 SNS 경보 문자들과 알림들, 그리고 그의 형 데이미언이 보낸 비공개 문자 메시지 하나가 있었다.

데이미언: 오늘 밤 몇 시에 일이 끝나? 이쪽으로 와도 좋고 아니면 차라리 내가 너희 집으로 다 가져다줄게, 알려줘

펠릭스는 운전석에 비스듬히 기대고 자동차의 잔털이 보송보송한 회색 천장을 올려다보며 라이터로 담배에 불을 붙였다. 잠시 눈을 감고 연기를 깊이 빨아들이다가, 전화기를 들어 그 메시지 목록을 열었다. 그 직전의 문자는 펠릭스가 어제 보낸 것으로 이렇게 적혀 있었다. 내일 밤 퇴근할 때 내가 전화할게. 그 앞에는 데이미언이 건 전화의 부재 중 알림이 여럿 있었다. 열흘 전 펠릭스가 보낸 문자는 이렇게 적혀 있었다. 형 미안, 아니 멀리 와 있어. 펠릭스는 그 내용들을 멍하니 바라보다가 이내 닫아버렸다. 잠시 동안 한 모금 길게 빨아들였다가 내뿜기를 거듭한 후, 다른 알림들을 스크롤해 죽

훑어보며, 차례대로 알림을 해제하거나 확인했다. 그는 데이트 앱을 통해서도 새로운 메시지를 하나 받아서 열어보았다.

패트릭: 오늘 밤쯤 시간 나요?

펠릭스는 '패트릭'이라는 이름을 가볍게 눌러 업로드된 사진들을 획획 넘기며 훑어보았다. 한 사진에서 한 무리의 남자들이 사교 행사에서 서로 어깨동무를 하고 포즈를 취하고 있었다. 또 한 장의 사진에는 수염을 기른 남자가 거대한 물고기를 받쳐 들고 물가에 무릎을 꿇었고, 그 물고기의 얼룩덜룩한 몸통은 햇빛을 받아 각도에 따라 무지갯빛으로 빛나고 있었다. 펠릭스는 그 메시지로 돌아가서 댓글 창에 이렇게 입력했다. **어쩌면요, 무슨 일로?** 그는 '전송'을 누르지 않고, 형에게 받은 메시지로 되돌아갔다. 이내 휴대전화를 닫고 계속 담배를 피우며 음악을 들었다. 가끔 콧노래를 흥얼거리거나, 부드럽고 듣기 좋은 목소리로 노래를 건성건성 따라 부르기도 했다. 밖에서 빗방울이 앞 유리창을 두드리기 시작했다.

7시 55분에 그는 차창 밖으로 담배꽁초를 튕기듯 휙 던져버리고는 차를 후진시켜 주차장에서 빠져나갔다. 그의 눈은 지금 약간 흐리멍덩했다. 마을에 가까워지자 그는 방향 지시등을 켠 다음, 계기판에서 전화기를 들어 눈을 가늘게 뜨고 다시 한번 바라보았다. 새 메시지는 없었다. 그는 무작정 지시등을 끄고는 계속 직진했다. 그의 뒤에 있던 차가 경적을 빵 하고 울리자 펠릭스는 평화롭게 이런 말을 중얼거렸다. 그래, 됐니. 꺼져. 그는 한 손으로 계속 운전대를 잡고서, 다른 한 손으로 전화를 걸었다.

벨이 두 번 울린 후, 한 목소리가 대답했다. 여보세요?

집이야? 펠릭스가 말했다.

우리 집이냐고? 그래.

바빠?

아니, 전혀. 왜?

그가 말했다. 방금 퇴근했어. 근처에 있으면 잠깐 들러서 당신 얼굴이나 볼까 하고. 당신 생각은 어때?

음, 확실히 근처에 있기는 하지. 바로 여기 있으니까.

그럼, 금방 거기로 갈게. 펠릭스가 말했다.

그는 전화를 끊고, 조용히 조수석에 전화기를 던져놓았다. 도로를 몇 분 더 달리고 나서 왼쪽에 크고 하얀 집이 나타나자, 한 번 더 방향 지시등을 켰다.

그가 초인종을 눌렀을 때 여전히 비가 내리고 있었다. 앨리스는 짙은 색 치마 위에 양모 스웨터를 입고 문을 열러 나왔다. 그녀의 발은 맨발이었다. 그녀는 팔짱을 끼고 있었지만 금세 풀었다. 펠릭스는 그녀를 바라보며 한 손을 주머니에 넣고 서서, 마치 초점을 맞추기가 어렵기라도 한 것처럼 한쪽 눈을 가늘게 떴다.

그가 말했다. 안녕, 내가 방해하는 건가?

전혀. 들어올래?

그러니까 여기 와 있는 거겠지.

그는 문을 닫으며 그녀를 따라 안으로 들어갔다. 그녀는 붉은색이 칠해진 넓은 공간인 거실로 갔다. 개방형 벽난로에 불이 타오르고 있었다. 난롯불 맞은편에는 다양한 색깔의 담요와 쿠션이 잔뜩 놓인 소파가 있었다. 커피 테이블 위에는 펼쳐서 엎어놓은 책 한 권과 그 옆에 뜨거운 차 한 잔이 놓여 있었다. 앨리스가 걸어 들어가는 동안, 펠릭스는 문간 안쪽에 멈춰 서 있었다.

모든 게 아늑해 보여. 그가 말했다.

그녀는 다시 팔짱을 끼며 소파에 기댔다.

뭐해, 책 읽어? 그가 물어보았다.

응, 그랬어.

방해하는 게 아니면 좋겠는데.

그녀가 말했다. 그 말은 벌써 했잖아. 나는 아니라고 했고.

잠시 동안 둘은 아무 말도 하지 않았다. 펠릭스는 엷은 황갈색 카펫, 혹은 그 자신의 신발을 내려다보았다.

이윽고 그녀가 말했다. 한동안 연락이 없었잖아.

그는 놀란 기색 하나 없이 계속 카펫을 유심히 살펴보며 대답했다. 응.

그녀가 아무 말도 하지 않자 그가 재빨리 힐끔 내려다보았다.

당신 짜증 났어? 그가 물어보았다.

아니, 짜증 나지는 않았어. 혼란스러웠지. 솔직히 말해서 당신이 더 이상 나를 보고 싶어 하지 않는 줄 알았어. 내가 뭔가 잘못한 게 있었는지 궁금해하던 참이었어.

그가 얼굴을 찡그리며 말했다. 아니, 당신이 잘못한 건 아무것도 없어. 당신 말이 맞아. 며칠이나 지났다는 걸 조금은 의식하고 있었어.

그녀는 무표정한 얼굴로 고개를 끄덕였다.

내가 갔으면 좋겠어? 그가 물어보았다.

잠시 머뭇머뭇 하며 입을 우물거리다가, 그녀가 말했다. 정확히 무슨 일이 일어나고 있는 건지 잘 모르겠어. 하기야 내 책임인지도 모르지.

그는 이 말을 잠시 생각해보는 것 같았다. 아니면 일부러 그런 모습을 보여주었는지도 모른다. 그가 말했다. 음, 나라면 그게 오로지 당신 책임이라고만 하지는 않을 거야. 무슨 말인지는 알아. 내 생각에는 우리 둘 다 책임이 있는 것 같아. 솔직하게 털어놓자면 나는 지금 심각한 약속을 하고 싶지 않거든.

알겠어.

그가 말했다. 그래. 있지, 그 이탈리아 여행에 대해 전반적으로 생각해봤어. 그 여행 후로 어쩌면 좀 더 가볍게 받아들이는 게 제일 좋을 거 같았지.

맞아.

조금 당황하며, 그가 말했다. 좋아. 그럼 난 그만 갈까?

그러든지.

잠시 동안 그는 움직이지 않고, 그대로 있으면서 멍하니 방 안을 둘러보았다. 어차피 당신은 신경도 쓰지 않아, 안 그래?

뭐라고?

그는 코로 깊게 숨을 들이마시고, 천천히 다시 말했다. 어차피 당신은 신경도 쓰지 않아, 아니면 신경이 쓰여?

뭘 신경 써?

그러니까 내가 가든지 안 가든지, 나한테서 연락이 있든지 없든지 말이야. 당신은 어느 쪽이든 신경 쓰지 않아.

그녀가 말했다. 확실히 나는 신경 쓰고 있어. 신경 쓰지 않는다고 말하는 건 바로 당신이지.

하지만 당신은 신경 쓰는 것처럼 행동하지 않아.

놀란 듯한 미소를 지으며 그녀가 대답했다. 내가 어떻게 하면 좋겠어? 무릎을 꿇고 떠나지 말라고 간청이라도 했으면 좋겠어?

반사적으로 소리 내 웃으며 그가 말했다. 좋은 질문이야. 나도 잘 모르겠어. 정말로 그걸 원하는지도 모르지.

아니, 나는 그러지는 않을 거야.

그래 보여.

그들은 서로를 바라보았다. 그녀는 그를 보며 얼굴을 찡그렸고, 그는 또다시 웃음을 터뜨리고는 도리질을 하며 고개를 돌려버렸다.

그가 말했다. 빌어먹을, 나도 모르겠어. 왜 늘 당신이 보스고 나는 그냥 당신이 시키는 대로 해야만 할 것 같은 기분이 드는 걸까?

당신이 왜 그런 식으로 느끼는지 전혀 모르겠어. 내가 이래라저래라하지는 않는 것 같은데.

그녀는 여전히 그를 바라보고 있었지만, 그는 굽도리널 쪽을 바라보며 그녀와 눈길을 마주치려 하지 않았다.

마침내 그녀가 말했다. 이왕 왔으니, 한잔할래?

그는 방 안을 이리저리 둘러보며 어깨를 으쓱했다. 그래, 안 될 거 없지.

저기 와인 한 병이 있는데, 잔 좀 가져올까?

반사적으로 얼굴을 찡그리며, 이내 그가 말했다. 좋아, 그래. 그는 헛기침을 하고 덧붙였다. 고마워.

그녀는 거실에서 나가 주방으로 갔고, 그는 재킷을 벗어 안락의자 등받이에 걸치고는 소파에 앉았다. 그가 주머니에서 전화기를 꺼내 화면을 바라보자, 화면에는 데이미언에게서 걸려온 부재중 전화가 표시되어 있었다. 그는 알림을 가볍게 밀어서 연 다음, 메시지를 입력했다.

펠릭스: 형 미안 나 오늘 밤 집에 없어. 가능하면 내일 전화할게

몇 초 만에 답장이 도착했다.

데이미언: 거의 3주째야. 너 어디니?

펠릭스는 오만상을 찌푸리며 답장을 입력하기 시작했고, 몇몇 단어들은 지우고 나서 계속 입력해 나갔다.

펠릭스: 지지난 주에는 집을 비웠고 이번 주에는 말했듯이 줄곧 일했어, 내일 쉬니까 그때 전화할게

그는 메시지를 보내고 나서 전화기를 닫고는, 자리에 앉아 난롯불을 응시했다. 앨리스가 빈 잔 두 개와 레드 와인 한 병을 들고 거실로 돌아왔다. 그녀가 병을 열고 잔 두 개를 채우는 동안, 그는 그녀를 지켜보았다.

이제 서로 속 깊은 인생 얘기 하나 하는 건가? 그가 말했다.

그에게 잔을 건네고 소파의 반대쪽 끝에 앉아, 그녀가 말했다. 흠, 나는 아직도 상황 파악이 다 안 된 것 같아. 내가 속 깊은 대화를 할 준비가 됐는지 잘 모르겠어.

그가 고개를 끄덕이고 자기 술잔을 내려다보며 말했다. 그래, 어쩔 수 없지 뭐. 뭘 하고 싶어? 영화나 뭐 그런 걸 볼까?

원한다면 그래도 좋아.

그녀는 자신의 넷플릭스 계정을 훑어보라면서 노트북을 건네주었다. 그녀가 술을 홀짝이며 난롯불을 지켜보는 동안 그는 웹 브라우저를 열었다. 그는 마음이 산란한 듯 때때로 그녀를 힐끔힐끔 쳐다보면서, 일련의 섬네일을 무작정 죽 스크롤했다. 마침내 그가 말했다. 저, 당신이 어떤 종류의 영화를 좋아하는지 모르겠어. 직접 골라 봐. 나는 자막만 없으면, 그냥 볼 테니까. 그가 노트북을 건네자 그녀

는 아무 말도 하지 않고 받았다. 그가 두 눈을 감고 고개를 젖혀 소파 윗부분에 머리를 기대며 말했다. 정말 피곤하네. 지금 이걸 마시면 운전 못 하거든. 계속 스크롤을 하며 그녀가 말했다. 원한다면 오늘 밤 여기 있어도 돼. 그는 아무 말도 하지 않았다. 화면에 '평단의 찬사를 받은 감성 영화 모음', '어두운 서스펜스 영화 모음', '원작을 각색한 드라마 모음' 같은 작품 분류 제목들이 보였다. 벽난로에서 마른 나뭇가지 하나가 갈라지며, 타닥거리는 불꽃을 빗발치듯 쏟아냈다. 앨리스가 펠릭스를 돌아보았더니, 그는 두 눈을 감고 미동도 없이 앉아 있었다. 그녀는 잠시 그를 지켜보다가 노트북을 닫았다. 그는 꼼짝도 하지 않았다. 한동안 그녀는 소파에 다리를 꼬고 앉아, 벽난로에서 활활 타오르는 불길을 지켜보며, 그녀의 잔에 든 와인을 마셨다. 그런 다음 천장 등을 끄며 거실에서 나갔다.

펠릭스는 두 시간 반이 지나고, 같은 자세로 앉아 있다가 잠에서 깨어났다. 거실은 벽난로의 잔불을 제외하면 온통 캄캄했다. 집 안 어디에선가 수돗물 소리가 들렸다. 그는 자세를 바로 하고 앉아 입을 닦고 주머니에서 전화기를 꺼냈다. 밤 11시가 다 되어가는 시간이었고, 새 메시지는 딱 하나가 도착해 있었다.

데이미언: 정신 차려 펠릭스. 나한테 전화도 못 하다니 너 지금 어디야?

펠릭스는 어째서 그런 걸 하고 입력했다가 어째서를 지우고 그런 걸 형이라고 입력하다가 이내 중단해버렸다. 잠시 그는 자리에 앉아 벽난로에서 사위어가는 잉걸불을 빤히 바라보았고, 그것이 드리운 빛은 그의 얼굴과 옷에 온통 번들거렸다. 마침내 그는 소파에서 일어나 거실을 나갔다. 거실 밖 복도가 환해서, 마치 어둠에 눈을 익히려는 듯 이맛살을 찌푸린 채 계단 앞에 서 있었다. 주방에서 앨리스가 웃음을 터뜨리고 큰 소리로 말했다. 아, 그런 사소한 일에는 신경 쓰지 않을래. 그는 복도를 따라 걸어가, 열린 문간에서 멈춰 섰다. 안에서 앨리스는 그를 등진 채 냉장고 안을 들여다보고 있었다. 냉장고 불빛에 그녀의 몸 주위로 하얀 직사각형 테두리가 생겼다. 그녀는 한 손으로는 전화기를 귀에 갖다 대고, 다른 한 손으로는 냉장고 문이 닫히지 않게 지탱하고 있었다. 무심코 그녀의 몸짓을 따라한 것인지, 펠릭스는 아무 말 없이 지켜보면서 오른손으로 주방 문간의 문설주를 짚었다. 계속 소리 내 웃다가 그녀가 말했다. 사진 좀 보내봐, 응? 그녀는 냉장고 문이 휙 닫히게 두고 싱크대로 걸어갔다. 그녀 앞에 있는 깜깜한 주방 창문에는 불 켜진 방 안이 비쳐 있었다. 곧이어 그녀는 힐끗 위를 쳐다보았다가 자기 뒤에 서 있는 펠릭스를 보게 되었다. 그녀는 전혀 놀라지 않고, 전화기에 대고 말했다. 지금 막 누가 좀 들어와서 전화 끊어야겠어. 그런데 다음 주에 볼 수 있는 건 맞지? 펠릭스는 바닥을 빤히 내려다보며 서 있었다. 앨리스가 전화기에 대고 말했다. 나는 네가 계속 추측하게 두는 게 좋아. 곧 다시 얘기하자, 잘 자. 그녀는 전화기를 조리대 위에 내려놓고 돌아서서 펠릭스를 바라보았다. 그는 고개를 들어 쳐다보지도 않고, 목청을 가다듬고 나서 말했다. 미안해. 엉뚱한 시간대에 계속 일을 했더니, 아무래도 생각보다 더 피곤했던 것 같아. 그녀는 걱정하지 말라고 말했다. 그는 고개를 끄덕이며 턱을 약간 실룩거렸다. 그녀는 잠시 더 바라보다가, 그가 여전히 자신을 쳐다보지 않자 빵 한 덩어리를 싸면서 돌아섰다.

오늘 직장에서 힘든 날이었어? 그녀가 물어보았다.

애써 재미있는 척하는 목소리로 그가 대답했다. 그런 데서는 누구나 힘들다고 느끼게 마련이야.

그녀가 등을 돌리고 있었기 때문에, 그는 그녀를 다시 지켜보기 시작한 상태였다. 그녀는 작은 흰색 접시에 놓여 있던 약간의 빵 껍질을 페달식 휴지통에 쏟아버렸다.

누구랑 통화했어? 그가 물어보았다.

아, 그냥 내 친구.

당신 친구 아일린?

그녀가 말했다. 아니, 웃기게도 아일린과 나는 절대 전화로는 이야기하지 않아. 대니얼이라는 친구였어. 전에 그 친구를 언급한 적은 없는 것 같은데. 그는 런던에 살고 있고, 작가야.

무의식적으로 계속 고개를 끄덕이며, 펠릭스가 물어보았다. 당신은 작가 친구들이 많을 것 같은데, 그렇지?

몇 명쯤.

그는 왼쪽 눈꺼풀을 손끝으로 거칠게 문지르며 문간에서 서성거렸다. 앨리스는 싱크대에서 행주를 꺼내 들고 주방 테이블 위를 말끔히 닦았다.

주중에 당신한테 한 번도 답장하지 않아서 미안해. 그가 말했다.

괜찮아, 신경 쓰지 마.

이탈리아에서 당신과 보낸 시간은 즐거웠어. 내가 그렇지 않았다고 생각하지는 않았으면 좋겠어.

그녀가 말했다. 그럴게. 나도 즐거웠어.

그는 침을 삼키고 손을 다시 주머니에 넣으며 물어보았다. 여기서 하룻밤 지내도 될까? 진짜 정신을 차릴 수가 없어서 집까지 운전해서 못 갈 것 같아. 당신이 그러라면 소파에서 자도 좋아.

그녀는 행주를 싱크대에 다시 널어놓으면서 침대를 하나 준비해 주겠다고 말했다. 그는 바닥을 내려다보았다. 그녀가 다가와서 친절한 어조로 말했다. 펠릭스, 정말 괜찮은 거야? 그는 희미한 미소를 지어 보이며 말했다. 그래, 멀쩡해. 그냥 좀 피곤할 뿐이야. 마침내 그녀의 눈을 마주 보며 그가 말했다. 같이 자고 싶지는 않겠지? 그래도 괜찮아, 내가 좀 멍청한 놈같이 굴었다는 거 알아. 그녀가 다시 눈길을 던져 그의 얼굴을 죽 훑어보고 말했다. 당신한테서 아무 연락도 없었을 때 바보가 된 기분이었어. 내가 왜 그렇게 느꼈는지 이해가 돼? 아니면 내가 제정신이 아닌 것 같아? 이제 그는 눈에 띄게 불편해하면서, 그녀가 제정신이 아니라고 생각하지 않으며, 답장할 생각이었지만 시간이 좀 지나자 어색하게 느껴져 더더욱 답을 못했다고 말했다. 그는 손으로 어깨를 주무르며 말했다. 저기, 나 갈게. 운전할 수 있어. 괜찮아. 다 따지고 보면 나는 와인 한 잔도 안 마셨잖아. 전화 통화 방해해서 미안해. 괜찮다면 친구한테 다시 전화해.

그녀가 말했다. 아니, 나는 당신이 여기에 있어줬으면 좋겠어. 우리 집에서. 당신만 좋다면 말이야.

상관없는 거야? 아니면 내가 그랬으면 좋겠어?

당신이 그랬으면 좋겠어. 나중에 또다시 나를 없는 사람 취급하면, 당신이 나를 정말로 싫어한다고 의심할지도 모르지만 말이야.

그 순간 기뻐 보이는 표정으로, 꽉 쥐고 있던 어깨를 놓으며 그가 말했다. 아니, 예의범절을 잊지 않고 꼭 지킬게. 내일 당신은 즐거웠다고 적힌 멀쩡한 메시지를 받게 될 거야.

그녀는 알 만하다는 듯 짓궂은 표정으로 대답했다. 저런, 그게 멀쩡한 거야?

음, 마지막으로 함께했던 여자한테는 메시지를 한 번도 보내지 않았어. 확실하지는 않지만, 내 생각에 그녀는 그 일로 나한테 화가 났을지도 모르지.

어쩌면 당신은 그녀의 집에 난데없이 나타나서 소파 위에서 두 시간 동안 곯아떨어져봐야 할지도 몰라.

마치 상처를 입기라도 한 것처럼 가슴에 한 손을 얹으며, 그가 말했다. 앨리스, 나한테 너무 잔인하게 굴지 마. 너무 민망해. 이리 와.

그녀가 다가가자, 그는 그녀에게 입을 맞췄다. 그가 그녀의 몸 위로 손을 옮기자 그녀는 조용히 한숨을 쉬었다. 그의 주머니에서 휴대전화가 진동하기 시작했다. 윙윙대는 전화 착신음이 들렸다. 그녀가 물었다. 전화 왔는데? 그가 대답했다. 아니, 괜찮아. 꺼버릴래. 그는 주머니에서 전화기를 꺼내 거절 버튼을 눌러 데이미언이 건 전화를 끈 다음 이런 말을 이어갔다. 위층으로 올라가서 당신 침대에 함께 누워서 평일에 무슨 일을 했는지 다 듣고 싶어. 앨리스가 그 말이 아주 순수하게 들린다고 하자, 그가 말했다. 글쎄, 당신이 말하는 동안 나는 당신 옷을 벗길 수 있어. 그건 어때? 그러자 그녀가 얼굴을 붉히고 자신의 입술을 만지며 말했다. 원한다면. 재미있다는 듯 짓궂은 표정으로 그녀를 지켜보며, 그가 물어보았다. 내가 이런 말을 해서 얼굴이 빨개진 거야? 나야 개의치는 않지만, 당신은 생계 수단으로 외설스러운 책을 쓰는 사람이잖아. 그녀가 자신의 책이 외설스럽지 않다고 하자, 그는 인터넷에서 그렇다는 글을 읽었다고 한 다음 이렇게 말했다. 게다가 나는 당신이 공개적으로 섹스에 대해 이야기하는 것을 부끄러워하지 않는다는 걸 잘 알아. 왜냐하면 본 적이 있으니까. 우리가 로마에 있을 때 거기 무대 위에서 당신은 그런 얘기를 하고 있었어. 앨리스는 그것은 다르다고 말했다. 그것은 개인적인 것이 아니라 그저 관념적인 것이었으니까 말이다. 잠시 그녀를 유심히 살펴보고 나서 그가 말했다. 물어봐도 될까, 이번 주에 런던에 가는지? 아니면 당신 친구가 여기로 오는 건가? 참견할 생각은 없지만, 당신이 다음 주에 그를 만날 거라고 말하는 걸 들었어. 그녀는 미소를 지으며 일 때문에 런던에 가야 한다고 말했다. 그가 대꾸했다. 그야말로 제트족이군. 런던은 별로 매력적인 곳이 아니라서 질투가 나지는 않지만 말이야. 한때 거기 산 적이 있어. 그의 전화기가 다시 떨리자, 그는 한 번 더 주머니에서 전화기를 꺼내며 한숨을 내쉬었다. 앨리스가 말했다. 누구 전화인지 묻지 않을게. 펠릭스는 거절 버튼을 누르며, 심란한 듯 대답했다. 아, 그냥 우리 형이야. 당신 모르게 뒤통수나 치고 다니면서 다른 사람 소파에서 곯아떨어지고 그러는 거 아니니까 걱정하지 마. 그 순간 그녀가 웃음을 터뜨리자, 그는 기뻐하는 듯 보였다. 그는 또다시 전화기를 주머니에 넣으면서 말했다. 우리 그만 위층으로 올라갈까? 늦게까지 안 자고 깨어 있어봤자 나는 당신한테 아무 쓸모도 없을 거야. 약에 취해서 몽롱해.

그들은 앨리스의 침실로 올라가 함께 침대에 앉았다. 그녀는 그의 손을 잡고, 손가락 관절에서부터 손가락 하나하나를 따라 줄줄이 키스를 한 다음, 그의 집게손가락 끝을 그녀의 입에 집어넣었다. 처음에 그는 아무 말도 없다가, 잠시 후 이렇게 말했다. 이런, 젠장. 그가 가운뎃손가락을 그녀의 입에 밀어 넣자 그녀는 혀로 그 손가락 아랫면을 죽 따라가며 핥았다. 그가 말했다. 앨리스, 부탁 좀 해도 될까? 입으로 해주는 거 조금이라도 좋아해? 싫다고 해도 괜찮아. 그녀는 입에서 그의 손가락들을 꺼내며, 좋다고 말했다. 그가 물어보았다. 우리 지금 그래도 될까? 당신 생각은 어때? 그녀는 입을 벌리고 느긋한 표정으로, 그의 스웨트 팬츠의 허리 쪽으로 손을 뻗었다.

그가 베개로 머리를 받치고 반듯이 눕자, 그녀는 그를 입으로 애무해주었다. 그는 그녀를 지켜보았다. 그녀의 밝은색 머리카락이 앞으로 흘러내려 얼굴의 일부를 가리고 있었다. 그녀의 입술은 젖어 있고, 눈은 반쯤 감겨 있었다. 그녀가 괜찮았느냐고 물어보자 그가 대답했다. 그래, 좋았어. 잠깐 이리 와봐. 그녀가 그의 옆으로 올라가자 그가 그녀의 치마 속으로 손을 넣었다. 그녀는 두 눈을 감고 그의 뒤에 있는 침대 머리 판에 매달렸다. 그가 물어보았다. 당신 내 위에 올라타고 싶어? 그녀가 고개를 끄덕이고 나서 물어보았다. 옷은 입고 있을까? 벗을까? 생각에 잠긴 듯 얼굴을 찡그리며, 그가 말했다. 벗어. 하지만 당신만 상관없다면 나는 옷을 입은 채로 있을게. 자신의 스웨터를 벗고 나서, 씩 웃으며 그녀가 말했다. 이거 파워 플레이하는 거야? 그녀가 블라우스의 단추를 푸는 걸 지켜보면서, 그가 한 팔을 팔베개하며 말했다. 아니, 나는 그냥 게으를 뿐이야. 블라우스를 벗고 브래지어의 후크를 풀고 나서, 그녀가 물어보았다. 나 옷 벗고 있으면 멋져 보여? 그는 그녀를 지켜보면서 천천히 자신의 페니스를 어루만지고 있었다. 그가 대답했다. 그래, 멋져 보여. 내가 전에 당신한테 말하지 않았나? 치마와 속옷을 발목까지 끌어내려 벗으며 그녀가 말했다. 10대 때는 그랬지만 더 이상은 아닌 것 같아. 옷가지를 침대 끄트머리에 걸쳐두고 그의 몸 위로 올라타고 나서 그녀가 말했다. 당신이 내 입안에 있는 게 좋았어. 그녀의 두 눈은 감겨 있었다. 그녀를 올려다보며 그가 말했다. 그렇게 말해줘서 고마워. 어떤 점이 좋았어? 그녀는 심호흡을 하고 있었다. 그녀가 말했다. 나를 거칠게 대할까 봐 두려웠지만, 당신은 무척 다정했어. 더 정확히 말해서 거칠다기보다는 그저 내가 못하겠다고 생각할 때도 당신이 계속 시도해보자고 할까 봐 두려웠다는 거야. 왼손을 그녀의 엉덩이에 얹은 채 그가 말했다. 그러니까, 포르노에 나오는 사람들처럼이라는 말이군. 그녀가 그렇다고 하자, 그가 말했다. 그래, 하지만 그건 그 사람들이 가지고 있는 상당히 전문적인 기술인 것 같아. 나는 당신 같은 평범한 사람이 그런 걸 할 수 있을 거라고 기대하지 않아. 앨리스는 두 눈을 감은 채 만약 그녀가 그렇게 하는 법을 배우길 원한다면 시도해보고 싶을 것이라고 말했다. 여전히 그녀의 얼굴을 주의 깊게 바라보며 그가 말했다. 그런 걱정은 하지 마. 당신은 지금 이대로도 입으로 아주 잘해. 그건 그렇고, 그걸 이렇게 부르는 게 더 좋아? 아니면 뭔가 다른 말이 더 좋아? 그녀가 미소를 지으며, 자신은 까다롭지 않다고 하자 그가 말했다. 하지만 분명히 무언가 당신의 흥분을 식히는 말이 있을 거야. 없을까? 예를 들어서 내 페니스를 빨라고 한다면, 당신은 아마 좋아하지 않을 거야. 그녀는 웃음을 터뜨리고, 상관은 없겠지만 섹시하기보다는 우스꽝스럽게 들리는 것 같다고 말했다. 그는 그것이 우스꽝스럽다는 데 동의하고, 영화에서 들어본 말 같다고 한 다음 이렇게 물어보았다. 당신은 '떡친다'는 단어가 질색이야? 어떤 사람들은 그래. 나는 상관없어. 하지만 만약 내가 우리 지금 떡칠까라고 묻는다면, 당신이 흥미를 잃게 될까? 그녀가 그 말에 자신의 흥분이 식지는 않을 것이라고 대답하자 그가 말했다. 좋아, 그렇다면 내가 당신과 떡치게 해줘. 그가 손가락을 빼자 젖어서 번들거렸고, 그가 피부를 만질 때마다 젖은 자국을 남겼다. 그의 페니스의 끝부분이 그녀에게 들어갔을 때, 그녀는 숨을 깊이 들이쉬며 한 손으로 그의 어깨를 꽉 움켜잡았다. 그는 여전히 작은 로고가 박힌 초록색 맨투맨 티를 비롯해, 옷을 다 입고 있었다. 그가 말했다. 옷을 벗고 있으면 당신은 아주 작아. 전에는 당신이 이렇게 작은지 눈치채지 못했던 것 같아. 그녀는 신음 소리를 내고, 도리질을 치며 아무 말도 하지 않았다. 조금 더 일어나 앉아 그녀를 살펴보며 그가 물어보았다. 잠깐 쉴까? 그녀는 눈을 감은 채 숨을 깊게 들이쉬었다가 천천히 내쉬기를 반복하고 있었다. 그녀가 말했다. 괜찮아. 다 된 거야? 아마 그녀가 보고 있지 않아서인지, 그는 마음껏 미소 지으며 대답했다. 음, 거의. 당신 괜찮아? 그녀의 얼굴과 목은 빨갰다. 그녀가 말했다. 상당히 커. 그녀의 옆구리를 다정하게 더듬어 내려가며 그가 말했다. 음, 하지만 아프지는 않지? 여전히 눈을 꼭 감은 채 그녀가 대답했다. 처음에는 조금 아팠던 것 같아. 그녀의 가슴을 부드럽게 어루만지며 그가 말했다. 우리가 처음 함께했을 때? 나한테 말 안 했잖아. 마치 집중하고 있는 것처럼 얼굴을 찡그리고 고개를 가로저으며 그녀가 말했다. 그래, 당신이 멈추기를 원하지 않았거든. 좋았어. 내가 가득 채워지는 것같이 느껴져서. 여전히 그녀를 주시하면서 자신의 윗입술을 핥고, 그가 말했다. 아, 나는 당신이 그렇게 느끼게 해주는 게 너무 좋아. 그녀는 눈을 뜨고 그를 바라보았다. 그는 그녀의 양쪽 엉덩이에 각각 손을 얹고, 그녀를 부드럽게 살짝 끌어내려서 마침내 그녀 안으로 끝까지 다 들어갔다. 그녀는 숨을 깊게 들이마신 다음, 여전히 그를 바라보며, 고개를 끄덕였다. 2~3분 정도 관계를 가지며 그들은 아무 말도 하지 않았다. 그녀가 눈을 질끈 감자 그는 괜찮으냐고 또다시 물어보았다. 그녀가 말했다. 이게 정말로 강렬한 것 같아? 꾸밈없어 보이는 얼굴로 그녀를 쳐다보며, 그가 말했다. 그래. 그건 그렇고, 당신이 10대였을 때 지금보다 더 멋져 보였을 리는 없을 것 같아. 당신은 지금 믿을 수 없을 만큼 멋져 보이거든. 그리고 그것에 대해 내가 생각한 게 한 가지 더 있어. 당신이 이렇게 섹시해 보이는 건 당신이 말하는 방식과 당신이 하는 사소한 행동들 때문이야. 장담하는데, 당신이 더 어렸을 때는 이렇게 멋지게 처신했을 리 없어, 그렇지? 그리고 설사 그랬을 거라고 해도 말이야, 그래도 여전히 지금 그대로의 당신이 갖고 싶어. 사탕발림하려는 게 아니야. 그 순간 그녀가 거친 숨을 몰아쉬며 그의 손을 잡으려고 손을 뻗자, 그가 그 손을 마주 잡았다. 그녀가 말했다. 거의 다 온 것 같아. 그녀는 그의 손을 아주 꾹 잡고 있었다. 그가 조용히 말했다. 잠깐 나 좀 봐. 그녀는 그를 쳐다보았다. 그녀는 입을 벌리고, 가슴과 목을 분홍빛으로 물들인 채 울부짖고 있었다. 그는 그녀를 다시 한번 쳐다보며 숨을 거칠게 몰아쉬고 있었다. 마침내 그녀는 양 무릎을 세워 그를 감싸며, 그의 가슴 위에 엎드렸다. 그는 한 손으로 그녀의 등줄기를 죽 쓰다듬었다. 1분이 흐르고, 이윽고 5분이 흘렀다. 그가 말했다. 이대로 잠들면 안 돼. 반듯이 누워서 자자. 그녀는 손등으로 눈을 비비며 일어났다. 그는 그녀가 벌거벗은 채 바로 옆 매트리스 위에 눕는 동안 옷매무새를 가다듬었다. 그런 다음 그녀의 손을 잡아 입을 맞추며, 그가 말했다. 괜찮았지, 안 그래? 베개를 편하게 고쳐 베며 웃음을 터뜨리고 나서 그녀가 말했다. 나는 당신이 예전에 런던에 살았다는 건 몰랐어. 여전히 그녀의 손을 잡고 무의식적으로 미소를 지으며 그가 말했다. 당신이 나에 대해 모르는 건 많아. 그녀는 침대 시트 위에 누워 어깨를 한껏 으쓱했다.

다 털어놔봐. 그녀가 말했다.

18

사랑하는 내 친구 아일린! 답장이 늦어서 미안. 런던에서 출발해 방금 막 여기 파리에 도착해서, 네게 편지를 쓰고 있어. 런던에는 상을 받으러 가야 했어. 그 사람들은 나에게 상을 주는 데 싫증도 안 나나 봐. 안 그러니? 내가 상을 받는 데 너무 빨리 싫증이 나버린 것은 참 유감스러운 일이야. 그렇지 않았다면 내 삶은 한없이 즐거웠을 텐데 말이야. 어쨌든 네가 보고 싶어. 오늘 아침에는 오르세 미술관에 앉아서 작고 귀여운 마르셀 프루스트의 초상화를 보다가 존 싱어 사전트가 대신 그렸으면 좋았을 거라는 생각을 했어. 그는 그림에서 꽤 못생겨 보였지만, 이 유감스러운 사실에도 그의 눈에 서린 무언가 때문에 엉겁결에 (정말로 엉겁결에!) 네가 생각났어. 아마도 그야말로 총명한 눈빛 때문이었을 거야. '실은 전 세계 모든 사람이 함께 하면서 마치 모든 사람이 각자 개별적인 좌석을 가지고 있다고 해도 맞은편에는 오로지 단 하나의 무대만 있는 극장의 경우처럼, 자신의 독립적인 몸이라는 위치에서 각자의 눈길을 던지게 되는 단 하나의 지성만이 존재할지도 모른다(『잃어버린 시간을 찾아서』의 한 구절-옮긴이).' 이런 구절을 읽으면 나는(너와 지성을 공유할 수 있을지도 모른다는 생각에) 몹시 행복해.

오늘 박물관 맨 위층에 에두아르 마네가 그린 베르트 모리조의 초상화 여러 점이 있다는 것을 알게 되었어. 각 그림마다 모리조가 조금씩 달라 보여서, 실제로 어떻게 생겼는지 상상하기는 어려워. 다시 말해, 비슷하지만 미묘하게 다른 각각의 차이가 어떻게 결합되어서 하나의 완전하고 식별 가능한 인간의 얼굴이 되는 것인지 상상하기가 어려워. 나중에 사진을 찾아보았다가, 그녀의 입체적인 이목구비에 깜짝 놀랐어. 마네의 작품에서는 흔히 흐릿하거나 어렴풋해 보이니까. 그 그림들 중 어느 한 그림 속의 그녀는 당당하게 아름답고, 머리카락과 눈동자는 다갈색이고, 조각상 같아 보여. 그리고 한쪽 팔뚝을 난간에 편하게 얹고, 접힌 부채를 쥔 채 발코니에 앉아, 다른 두 사람과 함께 있어. 또 얼굴을 찡그리다시피 하고 눈길을 돌리고 있는데, 그 얼굴은 복잡하고 표정이 풍부하지. 그녀는 깊은 생각에 잠겨 있어. 또 다른 그림의 그녀는 용모가 섬세하고 예쁘며, 운두가 높은 검은색 모자를 쓰고 검은색 숄을 두른 채 모호하면서도 동시에 의미심장해 보이는 눈길로 관찰자를 응시하고 있어. 그녀는 마네가 그 누구보다도, 그의 아내보다 더 자주 그린 모델이었어. 하지만 그 그림들을 볼 때마다 나는 항상 즉각적으로 그녀가 아름답다고 인식하지는 못해. 그녀의 아름다움은 어떤 해석적인 작업, 어떤 지적이거나 관념적인 작업이 필요하고, 내가 찾아내야만 하는 것인데, 어쩌면 그것이 바로 마네가 그토록 매혹적이라고 여겼던 점인지도 모르겠어. 하지만 아닐지도 모르지. 모리조는 6년 동안 그녀의 어머니를 보호자로 동반하고 그의 작업실에 드나들었고, 그는 늘 옷을 입은 그녀를 그렸어. 그녀 자신이 그린 그림 중 몇 점도 그 박물관에 걸려 있어. 두 소녀가 블로뉴 숲의 한 공원 벤치에 함께 앉아 있는데, 한 명은 하얀 드레스를 입고 넓은 밀짚모자를 쓴 차림으로, 아마도 독서를 하는 듯 자신의 무릎 위로 고개를 숙이고 있고, 다른 한 소녀는 긴 금발을 뒤로 모아 검은색 리본으로 묶고 짙은 색 드레스를 입은 차림새로 관찰자에게 그녀의 하얀 목과 귀를 보여주고 있어. 그들 뒤로는 그 공원의 무성한 초목이 흐릿하게 쫙 펼쳐져. 하지만 모리조는 결코 마네를 그리지 않았어. 그녀는 그를 만난 지 6년 후에, 듣자 하니 그의 권유에 따라 그의 남동생과 결혼했다고 해. 그는 딱 한 번 더 우아한 손에 어둡게 반짝이는 결혼반지를 낀 그녀를 그리고 나서 다시는 그리지 않았어. 이건 사랑 이야기 같지 않니? 그 이야기에 너와 사이먼이 생각났어. 그리고 내 속마음을 좀 더 보여주기 위해서, 마침맞게 이런 말을 덧붙일게. 그에게 남자 형제가 없다니, 정말 다행이야!

그나저나 오르세 같은 박물관들의 문제는 예술품이 지나치게 많아서 관람 경로를 얼마나 잘 계획하든 혹은 얼마나 고귀한 의도를 가지고 있든 간에, 깨닫고 보면 늘 화장실을 찾으며 짜증을 내다가 어느새 엄청난 천재들의 값을 매길 수 없는 작품들을 지나치고 있다는 거야. 그러고 나면 조금 수준 낮은 사람이 된 것 같은 기분이 들지. 마치 자기 자신의 품위를 손상시킨 것처럼 말이야. 적어도 나는 그래. 아일린, 내가 장담하는데 너는 결코 박물관에서 화장실을 찾아다니지 않을 거야. 틀림없이 유럽의 위대한 미술관들의 신성한 홀에 들어가는 순간, 너는 육체의 그런 실질적인 측면은 간단히 뒤에 남겨두고 갈 거야. 애초에 그런 것들이 정말로 너를 괴롭히기나 한다면 말이지. 나는 너를 정말로 육체적인 존재가 아니라 한 줄기 순수한 지성의 빛이라고 생각해. 그리고 바로 지금 너의 광채가 내 삶을 조금 더 비춰주고 있다면 얼마나 좋을까.

어제 오후에 나는 세 건의 인터뷰를 하고 한 시간에 걸쳐 사진 촬영을 했는데, 두 건의 인터뷰 사이에 아버지에게 전화가 와서는 넘어지는 바람에 엑스레이를 찍으러 다시 병원에 입원했다고 하는 거야. 아버지의 목소리가 약하게 들려서 무슨 말을 하는지 알아듣기가 무척 힘들었어. 나는 그 전화를 몽파르나스에 있는 내 출판사 사무실 건물의 복도에 서 있다가 받았어. 내 앞에는 여자 화장실 입구가, 그 옆에는 한 프랑스 작가가 쓴 베스트셀러 문고판의 대형 포스터가 있었지. 엑스레이 촬영이 몇 시로 잡혀 있는지 물어봤지만 아버지는 전혀 알지 못했어. 심지어 아버지가 어떻게 용케 그 전화를 걸었는지조차 확실히 알 수가 없었어. 그 전화를 끊고 나서 나는 다시 복도를 곧장 따라가 사무실로 들어갔고, 그곳에서 40대의 멋진 여성 기자가 나의 영향력과 문학 스타일에 대해 한 시간 동안 인터뷰를 진행했어. 그 후 사진 촬영은 거리에서 했어. 몇몇 행인들이 멈춰 서서 구경을 했는데, 아마도 내가 누구이고 왜 내 사진을 찍고 있는지가 궁금했기 때문일 거야. 그러는 사이에도 사진작가는 이런 지시들을 해댔어. '얼굴 표정 좀 푸세요', '좀 더 평소 모습을 보이려고 해봐요'. 오후 8시에 차가 와서 나를 데리고 몽마르트르의 한 행사장으로 갔고, 그곳에서 나는 청중들 앞에서 낭독을 한 후 작은 플라스틱 병에 담긴 미지근한 물을 간간이 홀짝거리면서 그들의 질문에 대답했어.

오늘 아침에는 피곤해서 방향감각을 잃은 채, 호텔 근처 거리를 헤매다가 결국 텅 빈 성당을 발견하고 들어갔어. 그곳에서 한 20분쯤 느리고 진지한 성스러운 분위기에 휩싸여 있으면서, 예수의 고귀

함을 생각하며 그림 같은 눈물을 몇 방울 흘렸어. 이것은 모두 너에게 기독교에 대한 나의 관심을 설명하기 위한 얘기야. 간단히 말해서 나는 상당히 감정적이고, 심지어 감상적인 측면에서 예수의 '인격'에 매료되고 감동받았어. 그의 삶의 모든 면에 내 마음이 뭉클해져. 한편으로는 그에게 내가 사랑하는 몇몇 소설 속 인물들에게 느끼는 감정이 크게 연상되는, 일종의 개인적인 매력과 친밀감을 느껴. 그리고 그것은 내가 정확히 같은 수단을 통해서, 즉 책을 읽음으로써 그와 조우했다는 점을 고려할 때 타당성이 있는 일이야. 다른 한편으로는, 그로 인해 겸손해지고 감동을 느껴. 내게는 그가 일종의 도덕적인 아름다움을 구현한 것처럼 보이고, 나는 그 아름다움에 감탄하면서 심지어 그를 '사랑한다'고 말하고 싶어지기까지 해. 그 말이 얼마나 우스꽝스럽게 들리는지 잘 알면서도 말이야. 하지만 아일린, 나는 그를 정말 사랑하고 그것이 그저 내가 미슈킨 공작이나 찰스 스완이나 이사벨 아처(각각 도스토옙스키의 『백치』, 마르셀 프루스트의 『잃어버린 시간을 찾아서』, 헨리 제임스의 『여인의 초상』의 등장인물이다-옮긴이)에게 느끼는 것과 같은 사랑에 불과한 척할 수도 없어. 그것은 정말로 무언가 다른 것, 다른 감정이야. 그리고 예수가 죽었다가 부활했다는 것을 엄밀한 의미에서 정말로 '믿지는' 않지만, 복음서의 가장 감동적인 몇몇 장면들과 내가 몇 번이고 다시 읽는 그런 감동적인 장면들 중 일부가 예수의 부활 후에 벌어졌다고 해도 그 또한 사실이야. 나는 부활 후 모습을 드러내는 예수와 그 전에 등장하는 남자를 별개로 구분하기가 힘들어. 다시 말해서, 내게는 그들이 다 하나의 존재인 것처럼 보여. 내 말은 그가 그의 부활한 모습으로도 '오로지 그만이' 할 수 있고, 나로서는 어떤 다른 자의식에서 나왔다고는 생각할 수 없는 그런 말을 계속한다는 거야. 하지만 내가 그의 신성에 대해 생각해볼 수 있는 것은 그 정도까지야. 나는 그에게 강한 호감과 애정을 가지고 있고, 그의 삶과 죽음을 곰곰이 생각할 때면 가슴이 벅차. 그게 다야.

하지만 예수가 세운 본보기는 내게 가슴 벅찬 영적 평화를 안겨주기보다는, 내 존재가 그에 비해 하찮고 얄팍해 보이게 할 뿐이야. 다른 사람들 앞에서 나는 늘 돌봄의 윤리와 인간 공동체의 가치에 대해 이야기하지만, 실생활에서는 나 자신을 제외한 어느 누구도 돌보는 일을 맡지 않아. 도대체 나한테 뭔가를 의지하는 사람이 누가 있다는 거니? 아무도 없어. 나 자신을 탓하게 돼. 하지만 그 실패가 일반적인 것 같기도 해. 과거에 우리 또래들은 결혼해서 아이를 낳거나 연애를 하곤 했는데, 지금은 다들 서른에도 여전히 독신이고 얼굴 한 번 마주치지 않는 동거인들과 함께 살아. 확실히 전통적인 결혼은 적절하지 않았고, 거의 보편적으로 이런저런 실패로 끝이 나기는 했지만, 적어도 그것은 삶의 가능성을 강제로 차단해버리는 슬프고 무익한 행위가 아니라 무언가를 얻으려는 노력이었어. 물론 만약 우리 모두가 계속 혼자 지내면서 독신주의를 실천하고 우리의 개인적인 경계선을 주의 깊게 감시한다면, 많은 문제를 피할 수는 있겠지. 하지만 그와 동시에 삶을 가치 있게 만드는 건 거의 아무것도 남지 않을지 몰라. 내 짐작에 너는 함께하는 오래된 방식들이 틀렸다고 말할 것 같아. 그 방식들은 정말 그래! 그리고 우리는 오래된 실수들을 반복하고 싶지 않았다고 말할 수도 있겠지. 정말로 그런 실수를 저지르지는 않았고 말이야. 하지만 우리를 가두고 있던 것을 무너뜨렸을 때, 우리는 대체할 무언가를 염두에 두고 있었을까? 강압적인 이성 간의 일부일처제를 옹호하려는 것은 전혀 아니야. 다만 그것이 적어도 하나의 실행 방법, 삶을 들여다보는 하나의 방법이었다는 것만은 얘기해두고 싶어. 지금 우리가 그것을 대신해서 가지고 있는 건 무엇일까? 아무것도 없어. 그리고 우리는 좋은 일을 하는 사람들을 사랑하기보다는 실수를 하는 사람들을 훨씬 더 많이 싫어하기 때문에, 가장 마음 편하게 사는 방법은 아무것도 하지 않고, 아무 말도 하지 않고, 아무도 사랑하지 않는 거야.

그렇지만 예수는 우리에게 판단하지 말라고 가르쳐. 나는 용서를 모르는 청교도주의나 도덕적 허영심에 찬성하지는 못하겠지만, 둘 중 어느 면에서도 나 역시 결코 완벽하지는 않아. 문화와 '정말로 좋은' 것들에 대한 나의 그 모든 열광, 재즈 음반과 레드 와인과 덴마크 가구에 대한 열광적인 지식욕, 심지어 키츠와 셰익스피어와 제임스 볼드윈에 대한 열광적인 지식욕조차 모두 허영심의 한 형태이거나, 훨씬 더 심하게는 내 출신이라는 최초의 상처 위에 붙인 작은 반창고라면 어쩌지? 내가 나 자신과 부모님 사이에 교양이라는 큰 간극을 벌여놓았기 때문에 지금 부모님이 내게 간섭하거나 영향을 주기는 불가능해. 그리고 나는 죄책감이나 상실감이 아니라 안도감과 만족감을 느끼며 그 간극을 다시 건너다봐. 내가 그분들보다 나은 사람일까? 절대 아니야. 어쩌면 운이 더 좋을 수는 있지만. 하지만 나는 내 부모님과 다르고, 그리 잘 이해하지도 못하고, 그분들과 함께 살거나 그분들을 내 내면세계로 끌어들이지도 못해. 또는 그런 문제에 있어서 그분들에 대해 글을 쓰지도 못해. 내가 자식의 도리로 하는 모든 일은, 진정한 나 자신은 전혀 내주지 않으면서 나 자신을 비난으로부터 보호하기 위해 내 입장에서 고안된 일련의 의례적인 일들에 불과해. 네가 지난번 메일에서 우리 문명의 붕괴와 그 후에 이어지는 삶에 대해 말한 것은 마음에 와닿는 이야기였어. 하지만 나는 내 삶을 그런 상태로는 상상할 수 없어. 내 말은, 무슨 일이 일어나든 그건 더 이상 내 삶이 아닐 거라는 뜻이야. 그럴 리 없어. 나는 본질적으로 뼛속까지 그야말로 우리 문화의 산물이고, 그저 우리 문명의 가장자리에서 보글거리고 있는 작은 거품일 뿐이기 때문이야. 그러니까 우리 문명이 사라지면 나도 사라지겠지. 신경 쓰인다는 건 아니야.

추신. 물어보기 정말 싫지만 사이먼이 너와 함께 온다니까 말인데, 침실은 두 개를 준비해야 할까? 아니면 하나면 될까?

19

금요일 아침에 비가 왔고 아일린은 버스를 타고 출근했다. 그때쯤 그녀는 『까라마조프가의 형제들』을 다 읽고, 『황금 주발』을 읽는 중이어서, 한 손으로 노란색 기둥형 손잡이를 꽉 잡고 다른 한 손으로는 그 소설책을 들고 버스에 서 있었다. 그녀는 하차한 다음, 스카프로 머리를 감싸고 비를 맞으며 2~3분쯤 걸어서 킬데어 가에 있는 사무실까지 갔다. 사무실 안에서 동료들이 브렉시트 협상을 풍자한 동영상을 보며 웃고 있었다. 아일린은 그들이 모여서 동영상을 보고 있는 컴퓨터 앞에 서서 그들의 어깨 너머로 화면을 바라보았고, 그러는 동안에도 사무실 밖에서는 빗물이 유리창을 타고 소리 없이 주르륵 흘러내렸다. 그녀가 말했다. 아, 나 이거 봤어요. 재미있어. 그런 다음 그녀는 커피포트로 커피를 만들어 책상에 앉았다. 그녀는 휴대전화를 확인하다가 그 주 후반에 있을 '케이크 시식'에 대한 롤라의 메시지를 보고 이런 답장을 보냈다. 내일 저녁은 바쁘지만 그때 말고는 다 돼. 언제가 좋은지 알려줘. 롤라는 2~3분 안에 답장을 보냈다.

롤라: 내일 뭐할 건데

아일린: 계획이 좀 있어

롤라: 으흐흐
롤라: 누구 만나는 사람 있어??

아일린은 마치 누가 지켜보고 있진 않은지 확인이라도 하듯 사무실을 둘러본 다음, 휴대전화로 눈길을 돌리고 다시 입력하기 시작했다.

아일린: 노코멘트

롤라: 그 남자 키 커?

아일린: 상관 마
아일린: 그렇기는 해 192센티미터

롤라: !!
롤라: 온라인에서 만났니?
롤라: 연쇄 살인범이야?
롤라: 그래도 192센티미터라면 이점도 있고 단점도 있겠다

아일린: 이 인터뷰는 끝났어

아일린: '케이크 시식'에 대해서나 알려줘

롤라: 결혼식에 그를 데려오고 싶어?

아일린: 안 그래도 돼

롤라: 왜??

아일린은 전화기를 치우고 업무용 컴퓨터에 새 브라우저 창을 열었다. 그녀는 잠시 홈페이지의 검색창을 응시하며 주저하다가 '아일린 라이든'이라는 단어를 재빨리 입력하고 엔터키를 눌렀다. 검색 결과들이 페이지 상단에 표시된 일련의 이미지와 함께 화면에 나타났다. 하나는 흑백으로 된 두 개의 역사적인 이미지 사이에 끼어 있는 아일린 자신의 사진이었다. 다른 결과들은 주로 다른 사람들의 SNS 프로필과 몇몇 부고(訃告) 및 직종별 업체 목록이었다. 화면 하단의 잡지사 웹사이트 바로가기 링크는 다음과 같았다. 아일린 라이든|보조 편집자 그녀가 그 링크를 클릭하자 새로운 페이지가 열렸다. 사진은 빠져 있었고, 본문은 다음과 같이 간단하게 적혀 있었다. 아일린 라이든은 《하코트 리뷰》의 보조 편집자이자 기고가이다. 나탈리아 긴츠부르크의 소설들에 대한 그녀의 에세이가 실린 발행 호수는 2015년 겨울, 제43호이다. 그 문장의 마지막 부분은 하이퍼링크로 연결되어 있어서 아일린이 클릭하자, 해당 호수의 잡지를 온라인으로 구매할 수 있는 페이지로 이어졌다. 그 순간 그녀는 그 창을 닫고 업무용 이메일 계정을 열었다.

그날 저녁 집에서 아일린이 부모님의 유선 번호로 전화를 걸자, 그녀의 아버지 팻이 전화를 받았다. 그들은 그날 뉴스에 나왔던 사소한 정치적 논쟁점에 대해 몇 분 동안 이야기했는데, 둘 다 비슷한, 아니 더 정확히 말하면 똑같이 부정적인 어조였다. 팻이 말했다. 하느님 제발, 다음 선거가 머지않았기를 바랍니다. 아일린은 행운을 빌겠다고 말했다. 직장에서 어떻게 지내느냐고 아버지가 물어보자 그녀는 이렇게 말했다. 특별히 얘기할 만한 건 전혀 없어요. 그녀는 한 손으로는 전화기를 귀에 대고, 다른 한 손은 무릎 위에 얹은 채 자기 방 침대 위에 앉아 있었다. 그가 말했다. 네 어머니 바꿔줄게. 곧이어 귀에 거슬리는 잡음이 나고, 딸카닥하는 것 같은 소리가 들리더니, 마침내 메리의 목소리가 수화기 너머에서 울렸다. 여보세요? 아일린은 쓴웃음을 지으며 말했다. 여보세요? 어떻게 지내요? 잠시 동안 그들은 직장 얘기를 했다. 메리는 미즈 월시라는 똑같은 이름을 가진 두 명의 여교사를 혼동한, 새로 온 교직원에 얽힌 일화를 이야기했다. 아일린이 말했다. 그거 재미있네요. 그 후 그들은 결혼식, 아일린이 가게 진열창에서 본 드레스, 메리가 양단간 선택할 구두 두 켤레에 대해 이야기하고, 마침내 롤라의 행동, 롤라의 행동에 대한 메리의 반응, 그리고 롤라의 행동에 대한 메리의 반응으로 드러난 근본적인 태도 이야기로 넘어갔다. 아일린이 말했다. 언니가 엄마한테 성질을 부리면, 엄마는 내가 엄마 편을 들길 원해요. 하지만 언니가 나한테 성질을 부리면, 그건 엄마가 상관할 일이 아니라고 말하죠. 메리가 수화기 너머에서 큰 소리로 한숨을 쉬며 말했다. 알았다, 알았어. 다 내 불찰이구나. 너희 둘 다 실망시켰어. 내가 무슨 말을 더 하길 바라니? 아일린이 단호하게 대답했다. 아니, 나는 그런 말 한 적 없어요. 메리가 잠시 머뭇거리다가 주말에 무슨 계획이 있는지 물어보았다. 아일린은 조심스러운 어조로 토요일 밤에 사이먼을 만날 예정이라고 대답했다. 메리가 물어보았다. 그 애는 여전히 그 새 여자친구랑 만나니? 아일린은 두 눈을 감고 잘 모르겠다고 대답했다. 메리가 말했다. 한때 네가 그를 무척 좋아했지. 아일린은 잠시 아무 말도 하지 않았다. 메리가 재촉했다. 그랬잖아? 그 순간 아일린이 눈을 뜨고 대답했다. 그래요, 엄마. 웃음기가 도는 목소리로 메리가 말을 이어갔다. 그래, 잘생긴 젊은이지. 이제는 서른을 훌쩍 넘겼을 테지만, 그렇지? 앤드루와 제럴딘은 그 애가 정착하는 걸 보면 참 좋아할 거야. 누비이불의 자수에 손끝을 문지르며 아일린이 말했다. 그는 나와 결혼할지도 몰라요. 메리가 어처구니없다는 듯 실소를 터뜨리고 말했다. 이런, 너도 참 짓궂다. 그거 뭐니, 네가 그 애를 마음대로 조종하는 방법 말이야. 놀랄 일도 아니지. 그게 새 계략이니? 아일린은 '계략'이 아니라고 대꾸했다. 메리가 말했다. 음, 네가 행운의 신부가 되겠구나. 아일린이 잠시 말없이 고개를 끄덕이다가 물어보았다. 그리고 그는 행운의 신랑이 되겠죠? 메리는 그 말에 또다시 웃음을 터뜨리고 나서 말했다. 아일린, 내가 너를 무척 아끼는 거 잘 알잖니. 하지만 나는 그렇게 말할 수밖에 없어. 너는 내 딸이니까. 자수의 울퉁불퉁하고 뭉툭한 윤곽선들을 집게손가락으로 계속 덧그리면서, 아일린이 물어보았다. 꼭 그렇게 말해야 하는 거라면, 왜 전에는 엄마가 그런 말을 하는 걸 단 한 번도 들어본 적이 없는 거죠? 메리는 더 이상 소리 내 웃지 않았다. 그녀가 말했다. 얘, 알았다. 더 이상 네 시간 빼앗지 않을게. 저녁 시간 즐겁게 보내. 사랑해.

전화를 끊은 후, 아일린은 메시지 앱을 열고 사이먼의 이름을 선택했다. 가장 최근인 전날에 나눈 대화가 화면에 나타나자, 그녀는 메시지들을 차례대로 다시 읽기 위해 화면을 스크롤해 위로 올라갔다.

아일린: 당신 방 사진 좀 보내줘

다음 메시지는 2인용 침대가 바닥 면적의 대부분을 차지한 호텔 방의 내부 사진이었다. 침대에는 자주색 깃털 이불과 윗부분을 접어 놓은 미묘하게 다른 자주색의 누비이불이 깔려 있었다.

아일린: 이번에는 당신이 이불을 덮고 누워 있는 사진……

사이먼: 하하

사이먼: '독립전쟁 기념식에서 노골적인 사진들을 전송한 선임 정치 보좌관이 적발되다'

아일린: 사이먼, 우리의 자유를 위해서가 아니라면, IRA는 대체 뭘 위해 싸운 거야?

사이먼: 불명예를 자초한 전 보좌관이 '그것은 젊은 남자라면 누구나 하고 싶어 할 법한 일이다'라고 주장하다

아일린: 아 잊어버리기 전에 말인데

아일린: 앨리스가 이번 주에 파리에 있다는 거 알고 있었어?

사이먼: 설마 진담은 아니지

사이먼: 어디에서 비행기를 탄 거야?

아일린: 말하진 않았지만 틀림없이 더블린이겠지

사이먼: 국제적인 수수께끼의 여인이야

아일린: 뭐, 그렇게 말하지 **마**
아일린: 그 애는 사람들이 바로 그렇게 말하길 원한다고

사이먼: 알았어, 나는 그저 그녀가 잘 지내기를 바랄 뿐이야
사이먼: 오늘 밤 여기로 일찍 돌아오면 전화할게, 알았지?

그 후 아일린은 엄지손가락을 치켜든 이모티콘을 보냈다. 더 이상 주고받은 메시지는 없었다. 이제 그녀는 그 목록을 닫고 메시지 앱의 홈 화면으로 돌아왔다. 앱 종료 버튼 위로 손가락을 가져가 잠시 주저하다가, 버튼을 누르는 대신 마치 엉겁결인 듯 롤라의 이름을 눌렀다. 가장 최근인 그날 낮, 롤라의 메시지가 다음과 같이 화면에 나타났다. 왜?? 아일린은 양 엄지손가락으로 답장을 입력하기 시작했다.

아일린: 어차피 그는 거기 갈 거니까

그녀가 전송 버튼을 누르자, 거의 즉시 롤라가 메시지를 '읽었다'는 표시가 떴다. 말줄임표가 나타나 움직이기 시작했고, 몇 초 안에 답장이 도착했다.

롤라: 세상에

롤라: 연쇄 살인범 얘기가 나온 김에 말인데

롤라: 제발 사이먼 코스티건은 아니라고 말해줘

아일린은 자판을 누르며 다시 침대 머리 판에 편히 몸을 기댔다.

아일린: 와

아일린: 이렇게 오랜 세월이 흘렀는데도 언니는 그가 언니보다 날 더 좋아한다고 여전히 화가 나 있군

롤라: 아일린

롤라: 너 그 괴짜랑 진지하게 데이트하는 건 아니지?

아일린: 그렇다고 해도 언니가 상관할 일은 아니야

롤라: 그가 고해성사 하는 거 알지

롤라: 아마 말 그대로 사제에게 자기가 한 나쁜 생각들을 털어놓을걸

아일린: 그만해

아일린: 첫째 고해성사 할 때 실제로 그러지는 않는 거 같아

롤라: 알고 보면 그가 성도착자일 거라는 데 내가 가진 돈을 다 걸 수도 있어

롤라: 그는 네가 열다섯 살이었을 때 분명히 성적으로 끌렸어

롤라: 그는 적어도 스무 살이었다고

롤라: 그가 어떤 사제한테 그 일에 대해 털어놨는지 궁금하네

아일린: 웃기지 마

아일린: 우리 평생에 말 그대로 한 남자가 줄곧 언니보다 날 더 좋아했어

아일린: 그리고 언니는 여전히 그걸 극복하지 못하고 있지

롤라: 좋아 꼬맹이

롤라: 결혼해서 임신하고 나한테 와서 울지만 마

롤라: 그리고 너희 동네에서 여학생 몇몇이 기이하게 실종되기 시작하고……

아일린은 잠깐 동안 무심코 고개를 절레절레 저으며 휴대전화 화면을 빤히 내려다보다가 다시 입력하기 시작했다.

아일린: 언니, 언니가 왜 그를 그렇게 싫어하는지 알아?

아일린: 그건 그가 언니에게 맞서서 내 편을 들어준 적이 있는 유일한 사람이기 때문이야

롤라는 이 메시지를 보았지만, 말줄임표가 나타나지도 답장이 오지도 않았다. 아일린은 휴대전화를 닫고 침대 아래쪽으로 밀어내버렸다. 그녀는 기지개를 켜듯 두 다리를 쭉 뻗은 후, 노트북을 열고 앨리스에게 보낼 이메일의 초안을 작성하기 시작했다. 20분 후에 휴대전화가 다시 윙윙거리자 되찾아왔다.

롤라: 진심 웃겨

이 메시지를 읽은 후, 아일린은 숨을 크게 들이마셨고, 이내 두 눈이 스르르 감겼다. 그녀가 내쉰 숨이 천천히 몸을 떠나 다시 공중으로 흘러나오더니, 이제 허공을 헤치고 그 방의 공기와 섞여서 흩어져나갔다. 비말과 아주 미세한 에어로졸 입자가 방 안 공기를 통해 널리 퍼지며 천천히, 천천히 바닥으로 떨어져 내렸다.

/

이튿날 밤 10시쯤 아일린은 핌리코의 어느 집 주방에서 플라스틱 잔에 담긴 위스키를 마시며 리앤이라는 여자와 이야기를 나누고 있었다. 리앤이 말하는 중이었다. 그래, 시간이 길어지기도 해요. 어쨌든 일주일에 몇 번은 9시까지 거기에 있곤 하죠. 아일린은 검은색 실크 블라우스를 입고, 목에 얇은 금목걸이를 하고 있었는데, 그 목걸이는 천장 등의 불빛을 받아 반짝거렸다. 음악이 거실에서 들려오고 있었고, 그들 옆 싱크대에서는 누군가가 스파클링 와인 병을 따려고 하는 중이었다. 아일린은 대체로 저녁 6시 전에 퇴근한다고 말했다. 거의 소름 끼칠 만큼 새된 웃음을 터뜨린 후 리앤이 말했다. 세상에, 오후 6시요? 미안하지만 어디서 일한다고 했죠? 아일린은 그녀에게 문학잡지에서 일한다고 말했다. 그 파티를 주최한 폴라가 와서 그들에게 스파클링 와인을 권했다. 아일린은 자신의 잔을 들어 올리며 말했다. 고맙지만 괜찮아. 초인종이 울리자 폴라는 와인 병을 내려놓고 다시 가버렸다. 리앤은 아일린에게 최근 늦은 밤까지 사무실에 있었던 온갖 야근에 대해 이야기하기 시작했다. 한번은 아침 6시반에 택시를 타고 집에 돌아갔지만 결국 두 시간 후 다른 택시로 다시 출근했던 일도 있었다고 했다. 아일린이 말했다. 그런 일이 당신 건강에 좋을 것 같진 않군요. 그 순간 주방 문이 열렸고, 리앤은 누가 들어왔는지 보려고 고개를 뒤로 돌렸다. 그것은 하얀 오버 셔츠를 입고 한쪽 어깨에 캔버스 백을 멘 사이먼이었다. 그를 보자 리앤은 비명을 지르며 반갑게 맞이했다. 그녀가 두 팔을 벌려 와락 끌어안자 그는 미소 띤 얼굴로 그녀 뒤의 아일린을 쳐다보며, 리앤의 포옹에 순순히 응했다. 그가 말했다. 안녕. 잘 지냈어?

리앤이 말했다. 세상에, 정말 오랜만이야. 여기, 폴라 친구, 아일린 알아?

아일린은 주방 테이블에 기대어 서서 손끝으로 멍하니 목걸이를 쓰다듬으며 고개를 돌려 그를 쳐다보고 있었다.

그가 말했다. 아, 사실 우리는 서로 무척 잘 아는 사이야.

그 순간 아일린은 혀로 입술을 건드리며 웃음을 터뜨렸다.

리앤이 말했다. 이런, 미안, 미처 몰랐네.

가방에서 와인 한 병을 꺼내며 그가 느긋한 어조로 말했다. 아니, 괜찮아. 아일린과 나는 함께 자랐어.

아일린이 말했다. 맞아요. 사이먼은 내가 아기였을 때 나를 무척 예뻐했어요. 나를 안고 뒤뜰을 돌아다니면서 뽀뽀를 하곤 했죠. 제 어머니가 그랬어요.

그는 자신이 가져온 와인 병의 마개를 열면서 반사적으로 미소를 짓고 있었다. 그가 말했다. 심지어 다섯 살짜리 아이였을 때도 멋진 취향을 가지고 있었지. 가장 예쁜 아기들만 내 기준을 통과했다고.

리앤은 이제 그들을 번갈아 힐끔거리며, 사이먼에게 아직도 렌스터하우스(아일랜드 국회 건물의 이름-옮긴이)에서 일하고 있는지 물어보았다. 그가 대답했다. 내가 죄가 많아서. 깨끗한 유리잔 좀 있을까? 리앤이 유리잔은 다 더럽지만 테이블 위에 플라스틱 잔이 있다고 하자, 그가 말했다. 더러운 거라도 찾아볼래. 내가 씻으면 돼. 아일린은 리앤에게 사이먼이 **어머니인 지구**에 대한 존경의 표시로 더 이상 플라스틱 잔을 사용하지 않으려 한다고 말했다. 차가운 수돗물에 유리로 된 와인 잔을 헹구고 있던 사이먼이 말했다. 정말이지 나를 밉상으로 만들어버리네. 안 그래? 하여간 리앤, 털어놔봐. 일은 좀 어때? 리앤은 그의 친구이기도 한 동료 몇몇을 구체적으로 언급하며 업무에 대해 말하기 시작했다. 데님 재킷을 입은 한 남자가 뒷마당에서 안으로 들어와 문을 당겨 닫으며, 특별히 누구에게랄 것 없이 큰 소리로 이런 말을 했다. 밖이 추워지고 있어요. 아일린은 열린 주방 문으로 그들의 친구인 피터가 눈에 띄자, 손을 흔들며 그에게 인사하러 나갔다. 그녀는 어깨 너머로 휙 고개를 돌려, 사이먼과 리앤이 대화를 나누는 모습을 힐끗 쳐다보았다. 사이먼은 주방 조리대에 기대어 있었고, 리앤은 손가락으로 머리카락을 꼬며 그의 앞에서 있었다.

거실은 작고 비좁았으며, 한쪽 벽에는 계단이 맞닿아 있고 책꽂이 위에는 화분이 여럿 있어서 이파리들이 책등을 타고 뻗어 있었다. 피터는 벽난로 앞에서 재킷을 벗으며, 아일린이 전날 저녁 아버지와 논의했던 것과 동일한 정치적 논란에 대해 폴라에게 이야기하고 있었다. 아니, 아무도 거기서 그럴싸하게 빠져나가지 못해. 음, 물론 신페인당(1905년 결성된 아일랜드의 민족주의적 공화주의 정당-옮긴이)은 예외지만 말이야. 누군가가 자신의 휴대전화를 스피커에 연결하자, 엔젤 올슨의 노래가 흘러나오기 시작했고, 그러는 동안 그들의 친구 해나가 현관에서 안쪽으로 들어왔다. 해나가 손목에 낀 뱅글들을 짤

랑대며 와인 병의 목을 쥐고 다가오는 동안 피터와 아일린의 대화는 자연스레 잦아들었고, 이내 해나가 합류했다. 그 즉시 그녀는 그날 오후 집 차고에 문제가 생겨서 수리공이 도착하기를 그들이 얼마나 오래 기다려야 했는지, 그리고 시내에서 있었던 어머니와의 점심 약속에 얼마나 늦었는지에 대해 이야기하기 시작했다. 아일린이 귀를 기울이는 동안에도 그녀의 눈길은 열린 주방 문으로 되돌아갔고, 그 문을 통해 이제는 몇몇 다른 사람들이 합류해 있기는 하지만 여전히 조리대에 기대고 있는 사이먼의 모습이 부분적으로 보였다. 그녀의 눈길을 뒤따라갔다가 피터가 말했다. 거물 납셨네. 저 친구가 여기 있는지 몰랐어. 해나는 커피 테이블에서 깨끗한 플라스틱 잔을 찾아내서 자신이 마실 술을 따르는 중이었다. 그녀가 그들이 누구 얘기를 하고 있는 것인지 물어보자, 피터가 사이먼이라고 대답했다. 해나가 말했다. 아, 그가 캐럴라인을 데려왔다면 좋았을 텐데. 이 말에 아일린의 관심은 주방 문에서 다시 해나로 빠르게 이동했다. 폴라가 말했다. 아니, 오늘 밤은 아니야. 아일린이 지켜보는 동안, 병마개를 다시 돌려 닫으며 해나가 말했다. 아쉽다. 와인 병을 커피 테이블에 내려놓고, 아일린의 눈을 마주 보며 그녀가 물어보았다. 아일린, 너는 아직 못 만나봤어?

아일린이 그 이름을 따라 불렀다. 캐럴라인. 그게……?

사이먼이 만나는 여자야. 폴라가 말했다.

아일린은 이제 가까스로 미소 짓고 있었다. 그녀가 대답했다. 응, 우리는 만난 적 없어.

해나는 와인을 한 모금 삼키고 말을 이어갔다. 아, 정말 괜찮은 여자야. 너도 그녀를 아주 좋아하게 될걸. 피터, 당신은 그 여자 만나봤지?

그는 마치 아일린에게 말을 거는 것처럼 고개를 돌리고 그녀를 보며 말했다. 그래, 좋은 여자 같았어. 그리고 그녀는 저 친구보다 고작 열 살쯤 어릴 뿐이니까, 그건 일종의 개선점이지.

당신 진짜 못됐다. 해나가 쏘아붙였다.

어설픈 쓴웃음을 지으며 아일린이 말했다. 나는 그가 만나는 여자들은 한 번도 본 적이 없어. 무슨 이유에서인지 그는 나를 소개하고 싶어 하지 않아. 왜 그러는지 모르겠어.

정말 별일이네. 피터가 말했다.

절대 그럴 리 없어. 해나가 말했다.

아일린에게 피터가 말을 이었다. 있잖아, 항상 너희 두 사람에 대해서 작은 의문을 가지고 있어서 그러는데 말이야.

해나는 소름 끼치는 웃음을 터뜨리며, 아일린의 위팔을 움켜잡고는 입을 열었다. 피터 말 귀담아듣지 마. 자기가 무슨 말을 하고 있는 건지도 잘 몰라.

그때 그들의 친구 로이신이 다가와 그들 사이에 끼어들더니, 아까 논의했던 것과 동일한 정치적 논란에 대한 의견을 피터에게 물어보았다. 아일린은 자정 무렵 한 잔 더 마시러 주방으로 갔다가 멈춰 서서, 뒤창 너머로 희미하게 보이는 사이먼의 모습을 바라보았다. 그는 리앤이라는 여자와 대화를 나누는 중이었다. 리앤은 집게손가락과 가운뎃손가락 사이에 담배를 느슨하게 끼우고, 다른 한 손으로 사이먼의 셔츠 깃을 만지고 있었다. 아일린은 술병을 치우고 주방에서 나왔다. 거실에서는 로이신이 일부러 피터의 무릎 위에 앉아 재미있는 일화를 실연해 보이고 있었다. 아일린은 소파 옆에 서서 술을 홀짝거리며, 핵심적인 대목에서 다들 웃음을 터뜨리는 동안에도 미소만 짓고 있었다. 그 후 그녀는 현관으로 나가서 하나의 고리에 덧걸려 있는 몇 벌의 다른 재킷들을 헤치고 그녀의 재킷을 꺼냈다. 그러곤 현관으로 나가서 문을 닫았다. 집 밖의 공기는 시원했다. 폴라의 집 거실 창문은 짙고 따뜻한 황금빛으로 환하게 빛나고 있었고, 그 안에서 나직한 음악 소리와 목소리가 흘러나왔다. 아일린은 주머니에서 전화기를 꺼냈다. 화면에 보이는 시간은 오전 0시 8분이었다. 그녀는 대문을 지나 인도로 나가서 양손을 재킷 주머니에 집어넣었다.

그녀가 길모퉁이에 다다르기 전에 폴라의 집 문이 다시 열리고 사이먼이 현관문 앞 계단으로 나왔다. 그는 등 뒤의 문을 닫지 않은 채 소리쳤다. 야, 너 가는 거야? 아일린이 돌아섰다. 그들 사이의 텅 빈 거리는 어두웠고, 주차된 차들의 굴곡진 보닛은 가로등을 희미하게 반사하고 있었다. 그녀가 대답했다. 그래. 아마도 얼굴을 찌푸린 듯 그저 그녀를 쳐다보기만 하며 잠시 그대로 서 있다가, 그가 물어보았다. 집까지 바래다줄까? 그녀가 어깨를 으쓱하자, 그가 말했다. 거기서 잠깐만 기다려. 그가 다시 안으로 들어가자 그녀는 주머니에 손을 넣고 팔꿈치를 내민 채, 금이 간 보도 바닥을 물끄러미 내려다보며 서 있었다. 그가 다시 나와서 문을 닫자, 그 소리가 맞은편 테라스 벽에 부딪혀 울려 퍼졌다. 그는 허리를 굽혀 폴라의 앞마당 철책에 묶어놨던 자전거의 자물쇠를 열고, 그 자물쇠와 열쇠를 들고 온 캔버스 백에 집어넣었다. 그녀는 그 모습을 지켜보며 서 있었다. 그는 다시 허리를 펴고 선 다음, 자전거를 끌고 그녀가 서 있는 곳으로 와서 말했다. 별일 없는 거지? 그녀가 고개를 끄덕이자 그가 말했다. 느닷없이 가버렸잖아. 너를 찾고 있었어.

그녀가 말했다. 당신이 그리 오랫동안 찾았을 리는 없어. 저건 정말로 작은 집이잖아.

다소 어리둥절한 미소를 지으며 그가 말했다. 그래, 저기, 네가 떠나버린 지 별로 오래되지는 않았었지. 문에서 겨우 15미터 정도 거리에 있었으니까.

아일린은 다시 걷기 시작했고, 사이먼은 두 사람 사이에서 조용히 달가닥거리는 그의 자전거를 끌며 그녀와 나란히 걸었다.

아까 리앤이 우리를 서로에게 소개해주려고 한 건 참 친절한 일인 것 같았어. 그가 말했다.

그래, 당신이 그녀를 껴안아주는 거 봤어. 나한테는 악수조차 안 청했는데.

웃음을 터뜨리고 그가 말했다. 맞아. 나 정말 조심스럽게 행동했어, 안 그래? 하지만 그녀는 감을 잡은 것 같아.

아일린은 단조로운 말투로 말했다. 그랬을까.

그는 이제 그녀를 내려다보며 또다시 얼굴을 찡그리고 있었다. 그가 말했다. 저기, 너를 곤란하게 하고 싶지 않았어. 내가 무슨 말을 했어야 한다고 생각해? 이런, 아일린과 나는 서로 소개받을 필요가 없어. 사실, 우리는 연인 사이야.

우리가 연인 사이야? 그녀가 반문했다.

음, 그건 이제 아무도 사용하지 않는 그런 단어들 중 하나일 거야.

그들은 길모퉁이에 이르자 왼쪽으로 돌아 그 주택 단지를 벗어났고, 다시 큰길을 향해 걸어갔다. 머리 위로는 잎사귀가 무성한 가느다란 나무들이 보도를 따라 띄엄띄엄 심어져 있었다. 아일린은 여전히 주머니에 손을 넣고 있었다. 그녀는 목청을 가다듬고 나서 큰 소리로 말했다. 당신 친구들이 방금 그 캐럴라인이라는 사람이 얼마나 괜찮은 여자인지 얘기해줬어. 당신이 만나고 있다는 그 여자 말이야. 다들 그녀를 아주 좋아하는 것 같아. 틀림없이 그녀가 굉장히 인상적이었나 봐.

아일린이 말하는 동안 사이먼은 그녀를 바라보고 있었지만, 그녀는 앞쪽의 인도만 뚫어져라 바라보고 있었다. 그가 말했다. 맞아.

당신이 그녀를 모두에게 소개했는지 미처 몰랐어.

그가 말했다. 모두에게는 아니야. 우리랑 함께 두어 번 술 마시러 나간 적이 있는데, 그게 다야.

아일린이 들리지도 않을 정도로 나직하게 중얼거렸다. 세상에.

잠시 그들 중 어느 쪽도 입을 열지 않았다. 마침내 그가 말했다. 내가 만나는 사람이 있다고 얘기했잖아.

당신 친구들 중 그녀를 만나보지 못한 사람은 나뿐이야? 아일린이 물어보았다.

이 말이 어떻게 들릴지 알지만, 나는 정말이지 모든 걸 올바르게 처리하려고 노력해왔어. 이게 그냥…… 알다시피, 이게 그렇게 간단한 상황은 아니잖아.

아일린이 거친 웃음을 터뜨리고 나서 말했다. 그래, 확실히 참 힘들겠어. 당신이 아무하고나 다 섹스를 할 순 없잖아? 아니, 그럴 수는 있겠지만, 결국에는 곤란한 상황이 되겠지.

사이먼은 이 말을 곰곰이 생각해보는 것 같았다. 잠시 후 그가 말했다. 저기, 네가 화난 건 이해하지만, 그게 완전히 공정한 건지는 잘 모르겠어.

나 화나지 않았어. 그녀가 대꾸했다.

그는 그들 앞의 거리로 눈길을 옮겼다. 차들이 지나가는 도로변을 묵묵히 걷는 동안 몇 초가 흘러갔다. 마침내 그가 말했다. 내가 2월에 너한테 데이트 신청을 했을 때, 너는 그냥 친구로 지내고 싶다고 말했어. (나는 비난을 하려고 하는 게 아니야, 그저 내 관점을 말해주려는 것뿐이지.) 너는 내가 다른 사람을 만나고 있다고 말할 때까지는 나한테 전혀 관심을 보이지 않았어. 내 말이 틀렸다면, 부담 갖지 말고 바로잡아줘.

아일린은 고개를 앞으로 숙이고, 재킷 깃 위로 길게 목선을 드러내며, 인도를 바라보고 있었다. 그녀는 아무 말도 하지 않았다.

그가 말을 이어갔다. 그리고 내가 누군가를 만나고 있다는 걸 알게 되자, 나랑 시시덕거리기로 결정했는지 밤에 나한테 전화를 했지. 그런 다음 내가 자려고 하면 갑자기 오고 싶다고 하고. 우리가 느긋하게 즐기고 뭐 그런 건 좋아. 다 괜찮아. 나는 너한테 아주 분명하게 밝혔어. 누군가 다른 사람이 있기는 하지만 독점적인 관계는 아니라서 네가 내 집에서 자고 가고 싶다고 해도 아무 문제없다고. 너한테 우리가 서로 어떤 입장인지에 대해 어떤 결정을 내리라고 강요하는 게 아니야. 나는 그냥 함께 시간을 보내면서 상황이 어떻게 돌아가는지 보는 것만으로도 행복해. 네가 한 말을 모두 헤아려봤을 때, 바로 그게 네가 원하는 건 줄 알았어. 적어도 나한테는 정말 좋았고. 친구들이 내가 만나는 여자에 대해 얘기하는 게 듣기 불편하다는 건 충분히 이해해. 하지만 네가 그녀의 존재를 몰랐던 건 아니잖아.

그가 말하는 동안 아일린은 손을 얼굴로 들어 올리고는 이마에서 머리카락을 떼어내 거칠게 뒤로 넘겼다. 그녀의 어깨, 목, 느닷없이 홱 움직인 손가락에서 긴장감이 또렷이 보였다. 그녀가 다시 한번 말했다. 당신, 참 그리스도인다워.

그게 무슨 뜻이야? 그가 물어보았다.

겁에 질린 듯한 웃음소리를 내며 그녀가 말했다. 내가 그렇게 어리석었다니 믿을 수가 없어.

그들은 어떤 아파트 건물 출입구 밖의 가로등 아래에서 걸음을 멈춘 상태였다. 그녀를 걱정스러운 눈으로 바라보다가, 그가 말했다. 아니, 너는 어리석지 않았어. 화나게 해서 미안해. 그건 내가 가장 하고 싶지 않은 일이야. 믿어줘. 이번 주에는 캐럴라인을 만나지도 않았어. 만약 내가 지난 주말 이후로 그녀와 관계를 끝냈다는 인상을 줬다면 정말 미안해.

그녀가 두 손으로 눈을 마구 문지르며 얼굴을 감싸고 있어서, 목소리가 불분명하게 들렸다. 아, 세상에. 내가 생각했던 건 그저…… 아니, 내가 무슨 생각을 했는지도 잘 모르겠어.

아일린, 어떻게 하고 싶어? 우리가 진지하게 함께하기를 바란다면 캐럴라인과의 관계는 언제든 끝낼 수 있어. 기꺼이 그렇게 하겠어. 더할 나위 없이 기쁘게 말이야. 하지만 네가 그걸 원하지 않고, 우리가 그냥 즐기면서 재미나 보는 거라면, 그때는 너도 알잖아. 독신이 너한테 더 잘 어울린다는 이유로 내가 남은 평생 동안 독신으로 살 수는 없어. 나는 꼭, 어느 시점에는 반드시 그걸 극복해야 해. 내가 무슨 말을 하는 건지 알겠어? 나는 그저 네가 뭘 원하는지 이해하려고 노력하고 있을 뿐이야.

그녀는 두 눈을 감은 채 잠시 아무 말도 하지 않았다. 이윽고 낮고 차분한 목소리로 말했다. 집에 가고 싶어.

그가 말했다. 알았어. 지금 말이야?

그녀는 눈을 꼭 감은 채 고개를 끄덕였다.

그가 말했다. 아마도 가장 빠른 건 그냥 계속 걸어가는 걸 거야. 그래도 괜찮겠어? 문 앞까지 바래다줄게.

그녀는 좋다고 대답했다. 그들은 잠자코 토머스 거리로 가서 왼쪽으로 돌아, 세인트 캐서린 성당을 향해 걸어갔다. 신호등 앞에서 차

몇 대가 공회전을 하고 있었고, 택시 한 대는 지붕 등에 불이 들어와 있었다. 그들은 아무 말도 하지 않고 브리지풋 가를 따라 걸어가다가 어셔스 아일랜드 지역에서 다리를 건넜다. 가로등 불빛이 조각조각 부서져 캄캄한 강의 수면 위로 흩어졌다. 마침내 그들은 아일린의 아파트 건물 출입구에 이르러, 돌출된 아치형 현관에 함께 서 있었다. 그는 그녀를 바라보았고, 그녀도 고개를 똑바로 들고 마주 보았다. 그녀는 숨을 깊게 들이쉰 다음 가까스로 말했다. 우리 그냥 잊어버리자, 응? 마치 그녀가 계속 말하게 내버려두려는 듯 잠시 기다렸지만 그녀가 그러지 않자 그가 말했다. 바보같이 굴어서 미안하지만, 뭘 잊자는 거지? 무슨 뜻이야? 초췌한 얼굴로 그를 계속 바라보며 그녀가 말했다. 전부 다겠지. 그냥 다시 친구 사이가 되면 그뿐이잖아. 그녀가 주시하는 동안 그가 고개를 끄덕이며 말했다. 그럼, 괜찮아. 우리가 이 이야기를 나눠서 다행이야. 그는 잠시 멈칫했다가 덧붙였다. 만약 폴라의 집에서 내가 너를 무시한다고 생각했다면 미안해. 나는 너와 만나길 무척 고대하고 있었어. 무시당했다고 느끼게 할 의도는 없었어. 내가 하고 싶은 얘기는 이걸로 끝이야. 나는 이제 집에 갈게, 괜찮지? 주중에는 너를 못 볼 수도 있겠지만, 어차피 결혼식에서 서로 만나게 될 거야. 그녀는 마른침을 삼킨 듯 보였고, 이내 주저하며 물어보았다. 캐럴라인도 거기 오는 거야? 그녀를 데리고 갈까 생각 중이라고 당신이 말했잖아. 그는 그 순간 아일린을 쳐다보며 미소 짓고는 이렇게 말했다. 아니, 결국 그녀를 초대하지 않았어. 하지만 만약 네가 원하는 게 그것뿐이었다면, 나한테 그냥 말만 하면 됐을 텐데. 그렇게 고도의 작전은 필요 없었어. 그녀는 도리질을 하며 얼굴을 돌리고 말했다. 아니, 그건 그런 게 아니었어. 그는 그녀를 잠시 더 주시하다가, 이내 상냥한 목소리로 말했다. 걱정할 거 없어. 곧 보자. 그는 포장된 길바닥 위로 자전거 바퀴를 조용히 굴리며 걸어가버렸다.

아일린은 주머니에서 열쇠를 꺼내 건물 안으로 들어간 다음, 곧장 계단을 올라가 현관문으로 걸어 들어갔다. 마구잡이로 침실 문을 열어젖히고 쾅 닫은 다음, 침대에 엎드려 울기 시작했다. 그녀의 얼굴은 빨갰고 관자놀이의 정맥이 보였다. 그녀는 두 무릎을 가슴팍에 끌어안고 숨이 막힌 듯 고통스럽게 껵껵대며 흐느껴 울었다. 가죽 플랫 슈즈 한 짝을 벗어 맞은편 벽에 세게 던지자, 구두가 카펫 위로 맥없이 툭 떨어졌다. 곧이어 비명이나 다름없는 소리를 지르며 두 손에 얼굴을 묻고 도리질을 쳤다. 1분이 지났다. 2분이 지났다. 그녀는 자리에서 일어나 앉아, 눈 밑과 한 손에 지저분한 검은색 화장 자국을 남기며 얼굴을 훔쳤다. 3분, 4분이 지났다. 그녀는 일어서서, 창가로 가 커튼 틈으로 밖을 내다보았다. 자동차의 헤드라이트가 스쳐 지나갔다. 그녀의 눈은 벌겋게 부어 있었다. 그녀는 손으로 한 번 더 눈을 문지른 다음 주머니에서 전화기를 꺼냈다. 시간은 오전 0시 41분이었다. 그녀는 메시지 앱을 열고 사이먼의 이름을 눌렀다. 그날 낮에 주고받은 대화가 화면에 나타났다. 아일린은 답글 창에 다음과 같은 말을 천천히 입력했다. **사이먼, 나는 정말이지 당신이 너무너무 미워.** 그녀는 이 메시지를 차분하게 검토하고 나서, 심사숙고한 듯 찬찬히 다음과 같은 말들을 덧붙였다. **그러니까 당신 마음속에서는 우리가 일주일 내내 정말로 그저 '재미나 보고' 있었고 당신은 줄곧 다른 사람을 만나고 있었던 거야? 요전 날 밤 당신이 나 때문에 눈물을 흘리면서 외롭다고 말했을 때, 그걸 농담이라고 한 거야? 당신 대체 왜 그래?** 그녀는 생각에 잠겨 한 번 더 천천히 훑어보았다. 이윽고 엄지손가락으로 백스페이스키를 눌러 그 글들을 삭제했다. 그러고 나서 세게 심호흡을 몇 번 한 다음, 다시 입력하기 시작했다. 사이먼 미안해, 기분이 끔찍해. 내가 뭘 하고 있는 건지 모르겠어. 때때로 나는 나 자신이 너무 싫어서 무언가 무거운 것이 내 머리 위에 떨어져서 나를 죽여줬으면 좋겠어. 당신은 나한테 항상 잘해주는 유일한 사람인데, 이제는 나와 말도 하고 싶지 않을 거야. 왜 내가 내 삶에서 좋은 것은 모조리 다 망쳐버리는 건지 나도 잘 모르겠어. 미안해. 그녀가 입력을 끝냈을 때쯤 화면 시계는 오전 0시 54분을 가리키고 있었다. 그녀는 그 메시지의 맨 위로 가려고 화면을 스크롤해 내렸다가, 마지막 줄까지 다 읽기 위해 다시 스크롤해 올렸다. 그러고 나서 엄지손가락을 한 번 더 백스페이스키에 댔다. 답글 창은 텅 비어버렸고, 리드미컬하게 깜박거리는 커서 아래 회색으로 비활성화된 본문에는 다음과 같이 적혀 있었다. 메시지를 입력하시오. 그녀는 휴대전화를 닫고 침대에 다시 누웠다.

20

앨리스, 벌써 또 다른 출장 중이라니 좀 혼란스러워. 2월에 우리가 대화를 주고받았을 때, 나는 네가 사람들을 만나고 싶지 않고, 쉬면서 회복할 시간이 필요해서 더블린을 떠나려 한다는 인상을 받았거든. 네가 늘 혼자 있게 되는 문제에 대해 내가 우려를 표명했을 때, 그것이야말로 필요한 것이라고 네가 직접 말하기도 했고. 그런데 파리에서 네가 참석하는 시상식들에 대해 이렇게 수다스러운 이메일을 보낸 것을 보니, 기분이 좀 이상해. 다시 일을 시작해서 기분이 더 좋아지고 행복하다면, 물론 그건 정말 좋은 일이야. 어쨌든 이런 출장 때면 늘 더블린 공항에서 비행기를 타고 갈 것 같은데? 네가 더블린에 올 거라는 걸 친구들 중 누구에게도 알리지 않을 수가 있는 거야? 사이먼이나 나에게 말하지 않은 것은 분명하고, 이제 막 로이신이 내게 한 말로는, 그 애가 2주 전 네게 보낸 문자에도 답장을 하지 않았다더라. 만약 사교성 있게 굴 기분이 아니라면 충분히 이해해. 하지만 너무 빨리 업무에 복귀하려고 무리하는 것일 수도 있어. 내 말 무슨 뜻인지 알겠니?

지난 며칠 동안 네 이메일의 후반부에 대해 줄곧 생각해봤어. 네 말대로 '실패가 일반적'인가에 대해서 말이야. 우리가 동의하듯, 문명은 현재 쇠퇴하는 내리막 단계이고, 소름 끼치는 추함이 현대 생활의 지배적인 시각적 특징이야. 자동차도 추하고, 건물도 추하고, 대량 생산된 일회용 소비재도 이루 말할 수 없이 추하지. 우리가 숨 쉬는 공기에는 독성이 있고, 마시는 물에는 미세플라스틱이 한가득 있는 데다 음식은 발암물질인 테플론으로 오염되어 있어. 우리 삶의 질은 저하되고 있고, 마찬가지로 우리가 접할 수 있는 미적 경험의 질도 저하되고 있지. 현대 소설은 (아주 드문 예외를 제외하고는) 현실성이 없어. 또 주류 영화는 자동차 회사들과 미국 국방부가 자금을 대는 끔찍한 가족 친화적 포르노인 셈이야. 그리고 시각 예술 분야는 주로 올리가르히(고대 그리스의 과두정치를 뜻하는 그리스어 올리가르키아의 러시아식 표기로 '러시아의 신흥 재벌'을 뜻한다-옮긴이)들을 위한 상품 시장이지. 이러한 상황에서 현대적인 생활 방식이 예전의 생활 방식과 비교해 형편없다고 느끼지 않기는 어려워. 예전의 생활 방식이 더 실질적인 어떤 것, 그러니까 인간 생활의 본질과 더 관련이 있는 어떤 것의 전형이 되었기 때문이야. 이렇게 과거를 그리워하는 충동은 물론 몹시 영향력이 커서 최근 반동적이고 파시스트적인 정치 운동들에 의해 굉장히 효과적으로 이용되어오기는 했지만, 그 충동 자체가 본질적으로 파시스트적이라는 의미라고 확신하지는 않아. 사람들이 자연계가 소멸하기 시작하기 전, 우리의 공유된 문화 형태들이 대량 마케팅으로 타락하기 전, 그리고 도시와 마을들이 특색 없는 고용의 중심지가 되기 전인 옛 시절을 애석한 듯 돌아보고 있는 것은 이해할 수 있는 일이라고 생각해.

네가 개인적으로 소련의 몰락 이후 세상이 더 이상 아름답지 않다고 느낀다는 것은 알고 있어. (여담인데, 그 일이 네 생년월일과 거의 정확히 일치한다는 것이 신기하지 않니? 그것이 네가 예수와 공통점이 많다고 느끼는 이유를 설명하는 데 도움이 될지도 모르겠어. 예수 역시 자신이 종말의 전조라고 믿었던 것 같거든.) 하지만 그런 느낌을 마치 너 자신의 삶, 너 자신의 세계가 느리지만 눈에 띄게 더 추한 장소가 되어온 것처럼 일종의 희석된 개인적인 형태로 경험해본 적도 있니? 혹은 과거에는 문화적인 담론에 보조를 맞췄지만, 더 이상은 그렇지 않아서 사상계(思想界)와의 단절감, 소외감, 지적인 안식처가 없다는 느낌까지도 경험해본 적 있니? 그것은 우리가 특정한 역사적 순간에 받은 느낌일 수도 있고, 아니면 그저 나이가 들어서 환멸을 느끼게 된 것뿐일 수도 있어. 그리고 그런 일은 누구에게나 일어나. 우리가 처음 만났을 때 어땠는지를 돌이켜보면, 우리 자신에 대해서 말고는 우리가 정말로 잘못한 일은 없는 것 같아. 우리의 신념은 옳았지만, 우리가 스스로를 중요한 존재라고 생각했던 것은 착각이었어. 음, 우리는 둘 다 그 특정한 실수를 각자 다른 방식으로 연달아 저질러왔어. 나는 성인이 되고 10년이 넘게 살면서 정확히 아무것도 성취하지 않는 식으로, 그리고 너는 (이렇게 말하는 걸 용서해줘) 가능한 한 많은 것을 성취하면서도 여전히 자본주의 체제의 원활한 작동에 손톱만큼의 변화도 가져오지 않는 식으로 말이야. 어렸을 때 우리는 우리의 책임이 지구와 그 위에 사는 모든 존재를 포괄할 만큼 확장되는 줄 알았지. 그런데 지금 우리는 사랑하는 사람들을 실망시키지 않으려고 노력하고, 지나치게 많은 플라스틱을 사용하지 않으려고 노력하고, 네 경우에는 몇 년에 한 번씩 흥미로운 책을 쓰려고 노력하는 데 만족해야 해. 그런 일에 있어서는 지금까지는 좋아. 그건 그렇고, 너 지금 새 책 작업 중이니?

나는 여전히 나 자신이 아름다움을 경험하는 데 관심이 있는 사람이라고 생각하지만, (이 이메일에서 너에게 이야기할 때 말고는) 결코 나 자신을 '아름다움에 관심이 있다'고 말하지 않으려고 해. 사람들은 내 말이 화장품에 관심이 있다는 뜻이라고 짐작할 테니까 말이야. 이것이 현재 우리 문화에서 '아름다움'이라는 단어가 가지는 지배적인 의미인 것 같아. 그리고 그것은 '아름다움'이라는 단어의 이런 뜻이 무언가 정말 엄청나게 추한 것을(예를 들어 고급 백화점의 카운터, 창고형 약국, 인공적인 향이 나는 향수, 속눈썹 연장용 인조 속눈썹, '제품'이 담긴 병 같은 것들을) 의미한다고 말해주는 것 같아. 현재로서는 이 문제에 대해 생각해보면, 미용 업계야말로 우리가 주변에서 눈으로 볼 수 있는 모든 것들 가운데 가장 추한 몇 가지와 소비지상주의의 극치인 최악의 잘못된 미적 기준에 책임이 있는 것 같아. 미용 업계의 온갖 트렌드와 스타일은 궁극적으로 동일한 원칙, 즉 소비의 원칙을 의미해. 아마도 심미적 경험에 대해 진심으로 열린 마음을 가지려면, 그 첫 단계로 그런 이상을 완전히 거부하고, 심지어 전면적으로 반발할 필요가 있을 거야. 만약 처음에는 그렇게 하는 데 일종의 표면적인 추함이 필요한 것처럼 보이더라도, 여전히 그렇게 하는 것이 더 많은 신체적 매력을 상당한 돈을 주고 구매하는 것보다 훨씬 더 바람직하고 더 본질적으로 '아름다워'. 물론 개인적으로 내가 더 예뻐 보였으면 좋겠고, 당연히 내가 멋져 보인다는 느낌을 확인받고 싶어. 하지만 이렇게 기본적으로 자기 색정적이거나 신분 지향적인 충동을 진정한 심미적 경험과 혼동하는 것은, 문화에 관심이 있는 사람이라면 누구에게나 몹시 심각한 오해인 것 같아. 유사 이래 지금까지 어떤 시대든 간에, 이 두 가지가 더 널리 혹은 심각하게 혼동된 적이 있었어?

내가 2년 전쯤 나탈리아 긴츠부르크에 대한 에세이를 발표했던 것 기억나니? 그때 너한테 말은 하지 않았지만, 사실은 런던의 한 출판 대리인이 나한테 그 에세이에 대해서, 그러니까 내가 책을 쓰고 있는지 물어본 적이 있었어. 너한테 말하지 않은 것은, 네가 바쁜 데다가 그 일이 네 삶에서 일어나고 있던 모든 일에 비하면 시시한 일처럼 보일 것 같아서야. 지금은 내가 그런 비교를 했다는 사실을 인정하기조차 부끄러워. 처음에는 그 이메일을 받아서 기뻤어. 그래서 에이든에게도 보여줬지. 비록 그는 출판에 대해 전혀 알지 못하거나, 혹은 별로 관심이 없었지만 말이야. 심지어 우리 어머니한테도 말했어. 그러고 나서 하루 혹은 이틀 후에, 그 일에 대해 약간 불안해하면서 스트레스를 받기 시작했어. 사실 나는 책을 쓰고 있지도 않았고, 어떤 내용을 다루는 책을 쓸 수 있을지에 대한 아이디어도 전혀 없었고, 어차피 내게 그런 큰 프로젝트를 끝낼 만한 체력도 없는 것 같았기 때문이야. 그리고 생각하면 할수록 내가 책을 쓰려고 노력까지 해야 한다는 것이 정말로 고통스럽고 절박할 것같이 느껴졌어. 나는 지적인 깊이나 독창적인 아이디어가 없으니까. 그렇다면 내가 뭐하러 그 일을 하고 있겠니? 그저 그 일을 했다고 말하기 위해서? 아니면 그저 내가 너와 동등하다고 느끼기 위해서? 이 모든 이야기로 인해 네가 내 정신생활에 크게 위협적인 존재로 다가오는 것처럼 들린다면 미안해. 보통은 그렇지 않아. 또는 설사 그렇다고 해도 그것은 좋은 의미에서야. 아무튼 나는 그 이메일에 답장하지 않았어. 그 이메일은 내가 그것을 삭제해버릴 때까지 그저 받은 메일함에 고이 간직돼 있으면서 내 기분만 점점 더 불쾌하게 만들 뿐이었지. 최소한 그 여자에게 고맙지만 사양하겠다고 말할 수는 있었는데, 나는 그러지도 않았어. 아니 그럴 수가 없었어. 왜 그랬는지는 나도 모르겠어. 이제 와서 무슨 상관이겠어. 그 에세이를 쓰는 것을 정말 좋아했고, 또 다른 에세이를 정말 쓰고 싶었지만, 그 이메일을 받은 후로 전혀 쓰지 않았다는 것이야말로 바보 같은 짓이지. 만약 정말로 내게 어떤 재능이 있다면 지금쯤 내 인생에서 뭔가 중요한 일을 해냈겠지. 그 점에 대해서 착각하지 않아. 만약 시도한다면 나는 확실히 실패할 테고, 그래서 지금껏 한 번도 시도하지 않았던 거야.

두어 달 전 네 이메일 중 하나에서 너는 에이든과 내가 함께 아주 행복했던 적이 없다고 적었지. 그것은 정확한 사실은 아니야. 우리는 처음 얼마 동안은 행복했어. 하지만 네 말이 무슨 뜻이었는지는 잘 알아. 그리고 왜 내가 결국 잘 풀리지 않은 일의 결말에 대해 우울해하느라 그 모든 시간을 써버렸는지 모르겠다는 생각이 들어. 어떤 면에서는 진짜로 행복한 인간관계 하나 없이 서른 살이 되는 것이 정말 더 나쁘다고 생각해. 의미 있는 인간관계를 지속할 능력이 일평생 아예 없다고 슬퍼하는 것이 아니라 그저 한 번의 이별에 슬퍼하면 그만이라면, 표면적으로는 더 슬프겠지만 한 인간으로서 근본적으로는 덜 망가졌다고 느껴질 것 같아. 하지만 한편으로는 어쩌면 흔치 않은 일인지도 모르겠어. 그 모든 시간 동안 줄곧 나는 에이든과 헤어지는 것에 대해 생각했고 심지어 이별하는 것에 대해서 말하기까지 했는데, 왜 그러지 않았을까? 내가 그를 사랑하기는 했지만, 단지 사랑했기 때문만은 아니었던 것 같아. 또 그를 그리워할 거라는 생각 때문도 아니었던 것 같아. 그를 그리워할 거라는 생각은 정말이지 전혀 들지 않았고, 나 자신에게 정직해지자면 지금껏 그를 그리워한 적은 없어. 그가 없으면 내 삶이 그저 늘 똑같거나 아니면 훨씬 더 악화될 뿐이고, 그것이 내 잘못이라는 것을 인정해야만 할 거라는 점을 두려워했다는 생각이 가끔씩 들어. 게다가 나쁜 상황에서 벗어난 것에 대한 책임을 지는 것보다는 그 상황에 머무는 것이 더 쉽고 안전했지. 어쩌면, 어쩌면 말이야. 나도 잘 모르겠어. 나는 행복한 삶을 살고 싶지만, 행복을 위한 환경은 아직 조성되지 않았다고 나 자신을 타일러. 하지만 그것이 사실이 아니라면 어쩌지? 만약 내가 행복해질 수 없는 사람이라면 어쩌지? 겁을 먹거나, 자기 연민에 빠져 있는 것을 더 좋아하거나, 나 자신이 좋은 것을 누릴 자격이 없다고 믿거나, 아니면 어떤 다른 이유가 있기 때문에 말이지. 내게 좋은 일이 생길 때마다, 깨닫고 보면 어느새 나는 늘 이런 생각을 하고 있어. '상황이 안 좋아질 때까지 얼마나 걸릴지 궁금하군.' 게다가 나는 최악의 상황이 더 빨리, 차라리 일찌감치, 그리고 가능하다면 곧바로 일어나기를 바라다시피 해. 그러면 적어도 그 일에 대해서 불안해할 필요는 더 이상 없으니까.

현재로서는 상당히 가능성이 높은 것 같은데, 만약 내가 아이를 하나도 안 낳고 책도 한 권도 쓰지 않는다면, 나는 이 세상에 나를 기억할 만한 어떤 것도 남기지 않게 되겠지. 그리고 그것이 더 나을지도 몰라. 그래서 아무에게도 도움이 되지 않는데도 세상의 상태에 대해 걱정하며 이론을 제시하기보다는 차라리 살아가면서 행복해지는 데 내 힘을 쏟아야 한다는 생각이 들어. 행복한 삶이 어떤 모습일지 스스로 그려보려고 할 때마다, 그 모습은 내가 어렸을 때부터 별로 변한 것이 없어. 주위에 꽃과 나무가 있고, 근처에 강이 있고, 책이 가득 있는 방과 나를 사랑하는 사람이 있는 집, 그게 다야. 그저 거기서 가정을 꾸리고, 부모님이 나이가 더 드시면 돌봐드리려는 것뿐이야. 절대로 이사를 가지도, 다시는 비행기를 타지도 않고, 그저 조용히 살다가 땅에 묻히는 것 말이야. 삶이 그런 것 말고 무엇을 위한 것이겠니? 하지만 그마저도 나와는 너무 동떨어져서, 마치 현실의 그 어떤 것과도 관계없는 꿈인 것 같아. 참, 나랑 사이먼은 침실을 각자 쓰게 해주면 좋겠어. 늘 온 마음을 다해 사랑해. E.

21

이튿날 밤 어느 수요일, 앨리스는 부두 근처의 어느 길모퉁이에 있는 **선원의 친구**라는 바에서 펠릭스와 그의 친구들 몇몇을 만나러 나갔다. 그녀는 회색 터틀넥과 밑단으로 갈수록 점점 통이 좁아지는 긴 바지를 입고, 걸어오는 바람에 얼굴이 발개진 채 9시쯤 그 바에 도착했다. 바 안은 따뜻하고 시끌벅적했다. 짙은 색의 긴 카운터가 왼쪽 벽을 따라 길게 이어졌고, 카운터 안쪽의 증류주 병들 위쪽에는 다채로운 그림엽서들이 모여 있었다. 개방형 벽난로 앞에는 그레이하운드 믹스견 한 마리가 앞발에 얼굴을 얹고 잠들어 있었다. 펠릭스와 그의 친구들은 안쪽 창가에 앉아, 한창 온라인 도박 마케팅에 대한 가벼운 입씨름을 벌이는 중이었다. 펠릭스는 앨리스가 다가오는 것을 보자, 일어서서 그녀의 허리를 감싸며 반갑게 인사하고 무엇을 마시고 싶은지 물어보았다. 뒤에 있는 친구들을 가리키며 그가 덧붙였다. 저 친구들 알지. 전에 만난 적 있잖아. 좀 앉아. 내가 가서 뭐 좀 가져올게. 그가 바에 간 동안, 그녀는 그의 친구들과 함께 앉아 있었다. 시오반이라는 이름의 여자가 자신이 아는 한 남자가 도박 빚을 갚기 위해 6만 유로의 대출을 받았다는 이야기를 하고 있었다. 앨리스는 그 이야기가 매우 흥미롭다고 생각하는 듯했고, 몇몇 구체적인 질문을 했다. 펠릭스는 보드카 토닉을 들고 돌아와서 그녀 옆에 앉아 한 손을 그녀의 허리에 얹고 손가락으로 그녀의 양모 스웨터를 매만졌다.

자정에 그들은 바에서 그의 집까지 함께 걸어 돌아갔다. 위층에서 앨리스는 침대에 반듯이 눕고, 펠릭스는 그녀 위에 올라가 있었다. 그녀는 눈꺼풀을 파닥거리며, 숨을 헐떡대고 있었다. 그가 자신의 한쪽 팔꿈치에 체중을 싣고, 그녀의 오른쪽 다리를 그녀의 가슴팍에 대고 밀어젖히며 물어보았다. 떨어져 있는 동안 내 생각 했어? 긴장한 목소리로 그녀가 대답했다. 나는 매일 밤 당신 생각을 해. 그 순간 그는 두 눈을 꼭 감았다. 그녀의 숨결이 파도를 타듯 연달아 밀려와 그녀를 덮치며, 그녀가 벌린 입을 통해 폐 속으로 밀고 들어갔다가 다시 밖으로 나왔다. 그의 두 눈은 여전히 감겨 있었다. 그가 말했다. 앨리스, 나 가도 될까, 괜찮겠어? 그녀는 두 팔로 그를 껴안았다.

그는 아침 출근길에 그녀를 집에 데려다주었다. 그녀가 차에서 내리기 전에 그날 저녁 식사 때 만나겠느냐고 묻자, 그는 그러자고 했다. 그녀가 물어보았다. 당신 친구들은 나를 당신 여자친구라고 생각해? 그는 그 말에 빙긋 웃으며 대답했다. 음, 둘이 함께 제법 많이 돌아다녔잖아. 그 친구들이 그 생각을 하면서 밤에 깨어 있을지는 의문이지만, 그래, 그렇게 짐작할 수도 있겠지. 잠시 멈칫했다가 그가 덧붙였다. 마을 사람들도 그렇게 떠들어대고 있어. 나는 신경 안 써. 그냥 당신도 알고 있으라고 말해주는 것뿐이야. 앨리스가 마을 사람들이 정확히 무슨 말을 하는지 물어보자, 펠릭스가 인상을 찌푸리며 말했다. 이런, 왜 그런 거 있잖아, 별것 아니야. 저 위쪽 사제관에 사는 작가라는 숙녀가 브래디네 사내 녀석과 자주 어울린다더라, 뭐 그런 얘기지. 앨리스가 자신들이 어차피 '자주 어울리고 있다'고 말하자, 펠릭스는 그렇다는 데 동의한 다음 이렇게 덧붙였다. 눈살을 찌푸리는 사람들이 조금 있을지 모르지만, 나는 그런 거 신경 안 써. 젊은 독신 둘이 함께 자주 어울린다는 생각에 왜 눈살을 찌푸리는 사람이 있는 것이냐고 그녀가 물어보자, 조심스레 변속 레버를 잡고 다루며 그가 대답했다. 내가 멋진 남편감으로 알려져 있지는 않을 거야. 달리 말해서, 가장 신뢰할 만한 사람은 아니라는 거지. 게다가 솔직히 말해서 나는 마을 곳곳에 조금씩 빚이 있기도 하고. 헛기침을 하고 나서 그가 말했다. 하지만 원래 그런 걸 뭐 어쩌겠어. 당신이 나를 좋아한다면, 그건 당신이 감당할 몫이지. 그렇다고 내가 당신한테 돈을 빌리지는 않을 거니까, 걱정하지 마. 착하지, 이제 빨리 내려, 아니면 나 늦겠어. 안전벨트를 풀며 그녀가 말했다. 당신을 정말 좋아해. 그가 대답했다. 나도 알아. 어서 가, 내려.

그날 아침 펠릭스가 일하는 동안 앨리스는 그녀의 출판 대리인과 전화 통화를 하며, 그녀가 받은 문학 축제들과 대학들의 초청에 대해 의논했다. 이 통화가 이뤄지는 동안 펠릭스는 휴대용 스캐너를 이용해 다양한 제품 상자들을 식별하며 라벨이 부착된 팰릿형 카트에 분류해 넣었고, 그러면 곧이어 다른 작업자들이 그 카트들을 밀며 수거해갔다. 이 작업자들 중 몇몇은 상자들을 수거하러 왔을 때 펠릭스에게 반갑게 인사했지만, 다른 사람들은 그러지 않았다. 펠릭스는 검은색 집업을 지퍼 끝까지 다 올려 입었고, 추워서인지 이따금 치켜세운 옷깃 속으로 턱을 당겨 넣곤 했다. 앨리스는 대리인과 이야기하면서 노트북으로 '여름 출간일'이라는 제목이 달린 이메일

초안에 메모를 했다. 통화가 끝난 후, 그녀는 그 이메일을 닫고 런던의 한 문학잡지를 위해 쓰고 있던 서평을 위한 메모들이 담긴 문서 파일을 열었다. 펠릭스는 창고에서, 하얀 형광 전구 불빛이 비치는 선반 사이 통로를 따라 쇠로 만든 높다란 팰릿형 카트 중 하나를 밀고 있었다. 가끔씩 멈춰 서서 실눈을 뜨고 라벨을 보며 스캐너를 확인한 다음 그 물건을 스캔하고 카트에 넣었다. 앨리스는 작은 접시에 놓인 버터 바른 빵 두 조각을 먹고 나서 사과를 조각조각 자르고 커피 한 잔을 끓인 다음, 아일린에게 보낼 이메일의 초안을 열었다.

/

펠릭스는 저녁 7시에 교대 근무를 마쳤다. 한편 앨리스는 요리를 하고 있었다. 펠릭스는 창고에서 나오는 길에 그녀에게 메시지를 보냈다.

펠릭스: 미안하지만 저녁 먹으러 못 갈 것 같아
펠릭스: 직장 사람들이랑 외출 예정
펠릭스: 어쨌든 기분이 안 좋아서 재미는 하나도 없을 것 같아
펠릭스: 내가 얼마나 엉망으로 취하느냐에 따라서 당신을 내일 보게 될 수도 있을 듯

앨리스: 아
앨리스: 당신을 못 만나서 아쉬운데

펠릭스: 지금 내 몰골을 보면 아닐걸 내 말 믿어

앨리스: 당신이 어떤 몰골이든 난 당신이 좋아

펠릭스: 음 내가 꼼짝없이 밖에 있는 동안 여기로 나한테 연애 편지 보내도 돼

펠릭스: 그러면 집에 가서 읽을게

주방에서 앨리스는 전화기를 치우고 잠시 텅 빈 싱크대를 물끄러미 내려다보았다. 펠릭스는 친구 브라이언에게 그를 멀로이의 집까지 차로 태워다줄 수 있고, 자신은 그런 다음 차를 집에 두고 걸어갈 작정이라고 말했다. 앨리스는 파스타 소스를 준비하고, 물을 끓이고, 테이블을 차리고, 식사를 하면서 그 후 몇 시간을 보냈다. 펠릭스는 집으로 차를 몰고 가서 개에게 먹이를 주고 재빨리 샤워를 한 다음, 옷을 갈아입고 틴더를 살펴본 뒤 마을로 걸어가 직장 친구들을 만났다. 저녁 8시부터 자정 사이에 그는 덴마크 라거 맥주 3,500CC 정도를 마셨다. 앨리스는 저녁 식사 후에 설거지를 하고 인터넷에서 아니 에르노에 대한 기사를 읽었다. 12시쯤 펠릭스와 친구들은 마을 외곽의 나이트클럽에 가려고 미니밴 택시에 탔고, 가는 도중에 〈블랙 앤드 탠즈 패거리들아 다 튀어나와(Come Out Ye Black and Tans)〉의 몇 구절을 불렀다. 앨리스는 거실 소파에 앉아 현재 스톡홀름에 살고 있는 친구에게 이메일을 쓰며, 그녀의 직업과 새로운 연애에 대해 물어보았다. 클럽에서 펠릭스는 약 두 알을 먹고 보드카를 한 잔 마신 다음 화장실로 갔다. 그는 틴더를 다시 열어, 몇몇 프로필을 왼쪽으로 가볍게 밀어서 열어보고, 받은 메시지들을 확인하고, BBC 스포츠의 홈페이지를 살펴본 다음, 다시 클럽으로 돌아갔다. 새벽 1시쯤 앨리스는 페퍼민트 차를 마시며 서평을 쓰고 있었

고, 펠릭스는 친구 둘과 처음 만난 사람 둘과 함께 댄스 플로어에 있었다. 그는 음악의 박자에 맞춰 몸을 가볍게 움직이며, 마치 전혀 힘이 들지 않는다는 듯 쉽고 자연스러운 솜씨로 춤을 췄다. 그는 한 잔 더 마신 후 밖으로 나가 바퀴 달린 대형 쓰레기통 뒤쪽에서 토했다. 앨리스는 그때쯤 침대에 누워 펠릭스가 이전에 보낸 메시지들을 죽 다시 읽고 있었다. 휴대전화 화면의 회색빛이 도는 푸른색이 그녀의 얼굴에 비치고 있었다. 바로 그 순간 펠릭스가 전화기를 꺼내 메시지 앱을 열었다.

펠릭스: 안녕
펠릭스: 아직 안 자?

앨리스: 침대지만 깨어 있어
앨리스: 재미있어?

펠릭스: 앨리스 솔직해질게
펠릭스: 나 완전 취해서 제정신이 아니야
펠릭스: 게다가 토까지 했어
펠릭스: 하지만 그래 지금까지는 즐거운 밤이야

앨리스: 좋아 다행이야

펠릭스: 당신은 침대에서 뭐해
펠릭스: 뭐라도 입고 있어? 아니면
펠릭스: 묘사해봐

앨리스: 하얀 나이트가운을 입고 있어
앨리스: 내일 만날 수 있으면 좋겠어

펠릭스: 예에에 아니면
펠릭스: 내가 택시를 타고 당신 집으로 갈 쑤도 이써
펠릭스: 내 마른 지금
펠릭스: 내 말은

앨리스: 당신이 그러고 싶다면, 물론 좋아

펠릭스: 그래? 확실해?

앨리스: 어쨌든 난 깨어 있으니까, 상관없어

펠릭스: 좋았어
펠릭스: 이따 봐

그녀는 침대에서 일어나 드레싱 가운을 걸치고 침대 머리맡 램프를 켠 다음 거울에 비친 자신의 모습을 살펴보았다. 펠릭스는 택시 회사에 전화를 걸고, 안으로 다시 들어가 재킷을 찾은 다음, 보드카를 한 잔 더 주문해서 단숨에 털어 넣고 입안에서 굴리다가 꿀꺽 삼켰다. 그러고는 브라이언을 찾아내 다른 사람들에게 그가 갔다고 전해달라고 말하고 나서 택시를 타러 갔다. 앨리스는 그들이 처음 만났던 데이트 앱에서 그의 프로필을 열어, 그에 관한 핵심 정보를 다시 읽었다. 그녀의 집으로 가는 길에, 펠릭스는 택시 운전사와 현재

메이요 GAA팀(아일랜드 메이요 주의 게일식 축구팀 이름-옮긴이)의 상대적 강점과 약점에 대해 열띤 대화를 나눴다. 펠릭스가 그 집을 가리키자 운전기사가 부모님이 거기 살고 계시냐고 물어보았다.

아니요, 여기는 내 여자친구 집이에요. 펠릭스가 대답했다.

재미있다는 어조로 운전사가 대답했다. 틀림없이 부유한 숙녀분이겠군요.

네. 유명하기도 해요. 구글로 검색해보면 나와요. 책을 쓰죠.

아, 그래요? 놓치지 않게 잘 붙들고 있어야겠어요.

걱정 마요. 그녀는 나를 아주 좋아해요. 펠릭스가 말했다.

이내 그들은 진입로에 도착했다. 뒤를 돌아다보며 운전기사가 말했다. 정말 그런 마음일 거예요. 그녀가 새벽 2시에 손님이 문을 두드리게 해준다면요. 지금 같은 몰골로요. 몇 분 후에 손님이 다시 나한테 전화를 한다고 해도, 나는 놀라지 않을 거예요. 10유로 80센트 나왔습니다.

펠릭스가 돈을 건네주었다.

기다려줄까요? 운전사가 물어보았다.

착한 친구, 질투하지 마요. 가서 리릭 FM(클래식 음악과 예술 분야를 전문으로 하는 아일랜드의 라디오 채널-옮긴이)이나 즐겨요.

그는 차에서 내려 문을 두드렸다. 택시가 대문을 빠져나갈 때 앨리스가 문을 열어주려고 아래층으로 내려왔다. 펠릭스는 안으로 들어가 문을 발로 차서 닫고, 앨리스를 두 팔로 껴안고는 몸을 조금 들어 올리며 등을 벽으로 밀어붙였다. 그들은 잠시 입을 맞췄고, 이내 그가 그녀의 드레싱 가운의 띠를 풀었다. 그녀가 한 손으로 그 띠를 꽉 잡았다.

이런, 당신 취했잖아. 그녀가 말했다.

그래, 나도 알아. 내가 메시지에서 그렇다고 말했잖아.

그는 또다시 그녀의 드레싱 가운의 앞섶을 젖히려 했고, 그녀는 그를 막기 위해 팔짱을 단단히 꼈다.

그가 말했다. 뭐가 문제야? 생리 중이거나 뭐 그런 거야? 그렇다고 해도 상관없어. 나는 어른이잖아.

앨리스는 드레싱 가운을 단호하게 다시 묶으며 말했다. 당신은 나를 난처하게 만들려고 하는 거야.

아니, 아니야. 그냥 뭐가 문제인지 알고 싶은 것뿐이야. 지금 아무 짓도 하려고 하지 않잖아. 여기에 와서 기뻐. 나한테 이렇게 큰 집에 사는 여자친구가 있다는 것에 택시 기사가 무척 감명을 받았어.

그를 올려다보다가 마침내 앨리스가 말했다. 당신 약물 중독이야?

그가 말했다. 그래, 아니라면 밤에 이렇게 줄곧 나돌아다니지는 않겠지.

그녀는 팔짱을 끼고 가만히 서 있다가 말했다. 대체 어떻게 된 거야. 다른 사람들은 당신이 이렇게 행동하게 내버려두곤 했어? 당신이 만나왔던 친구들이 말이야. 이게 정상이야? 친구들이랑 나가서 고주망태가 된 다음에 한밤중에 섹스가 하고 싶다고 나타나는 게?

그는 그녀의 머리 옆 벽에 한쪽 팔을 기대고 그녀의 말을 곰곰이 생각해보는 것 같았다. 그가 말했다. 그래, 나는 종종 이런 걸 시도해보곤 했어. 물론 누구나 다 기꺼이 그러려고 하지는 않았지.

그래. 당신은 나를 완전히 바보 천치라고 생각하는 게 틀림없어.

아니, 나는 당신이 대단히 똑똑하다고 생각해. 당신은 여러모로 운이 없어. 만약 조금만 더 멍청하다면 더 편한 삶을 살 수 있을 텐데.

그는 똑바로 서서 그녀의 양쪽 엉덩이에 손을 얹었다. 애틋한 마음과 심지어 회한까지 전하는 것 같은 태도였다.

펠릭스가 말했다. 택시 기사 말이 당신이 나를 엿 먹일 거랬어. 그녀가 새벽 2시에 손님이 문을 두드리게 해준다면요. 지금 같은 몰골로요. 내가 어떻게 보이는지, 사실 나는 잘 모르겠어. 아직 내 모습을 보지 못했거든. 하지만 좋지 않다는 건 짐작이 가.

완전히 취한 것처럼 보여.

아, 그래? 당신한테 메시지를 보내지 말았어야 했나 봐. 멍청한 짓인 게 사실, 나는 좋은 밤을 보내고 있었거든. 내 말은 탈이 날 정도로 좀 흥분하기는 했지만, 그거 말고는 좋은 시간을 보내고 있었다는 거야. 그리고 아마 당신도 침대에 누워 있거나 뭐 그런 좋은 시간을 보내고 있었을 거야. 그러니까 정말이지 나는 당신한테 메시지를 보내지 말았어야 해.

맞아, 하지만 섹스가 하고 싶어졌던 거야. 그녀가 말했다.

음, 나는 그저 인간에 불과하니까. 아니, 하지만 원한 게 그게 다라면 다른 데로 갈 수도 있었어, 안 그래? 오로지 그것 때문에 당신을 귀찮게 할 필요는 없었다고.

그녀는 두 눈을 꼭 감고, 조용하고 무덤덤한 목소리로 말했다. 물론 그건 사실이겠지.

그가 말했다. 앨리스, 그렇게 심각한 표정 하지 마. 나는 다른 사람과 육체관계를 맺지는 않았어. 물론 내가 원한다면 그럴 수는 있겠지. 하지만 그건 당신도 마찬가지야. 저기, 짜증 나게 했다면 미안해, 알았지?

잠시 그녀는 아무 말도 하지 않았다.

그건 그렇고 당신은 술에 취한 사람들 주변에 있는 걸 좋아하지 않나 봐. 그가 말했다.

그래. 안 좋아해.

그래, 당신이 왜 그러고 싶겠어? 자라면서 그런 건 질리게 많이 겪었을 텐데.

그녀는 그를 빤히 올려다보았고, 그는 그녀의 양쪽 엉덩이에 각각 손을 얹고 그녀를 벽에 밀어붙이고 있었다.

맞아, 그랬어. 그녀가 말했다.

내가 집에 가기를 원한다면, 그냥 말만 해.

그녀는 고개를 가로저었다. 그는 그녀에게 다시 입을 맞췄다. 앨리스가 펠릭스의 손을 잡고 그의 뒤를 따라가며, 그들은 함께 위층으로 올라갔다. 그녀의 방에서 그는 그녀의 드레싱 가운을 벗기고 그녀의 머리 위로 나이트가운을 잡아당겨 벗겼다. 그녀가 침대에 등을 대고 눕자 그가 입으로 애무해주었다. 그녀의 몸은 다부지고 중성적으로 보였다. 그녀는 손바닥으로 자신의 입을 힘껏 막았다. 그는 하던 일을 멈추고 옷을 벗고 손목시계를 풀었다. 매트리스 위에 벌거벗은 채 몸을 쭉 뻗고 누워 있는 그녀를 내려다보며, 그가 미소를 머금고 말했다. 당신 모습이 어떻게 보이는지 알아? 우리가 로마에서 본 그 소녀상들 중 하나 같아.

그녀는 웃음을 터뜨리며 얼굴을 가렸다.

그가 말했다. 듣기 싫어? 좋은 뜻으로 한 말이야.

그녀는 듣기 좋았다고 말했다. 그는 베개를 베고 그녀의 옆자리에 누워, 멍하니 한 손으로 그녀의 작고 부드러운 가슴을 만지작거렸다.

그가 말했다. 오늘 일하면서 당신 생각을 했어. 잠시 동안은 기분이 좀 나아진다고 생각하지만, 사실은 더 나빠져. 왜냐하면 당신은 여기서 하루 종일 빈둥거리고 있는데, 나는 창고 포장 상자들 사이에 갇혀 있으니까. 그렇다고 당신한테 화가 난다는 건 아니야. 이걸 제대로 설명하지는 못하겠어. 사실은 우리가 지금 하고 있는 일과 내가 하루 종일 하는 일 사이의 차이도 설명하지 못하겠거든. 두 가지 일에 모두 같은 몸을 사용해야 한다는 게 믿기 힘들다고만 말해 둘게. 그런데 그 둘은 전혀 다르게 느껴져. 지금 당신을 만지고 있는 이 두 손을, 상자를 싸는 데도 사용한다고? 잘 모르겠어. 직장에서 내 손은 항상 지독하게 차가워. 뭐랄까 기본적으로 늘 곱아 있어. 설사 장갑을 끼더라도 결국에는 곱아버리지. 다들 그렇게 말해. 가끔씩 살짝 베이거나 긁히거나 뭐 그러기도 해. 피가 나는 걸 보기 전까지는 알아차리지도 못해. 그리고 바로 그 손으로 당신을 만지고 있는 거라고? 글쎄, 당신은 저런 식으로 말하다니 제정신이 아니라고 생각하겠지. 어쨌든 당신은 아주, 아주 부드럽고 만지기 좋아. 더는 설명할 길이 없어. 참 따뜻하기도 해. 당신이 나를 당신 안으로 들여보내주면, 너무 기분이 좋아. 말로 표현할 수조차 없을 정도야. 오늘 일을 하면서 그런 생각을 하다가 너무 하고 싶어서 짜증이 나기 시작했어. 뭐랄까, 짜증이 났어. 아, 맞다. 울화가 치밀었어. 그게 내가 일에 대해 말하고 싶은 다른 한 가지야. 거기 있으면 기분이 정말 엉망진창이 돼. 터무니없는 감정을 느끼기 시작해. 당신을 만나길 고대했어야 했는데, 실제로는 울화가 치밀었어. 그다음부터는 더 이상 당신이 보고 싶지도 않았지. 말도 안 되는 소리니까 설명하려고 해봐야 소용없어. 그냥 내가 느낀 대로 말하는 것뿐이야. 미안해.

그녀는 그에게 괜찮다고 말했다. 잠시 동안 그는 그녀에게 입을 맞추며 아무 말도 하지 않았다. 이윽고 그가 피곤해서 그러는데 그의 위에 올라타고 관계를 가지겠느냐고 그녀에게 물어보았고, 그녀는 그러겠다고 대답했다. 그가 그녀 안에 들어가자마자, 그녀는 숨을 거칠게 몰아쉬며 잠시 가만히 있었다. 그가 물어보았다. 좋아? 그녀는 고개를 끄덕였다. 그는 흡족해하며 기다리는 것처럼 보였다. 그가 말했다. 당신은 정말 완벽한 성기를 가졌어. 전율이 그녀를 덮쳐 머리에서 골반뼈로 흘러내렸다. 그녀는 한 손으로 그의 어깨를 짚었다. 그가 그녀를 만지며, 그들은 몇 분 동안 천천히 관계를 가졌다. 높고 헐떡대는 목소리로 그녀가 말했다. 아, 세상에, 나는 당신과 사랑에 빠졌어, 정말이야. 그러자 그가 그녀를 올려다보며 말했다. 응, 그래? 다행이야. 다시 한번 말해봐. 그녀는 가쁜 숨을 몰아쉬고 부들부들 떨면서, 고개를 낮게 숙여 말했다. 사랑해. 사랑해. 그는 두 손으로 그녀의 허리를 감싸 등허리 살을 누르며, 몇 번이고 재빨리 그녀를 자신의 몸 위로 세게 끌어내렸고, 그녀는 마치 고통스러운 것처럼 몸을 움찔거렸다.

그 후 그들은 잠시 서로 몸을 기대고 가만히 있었다. 이윽고 그녀는 그에게서 내려와 매트리스 한쪽에 앉아 침대 머리맡 테이블에 놓인 물병의 물을 마셨다. 베개들 사이에 머리를 파묻고 누워 그녀를 지켜보며 그가 말했다. 다 마시면 나도 줘. 그녀가 그에게 물병을 주자 그는 고개도 들지 않고 물을 마셨다.

물병을 돌려주면서 그가 말했다. 저기, 알고 싶은 게 있어. 당신은 늘 자기가 부자라고 말하잖아. 그게 무슨 말이야? 백만장자나 되는 거야?

병뚜껑을 돌려 닫고 그녀가 말했다. 대충 비슷해.

그는 잠자코 그녀를 살펴보며 말했다. 정말, 백만이라고. 그건 큰 돈이야.

그래, 맞아.

그걸 전부 책으로 벌었어?

그녀는 고개를 끄덕였다.

그냥 은행 계좌에 들어 있는 거야, 아니면 어딘가에 전부 묶여 있는 거야? 그가 물어보았다.

그녀는 눈을 문지르면서, 그 돈이 대부분 그녀의 은행 계좌에 들어 있다고 답했다. 그는 두 눈으로 그녀의 얼굴, 팔, 어깨를 조심조심 신속하게 죽 훑었고, 그 시선을 떼지 못했다. 잠시 후, 그가 말했다. 이리 와서 다시 한번 사랑한다고 말해줘. 그 말이 좋아질 것 같아. 그녀는 지쳐서 무거운 몸을 움직여 그의 옆에 드러누웠다.

사랑해. 그녀가 말했다.

당신은 그걸 언제 깨달았어? 첫눈에 반하거나 뭐 그런 거야?

아니, 그건 아닌 것 같아.

그러자 잠시 후 그가 말했다. 로마에서?

그녀가 그에게로 몸을 돌리자, 그가 그녀의 몸에 한 팔을 걸쳤다. 그녀의 눈은 반쯤 감겨 있었다. 그의 얼굴은 사려 깊고 조심스러운 표정이었다.

그런 것 같아. 그녀가 말했다.

그건 누군가와 사랑에 빠지기에는 꽤 빠른데. 뭐야? 3주쯤인가?

그녀의 눈이 스르르 감긴 후, 그녀가 말했다. 그쯤 돼.

그게 당신한테는 일반적인 일이야?

글쎄. 그렇게 자주 사랑에 빠지는 건 아니야.

그가 잠시 그녀를 지켜보며 누워 있다가 말했다. 내 짐작에는 그 반대도 마찬가지일 것 같은데.

희미하게 웃으며 그녀가 말했다. 당신 말은, 사람들이 나한테 자주 반하지는 않는다는 거지? 맞아, 정말 그래.

그리고 친구가 많은 것 같지도 않고. 그가 말했다.

그 순간 그녀의 얼굴에서 미소가 사라졌다. 그녀는 얼굴에서 표정을 싹 다 지운 채 고개를 돌리고 몇 초 동안 말없이 펠릭스를 쳐다보았다. 그러고 나서 간단히 말했다. 그래, 아마 그럴 거야.

그래, 맞아. 당신이 여기로 이사 온 이후로 아무도 당신을 보러 오지 않은 것 같거든, 그렇지? 당신 가족들은 안 왔어. 그리고 당신 친구 아일린 말이야. 당신은 그녀에 대해 자주 얘기하지만, 그녀도 구태여 오지는 않았어. 당신이 여기 도착한 이후로 이 집에 다녀간 사람은 나밖에 없는 것 같아. 내 말 맞지? 그리고 당신은 여기에 적어도 몇 달째 있잖아.

앨리스는 그를 빤히 쳐다보며 아무 말도 하지 않았다. 그는 이를 계속 말해도 좋다는 허락으로 받아들인 듯, 생각에 잠겨 그의 베개 밑으로 한쪽 팔을 밀어 넣었다.

그가 말했다. 이탈리아에 있을 때 이 점에 대해서 계속 곰곰이 생각해봤어. 당신이 낭독이니 사인이니 하는 그 모든 일을 하는 걸 지켜보면서 말이야. 당신이 힘들게 일한다고까지 말하지는 않겠어. 당신 일은 내 일에 비하면 일종의 소일거리니까. 하지만 당신한테는 당신에게서 뭔가를 바라는 사람들이 참 많아. 그리고 이건 그냥 내 생각인데, 그들이 당신을 두고 벌이는 그 모든 야단법석에도 당신에게 실제로 마음을 써주는 사람은 아무도 없는 것 같아. 그런 사람이 누가 있는지 모르겠어.

그들은 아까보다 조금 더 길게 서로를 바라보았다. 펠릭스가 그녀를 지켜보는 동안, 처음 가졌던 그의 자신감, 가학적이라고 할 정도의 승리감은 차츰 무언가 다른 것으로 바뀌어갔다. 마치 그 자신의 오해를 너무 늦게 알아차리기라도 한 것처럼 말이다.

당신은 정말이지 내가 싫은 모양이야. 그녀가 냉정하게 말했다.

그가 대꾸했다. 아니, 안 그래. 하지만 나 역시 당신을 사랑하지는 않아.

당연한 일이지. 당신이 왜 그래야 하겠어? 나는 그런 착각은 하지 않아.

이윽고 그녀는 무척 침착하게 돌아누워 침대 머리맡 사물함 위의 램프를 껐다. 어둠이 서서히 얼굴에 드리우고, 시트 밑으로 몸의 윤곽선만 보였다. 두 사람 다 미동도 하지 않았고, 그 방 안의 어떤 물체 하나, 그림자 하나 움직이지 않았다.

그녀가 말했다. 원한다면 가도 돼. 하지만 여기 있어도 좋아. 당신은 자신이 내게 심한 상처를 주었다고 우쭐해할지 모르지만, 장담하는데 나는 더 심한 일도 겪어봤어.

그는 아무 대답도 하지 않고 잠자코 자리에 누워 있었다.

그리고 당신을 사랑한다고 했을 때 나는 진실을 말하고 있었어. 그녀가 덧붙였다.

그는 목이 졸린 듯한 웃음소리를 내고, 이내 입을 열었다. 아, 나는 당신이 말하는 방식이 참 좋아. 그건 인정할게. 당신이 주도권을 쥐는 게 쉽지 않지, 안 그래? 나는 절대로 대충 넘어가려고 하지 않으니까. 참 재미있어, 새벽 2시에 내 메시지에 답을 한 다음 나한테 사랑한다느니 어쩌느니 하면서도, 계속해서 내가 당신을 깔아뭉개는 걸 그냥 내버려두는 것처럼 굴고 있으니까 말이야. 하지만 그게 다 당신 말발에 불과해. 그냥 나를 못 잡겠으니까, 함정에 빠뜨리려고 하는 것뿐이야. 그리고 나 역시 주도권을 쥐지 못할 거란 것도 알고 있어. 당신은 잠시도 내가 주도권을 쥐게 내버려두지 않을 거야. 십중팔구는 당신이 줄곧 쓰는 방식에 속아 넘어가는 사람도 있을 거야. 자기들이 정말로 당신을 쥐고 흔드는 사람이라고 생각하면서 기뻐하겠지. 그래, 그래, 하지만 나는 바보 천치가 아니야. 당신이 내가 형편없이 행동하게 내버려두는 건, 오로지 그로 인해 당신이 나보다 우위에 설 수 있고, 바로 거기야말로 당신 마음에 드는 자리이기 때문일 뿐이야. 우위에, 우위에 말이야. 그렇지만 나한테만 그러는 거라고 생각하지는 않아. 당신은 아무도 가까이 오게 두지 않는 거 같아. 사실 나는 그 점을 존중해. 당신은 자기 앞가림은 알아서 잘하는 사람이고, 그러는 데는 확실히 다 나름의 이유가 있겠지. 너무 심하게 말해서 미안해. 당신 말이 틀린 게 없어서, 그냥 상처를 주려고 한 것뿐이야. 그리고 분명 상처를 줬을 거야. 아주 많이. 누구든 일부러 애를 쓰면 다른 사람에게 상처를 줄 수 있는 법이야. 하지만 그 순간에도 당신은 내게 화를 내는 대신, 여기 있어도 좋고 여전히 나를 사랑한다느니 하는 말들을 해댔어. 당신은 완벽해야 하니까, 아니야? 정말이지, 당신은 그야말로 당신만의 독자적인 방식이 있다고 할 수밖에 없겠어. 그러니까 미안해, 됐지? 다시는 당신을 모욕하려고 하지 않을게. 교훈을 얻었어. 아무튼 지금부터는 내가 당신을 좌지우지하는 것처럼 행동할 필요는 없어. 우리 둘 다 내가 당신 발끝에도 못 미친다는 걸 잘 알고 있는데 말이야. 알겠지?

한 번 더 긴 침묵이 흘렀다. 그들의 얼굴은 어둠에 가려 보이지 않았다. 마침내 아마도 침착하고 쾌활한 목소리를 내지 못하는 부담감에서 비롯됐을, 긴장되고 새된 목소리로 그녀가 대답했다. 알았어.

그가 말했다. 내가 언젠가 당신을 정말로 이해하게 된다면, 당신이 나에게 말해줄 필요는 없을 거야. 내가 알게 될 테니까. 하지만 너무 많이 쫓아다닐 생각은 없어. 그냥 지금 내가 있는 이 자리에 그대로 머물러 있으면서, 당신이 내게 오는지 볼 거야.

그녀가 말했다. 그래, 사냥꾼들이 사슴을 바로 그런 식으로 다뤄. 그들이 사슴을 죽이기 전에 말이지.

22

아일린, 지난번 이메일로 너를 놀라게 했다면 미안해. 너도 알다시피, 몇 달 동안 나는 공식 업무를 다 취소했어. 하지만 줄곧 결국에는 일에 복귀할 계획이었어. 물론 너도 이게 내 일이라는 걸 이해하겠지? 나보다 더 그 사실을 지겹고 모욕적이라고 생각하는 사람은 없어. 하지만 너한테 내가 공적인 삶에서 실제로 완전히 은퇴했다고 생각하게 할 의도는 전혀 없었어. 너는 병이 나서 한번에 나흘 이상 병가를 낸 적이 한 번도 없었잖아. 그러니 내가 4개월 동안 일을 쉰 것이 무척 긴 휴식으로 느껴졌겠지. 참, 그것도 맞아. 더블린에서 비행기를 타고 갔다가, 더블린으로 다시 돌아왔어. 각각 아침 7시와 새벽 1시에 말이야. 게다가 너는 내가 알기로는 정해진 시간을 잘 지켜야 하는 직장에 다니기 때문에, 간단하게 차나 한잔하거나 담소를 나누자고 한밤중에 너를 깨우는 것이 예의에 어긋나는 일 같았어. 내가 너를 보고 싶어 하지 않는다고는 생각할 수 없을 거야. 나를 찾아와달라고 몇 달 동안 계속 네게 거듭 부탁한 데다, 나는 고작 세 시간 거리에 살고 있으니까. 로이신이 보낸 문자 메시지에 답장을 하지 않은 일에 대해서 말인데, 좀 당황스러워. 너는 나한테 개인적으로 편지를 쓰는 거니? 아니면 더블린과 그 인근 지역의 친선 대사 자격으로 쓰는 거니? 네 말이 맞아. 그 친구 문자 메시지에 답하지 않았어. 줄곧 바빴기 때문이야. 당연히 너를 사랑하고 아끼지만, 그렇다고 연락을 주고받는 일을 미뤄둘 때마다 너한테 일일이 보고할 생각은 없어.

네 메일의 나머지 부분에 대해서 말인데, 네가 '아름다움'이라고 말할 때 그것이 정확히 무슨 의미니? 너는 개인적인 허영심과 심미적 경험을 혼동하는 것은 중대한 실수라고 썼어. 하지만 애초에 심미적 경험을 진지하게 받아들이는 것이 또 다른 실수이고 어쩌면 상호 연관된 실수 아닐까? 예술적인 아름다움이나 자연 세계의 아름다움에 개인적으로 사심 없이 감동받는 일이 가능하다는 데는 의심의 여지가 없어. 나는 심지어 다른 사람들, 그러니까 그들의 얼굴과 몸의 멋진 외양을 '순수하게' 심미적인 방식으로, 즉 욕망이라는 요소 없이 즐기는 것이 가능하다고 생각해. 개인적으로 나는 바라보기에 아름다운 사람들을 자주 발견하곤 해. 그들을 나 자신과의 특정한 관계로 끌어들이고 싶다는 생각은 조금도 없이 말이야. 사실 나는 어차피 아름다움이 욕구를 자극하는 데 그리 대단한 요소라고 생각하지도 않아. 다시 말해서, 내가 아름다움을 인식하는 데 내 자유의지가 작용하는 부분은 전혀 없고, 결과적으로 내 의지가 강력하게 발휘되지도 않아. 나는 계몽주의 철학자들이 심미적 판단으로 의미했던 바가 바로 이거라고 생각해. 그리고 그것은 내가 어떤 시각 예술 작품, 음악의 구절, 아름다운 경치 등등에 대해 경험한 것과 충분히 일치해. 나는 그런 것들이 아름답다고 생각하고, 그런 아름다움은 내게 감동과 함께 즐거움을 안겨주지. 나는 우리에게 '아름다움'으로 마케팅되는 대량 소비주의의 상황이 실제로는 끔찍하고, 나에게는 나뭇잎 사이로 떨어지는 햇살이나 피카소의 '아비뇽의 여인들'이나 마일스 데이비스의 재즈 앨범 '카인드 오브 블루'와 같은 것에서 미적 쾌감을 전혀 얻지 못한다는 데 동의해. 하지만 나는 이렇게 묻고 싶어져. 무슨 상관인데? 설사 우리가 '카인드 오브 블루'의 아름다움이 어떤 의미에서는 객관적으로 샤넬 핸드백의 아름다움보다 뛰어나다고 생각한다고 할지라도(이런 생각은 철학적으로 말하자면 이미 많은 근거가 주어져 있고 말이야) 그것이 왜 중요한 것일까? 너는 심미적 경험이 단순히 즐거운 것이라기보다는 왠지 중요한 거라고 생각하는 것 같아. 그렇다면 내가 알고 싶은 것은 이거야. 어떤 면에서 중요하다는 거니?

나는 화가나 음악가가 아니고, 거기에는 다 그럴 만한 이유가 있지. 하지만 소설가이고, 소설을 진지하게 생각하려고 정말 노력해. 어느 정도는 개념 정의에 있어서 예술처럼 명확하게 무익한 것으로 생계를 유지할 수 있는 보기 드문 특권을 자각하고 있기 때문이지. 하지만 만약 내가 위대한 소설들을 읽은 내 경험을 설명하려고 한다면, 그것은 내가 앞서 설명한 심미적 경험과는 조금도 비슷하지 않을 것 같아. 그런 경험을 할 때는 아무런 자유 의지도 개입되지 않고 어떤 개인적인 욕망도 촉발되지 않으니까 말이야. 개인적으로 나는 책을 읽고, 읽은 내용을 이해하고, 죽 읽어나가면서 이해할 수 있을 만큼 오랫동안 마음속에 새겨둘 때 많은 주체성을 발휘해야 해. 그것은 내가 관여하지 않아도 아름다움이 저절로 내게 전달되는 수동적인 과정이 아니라, 아름다움을 경험하는 결실을 맺는 적극적인 노력인 것 같아. 하지만 내 생각에 더 중요한 점은, 훌륭한 소설들은 나의 공감을 이끌어내고 나로 하여금 욕망을 갖게 한다는 거야. '아비뇽의 여인들'을 바라볼 때, 나는 그 그림에서 아무것도 '원하지' 않아. 그저 있는 그대로 보면서 기쁨을 느껴. 하지만 책을 읽을 때, 나는 욕망을 경험해. 이사벨 아처가 행복하기를 원하고, 상황이 안나와 브론스키(톨스토이의 『안나 카레니나』의 주인공 안나 카레니나와 그녀의 연인 브론스키 백작을 가리킨다-옮긴이)에게 유리한 방향으로 풀리길 원하며, 심지어 바라바 대신 예수가 사면되기를 원해. 다시 말하지만, 나는 편협하고, 감상적으로 (바라바만 제외하고) 모두가 다 잘되기를 원하는 다소 어리석은 독자일 수도 있어. 하지만 반대로, 이사벨이 불행한 결혼 생활을 하고, 안나가 당연히 기차 밑에 몸을 던졌으면 좋겠다고 생각한다고 할지라도, 그것은 그저 동일한 경험의 또 다른 형태일 뿐이야. 요점은 내 공감이 개입되어 있고, 나는 더 이상 무관심하지 않다는 거야.

사이먼에게 이런 얘기를 조금이라도 한 적이 있니? 내 생각에는 그가 나보다 더 일관성 있는 관점을 제시해줄 거라고 믿어도 될 것 같아. 그의 세계관에는 내 세계관에는 부족한 일관성이 있기 때문이야. 내가 이해하는 한, 가톨릭 교리에서 아름다움, 진리, 선함은 하느님과 하나되는 존재의 속성이야. 하느님은 어느 정도는 '아름다움' 그 자체야. (또한 진리이기도 하고. 확신은 없지만, 그것이 키츠가 말하고자 했던 것일지도 모르겠어.) 인류는 신을 향해 나아가고 신의 본성을 이해하는 하나의 방식으로 이런 속성들을 갖추고 이해하려고 안간힘을 써. 따라서 아름다운 것은 무엇이든 우리를 신성함에 대한 사색으로 인도하지. 비평가로서 우리가 아름다운 것과 아름답지 않은 것에 대해 궤변을 늘어놓을 수도 있을 거야. 우리는 단지 인간일 뿐이고 하느님의 뜻을 인간이 완벽하게 이해할 수는 없는 법이니까.

하지만 아름다움 그 자체의 놀랄 만한 중요성에 대해서는 우리 모두가 동의할 수 있어. 그것은 모든 면이 아주 멋지고 그 자체로 완벽하지 않니? 훌륭한 소설들에 대한 나의 동조적인 개입을 설명하기 위해 그것에 대해 약간의 변주를 가미해볼 수 있을 것 같아. 예를 들어, 신은 우리를 있는 그대로 욕망과 충동을 지닌 복잡한 인간으로 만들었고, 완전히 허구적인 사람들에 대한 열렬한 애착은(우리가 그런 사람들로부터 물질적인 만족이나 이득을 얻기를 전혀 기대할 수 없다는 것은 분명해) 인간 생활의 심오한 복잡성과 그로 인한 신의 인간에 대한 사랑의 복잡성을 이해하는 하나의 방법이야. 조금 더 깊이 파고들어본다면 말이야, 예수는 살아서도 죽음 앞에서도 사리사욕에 구애받지 않고 다른 사람들을 사랑해야 한다고 강조했어. 어떤 면에서는 허구 인물들이 보답으로 우리를 사랑해줄 수 없다는 것을 알면서도 우리가 그들을 사랑할 때, 그것이야말로 예수가 크게 외치는 사심 없는 사랑을 축소해서 실천하는 하나의 방법이 아닐까? 내 말은, 동조적인 개입도 주체가 없다는 점만 제외하면 대상에 대한 욕망의 한 형태라는 거야. 즉 원하지 않으면서 원하는 방식인 거지. 또한 내가 나 자신을 위해서 원하는 것 그 자체를 바라는 것이 아니라 나 자신에게 적용되었으면 하는 방식이 다른 사람들에게도 적용되기를 바라는 것이고.

내가 주장하는 바는 일단 그리스도 교도적인 사고방식을 갖기 시작하면 누릴 수 있는 즐거움이 끝이 없다는 거야. 너나 나한테는 그런 사고방식을 갖기가 더 어려운 일이기는 해. 우리는 아무것도 중요하지 않고, 삶은 무작위적이며, 우리의 가장 진실한 감정도 화학반응으로 환원될 수 있고, 우주를 구성하는 객관적인 도덕률은 존재하지 않는다는 확신을 떨쳐버리지 못할 것 같으니까 말이야. 물론 그런 확신을 갖고 사는 것은 가능해. 하지만 우리가 믿는 것들을 믿기는 사실상 불가능한 것 같아. 아름다움에 대한 어떤 경험은 진지하고 다른 것들은 사소하다는 믿음, 혹은 어떤 것은 옳고 다른 것은 틀렸다는 믿음. 우리는 어떤 기준에 호소하고 있는 것일까? 어떤 판사 앞에서 우리의 사건에 대해 변론하는 것일까? 그나저나 나는 너를 헐뜯으려는 것이 아니야, 내가 의심하는 것은 바로 너의 입장이야. 나는 옳고 그름의 차이가 단순히 취향이나 기호의 문제라고 믿지는 못하지만, 동시에 굳이 절대적인 도덕, 말하자면 신의 존재를 믿을 엄두가 나지도 않아. 이로 인해 나는 철학적으로 그 어디에도 발을 붙일 수가 없어. 양쪽 모두에 대해 확신을 가질 용기가 없어서 말이야. 옳은 일을 함으로써 신을 섬긴다는 만족감을 가질 수는 없지만, 그럼에도 나쁜 짓을 한다는 생각을 하면 역겨워져. 좀 더 간결하게 말하자면 나는 나 자신의 작품이 도덕적으로나 정치적으로 가치가 없다고 생각하지만, 그럼에도 그것이 바로 내 일생의 업이고, 내가 하고 싶은 유일한 일이라는 거야.

더 어렸을 때 내가 원했던 것은 세계를 여행하고, 매력적인 삶을 살고, 내 일로 명성을 얻고, 훌륭한 지식인과 결혼하고, 자라면서 나를 둘러쌌던 모든 것을 거부하고, 그 좁은 세상과 관계를 단절하는 것이었던 듯해. 지금은 그 모든 생각이 몹시 창피하지만, 그때는 외롭고 불행했고, 그런 감정들이 평범하다는 것, 내 외로움과 불행에 이상한 점이 전혀 없다는 것을 이해하지 못했어. 그 당시 조금이라도 이해했더라면 나는 그런 책들을 결코 쓰지 않았을 테고, 결코 이런 사람이 되지도 않았을 거야. 나도 잘 모르겠어. 그 책들을 다시 쓸 수도 없고, 그 당시 내가 나 자신에 대해 느꼈던 대로 느낄 수도 없다는 것을 잘 알아. 그때 나는 내가 특별한 사람이라고 증명하는 것이 중요했어. 그리고 증명하려고 노력하면서, 그것을 사실로 만들었지. 내가 마땅히 받을 자격이 있다고 믿었던 돈과 박수갈채를 받고 나서야, 비로소 이런 것들을 받을 자격이 있는 사람은 아무도 없다는 것을 깨달았는데, 그때는 이미 너무 늦어버렸지. 나는 이미 내가 한때는 간절히 되고 싶어 했지만, 이제는 강력히 경멸하는 사람이 되어 있었던 거야. 내가 내 일을 무시하려고 이런 말을 하는 건 아니야. 하지만 왜 어떤 사람들은 절망적으로 가난하게 사는 반면에, 누군가는 부유하고 유명해야 하는 거지?

내가 마지막으로 사랑에 빠졌을 때, 너도 알다시피 그 사랑은 끝이 좋지 않았고, 그 여파로 나는 두 권의 소설을 썼어. 사랑에 빠져 있는 동안 간간이 글을 조금씩 쓰려고 해봤지만, 내 생각은 언제나 내 애정의 대상에게로 되돌아갔고, 내 감정은 거침없이 다시 달려갔어. 그래서 내 작품은 결코 그 나름의 어떤 실체로 발전할 수가 없었고, 내 삶에는 그것이 차지할 그 어떤 의미 있는 자리도 없었지. 우리는 행복했다가 불행했고, 약간의 고통과 비난을 주고받은 후에 헤어졌어. 그러고 나서야 비로소 진지하게 내 일에 전념할 수 있었어. 그것은 마치 내 안의 공간을 싹 비워냈고, 그래서 어떻게든 채워야 하는 것 같았어. 그렇게 해서 자리에 앉아 글을 쓰게 되었던 거야. 우선 내 삶을 비우고 거기서부터 시작해야만 했어. 그 책들을 썼던 시기를 지금 돌이켜보면, 그때가 내 인생에서 참 좋은 시간이었던 것 같아. 해야 할 일이 있었고, 그 일을 해냈으니까. 나는 언제나 빈털터리였고, 외롭고, 돈 때문에 불안했어. 하지만 내게는 다른 것, 그러니까 내 인생에서 비밀스럽게 보호되어 있던 부분도 있었어. 그리고 내 생각은 항상 그곳으로 되돌아갔고, 내 감정은 그 주위를 맴돌았어. 그리고 그것은 전적으로 내 것이었어. 어떤 면에서는 책을 쓰는 것은 연애나 사랑의 열병 같았어. 관련된 건 나 자신뿐이고 모든 것이 내 통제하에 있다는 점만 제외하면 말이야. (그렇다면 연애와는 정반대인 셈이지.) 소설을 쓰면서 겪는 그 모든 좌절과 어려움에도, 나는 그 과정을 시작할 때부터 내게 매우 중요한 어떤 것, 특별한 선물, 축복이 주어졌다는 것을 알고 있었어. 그것은 마치 신이 내 머리 위에 손을 얹고 내가 그때껏 느꼈던 가장 강렬한 욕망, 그러니까 다른 사람에 대한 욕망이 아니라 이전에 존재하지 않았던 무언가를 만들어내려는 욕망으로 나를 가득 채운 것 같았어. 그 시절을 돌이켜보면, 내가 영위하고 있던 삶의 단순함에 감동해서 고통스러울 지경이야. 내가 무엇을 해야 하는지 알고 있었고, 그 일을 해냈으며, 그것이 전부였기 때문이지.

약간의 평론과 아주 긴 이메일을 제외하면, 나는 2년 동안 아무것도 쓰지 않았어. 내 생각에, 내 삶이라는 공간은 이 단계에서 깨끗이 치워졌고, 지금은 텅 비어 있어. 그렇기 때문에 다시 사랑에 빠질 때가 된 것 같아. 나는 내 삶에 어떤 중심 같은 게 있다는 것을, 어딘가 내 생각들이 돌아가 쉴 수 있는 곳이 있다는 것을 느껴야 해. 뭐 대부분의 사람들은 그런 것이 필요하지 않고, 만약 그런 것이 필요 없다면 나도 훨씬 더 건강할 거야. 펠릭스는 자신의 삶을 핵심 원칙에 입각해 정리할 필요를 느끼지 않아. 너 역시 마찬가지일 거야. 사이먼은 그런 필요를 느끼지. 하지만 그에게는 하느님이 있어. 삶의 중심에 무언가를 두는 것에 관해서라면 신은 좋은 선택이라는 생각이 들어. 적어도 존재하지 않는 사람들에 대한 이야기를 지어내거나, 나를 미워하는 사람들과 사랑에 빠지는 것보다는 좋아. 그래도 우리는 지금 여기 있어. 아무것도 사랑하지 않는 것보다는 무언가를 사랑하는 게 훨씬 낫고, 아무도 사랑하지 않는 것보다는 누군가를 사랑하는 게 훨씬 낫지. 그리고 나는 여기 있고, 내가 존재하지 않는 순간을 바라지 않으면서 이 세상을 살아가고 있어. 그것은 그 나름대로 특별한 선물, 축복, 매우 중요한 어떤 것이 아닐까? 아일린, 미안해. 그리고 정말 보고 싶어. 우리가 이 모든 이메일을 주고받은 후에 서로 만나면, 나는 몹시 부끄러워서 작은 새처럼 내 날개 밑에 머리를 숨길 거야. 이번 주말에 너희 언니와 신랑에게 축하 인사 전해줘. 그런 다음 수고스러운 일이 아니라면, 나를 보러 와줘.

23

결혼식 날 아침, 아일린은 신혼부부용 스위트룸의 침대에 앉아 있었고, 롤라는 화장대 앞에 있었다. 얼굴에 한 손가락을 가져다 대며 롤라가 말했다. 눈 화장이 너무 진하게 된 것 같아. 그녀는 어깨끈이 없고 모양이 단순한 하얀 웨딩드레스를 입고 있었다. 아일린이 말했다. 아름다워 보여. 롤라는 거울에 비친 아일린의 눈과 눈이 마주치자, 얼굴을 찡그리며 자리에서 일어나 창가로 갔다. 밖에서는 이른 오후가 흐릿한 햇살을 드리우며 희미하게 반짝이고 있었지만, 롤라는 유리창을 등지고 서서 널찍한 매트리스 위에 앉아 있는 아일린을 마주 보며 유심히 살피고 있었다. 한동안 그들은 억울해하다가, 죄책감을 느끼고 불신하다가, 깊이 뉘우치며 서로를 바라보았다. 마침내 롤라가 말했다. 글쎄? 왼쪽 손목에 차고 있는 얇은 금시계를 흘낏 내려다보며 아일린이 말했다. 겨우 10분밖에 안 남았어. 그녀는 머리를 뒤로 넘겨 핀으로 고정시키고, 청잣빛, 그러니까 옅은 초록색 드레스를 입고, 그 순간 무언가 다른 생각을 하고 있었는데, 그것은 두 사람 다 마찬가지였다. 롤라는 스트랜드힐의, 아니면 로세스 포인트였거나 에니스크론(세 곳 모두 아일랜드 서부의 유명한 파도타기 같은 해양 레저 스포츠를 즐기기 좋은 바닷가 마을들이다-옮긴이)이었을 수도 있는 곳의 바다에서 패들 보드를 타며 노를 젓던 그날의 기억을 떠올렸다. 손톱 밑과 두피에 낀 모래의 까끌까끌한 질감, 짭짤한 소금 맛도 기억났다. 그날 그녀는 보드에서 떨어졌고, 깨닫고 보니 어느새 바닷물을 삼키고 있어서, 코와 목구멍이 아프고 눈앞에 불빛이 번쩍거리며 감각이 혼란스러운 상태였다. 그녀는 울면서 아버지의 품에 안겨 해변으로 올라갔던 것을 기억했다. 빨간색과 주황색이 섞인 타월이 있었다. 그 후에 자동차 뒷좌석에 앉아 안전벨트를 매고 지직거리는 라디오 소리와 함께 저 멀리 내리꽂히는 가느다란 햇살을 바라보며 슬라이고 마을로 돌아갔다. 길가의 어둠 속에는 해치를 열고 코를 찌르는 식초 냄새를 풍기며 소시지와 감자 칩을 팔던 승합차 한 대가 있었다. 그날 밤, 책꽂이에 다양한 책들이 꽂혀 있고 가구들이 낯선 창문에서 비쳐 드는 달빛을 받아 갖가지 그림자를 드리우는 사촌의 방에서 잠을 잤다. 자정에 대성당의 종소리가 울렸다. 아래층에서는 어른들이 이야기를 나누고 있었다. 아래층에는 불이 켜져 있었고 맥주잔들이 있었다. 아일린 또한 어린 시절을, 롤라의 가장 놀이들 중 하나를 생각하고 있었다. 비밀 왕국, 궁전, 공작과 소작농, 마법에 걸린 강, 숲, 하늘의 빛 따위를 말이다. 이제 그 모든 우여곡절은 사라지고 없었다. 마법 언어로 지어낸 이름들, 충성심과 배신도 마찬가지였다. 남은 것은 억지로 허구의 세계가 되어야 했던 실제 장소들이었다. 그들의 집 뒤에 있는 외양간, 풀이 제멋대로 자란 넓은 정원, 산울타리 뒤쪽 빈 공간, 강까지 죽 이어지는 축축한 이판암 따위 말이다. 그리고 집 안에는 다락방, 계단, 외투용 벽장이 있었다. 그렇지만 아직도 이 장소들은 아일린에게 특별한 느낌을 주었다. 아니, 적어도 그녀가 원한다면 그런 곳들에 내재한 특별한 느낌, 다시 말해 심미적 주파수에 채널을 맞출 수는 있었다. 그 장소들은 그녀에게 기쁨을, 전율이 이는 어떤 흥분을 잔뜩 안겨주었다. 질 좋은 문구류, 묵직한 펜, 줄이 그어져 있지 않은 종이와 마찬가지로, 그 곳들은 그녀에게 상상력의 가능성을, 그때껏 그녀가 상상해본 그 어떤 것보다 훨씬 더 그 자체로 뛰어나고 더 섬세한 가능성을 의미했다. 하지만 그러지 못했다. 그녀는 자신의 상상력에 실망했다. 어쨌든 그것은 다른 사람들은 가지고 있거나 가지고 있어도 원하지 않는 것이었다. 아일린은 그것을 원했지만 가지고 있지 않았다. 도덕 철학에서 앨리스의 입장이 그런 것과 마찬가지로, 그녀는 두 가지 입장 사이에 끼어 있었다. 모든 중요한 문제의 경우에 누구나 다 그런지도 몰랐다. 문을 두드리는 소리에 그들이 고개를 들자, 어머니 메리가 파란색 드레스를 입고, 에나멜가죽 구두를 신고, 머리에 똑바로 꽂힌 깃털이 대롱거리는 차림으로 들어왔다. 곧이어 그들은 모두 신속히 이야기를 나누기 시작하여, 이의를 제기하고, 웃음을 터뜨리고, 불평을 늘어놓고, 서로의 옷매무새를 정돈해주었다. 그 방 안의 움직임은 마치 새들의 움직임처럼 민첩하고 시끌벅적했다. 롤라는 아일린의 머리카락이 뒤에서 좀 더 느슨하게 늘어지도록 핀을 다시 꽂아주고 싶어 했고, 메리는 식이 임박한 순간에 다른 구두를 신어 보고 싶어 했다. 아일린은 갈대처럼, 나뭇가지처럼 가늘고 하얀 팔로 자기 머리카락에서 핀을 빼냈고, 숄을 들어 메리의 어깨에 대보았다. 그리고 파우더를 뿌린 롤라의 광대뼈에서 속눈썹을 떼어내주면서 웃음을 터뜨렸다. 메리 역시 그녀의 어린 시절을 떠올리고 있었다. 그들의 작은 테라스식 집과 집 옆에 있던 가게, 그 가게의 웨이퍼 사이에 얇게 발려 있던 아이스크림, 테이블에 깔린 체크무늬 기름천, 유리창 너머로 보이던 무늬가 있는 도자기 그릇 따위를 말이다. 쌀쌀하고 화창한 여름날들, 찬물처럼 맑은 공기, 그리고 눈부시게 빛나던 노란색 가시금작화. 그녀는 어린 시절을 생각하면 야릇한 메스꺼움을 느꼈다. 그것은 한때 진짜 삶이었지만 지금은 무언가 다른 것이었기 때문이다. 노인들은 죽어버렸고, 아기들은 나이를 먹어버렸다. 그것은 지금은 젊고 아름다우며 서로 사랑하고 미워하고 하얀 치아를 드러내며 웃음을 터뜨리고 향수 냄새를 풍기고 있는, 아일린에게도, 롤라에게도 일어날 일이었다. 다시 한번 문 두드리는 소리가 들리자 그들은 입을 다물고 고개를 돌려 둘러보았다. 아버지 팻이 들어와 말했다. 여자들은 좀 어떠신가. 곧 성당에 갈 시간이어서 차가 대기 중이었고, 팻은 정장을 입고 있었다. 그는 아내 메리에 대해 생각하고 있었다. 그녀가 처음 임신했을 때 얼마나 낯선 사람처럼 보였는지, 무언가가 그녀를 어떤 식으로 엄습했고, 그녀의 말과 행동에서 어떤 진지함과 어떤 이상한 목적들을 느꼈는지를 말이다. 그는 그것이 불편했고, 무슨 까닭인지는 몰라도 웃음을 터뜨리고 싶어졌다. 그녀는 그를 외면하고 무언가 다른 경험을 하면서 변해갔다. 이윽고 시간이 흐른 후 다행스럽게도 롤라가 건강하게 태어나자, 그는 자신들이 다시는 그러지 않을 것이라고 다짐했다. 한 번뿐인 삶에서 감당하기에는 너무 이상한 일이었다. 늘 그렇듯, 그의 생각대로는 되지 않았다. 밖에서는 산들바람이 나무들을 살짝 흔들며, 그 시원한 숨결을 정면에서 불어주고 있었다. 그들은 함께 차에 올라탔다. 롤라가 코를 차창에 바짝 붙이는 바람에 유리창에 조그마한 동그라미 모양의 파우더 자국이 남았다. 그 성당은 땅딸막한 회색 건물로, 장밋빛과 파란색과 호박색의 폭이 좁고 긴 스테인드글라스 창문들이 달려 있었다. 그들이 입장하자 모두가 일어서서 그들이 반들거리는 통로 바닥을 다 함께 줄지어 행진하는 것을 지켜보았다. 그동안 전자 오르간이 연주되며 축축하고 향기로운 향내가 스쳤고, 옷감이 바스락거리는 소리, 신도석이 삐걱거리는 소리가 들렸다. 하얀 드레스를 입은 롤라는 우아하고 당당했으며, 가슴에 소중히 품고 있던 계획들을 실현하며 눈부시게 빛났고, 고개를 떨구기는커녕 꼿꼿이 세운 채 자신에게 쏟아지는 눈길들을 침착하게 받아들였다. 정장 차림의 팻은 어색해하면서도 위엄 있고 온화해 보였다. 메리는 초조한 듯 미소를 지으며, 축축한 손으로 아일린의 손을 꽉 움켜잡고 있었다. 초록색 민소매 옷을 입은 아일린은 날씬하고 창백해 보였다. 짙은 색 머리카락은 뒤로 넘겨 핀으로 느슨하게 고정해두었으며, 그녀의 얼굴과 긴 목선은 마치 꽃송이와 긴 줄기 같았다. 그녀는 조용히 눈길을 돌리며 그를 찾아보았지만, 보이지 않았다. 매튜는 두려워하면서도 몹시 기뻐하며 제단 앞에서 기다리고 있었다. 사제가 축사를 하고, 서약의 말을 주고받았다. **낭떠러지 바위틈, 은밀한 곳에 있는 오 나의 비둘기야, 내가 네 얼굴을 보게 하라, 네 음성을 듣게 하라. 네 음성은 달콤하고, 네 얼굴은 아름다우니라**(구약성경, 『아가서』 2장 14절-옮긴이). 그 후 햇살이 희미하게 반짝이고, 바람은 쌀쌀하며, 가늘고 긴 손가락을 쫙 편 모양을 한 나뭇잎이 무성한 성당 밖 자갈 마당에서, 다 함께 웃음을 터뜨리고 악수하며 서로를 껴안았다. 신부 측 하객들은 사진을 찍기 위해 나무 아래에 함께 서서 간격을 조금씩 좁혔다가 다시 벌렸다가 하며, 한결같은 미소를 머금은 채 서로에게 나직이 속삭이고 있었다. 그때서야 비로소 아일린은 그가, 사이먼이 성당 문 앞에 서서 자신을 지켜보고 있는 것을 보았다. 그들은 말없이 꼼짝 않고 한참 동안 서로를 바라보았다. 그 표정 아래

오랜 세월이 묻혀 있었다. 그는 그녀가 태어났을 때를, 라이든 부부의 갓난아이를, 그리고 그가 새로 태어났다기보다는 오히려 나이 든 생명체처럼 붉고 쭈글쭈글한 얼굴의 아기 아일린을 볼 수 있게 허락받았던 첫 순간을 떠올렸다. 부모의 말에 따르면, 그 후로 그는 항상 여동생을, 그것도 그저 아무 형제자매나 아무 여동생이 아니라, 롤라에게 있는 것 같은 여동생을 갖게 해달라고 요구했다. 그녀 역시 그에 대한 기억을 떠올렸다. 그는 다른 학교에 다녔고, 활발하고 똑똑했다. 이상한 발작 증세에 시달려서 아름답기는 하지만 왠지 별나고, 어른들 사이에서는 동정의 대상이던 연상의 소년이었다. 어머니는 늘 그의 매너가 아주 훌륭하다면서, 꼬마 신사라고 말하곤 했다. 그리고 사이먼이 기억하는 그녀는 마르고 주근깨가 났으며, 주방 조리대 앞에 다리를 꼬고 서서, 늘 얼굴을 찌푸리고 있던 열다섯 살의 사춘기 소녀였다. 아예 입을 다물고 있거나, 아니면 느닷없이 수다스러워졌고, 화를 자주 냈으며, 친구가 없는 외톨이였다. 그리고 그녀가 그에게 보여주던 그 솔직한 표정, 분홍빛으로 물들고 화가 난 듯 보였던 그 얼굴을 그는 기억했다. 그 역시 그녀에게는 그 청년, 그 여름 동안 농장에서 일을 도왔던 스무 살 먹은 젊은 남자였다. 그녀는 그가 새끼 양에게 젖병으로 젖을 먹이는 모습을 비할 데 없이 다정한 눈으로 보았고, 그의 곁눈질 한 번에 일주일씩 번뇌의 시간을 보내곤 했으며, 방에 들어갔다가 그를 발견하면 깜짝 놀라 숨이 멎을 지경이었다. 그날 세 사람은 다 함께 자전거를 타고 숲으로 가서, 그들의 자전거를 모두 공터에 놔뒀다. 밝은 햇빛이 비치는 나무 꼭대기 뒤로 초현실적인 느낌의 먹구름이 보였다. 롤라가 숲에서 살해당한 어떤 사람에 대한 길고 과장된 이야기를 하자, 사이먼은 나직이 이런 말들을 중얼거렸다. 음, 그건 확실히 모르겠는데. 아, 그건 좀 섬뜩하다, 안 그래? 아일린은 오솔길을 따라 나아가며 조약돌을 걷어차는 데 열중했고, 가끔씩 사이먼의 얼굴을 보기 위해 힐끗 올려다보았다. 칼에 너무 많이 찔려서 목이 거의 잘려 있다시피 했다고, 롤라가 말하고 있었다. 사이먼이 말했다. 저런, 나는 그런 일에 대해서는 차라리 생각하지 않는 편이 더 좋겠어. 롤라는 웃음을 터뜨리고 새가슴이라고 말했다. 그가 말했다. 글쎄, 꼭 그래야 하는 경우라면, 조금 그런 것 같아. 곧이어 비가 오기 시작하자, 허리에 두른 재킷을 풀며 롤라가 말했다. 아일린이랑 닮았어. 아일린을 훑어보며 그가 말했다. 더 닮고 싶은걸. 롤라는 아일린이 고작 어린애에 불과하다고 말했다. 아일린은 재빨리, 격앙되고 이상할 정도로 큰 목소리로 말했다. 언니가 내 나이였을 때 어떤 사람이 언니한테 그런 말을 했다고 상상해봐. 동정 어린 눈으로 그녀를 죽 살펴보고 롤라가 대답했다. 하지만 공정하게 말해서, 네 나이였을 때 나는 훨씬 더 성숙했어. 사이먼은 아일린이 아주 성숙한 것 같다고 말했다. 롤라가 얼굴을 찡그리며 말했다. 소름 돋게 하지 마. 그 순간 사이먼의 귀가 빨개졌고 목소리도 달라진 것처럼 들렸다. 지적으로 그렇다는 의미였어. 그는 다른 말은 하지 않았고 롤라도 마찬가지였지만, 그들 중 어느 쪽도 즐겁지 않았다. 롤라는 비를 피하려고 후드를 덮어쓰고 빠른 걸음으로 그 오솔길의 모퉁이로 행진하듯 성큼성큼 걸어가더니, 시야에서 사라졌다. 아일린은 오솔길을 내려다보았다. 마른 흙길이었던 곳이 이제는 진흙 길로 변하며, 돌멩이들 사이로 작은 개울들이 흐르고 있었다. 빗줄기가 점점 더 거세지며, 그녀의 청바지 앞쪽에 짙은 색 물방울무늬를 만들고 그녀의 머리카락을 적시고 있었다. 그들이 그다음 모퉁이를 돌았을 때도, 롤라는 여전히 보이지 않았다. 그녀는 훨씬 더 앞서 있을 수도 있었고, 아니면 다른 길을 따라 갔을 수도 있었다. 아일린이 물어보았다. 여기가 어딘지 알아? 사이먼은 빙긋 웃으며 그런 것 같다고 했다. 그가 말했다. 길을 잃어버리지는 않을 거야. 걱정하지 마. 그렇지만 흠뻑 젖기는 하겠어. 소매로 이마를 닦으며, 아일린이 말했다. 갑자기 나타나서 우리를 서른여덟 번씩 찌를 사람이 아무도 없기를 바랄 뿐이야. 사이먼은 큰 소리로 웃으며 말했다. 그런 이야기에서 피해자들은 항상 혼자 있는 것 같아. 그러니까 우리는 괜찮을 거야. 아일린은 그가 살인자만 아니라면 아주 그럴듯한 이야기라고 말했다. 또다시 웃음을 터뜨리고는 그가 말했다. 아니, 아니야. 나랑 있으면 너는 안전해. 그녀는 수줍어하며 또다시 그를 힐끗 올려다보았다. 그녀가 말했다. 그건 나도 그래. 그는 그녀를 훑어보며 말했다. 음? 그녀는 고개를 가로저으며, 또다시 소매로 얼굴을 닦고, 마른침을 삼켰다. 그녀가 말했다. 함께 있으면 나도 안전하다고 느낀다고. 사이먼은 잠시 잠자코 있다가 입을 열었다. 다행이야. 그 말을 들어서 기뻐. 그녀는 그를 빤히 바라보았다. 그리고 아무런 예고도 없이 걸음을 멈추고 나무 아래에 섰다. 그녀의 얼굴과 머리는 흠뻑 젖어 있었다. 사이먼은 그녀가 더 이상 그의 곁에 없다는 것을 알아차리자 돌아서서 말했다. 이런, 뭐하고 있어? 강렬하게 집중하는 눈빛으로 그를 응시하며 그녀가 말했다. 잠깐만 이쪽으로 와줄 수 있어? 그는 그녀를 향해 몇 걸음 걸어갔다. 아주 조용하지만 살짝 흥분한 목소리로 그녀가 말했다. 아니, 여기 말이야. 내가 서 있는 곳. 그는 주저하며 말했다. 음, 왜? 그녀는 대답하는 대신 애원하는 듯한 괴로운 표정으로 그저 그를 계속 쳐다보기만 했다. 그가 다가오자, 그녀는 그의 팔뚝을 잡았다. 그의 천으로 된 셔츠는 축축했다. 그녀가 그를 조금 더 가까이 끌어당기자, 그들의 몸은 닿기 일보 직전이었다. 빗물이 그녀의 뺨과 코를 타고 흘러내려서 입술은 젖어 있었다. 그가 몸을 빼지 않은 채 사실상 아주 가까이 서 있어서, 그의 입술은 그녀의 귓가에 닿을락 말락 했다. 그녀는 아무 말도 하지 않았고 가쁜 숨만 할딱할딱 몰아쉬었다. 그가 다정하게 말했다. 아일린, 나도 알아. 다 이해해. 하지만 그럴 수는 없어, 알겠니? 그녀는 덜덜 떨고 있었고 입술이 창백해 보였다. 그녀가 말했다. 미안해. 그는 몸을 빼지 않고, 그녀가 팔을 잡고 있게 내버려둔 채 서 있었다. 그가 말했다. 전혀 미안해할 것 없어. 너는 잘못한 게 아무것도 없어. 다 이해해, 알겠니? 사과할 건 없어. 이제 계속 가볼까? 그들은 계속 걸어갔고, 아일린은 자신의 발만 응시했다. 울타리 출입문 뒤쪽 공터에서 롤라가 자전거를 일으켜 세운 채 기다리고 있었다. 그들을 보자 그녀는 짜증을 내며 한쪽 페달을 발로 차서 빙빙 돌렸다. 어디 있었어? 그들이 다가가자 롤라가 소리쳤다. 언니가 먼저 뛰어갔잖아. 아일린이 말했다. 사이먼은 풀밭에서 아일린의 자전거를 꺼내 건네준 뒤 자신의 자전거를 꺼냈다. 롤라가 말했다. 내가 뭘 그렇게 뛰었다고 그래. 그녀가 이상한 표정으로 손을 뻗어 아일린의 젖은 머리를 헝클어뜨리며 말했다. 꼭 물에 빠진 생쥐 같아. 가자. 그는 자매가 함께 걸어가게 했다. 그는 말없이 자전거 바퀴만 쳐다보면서 기도했다. 하느님, 저 애가 행복한 삶을 살게 해주시옵소서. 제가 무슨 일이든 다 하겠습니다. 무슨 일이든 다. 간절히 바랍니다. 그녀는 스물한 살 때 그를 만나러 파리에 갔고, 기계식 승강기 통로가 있는 오래된 아파트에서 지내며 여름을 보냈다. 그 당시 그들은 서로에게 앞면에 유명한 누드 그림들이 있는 재미있는 엽서들을 써 보내기도 하는 친구 사이였다. 그들이 샹젤리제를 따라 함께 걸으면, 여자들이 그를 보려고 고개를 돌렸다. 그는 키가 무척 크고 아름다웠으며 위엄이 있었고, 결코 그녀들을 돌아보지 않왔다. 그녀가 그의 아파트에 도착한 날 밤, 그녀는 고작 몇 주 전에 순결을 잃은 이야기를 그에게 해주었다. 그녀가 말하는 동안 얼굴은 너무 뜨거워서 고통스러울 지경이었고, 그 이야기는 너무 끔찍하게 형편없고 어색했다. 하지만 그녀는 왜 그런지 심술궂게도 그 이야기를 하는 것이 좋았고, 그가 그녀와 함께 있을 때의 우스꽝스럽고 전혀 충격받지 않은 듯한 말투가 좋았다. 그는 심지어 그녀를 웃기기까지 했다. 그들은 어깨가 닿을락 말락 할 만큼 가까이 누워 있었다. 그런 일은 처음이었다. 그의 품에 안기고, 그가, 모든 사람에게 거리를 두는 이 남자가 그녀 안에서 움직이는 걸, 그가 굴복하고 그녀에게서 위안을 받는 걸 느낀 것은 말이다. 그것이 섹슈얼리티에 대한 그녀의 전체적인 개념이었다. 그때까지 그 이상을 생각해본 적은 한 번도 없었다. 그리고 그의 경우, 그녀가 그토록 순진하게 초조해하며 온몸을 덜덜 떨고, 자신이 무엇을 주고 있는지 전혀 깨닫지도 못하는 듯 보일 때, 그녀를 가졌다는 것에 죄책감을 느낄 지경이었다. 하지만 그들이 함께 무슨 일을 했든 간에, 그녀에게는 결코 문제가 생길 리 없었다. 그녀에게는 악한 면이 전혀 없었고, 그녀를 행복하게 해주기 위해서라면 그가 자기 목숨이라도 바쳤을 테니까. 그의 목숨이든, 뭐가 됐든 간에 말이다. 그리고 그 후 파리에서 나탈리와 함께한 그 세월, 그의 젊음은 이제 가버렸고 다시는 돌아오지 않을 터였다. 나탈리가 그에게 말했다. 당신과 함께 사는 건 마치 우울증을 안고 사는 것 같아. 그는 그녀를 행복하게 해주고 싶었고, 그러려고 노력했지만 그러지 못했다. 그 후 혼자 살면서 저녁 식사 후 설거지를 하고 나면, 식기 건조대 위의 접시와 포크는 딱 하나씩이었다. 게다가 이제는 별로 젊지도 않았다. 아일린의 경우에도 그 세월은 어떻게든 지나갔다. 마룻바닥에 앉아 납작한 조립식 가구 상자를 풀고, 사소한 말다툼을 하고, 플라스틱 잔에 담긴 따뜻한 화이트 와인을 마시면서 말이다. 그녀의 친구들이 다들 떠나서, 뉴욕이며 파리로 옮겨가는 것을 지켜보는 동안, 똑같은 작은 사무실에서 일하고, 똑같은 남자와 연거푸 네 번이나 똑같은 말다툼을 하면서 말이다. 자신의 삶이 어떠할 것이라고 생각했었는지 그녀는 더 이상 기억도 나지 않았다. 살아 있다는 것, 살아간다는 것이 중요한 의미가 있던 적도 있지 않았던가? 그래서 어쩌라고? 지난해 어느 주말, 그들이 둘 다 고향 집에 가 있었을 때, 사이먼은 부모의 차를 빌려 그녀를 태우고 골웨이에 갔다. 그녀는 옷깃에 브로치가 달린 빨간색 트위드 재킷을 입고, 부드러운 짙은 색 머리를 어깨까지 늘어뜨리고, 비둘기처럼 하얀 두 손을 무릎에 얹고 있었다. 그들은 가족과 각자의 어머니에 대해 이야기했다. 그 당시 그녀는 아직 남자친구와 함께 살고 있었다. 그날 밤 차를 타고 돌아올 때, 초승달은 살짝 들린 샴페인 소서(볼이 넓고 얕은 형태의 샴페인 잔-옮긴이)처럼 한쪽으로 기울어 황금빛으로 빛났고, 그는 위쪽 단추 몇 개가 풀린 블라우스 밑으로 손을 넣어 복장뼈를 만지고 있었으며, 그들은 아이들에 대해 이야기하고 있었다, 그녀는 전에는 아이를 원한 적이 전혀 없었지만 최근에는 호기심이 생겼고, 그는 그것에 대해 생각할 수밖에 없었다. 그는 내면에 은근히 단단하게 뭉쳐 있는 고통이 느껴지자 이렇게 말하고 싶었다. 내가 그렇게 해줄게. 나는 돈이 있어. 내가 다 알아서 할게. 그녀가 물어보았다. 당신은 어때? 아이를 원해? 그가 대답했다. 응, 간절히. 그녀가 차문을 닫았을 때, 몹시 둔탁한 소리가 났다. 그날 밤 그 일을 다시 떠올리면서, 그녀가 그에게 허락하고, 그가 그렇게 해주기를 원할 것이라고 상상했고, 그 후 그는 공허하고 부끄러운 기분을 느꼈다. 그는 몇 주 후 오코넬 가에서 그녀를 보았다. 때는

8월이었고, 그녀는 그가 모르는 친구와 함께 길을 건너 강을 향해 걸어가고 있었다. 그녀는 하얀 원피스를 입고 있었다. 무더운 날이었다. 인파 속에서 그녀는 무척 우아해 보였다. 그의 두 눈은 그녀의 뒤를 따라갔고, 그녀의 길고 아름다운 목과 어깨는 햇빛을 받아 빛나고 있었다. 마치 그의 삶이 곁을 떠나가는 걸 지켜보는 것 같았다. 크리스마스 무렵 어느 날 저녁, 더블린에서 그녀는 버스 창가에서 그를 보았다. 아마도 퇴근 후 집으로 가는 길인 듯, 훤칠한 키에 긴 겨울 코트를 입고 가로등 불빛 아래 금빛 머리를 반짝이며 길을 건너는 중이었다. 세상에, 그때는 끔찍한 시기였다. 앨리스는 입원 중이었고, 에이든은 생각을 정리할 필요가 있다고 말하던 참이었다. 그런데, 거기, 버스 차창 밖에, 길을 건너는 사이먼이 있었다. 그저 그를, 12월의 짙푸른 물 같은 어둠을 헤치며 나아가는 그의 당당하고 잘생긴 모습, 조용히 고독을 즐기면서 자족하는 그의 모습을 지켜보는 것만으로도 그녀는 마음이 평화로웠다. 그녀는 그들이 같은 도시에 살고 있어서 따로 작정하지 않아도 그를 볼 수 있고, 다시 말해 그녀를 평생 사랑해준 누군가를 꼭 봐야 하는 순간에 그가 이렇게 자신의 앞에 나타날 수 있다는 것이 행복하고 감사했다. 그 모든 것이 말이다. 그리고 그들의 전화 통화, 서로에게 써 보낸 메시지들, 그들의 질투심, 여러 해 동안의 표정들, 억눌린 미소, 가벼운 접촉에도 온갖 의미를 부여하곤 했던 순간들, 그들이 서로에 대해, 그들 자신에 대해 했던 그 모든 이야기들. 이 많은 것이 눈 속에 담겨 있었고 그들 사이를 오갔다. 사진사가 말했다. 자, 이쪽을 보세요. 사이먼은 살짝 고개 숙여 인사해서, 그녀가 고개를 돌리게 해주었다. 사진 촬영이 다 끝나자 하객들은 이야기를 나누고 손을 흔들며 자갈 마당을 가로질러 뿔뿔이 흩어졌고, 그녀는 계단 위에 서 있는 그에게로 갔다. 그가 말했다. 무척 아름다워 보여. 그녀의 얼굴이 붉게 상기되었다. 그녀는 부케를 품에 안고 있었다. 벌써 다른 누군가가 무언가를 원하며 그녀를 부르고 있었다. 사이먼. 그녀가 그의 이름을 상냥하게 불렀다. 고통스럽게 들릴 지경이었다. 그들은 아무 말 없이 서로를 바라보며 미소 지었다. 그들이 서로에게 묻고 싶은 것은 똑같았다. 내가 당신이 생각하는 그 사람이야? 우리가 사랑을 나눌 때 행복했어? 상처받았어? 나를 사랑해? 변치 않을 거야? 지금 성당 정문에서 어머니가 그녀의 이름을 부르고 있었다. 사이먼의 손을 만지려고 손을 뻗으며, 아일린이 말했다. 다시 올게. 그가 고개를 끄덕이고 그녀를 보고 미소 지으며 말했다. 걱정 마. 여기 있을게.

24

친애하는 앨리스에게. 결혼식이 무척 아름다웠다는 것을 알려주려고 그냥 간단하게 몇 자 적어. 그리고 지금 밸리나행 기차에 타고 있어. 나는 사이먼이 본질적으로(비록 그가 이것을 부인하기는 하지만) 정치인이고, 그렇기 때문에 글자 그대로 이 나라의 모든 사람을 아는 셈이라는 것을 번번이 잊곤 해. 지금 그는 내가 여기 앉아서 이 이메일을 쓰는 동안, 내 평생 한 번도 본 적이 없는, 우연히 만난 어떤 남자와 긴 대화를 나누고 있어. 그 덕분에 네가 이메일에서 아름다움에 대해 적었던 내용과 아름다움이 완전히 우연일 때 중요하거나 유의미할 수 있다고 믿는 것이 얼마나 어려운 일인지 생각해보게 돼. 어쨌든 그것은 삶에 약간의 즐거움을 가져다주지, 안 그래? 그걸 인식하는 데 신앙심을 가질 필요는 없다고 생각해. 나한테는 이 세상에 단짝 친구가 고작 둘뿐인데, 둘 다 나 자신을 떠올리게 하지 않는다는 것이 참 재미있어. 사실 나 자신을 가장 많이 떠올리게 하는 사람은 우리 언니야. 언니는 완전히 제정신이 아닌데 그건 나도 마찬가지고, 언니는 나를 너무 화나게 하는데 그것도 나 역시 마찬가지이기 때문이야. 그나저나 언니는 어제 무척 아름다웠어. 비록 어깨 끈이 없는 드레스이기는 했지만 말이야. 네가 그런 스타일을 못마땅해한다는 걸 알고 있어. 사이먼과 대화를 나누고 있는, 그 우연히 만난 남자가 지금 우리 테이블에 앉아서 자기 휴대전화로 무언가를 보여주고 있어. 새 사진일 수도 있을 것 같은데? 혹시 새 애호가나 뭐 그런 사람일까? 잘 모르겠어. 계속 귀 기울여 듣고 있지는 않았어. 그건 그렇고, 나는 너를 만나기를 고대하고 있어. 아름다움, 또는 그 결혼식, 아니면 너와 사이먼이 나에게 왜 나 자신을 떠올리게 하지 않는지에 대해 어떤 아이디어가 떠올랐던 것 같아. 하지만 그 아이디어가 무엇이었는지 기억이 나지는 않아. 내가 처음으로 사이먼과 잠자리에 든 게 거의 10년 전인 거 아니? 때때로 그때 만약 그가 그리스도 교도답게 결혼하자고 했더라면 나에게는 멋진 삶이었을 거라는 생각이 들곤 해. 지금쯤 우리에게는 여러 명의 아이가 있을 수도 있고, 그러면 아마 그 애들이 바로 지금 우리와 함께 기차에 앉아 자기들 아버지가 새 애호가와 나누는 대화를 엿듣고 있을 테지. 만약 사이먼이 일찌감치 나를 그의 날개 아래 품고 돌봐주었더라면 내가 훨씬 더 나아졌을 수도 있었을 것 같아. 그리고 만약 그에게도 비밀을 털어놓을 사람이 있었더라면, 심지어 반대의 경우였더라도 말이야. 하지만 유감스럽게도 우리의 현재 모습을 바꾸기에는 너무 늦은 것 같아. 변화 과정은 끝나버렸고, 우리는 크게 변하지 않아. 우리 부모님은 점점 더 나이 들어가고, 롤라는 결혼했고, 아마 나는 살아가면서 계속해서 형편없는 결정들을 내리고, 반복되는 우울한 사건들에 시달릴 거야. 사이먼은 계속해서 무척 유능하고 선량하지만 감정적으로는 접근하기 어려운 사람일 테지. 하지만 항상 그런 식이고, 우리가 할 수 있는 일은 아무것도 없었을지도 몰라. 그러고 보니 내가 너를 처음 봤던 날이 생각나. 그때 내가 입고 있던 초록색 니트 카디건과 네가 두르고 있던 머리띠가 기억나. 그러니까, 함께든 아니든 우리가 그때부터 살아온 삶을 말하는 거야. 그 삶이 그날 거기 우리와 함께했든 아니든 말이야. 진실은 내가 롤라와 어머니를 정말 사랑하고, 내 생각에는 그들도 나를 사랑한다는 거야. 비록 우리가 사이좋게 지내지 못하는 것 같고, 결코 그러지 못할지도 모르지만 말이야. 웃기게도 사이좋게 지내는 것이 중요한 게 아니라, 어떻게든 그저 서로를 사랑하는 것이 더 중요할지도 몰라. 그래, 그래. 저 애가 미사에 두어 번 가더니 갑자기 모든 사람을 사랑하고 싶어 해요. 그건 그렇고, 벌써 애슬론에 도착했기 때문에 이 이메일은 그만 써야 할 것 같아. 나에게 『황금 주발』에 대해 에세이를 쓸 아이디어가 있다는 것만 다시 일깨워줘. 설명해주고 싶거든. 너 이렇게 흥미진진한 소설을 읽어본 적 있니?? 나는 다 읽고 나서 방 저편으로 던져버렸어. 빨리 보고 싶어 못 견디겠어. 사랑해, 사랑해, 사랑해. 아일린.

25

6월 초의 어느 늦은 아침, 기차역 승강장에서 두 여자가 여러 달 동안의 이별 후에 만나 서로를 끌어안았다. 그들 뒤에서 키가 큰 금발의 남자가 여행가방 두 개를 들고 기차에서 내렸다. 여자들은 아무 말 없이 눈을 꼭 감고, 1초, 2초, 3초 동안 서로를 부둥켜안고 있었다. 근처에서 어떤 사람이 구겨진 휴지에 대고 맹렬하게 재채기를 하고, 버려진 더러운 플라스틱 병이 바람의 숨결에 날려 허겁지겁 승강장을 달려가고, 역사 벽에 부착된 자동 광고판이 헤어 제품 광고에서 자동차 보험 광고로 교체되고, 평범하거나 심지어 추할 만큼 저속한 삶이 그들 주변의 곳곳에 스며드는 동안, 그들은 서로를 격렬하게 껴안고 있으면서 이런 극적인 장면에 무언가 살짝 재미있는 면이나, 우스꽝스럽다고 할 만한 면이 있다는 것을 알고 있었을까? 아니면 그 순간에도 그런 우스꽝스러운 측면을 모르고 있었을까? 아니면 모르는 것 그 이상이었을까? 왜 그런지 모르지만 저속함과 추함에 끄떡없이 전혀 영향받지 않은 채, 잠시나마 무언가 더 깊숙한 것, 삶의 표면 아래 숨겨진 것, 비현실적인 것이 아니라 숨겨진 현실을 들여다보고 있었던 것일까? 다시 말해, 그들은 언제 어디서나 아름다운 세상의 존재를 알고 있었던 것일까?

/

그날 밤 펠릭스가 퇴근 후 앨리스의 집 밖에 차를 댔을 때 창문마다 불이 켜져 있었다. 7시가 넘은 시각이었다. 밖은 여전히 밝았지만 더 추웠다. 나무들 너머로는 초록빛과 은빛의 바다가 보였다. 그는 배낭을 한쪽 어깨에 메고 현관문까지 천천히 뛰어 올라가, 노커로 놋쇠 판을 두 번 연달아 빠르게 두드렸다. 차가운 갯바람이 그를 휘저었고, 그의 손은 차가웠다. 문이 열렸을 때, 안에 서 있는 사람은 앨리스가 아니라, 그녀 또래의 키가 더 크고, 머리카락 색이 더 짙고, 짙은 색 눈동자를 가진 다른 여자였다. 그녀가 말했다. 안녕하세요. 당신이 펠릭스겠군요. 나는 아일린이에요. 어서 들어오세요. 그는 들어가서 그녀가 그의 등 뒤로 문을 닫을 수 있게 해주었다. 무의식적으로 미소 지으며 그가 말했다. 그래요, 당신이 아일린이군요. 말씀 많이 들었어요. 그를 힐끗 쳐다보며 그녀가 말했다. 좋은 이야기들이었으면 좋겠네요. 그녀는 앨리스가 저녁 식사를 만드는 중이라고 말했다. 그는 앞서가는 그녀의 뒤통수와 조붓하고 균형 잡힌 어깨를 빤히 바라보며, 뒤를 따라 복도를 지나 주방문까지 갔다. 안에는 한 남자가 테이블 앞에 앉아 있었고 앨리스는 지저분한 흰색 앞치마를 허리에 두르고 스토브 앞에 있었다. 그녀가 말했다. 안녕. 방금 파스타 삶은 물을 따라 버리고 있었어. 아일린은 만났네. 이쪽은 사이먼이야. 사이먼이 인사하자, 펠릭스는 배낭끈을 만지작거리며 고개를 끄덕였다. 주방은 조리대용 조명들과 테이블 위의 촛불들만 켜져 있어서 조금 어둑했다. 뒤창에는 김이 서려 있어서, 창유리가 푸른색 벨벳 같았다. 펠릭스가 물어보았다. 뭐 좀 도와줄까? 앨리스는 마치 몸을 식히려는 듯 손목 바깥쪽으로 이마를 톡톡 두드리고 있었다. 그녀가 말했다. 알아서 다 잘하고 있어. 어쨌든 고마워. 아일린이 자기 언니의 결혼식에 대해 이야기해주던 참이었어. 펠릭스는 잠시 망설이다가 테이블에 앉으며 물어보았다. 주말에 했죠, 그렇죠? 아일린은 기쁜 표정으로 그에게 관심을 돌리며 그 결혼식에 대해 다시 이야기하기 시작했다. 그녀는 재미있었고 손을 많이 움직였다. 때때로 그녀는 사이먼의 의견을 구했는데, 그는 느긋한 목소리로 말했고 만사가 다 재미있는 듯 보였다. 그 역시 펠릭스에게 많은 관심을 기울이며, 이따금 그와 눈길을 마주치고 어렴풋이 공모하는 듯한 미소를 지었다. 마치 다른 남자가 있어서 기쁘다거나, 아니면 여자들이 있어서 기쁘기는 하지만 이 기쁨을 펠릭스와 나누거나, 함께 알은척하고 싶다는 듯이 말이다. 리넨 셔츠 차림의 그는 잘생겼고, 앨리스가 그의 와인 잔을 다시 채워주자 느긋한 태도로 고마움을 전했다. 테이블에는 작은 무늬가 있는 사이드 접시와 은 스푼, 그리고 하얀 천 냅킨이 놓여 있었다. 오일을 뿌려 반들거리는 이파리들이 담긴 커다란 노란색 샐러드 그릇도 있었다. 앨리스는 파스타 한 접시를 테이블로 가져와 아일린 앞에 내려놓고는 말했다. 펠릭스, 당신은 맨 나중에 가져다줄게. 다른 두 사람이 내 주빈이니까. 그들의 눈이 마주쳤다. 그는 그녀를 보고 다소 신경질적으로 미소를 지으며 큰 소리로 말했다. 괜찮아. 나는 내 분수를 알거든. 그녀는 빈정거리는 표정을 지으며 레인지 쪽으로 돌아갔다. 그는 빤히 바라보고 있었다.

/

그들이 식사를 마쳤을 때, 앨리스는 테이블에서 접시를 치우기 위해 자리에서 일어났다. 나이프와 포크를 달가닥거리며 음식을 긁어내는 소리, 수도꼭지에서 나는 소리가 들렸다. 사이먼은 펠릭스에게 일에 대해 묻고 있었다. 이제 아일린은 피곤하지만 만족스러워하며 두 눈을 반쯤 감고 조용히 앉아 있었다. 과일 크럼블이 오븐에서 데워지는 중이었다. 테이블 위에는 먹고 남은 음식물, 더러워진 냅킨, 샐러드 그릇에 담긴 푹 젖은 이파리들, 테이블보에 떨어진 청백색의 말랑말랑한 촛농 방울들이 있었다. 앨리스는 커피를 마시고 싶은 사람이 있는지 물어보았다. 사이먼이 말했다. 마시고 싶어. 부탁해. 통에 든 아이스크림이 조리대 위에서 천천히 녹아 통 옆면을 타고 실개천처럼 흘러내렸다. 앨리스는 은색 커피포트의 아랫부분을 돌려서 빼냈다. 펠릭스가 말하는 중이었다. 무슨 일을 하나요? 앨리스한테 듣기로는 정치나 뭐 그런 쪽에서 일한다던데. 싱크대 안에는 더러운 소스 냄비며 나무 도마가 있었다. 이내 가스레인지가 쉭쉭대며 점화되자 앨리스가 말했다. 여전히 블랙으로 마셔? 아일린이 오로지 사이먼을 보기 위해 눈을 떴을 때, 사이먼이 레인지 앞에 서 있는 앨리스 쪽으로 고개를 반쯤 돌리고 어깨 너머로 말했다. 응, 고맙지만 설탕은 필요 없어. 그런 다음 그의 관심은 펠릭스에게 되돌아가서 다시 자리를 잡았고, 아일린의 두 눈은 다시 한번 감길 듯 말 듯 파닥거렸다. 그의 하얀 목. 그녀의 몸 위에서 떨고 있었을 때, 그는 얼굴을 붉히며 나직이 속삭였다. 괜찮아? 미안해. 오븐 문이 짤까닥 열리는 소리가 들리고, 버터와 사과 향이 풍겼다. 앨리스의 흰색 앞치마는 끈이 늘어진 채 의자 등받이에 걸려 있었다. 사이먼이 말하는 중이었다. 그래요, 우리는 작년에 그와 함께 일했어요. 나는 그를 잘 알지는 못해요. 하지만 직원들은 그를 극찬하더군요. 그들이 머무는 그 집의 못 박힌 마룻바닥은 조용하고 견고했으며, 타일은 촛불 빛을 받아 반짝반짝 윤이 났다. 정원은 어둑하고 고요했다. 바다는 바깥에서 평온하게 숨 쉬며, 창문으로 갯바람을 불어넣고 있었다. 앨리스가 여기 사는 것에 대해 생각해보면, 외로울 때도 있고, 외롭지 않을 때도 있었다. 그때 그녀는 조리대 앞에 서서 크럼블을 그릇마다 스푼과 함께 담아내고 있었다. 모든 것이 한데 있었다. 그날 밤은 삶의 모든 것이 마치 서랍 바닥에 엉켜 있는 목걸이처럼, 이 집에 들어와 엉켜 있었다.

/

저녁 식사 후 펠릭스는 담배를 피우기 위해 밖으로 나갔고, 아일린은 전화를 걸기 위해 위층으로 올라갔다. 사이먼과 앨리스는 주방에서 함께 설거지를 했다. 펠릭스가 어두워지는 정원을 이리저리 돌아다니는 동안, 싱크대 위쪽 창문 너머로 가끔씩 그의 호리호리하고 작은 체구가 눈에 띄었다. 타들어가는 담배의 끄트머리가 보였다. 앨리스는 체크무늬 마른행주로 접시를 닦아서 찬장에 차곡차곡 쌓으며, 그의 모습을 지켜보았다. 사이먼이 일이 어떻게 되어가는지 물어보자, 그녀는 고개를 가로저으며 말했다. 아, 그 얘기는 못해. 비밀이야. 아니, 나 은퇴했어. 이제는 책을 쓰지 않아. 그는 흠뻑 젖어 물이 뚝뚝 떨어지는 샐러드 그릇을 건네주었고, 그녀는 마른행주로 톡톡 두드리며 닦았다. 그가 말했다. 그 말은 믿기 힘든걸. 펠릭스는 더 이상 창밖으로 보이지 않았다. 그는 집 반대편으로 갔거나, 나무들 사이로 멀리 올라간 상태였다. 그녀가 말했다. 믿어야 할 거야. 나는 에너지가 바닥났어. 좋은 아이디어가 딱 두 개밖에 없었던 거지. 아니, 너무 고통스러웠어. 그리고 나는 이제 부자야. 알잖아. 당신보다 더 부자일 거야. 샐러드 집게를 싱크대 옆의 철망 선반에 내려놓으며 사이먼이 말했다. 틀림없이 그럴걸. 그릇을 넣은 후 찬장 문을 다시 닫으며 앨리스가 말했다. 작년에 우리 어머니의 담보대출을 다 갚아줬어. 내가 그 얘기 해줬나? 돈이 너무 많아서 그냥 아무 일이나 약간 내 멋대로 하는 것뿐이야. 다른 일들도 할 거야. 계획이 있어. 하지만 나는 체계적인 것과는 거리가 멀어. 사이먼이 그녀를 바라보았지만, 그녀는 선반에서 샐러드 집게를 집어 들어 물기를 닦기 위해 마른행주로 감싸면서 눈길을 돌렸다. 그가 말했다. 너그러운 행동이야. 그녀는 민망해하며 말했다. 응, 저기, 당신이 내가 좋은 사람이라고 생각하게끔 말해주는 것뿐이야. 내가 당신의 인정을 간절히 바란다는 거 알잖아. 그녀는 집게를 서랍 통에 툭 하고 집어넣었다. 그가 말했다. 전적으로 인정하고말고. 그녀는 어깨를 움찔하더니, 농담 반 진담 반으로 대꾸했다. 아, 이런, 그럴 리 없어. 하기야 조금쯤은 인정해주겠지. 그는 스펀지로 오븐용 접시를 말끔히 닦으며 잠시 침묵했다. 그녀는 이제 안절부절못하며 다시 창밖을 흘끔거렸지만 아무것도 보이지 않았다. 햇빛이 차츰 희미해져가고 있었다. 나무들은 실루엣만 보였다. 그녀가 말했다. 아무튼 어머니는 이제 나한테 말도 안 시켜. 둘이 다 그래. 사이먼은 잠시 멈칫했다가, 접시를 선반 위에 내려놓고는 말했다. 너희 어머니와 남동생 말이지. 그녀는 접시를 집어 들어 행주로 재빨리 두드려 닦으며 말했다. 아니면 내가 그들에게 말을 안 하는 거든가. 어느 쪽인지 기억도 안 나. 우리는 내가 입원해 있을 때 사이가 틀어졌어. 알다시피, 지금 그들은 다시 함께 살고 있어. 그는 스펀지가 설거지물에 잠겨 싱크대 바닥까지 떠내려가게 내버려둔 상태였다. 그가 말했다. 안타까운 일이야. 참 불행한 일 같아. 그녀는 목구멍이 따가워질 정도로 거친 웃음을 터뜨리며 오븐용 접시를 계속 톡톡 두드렸다. 그녀가 말했다. 슬픈 건, 그들을 볼 필요가 없을 때 내 기분이 더 좋다는 거야. 별로 그리스도교적이지는 않지. 나도 알아. 그들이 행복했으면 좋겠어. 하지만 나는 나를 좋아하는 사람들과 함께 있는 게 더 좋아. 그녀는 그가 자신을 지켜보고 있는 것을 느끼면서 허리를 굽혀 오븐용 접시를 찬장 깊숙이 부산스레 밀어 넣었다. 그가 말했다. 그런 게 비그리스도교적인 것 같지는 않아. 또 한 번 발작적인 웃음을 터뜨리고 나서 그녀가 대꾸했다. 아, 이렇게 적당한 말이 다 있다니. 고마워. 기분이 훨씬 좋아. 그는 싱크대 바닥에서 스펀지를 꺼냈다. 그녀가 물어보았다. 그런데 당신은 어떻게 지내? 그는 설거지물을 내려다보며 체념한 듯 미소 지었다. 다 괜찮아. 그녀는 그를 빤히 바라보았다. 그는 그녀를 힐끗 쳐다보며 익살스러운 말투로 말했다. 왜? 눈썹을 치켜세우며 그녀가 악의 없이 말했다. 얘기가 어떻게 되는 건지 잘 모르겠어. 당신과 아일린 말이야. 그 말에 그는 다시 싱크대로 관심을 돌리며 대답했다. 나도 같은 신세야. 생각에 잠겨 두 손으로 마른행주를 비틀며 그녀가 말했다. 어쨌든 지금은 그냥 친구 사이지. 그는 건조대에 주걱을 툭 떨구며, 그렇다고 대답하는 동시에 고개를 끄덕거렸다. 그녀가 말을 이어갔다. 그리고 당신은 행복하고. 마침내 그가 웃음을 터뜨리며 말했다. 그 정도까지는 아니야. 아니, 예전처럼 조용하고 절망적인 삶인 것 같아. 뒷문이 열리고, 펠릭스가 안으로 들어와 매트에 발을 쿵쿵 굴러 구두를 털며 문을 닫고 말했다. 바깥 저녁 풍경이 참 아름다워. 머리 위에서 아일린이 사뿐사뿐 계단을 밟고 내려오며 삐걱거리는 소리가 났다. 앨리스는 물기를 머금어 손에서 축 늘어진 행주를 개켰다. 그들은 모두 그녀를 보러 왔다. 이런 이유로 다들 그녀의 집에 와 있었고, 다른 이유는 아무것도 없었다. 이제 모두 여기 와 있으니, 그들이 무엇을 하든, 무슨 말을 하든 크게 중요하지 않았다. 펠릭스가 사이먼에게 담배를 피운 적이 있는지 물어보았다. 아니, 없는 것 같군요. 너무 건강해 보여요. 물도 많이 마시는 편일 테고. 맞죠? 대화와 웃음소리, 이런 기분 좋은 소리들만 차례로 이어지며 허공을 떠돌았다. 아일린이 문간에 나타나자 앨리스는 와인을 한 잔 더 따라주고, 일에 대해 물어보기 위해 자리에서 일어났다. 아일린이 그녀를 보러 왔고, 그들은 다시 함께였다. 그들이 무슨 말을 하든, 무엇을 하든 크게 중요하지 않았다.

/

새벽 1시가 조금 지나서 그들은 잠자리에 들기 위해 위층으로 올라갔다. 불이 켜졌다가 다시 꺼지는 소리, 수도꼭지에서 물이 흐르는 소리, 물탱크가 다시 채워지는 소리, 문이 열렸다가 닫히는 소리가 났다. 펠릭스가 침대 측면에 앉아 있는 동안 앨리스는 방 안의 블라인드를 늘어뜨려놓았다. 그녀가 다가가자 그는 그녀의 원피스 단추를 풀어주며 말했다. 미안해. 그의 머리에 손을 얹고 머리카락을 뒤로 가지런히 쓸어 넘겨주며 그녀가 물어보았다. 왜 그런 말을 하는 거야? 우리가 싸워서? 천천히 숨을 내쉬고 잠시 아무 말도 하지 않다가, 그가 말했다. 그렇지만 그건 진짜 싸움은 아니었어. 그렇지? 나는 상관없어. 당신이 원한다면 그렇게 불러도 좋아. 그게 뭐였든 간에 그런 일은 다시는 없을 거야. 그녀는 슬픈 표정으로 그를 조금 더 쳐다보고는 돌아서서 원피스 단추를 마저 풀고 물어보았다. 나를 포기하려는 거야? 그는 그녀가 원피스를 허물 벗듯 벗어, 세탁 바구니에 던져 넣는 것을 지켜보며 말했다. 아니, 그냥 당분간 당신한테 잘해주려는 것뿐이야. 브래지어 후크를 풀며 소리 높여 웃고 나서 그녀가 대꾸했다. 내가 그걸 좋아하지 않을 수도 있어. 그 순간 그는 반사적으로 빙긋 웃으며 침대로 올라갔다. 그가 말했다. 아니, 아닐걸. 하여간 당신이 원하는 걸 항상 얻을 수는 없어. 그녀는 그의 옆자리에 드러누웠다. 그가 한 손으로 그녀의 가슴을 쓰다듬으며 말했다. 그녀가 여기 있어서 행복하지? 당신 친구 말이야. 잠시 후, 앨리스가 그렇다고 하자 그가 말했다. 그래, 당신들이 서로를 사랑하는 모습이 참 귀여워. 여자들은 늘 그래. 여기 있는 동안 그녀와 단둘만의 시간을 가져야 해. 사내 녀석들이 몰려들게 내버려두지 말고. 앨리스가 미소 지으며 말했다. 우리는 너무 오랫동안 떨어져 있었어. 이제는 서로 부끄러워해. 몸을 돌려 등을 대고 누워 천장을 올려다보며 그가 말했다. 그건 오래 안 가. 그나저나 나는 그녀가 마음에 들어. 한 손으로 그의 어깨와 팔을 따라 천천히 쓰다듬으며 앨리스가 말했다. 내일 우리랑 어울릴 시간 좀 낼 수 있어? 어깨를 으쓱하는 듯한 몸짓을 하며 그가 말했다. 그래, 안 될 거 없지. 그는 두 눈을 감고 다시 한번 생각해본 다음, 이렇게 덧붙였다. 나도 그러고 싶어.

/

바닷물의 숨결이 해변에서 천천히 썰물을 끌어내면서 반반한 모래가 드러나 별빛 아래 반짝거렸다. 해변에 끌려와 있던 축축한 해초에는 벌레들이 기어 다니고 있었다. 줄지어 늘어선 모래언덕들은 고요했고, 시원한 바람이 모래언덕에 난 풀들을 가지런히 쓸어 넘겼다. 해변에서 위로 이어지는 보행통로는 이제 하얀 모래가 얇은 막처럼 한 꺼풀 덮인 채 고요하기 그지없고, 주거용 트레일러의 굴곡진 지붕들은 희미하게 빛나며, 주차된 차들은 어두운 잔디밭 위에 옹기종기 모여 있었다. 그다음에는 놀이 시설들, 셔터가 내려진 아이스크림 키오스크가 보이고, 거리를 따라 올라가서 마을로 가면 우체국, 호텔, 식당이 있었다. **선원의 친구**는 문이 닫혀 있고, 창문에는 내용을 알아볼 수 없는 스티커들이 잔뜩 붙어 있었다. 차 한 대가 전조등으로 거리를 휩쓸며 지나갔다. 후미등이 숯불처럼 빨갰다. 거리를 따라 더 올라가면 집들이 잇따라 늘어서 있고, 창문들은 멍하니 가로등 불빛을 반사하고, 집 밖에는 쓰레기통이 줄지어 있었다. 마을에서 빠져나가는 해안도로는 텅 비어 조용하고, 나무들은 어둠을 뚫고 치솟아 있었다. 서쪽으로는 바다가 검은 천처럼 길게 펼쳐져 있었다. 그리고 동쪽으로 올라가 대문을 지나면, 우유처럼 푸르스름한 오래된 사제관이 있었다. 그 안에서는 네 사람이 자다가 깼다가 다시 잠들어 있었다. 모로 눕거나 드러누운 채, 이불을 걷어차 내고 말없이 꿈속을 헤매고 있었다. 그리고 이제 집 뒤편에서는 벌써 해가 떠오르고 있었다. 새벽빛이 그 집 뒷벽에 쏟아지고, 나뭇가지 사이로, 색색의 나뭇잎들 사이로, 축축한 초록 풀잎들 사이로 새어들고 있었다. 여름날 아침이었다. 찻잔처럼 오므린 손바닥에 차갑고 맑은 물이 고였다.

26

9시에 그들은 주전자에서 김이 모락모락 나고, 접시며 컵들이 달그락거리고, 뒤창으로 햇빛이 쏟아지는 가운데, 주방에서 다 함께 아침을 먹고 있었다. 그 후 계단을 오르내리는 발소리, 서로를 불러대는 목소리들이 들렸다. 펠릭스가 보닛에 기대어 서 있는 동안 앨리스는 비치 타월이 가득 든 밀짚 가방을 차 트렁크에 던져 넣었다. 축축한 머리카락을 얼굴에서 떼어 뒤로 쓸어내면서, 머리에 선글라스를 씌웠다. 그가 다가와 뒤쪽에서 그녀를 껴안고, 목덜미에 입을 맞추며 귀에 대고 뭐라고 속삭이자, 그녀는 웃음을 터뜨렸다. 이내 네 사람은 달아오른 플라스틱 냄새와 퀴퀴한 담배 연기 냄새가 나는 차에 올라타 차창을 모두 내리고, 지직거리는 라디오에서 흘러나오는 **신 리지**의 음악을 듣고 있었다. 뒷좌석에 앉은 사이먼이 앨리스에게 말하는 중이었다. 정말이지 오랫동안 그녀한테서 소식을 듣지 못했어. 열린 차창 가에 있는 아일린의 머리카락을 바람이 세차게 스치며 얼굴로 밀려들었다. 그들이 차에서 내리자 눈앞의 해변은 하얗게 반짝이고 있었고, 수영하는 사람들, 잠수복을 입은 사람들, 파라솔과 색색의 플라스틱 양동이를 챙겨온 가족들이 여기저기 흩어져 있었다. 화요일 11시였다. 앨리스와 아일린은 해변으로 내려가 모래언덕 옆 모래사장 위에 자신들의 타월을 펼쳤는데, 하나는 오렌지색이고, 다른 하나는 분홍색과 노란색의 조개껍데기 무늬가 있는 것이었다. 사이먼이 신발을 벗으며 물이 어떤지 보러 가겠다고 말했다. 자신의 수영복 반바지 끈을 만지작거리고 있던 펠릭스가 반사적으로 빙긋 웃으며 말했다. 당신이 그렇게 말할 줄 알았어요. 갑시다. 내가 같이 갈게요. 안 될 것 없지. 썰물이 다 빠져나가서인지 걸어갈수록 발밑의 모래는 더 색이 진하고 더 단단했으며, 색색의 돌멩이들과 부서진 조개껍질 파편들, 말라붙은 해초, 하얗게 바랜 죽은 게들이 널려 있었다. 그 앞에 바다가 있었다. 뜨거운 햇볕이 그들의 목과 어깨로 쨍쨍 내리쬐었다. 사이먼이 옆에 있으니 펠릭스는 체격이 작고 탄탄하며, 머리색은 짙고 민첩해 보였다. 사이먼의 그림자가 평평한 젖은 모래 위에 길게 드리워졌다. 펠릭스는 하루 종일 실제로 무슨 일을 하느냐고 물어보면서, 사이먼의 직업에 대해 또다시 물어보기 시작했다. 그는 주로 회의에, 때로는 정치인들과, 또 때로는 활동가들이나 지역 사회 공동체들과의 회의에 참석한다고 말했다. 그들의 발을 덮은 바닷물은 미지근했다. 하지만 이내 발목에 닿자 차가웠으며, 무릎까지 차오르자 훨씬 더 차가웠다. 사이먼은 지난 몇 달 동안은 한 난민 단체와 많은 일을 해왔다고 했다. 펠릭스가 말했다. 그들을 도와줬군요. 사이먼이 말했다. 그러려고 노력했죠. 그나저나 물이 항상 이렇게 차가워요? 펠릭스가 웃음을 터뜨리고 이가 딱딱 부딪칠 정도로 덜덜 떨면서 대답했다. 그래요, 항상 끔찍하죠. 내가 왜 들어왔는지 모르겠네. 보통은 절대 안 그러거든요. 그런데 당신은 더블린에서 월세로 사는 건가요? 아니면 당신 집이 있는 거예요? 그는 말을 하는 내내 어깨를 덜덜 떨면서, 팔로 자기 몸을 꼭 감싸 안고 있었다. 사이먼이 말했다. 난 내 아파트에서 살아요. 그러니까 담보대출이 있다는 얘기죠. 펠릭스는 무심코 한 손으로 수면을 철퍼덕 쳐서 사이먼이 있는 쪽으로 작고 하얀 물보라를 일으켰다. 그는 눈을 들어 쳐다보지 않고 말했다. 그렇구나, 엄마가 작년에 돌아가시면서 우리한테 집을 남겼어요. 하지만 그 집도 여전히 담보대출이 10년 치는 남아 있죠. 젖은 손끝으로 목덜미를 문지르며 그가 덧붙였다. 나는 거기 살지는 않아요. 사실 형이 지금 그걸 팔려고 하는 중이죠. 사이먼은 이제 물이 허리 높이까지 차올랐기 때문에, 속도를 유지하기 위해 물살을 힘겹게 헤치고 걸어가면서 잠자코 귀 기울여 듣고 있었다. 그는 어머니가 돌아가셨다니 무척 유감이라고 상냥하게 말했다. 펠릭스는 그를 바라보며 한쪽 눈을 질끈 감았다가 이내 다시 물을 내려다보며 말했다. 그러게요. 사이먼이 그 집을 파는 것을 어떻게 생각하느냐고 물어보자, 그는 이상하게 웃으면서 대답했다. 참 웃겨요. 나는 양도 증명서에 서명하지 않으려고 지난 6주 동안 형을 피해 다니고 있어요. 미친 짓 아니에요? 내가 왜 그러는지 잘 모르겠어요. 거기 살고 싶은 것도 아니고 그 돈이 정말 필요하거든요. 하지만 그게 나예요. 뭐 하나 쉽게 하는 법이 없죠. 그는 또다시 수면을 철퍼덕 치며 말했다. 당신이 망명 신청자들을 위해 일을 하는 건 좋은 일이에요. 하느님은 그들을 사랑하시죠. 사이먼은 이 말을 잠시 생각해보는 것 같더니, 이내 자신이 정말로 한 일이라고는 회의에 가고 아무도 읽지 않는 보고서를 쓰는 것이 다였기 때문에, 점점 더 자기 일에 좌절감을 느낀다고 말했다. 펠릭스가 말했다. 하지만 적어도 당신은 관심은 가지잖아요. 많은 사람들이 관심도 없어요. 사이먼은 물론 이론적으로는 관심을 가지기는 하지만, 자신이 관심을 가지든 말든 큰 차이는 없는 것 같다고 말했다. 그러곤 덧붙여 말했다. 대부분의 시간에 마치 그런 일이 일어나지 않는 것처럼 내 인생을 살아가고 있어요. 내가 나로서는 이해할 엄두조차 나지 않는 일들을 겪은 사람들을 만난다는 거예요. 원칙적으로 나는 그들의 편이고, 매일 출근해서 내 일을 하죠. 실제로 내가 대부분의 시간 동안 생각하는 건…… 글쎄요. 펠릭스가 앨리스와 아일린이 비스듬히 누워 있는 해변을 등 뒤로 가리키며 말했다. 저런 사람들이죠. 이제 사이먼은 미소를 지으며 눈길을 돌리고 말했다. 그래요, 저런 사람들이에요. 펠릭스는 그를 유심히 관찰하며 물어보았다. 당신은 신앙심이 깊어요, 그렇죠? 사이먼은 잠시 멈칫했다가 다시 그를 쳐다보았다. 사이먼이 물었다. 앨리스가 그랬어요? 아니면 그냥 당신 짐작인가요? 펠릭스가 또다시 쾌활한 웃음을 터뜨리고 나서 대답했다. 가톨릭교도다운 죄의식이 은연중에 드러났죠. 아니, 실은 그녀한테 들었어요. 그들은 잠시 묵묵히 걸어갔다. 사이먼은 일찍이 사제가 되는 것에 대해 생각해본 적이 있다고 조용히 말했다. 펠릭스는 온화하고 흥미롭다는 표정으로 그를 관찰하고 있다가 말했다. 이런 걸 물어봐도 될지 모르겠지만, 왜 사제가 되지 않았죠? 사이먼은 차갑고 탁한 물속을 내려다보고 있었다. 수면 위로 햇살의 파편이 여기저기 부서져 내리고 있었다. 이윽고 그가 대답했다. 정치가 더 실용적일 거라고 생각했다고 말할 작정이었어요. 하지만 사실, 나는 혼자 있고 싶지 않았어요. 펠릭스는 반사적으로 빙긋 웃고는 말했다. 그게 당신의 문제군요. 당신은 예수를 더 닮지 못했다는 이유로 자기 자신을 심하게 대해요. 당신도 내가 하는 것처럼 해야 해요. 그냥 멍청이가 돼서 인생을 즐기는 거죠. 그 순간 사이먼이 미소를 지으며 고개를 들고 말했다. 당신은 멍청이처럼 보이지 않아요. 하지만 당신이 자기 인생을 즐긴다는 걸 알게 돼서 기쁘네요. 펠릭스가 조금 더 앞서 물속을 헤치며 나아갔다. 그는 돌아보지 않고서 큰 소리로 말했다. 확실히 나는 하지 말았어야 할 일들을 많이 했어요. 하지만 그렇다고 울어봐야 소용없잖아요? 내 말은 가끔은 울 수도 있지만, 안 울려고 노력한다는 거예요. 사이먼은 잠시 더 그를 지켜보았다. 바닷물이 그의 작고 하얀 몸을 에워싸고 찰랑거리고 있었다. 사이먼이 말했다. 음, 우리는 모두 죄인이에요. 그 순간 펠릭스가 돌아서서 그를 바라보며 말했다. 아, 그래요. 펠릭스는 다시 웃음을 터뜨리고는 덧붙여 말했다. 당신이 그걸 믿는다는 걸 잊고 있었어요. 완전 괴짜군요. 나쁜 뜻은 아니니까 기분 나빠하지 마요. 어서 와요. 계속 거기 서 있다가는 헤엄 한 번 못 치겠어요. 그는 몇 걸음 더 걸어가다가 온몸을 수면 아래로 담가 완전히 사라져버렸다.

해변에서 아일린은 책상다리를 하고 똑바로 앉아 단편 소설 모음집을 대충 훑어보고 있었다. 앨리스는 아일린 옆에서 타월 위에 누워 있었다. 햇빛이 그녀의 축축한 눈꺼풀 위에서 반짝였다. 한 줄기 바람이 아일린의 책 한 장을 휘릭 낚아채자, 그녀는 한 손으로 신경질적으로 책을 다시 매만졌다. 앨리스가 눈을 감은 채 말했다. 그래서 어떤 상황인 거야? 아일린은 처음에는 아무 대답도 하지 않았고 고개도 들지 않았지만, 잠시 후 입을 열었다. 사이먼과의 사이를 말하는 거겠지. 나도 어떤 상황인지 잘 모르겠어. 있잖아, 우리는 무척 다른 사람들인 것 같아. 이제 눈을 뜨고 손차양을 한 채 아일린을 올려다보던 앨리스가 물어보았다. 그게 무슨 소리야? 아일린은 얼굴을 찡그리고 검은색 글자가 빼곡한 페이지를 내려다보다가, 책을 덮어버리고는 말했다. 그는 다른 사람을 만나고 있어. 하지만 어차피 우리 사이가 잘 풀릴지는 모를 일이야. 알다시피, 우리는 아주 다르니까. 앨리스는 여전히 손 그늘을 만들고 있었다. 그녀가 물어보았다. 아까도 그 말을 했는데, 그게 무슨 뜻이니? 그 순간 아일린은 책을 내려놓고 그녀의 물병에서 물을 한 모금 마셨다. 물을 삼킨 후에 그녀가 말했다. 너는 지금 선을 넘고 있어. 앨리스는 손을 치우고 다시 눈을 감으며 말했다. 미안해. 아일린은 물병 뚜껑을 다시 닫으며 말했다. 그건 민감한 주제야. 작은 곤충 한 마리가 앨리스의 타월 위에 내려앉았다가 다시 휙 하고 공중으로 날아가버렸다. 앨리스가 말했다. 당연하지. 아일린은 수평선을 내다보고 있었는데, 두 남자의 모습이 서로 자리를 바꿔가며 수면 아래로 내려갔다가 다시 나타났다가 하고 있었다. 아일린이 말했다. 일이 잘 풀리지 않으면 너무 우울할 거야. 앨리스는 부드러운 모래를 팔꿈치로 괴고 움푹 팬 자국 두 개를 내며 일어나 앉은 후 말했다. 하지만 잘만 풀리면. 아일린이 대꾸했다. 그건 도박 심리야. 앨리스는 고개를 끄덕이며, 옆에 앉아 있는 친구의 모습을 위아래로 훑어보고 있었다. 그녀의 수영복의 가느다란 검은색 어깨끈이 보였다. 앨리스가 말했다. 위험 회피지. 그러자 아일린이 희미한 미소를 머금고 대답했다. 그건 자기 파괴적 행동이야. 앨리스도 고개를 갸웃한 채 미소 짓고 있었다. 그녀가 말했다. 어느 쪽이든 논쟁의 여지가 있어. 하지만 그는 너를 정말 사랑해. 그 순간 아일린이 그녀를 힐끗 쳐다보며 말했다. 뭐라고? 그가 너한테 그런 말을 했어? 앨리스가 고개를 가로저으며 대답했다. 아니, 그저 내 말은 보나 마나 뻔하다는 거야. 아일린이 상체를 내밀어 책상다리 위로 숙이면서 앞쪽에 있는 분홍색 무늬의 거친 타월을 양손으로 짚자, 그녀의 도도록한 등줄기가 수영복의 얇은 합성 섬유를 통해 드러나 보였다. 그녀가 말했다. 그래, 어떤 면에서 그는 나를 사랑해. 나는 혼자서는 아무것도 못 하는 멍청한 꼬맹이고, 그건 그에게 큰일이거든. 다시 자세를 바로 하고 손으로 눈을 문지르며 그녀가 말했다. 올해 초 1월인가 2월쯤에, 정말 머리가 심하게 아프기 시작했어. 어느 날 밤, 온라인으로 시간 가는 줄도 모르고 내 증상을 찾아보고는 뇌종양에 걸린 거라고 확신했지. 그나저나 이건 완전히 바보 같은 이야기야. 어쨌든, 나는 새벽 1시쯤 사이먼에게 전화해서 뇌종양에 걸려서 두렵다고 말했고, 그는 택시를 타고 내 집으로 와서 내가 그에게 기대어 거의 한 시간이나 울게 해줬어. 그는 짜증이 난 것 같지는 않았고, 그야말로 아주 차분했지. 그가 짜증을 내길 바랐다는 건 아니야. 하지만 과연 내가 그를 위해 그렇게 할 수 있을까? 만약 그가 한밤중에 전화를 걸어서 이렇게 말한다면 말이야. 아일린, 잘 지냈어? 내가 희귀 암에 걸렸다고 비이성적으로 확신하게 되었으니, 이리 와서 내가 지쳐 잠들 때까지 당신한테 기대어 울게 해주겠어? 내가 어떻게 반응할지 상상하는 건 아무 쓸모도 없어. 그는 절대로 그런 일을 하지 않을 테니까. 사실, 그가 그렇게 한다면 나는 그의 뇌에 정말로 문제가 있다고 생각할 거야. 앨리스는 큰 소리로 웃고 나서 말했다. 너는 네가 건강염려증 환자로 등장하는 이런 이야기를 잔뜩 가지고 있지. 하지만 내게는 그런 인상을 준 적이 한 번도 없어. 아일린은 가방에서 선글라스를 꺼내 벗어둔 스웨터 한 귀퉁이로 닦고 있었다. 그녀가 말했다. 그래, 내 말이 그 말이야. 사이먼은 내 성격의 가장 쓰레기 같은 부분을 소환해. 왜 그를 비난하고 있는지 모르겠어. 나는 나 자신을 비난해야 하는 건데 말이야. 어떤 다 큰 여자가 그렇게 행동하겠니? 끔찍한 일이야. 앨리스가 생각에 잠긴 듯 팔꿈치가 타월을 파고들고 있었다. 잠시 후 그녀가 큰 소리로 말했다. 네 말은 그와 함께 있을 때의 너 자신이 싫다는 거구나. 그 순간 아일린은 햇빛에 비춰 선글라스를 확인하며 반사적으로 얼굴을 찡그리고는 말했다. 아니, 그게 아니야. 단지 우리의 관계가 아주 일방적인 것 같다고 느낄 뿐이지. 그러니까, 그는 항상 나를 위해 온갖 일을 다 해결해주는데 나는 그를 위해 무엇 하나 해결해주지 못하는 것 같아. 그가 그렇게 도움이 되는 건 굉장하다는 뜻이지. 어느 정도는 나한테 필요하기도 하고. 하지만 그는 내게서 아무것도 돌려받을 필요가 없어. 그녀는 잠시 주저하다가 덧붙였다. 어쨌든, 그건 중요하지 않아. 그에게는 모두 굉장하다고 말하는 스물세 살짜리 여자친구가 있으니까. 앨리스는 비치 타월 위에 다시 드러누웠다. 아일린이 앉아 있는 곳에서는 더 이상 사이먼과 펠릭스의 모습은 보이지 않았고, 거대한 아지랑이와 물안개, 실처럼 부서지는 가느다란 파도만 보일 뿐이었다. 그들의 등 뒤에 있는 마을은 해안가를 따라 등대까지 죽 하얗게 빛났고, 왼쪽에는 인적 없는 모래언덕들이 있었다. 앨리스는 손등을 이마에 얹었다. 아일린이 물어보았다. 너 정말 여기서 살 수 있겠니? 앨리스는 전혀 놀라지 않고 그녀를 건너다보며 말했다. 나는 여기 살고 있어. 언짢은 표정이 아일린의 얼굴을 눈 깜짝할 사이 스치고 지나갔다. 그녀가 말했다. 아니, 그건 나도 알아. 하지만 내 말은 장기적으로라는 뜻이야. 앨리스가 상냥하게 대답했다. 나도 모르겠어. 그러고 싶기는 해. 그들 뒤의 주거용 트레일러 주차장에서 한 젊은 가족이 길을 따라 내려왔다. 어린아이 둘이 멜빵바지를 맞춰 입고 앞장서서 아장아장 걷고 있었다. 아일린이 물어보았다. 왜? 앨리스가 미소를 지어 보이며 되물었다. 안 될 건 뭐야? 아름답잖아, 안 그래? 낮은 목소리로 아일린이 대답했다. 그래, 물론이야. 앨리스가 지켜보는 동안 아일린은 타월을 내려다보며, 긴 손가락으로 구김살을 펴고 있었다. 앨리스가 대꾸했다. 너는 언제든 와서 나랑 같이 살 수 있어. 아일린이 두 눈을 꼭 감았다가 다시 뜨며 말했다. 유감스럽게도 나는 먹고살려면 일을 해야 해. 앨리스는 잠시 망설이다가 대수롭지 않다는 투로 대답했다. 다들 그렇지 않아? 그 순간 남자들이 햇빛을 반사하는 젖은 몸을 반짝거리며 물 밖으로 나오고 있었다. 처음에는 들리지 않았지만, 그들은 대화를 나누는 중이었다. 그들의 뒤쪽 모래 위로 그림자가 검푸른 얼룩을 만들며 드리워졌다. 여자들은 입을 다물고 남자들을 지켜보았다.

/

2시에 펠릭스는 일을 하러 갔고, 나머지 세 사람은 마을을 돌아다녔다. 무더운 오후였다. 포장도로의 검은 타르가 군데군데 물렁물렁해지고, 시험을 본 교복 차림의 학생들은 거리를 어슬렁거리고 있었다. 교회 옆에 있는 자선기금 마련을 위한 중고품 가게에서 아일린은 초록색 실크 블라우스를 6유로 50센트에 샀다. 그사이 펠릭스는 높다란 팰릿형 카트를 밀고 창고 통로들 사이를 누볐다. 모퉁이를 돌 때마다 카트를 제어하기 위해 손잡이를 잡은 손을 한 번 풀었다가 다시 꽉 잡으며, 왼발을 카트 뒷바퀴 바로 뒤에 두고, 카트의 작동 원리에 따라 정해진 특정한 방식으로 카트와 반대 방향으로 몸을 비스듬히 기울였다. 그는 판단을 잘못해서 카트의 무게가 잠시 그의 통제를 벗어날 때를 제외하고는, 이 동작을 무의식적인 것처럼 똑같이 반복적으로 수행했다. 앨리스의 주방에서는 사이먼이 저녁을 만들고 있었고, 앨리스는 책을 쓰라고 아일린을 부추기고 있었다. 무슨 이유 때문인지 아일린은 그날 낮에 구입한 실크 블라우스를 무릎 위에 올려놓고 있었다. 앨리스가 말하는 동안 그녀는 가끔씩 그 블라우스를 마치 반려 동물인 듯 멍하니 쓰다듬었다. 그녀는 한편으로는 앨리스와 나누는 대화에 매우 깊고 한결같은 관심을 쏟고 있는 것처럼 보였지만, 또 다른 한편으로는 전혀 귀 기울여 듣고 있지 않는 것처럼 보였다. 그녀는 생각에 잠긴 듯 타일을 내려다보면서 가끔씩 말을 하려는 것처럼 조용히 입술을 달싹거렸지만, 아무 말도 하지 않았다.

저녁 식사 후, 그들은 펠릭스를 만나 술을 마시려고 마을로 걸어 내려갔다. 서늘한 햇빛이 희미하게 노란빛이 도는 푸른 바다 위로 서서히 사라져가고 있었다. 그들이 도착했을 때 펠릭스는 **선원의 친구** 밖에 서서 통화를 하는 중이었다. 그는 비어 있는 손으로 그들에게 손을 흔들며 전화기에 대고 말했다. 곧 알게 되겠지. 내가 물어볼게. 그럼 이만 끊을게, 됐지? 이윽고 그들은 함께 안으로 들어갔다. 바텐더가 말했다. 이게 누구신가 대담한 펠릭스 브래디 아니야. 우리 최우수 고객. 나머지 세 사람에게 펠릭스가 말했다. 자기 딴에는 저걸 농담이라고 하는 거예요. 그들 네 사람은 텅 빈 벽난로 근처의 칸막이 자리에 함께 앉아 술을 마시며 그들이 살았던 각기 다른 도시들에 대해 이야기를 나눴다. 펠릭스가 앨리스에게 뉴욕에 대해 물어보자, 그녀는 혼란스럽고 스트레스가 쌓이는 곳인 것 같다고 말했다. 그녀는 거기서는 모든 사람이 어디로도 통하지 않는 복도와 계단이 있고, 문이라는 문은 모조리, 화장실 문조차도, 심지어 아주 비싼 집에서도 제대로 닫히지 않는 아주 이상한 건물에서 산다고 말했다. 펠릭스는 고등학교를 졸업한 후 런던으로 이주하여 바텐더로 일하며 거기서 얼마 동안 살았다고 말했다. 그 기간 중에 아주 잠시 스트립 클럽의 바텐더로도 일했는데, 그가 그들에게 한 말에 따르면 그것은 그가 해본 중에 가장 우울한 일이었다. 그가 사이먼에게 물어보았다. 스트립 클럽에 가본 적 있어요? 사이먼은 예의 바르게 없다고 대답했다. 펠릭스가 말했다. 끔찍한 곳이죠. 만약 세상만사가 잘 돌아간다고 느끼게 된다면, 언젠가 한 번 가서 꼭 봐요. 사이먼은 런던에 살아본 적은 없지만 대학 재학 시절에 런던에서 잠시 시간을 보낸 적이 있고, 그 후 몇 년 동안 파리에서 살았다고 말했다. 펠릭스가 프랑스어를 할 줄 아느냐고 물어보자, 사이먼은 그렇다고 대답한 후 그 당시 파트너가 파리 여자였고 집에서는 서로 프랑스어를 썼다고 덧붙였다. 펠릭스가 되물었다. 같이 살았다고요? 사이먼은 잔에 든 술을 마시는 중이었기에 고개만 끄덕였다. 펠릭스가 물어보았다. 얼마나 오래요? 미안, 지금 내가 꼭 당신을 취조하는 것 같네요. 그냥 궁금해서 그래요. 사이먼은 4~5년 정도라고 대답했다. 눈썹을 치켜세우며 펠릭스가 말했다. 아, 그렇군요. 그리고 지금은 싱글이죠, 그렇죠? 그 말에 사이먼은 쓴웃음을 지었고, 펠릭스는 웃음을 터뜨렸다. 아일린은 그들을 지켜보며 멍하니 머리카락을 땋고 있었다. 사이먼이 맞장구를 쳤다. 맞아요, 싱글이에요. 아일린이 반쯤 땋은 머리카락에서 손을 떼며 말참견을 했다. 당신 만나는 사람 있잖아. 이 말에 흥미를 느낀 듯, 펠릭스가 재빨리 사이먼을 돌아보았다. 사이먼이 대답했다. 아니, 지금은 아니에요. 캐럴라인을 말하나 본데, 우리는 더 이상 만나지 않아요. 아일린은 입을 'O'자 모양으로 벌리며, 깜짝 놀란 표정을 과장스럽게 지어 보였다가, 이내 아마도 진짜 놀랐다는 사실을 감추기 위해서인 듯 다시 머리를 땋기 시작했다. 그녀가 말했다. 너무하잖아, 나한테도 말하지 않을 생각이었어? 그러곤 펠릭스를 향해 덧붙여 말했다. 사이먼은 나한테 아무 얘기도 해주지 않아요. 사이먼은 자리에 앉아 그녀를 즐거운 듯 바라보며 말했다. 아니, 말할 생각이었어. 그저 적당한 때를 기다리고 있었을 뿐이야. 그녀는 얼굴을 붉히며 피식 웃고는 물어보았다. 적당하다니 어떤 의미에서? 펠릭스가 쾌활하게 잔을 탁자 위에 내려놓으며 말했다. 자, 즐기자고요.

또 한 잔, 또 한 잔, 그리고 한 잔 더 마시고 나서, 그들은 바를 떠나 아이스크림을 사러 갔다. 아일린과 앨리스는 소리 내 웃으면서, 대학 시절 그들이 미워했던 어떤 사람과 최근 결혼한, 마찬가지로 그들이 대학 시절 미워했던 또 다른 사람에 대해 이야기하는 중이었다. 펠릭스가 사이먼에게 말했다. 저 여자들은 줄곧 저렇게 심술궂었나요? 사이먼은 유머러스한 말투로 아일린은 사실 앨리스를 만나기 전까지만 해도 착한 여자애였다고 대답했고, 앨리스는 이렇게 되받아쳤다. 당신이 그렇게 말할 줄 알았어. 길모퉁이 가게는 미닫이문이 자동으로 여닫히고, 하얀 조명 기구가 웅웅거리고, 바닥 타일이 반들반들 윤이 났다. 과일 및 채소 운반용 상자들 옆에 싱싱한 꽃들이 진열되어 있었다. 과립형 그레이비 소스, 두루마리 종이 포일, 똑같이 생긴 식물성 기름 병들이 있었다. 앨리스가 냉동고 문을 밀어서 열었고, 다 같이 포장되어 있는 아이스크림을 하나씩 골랐다. 그러고 나서 앨리스는 아침에 먹을 우유와 소다빵, 그리고 키친 타월이, 아일린은 치약이 필요하다는 사실을 기억해냈다. 그들이 이 물건들을 들고 계산대로 다가갔을 때, 앨리스가 가방에서 지갑을 꺼내자, 사이먼이 말했다. 아니, 내가 계산할게. 아일린은 그가 주머니에서 얇은 가죽 지갑을 찾아서 펼치는 것을 지켜보았다. 그가 힐끗 쳐다보다가 그녀와 눈길이 마주치자, 아일린은 멋쩍은 듯 귀를 만지며 미소 지었고, 그도 마주 보며 미소를 지었다. 펠릭스가 조용히 구경하는 사이, 앨리스는 물건들을 천 가방에 담았다. 다 같이 해안도로를 다시 걸어 올라가면서, 아이스크림을 먹으며 아까 해변에서 햇볕에 화상이라도 입지 않았는지에 대해 이야기했다. 앨리스와 아일린은 함께 뒤처져 팔짱을 끼고 헨리 제임스에 대해 이야기했다. 앨리스가 말했다. 너한테 말하기 전까지는 갈피를 못 잡겠어. 사이먼과 펠릭스가 먼저 언덕을 성큼성큼 오르는 동안, 펠릭스는 사이먼의 가족과 그가 어디에서 자랐는지, 그리고 그의 이전 연애에 대해 물어보았다. 사이먼은 그의 질문에 예의 바르고 쾌활하게 대답하거나, 그렇지 않으면 미소를 지으며 이 말만 했다. 노코멘트예요. 펠릭스는 양쪽 주머니에 손을 넣은 채, 재미있다는 듯 고개를 끄덕이고는 말했다. 여자만이죠? 그 순간 사이먼이 그를 돌아보며 되물었다. 뭐라고요? 펠릭스는 차분한 표정으로 말했다. 여자만 좋아하는 거죠? 사이먼은 잠시 아무 말도 하지 않다가, 이내 느긋한 말투로 대답했다. 아직까지는요. 그 순간 펠릭스의 높은 웃음소리가 몇몇 주택의 정면에 부딪혀 메아리쳤다. 그들은 주거용 트레일러 주차장의 길가 쪽 출입구, 조용하고 푸른 골프장, 눈부신 유리 로비가 있는 호텔을 지나쳐갔다.

집에 도착하고 나서는 서로 잘 자라고 인사하며 위층으로 올라갔다. 침실에 딸린 욕실에서 앨리스가 이를 닦는 동안, 펠릭스는 침대에 앉아 전화기의 알림을 죽 스크롤했다. 그가 말했다. 내 친구 다니 알잖아. 그녀가 내일 자기 생일에 사람들을 부를 거야. 대단한 건 아니고, 조카들이 오고 뭐 그런다네. 나는 얼굴을 좀 비쳐야 할 것 같은데, 그래도 괜찮겠어? 앨리스가 타월에 손을 닦으며 욕실 문간에 나타나서 말했다. 물론이야. 그는 그녀를 위아래로 훑어보며 고개를 끄덕이고 덧붙여 말했다. 원한다면 같이 가도 돼. 다른 두 사람도 그렇고. 그러자 앨리스는 타월을 걸어놓고 침대에 다가가 앉으며 말했다. 재미있을 것 같아. 다니가 싫어하지 않을까? 그가 자세를 바로 하고 앉아 손을 뻗어 그녀가 목걸이의 걸쇠를 푸는 걸 도와주며 말했다. 아니, 전혀. 안 그래도 당신한테 전해달라고 했어. 앨리스는 목걸이를 끌러내 손에 쥐었다가 침대 머리맡 캐비닛 위에 툭 내려놓았다. 펠릭스가 덧붙여 말했다. 매력적이야, 안 그래? 당신 친구. 사이먼 말이야. 앨리스는 고양이처럼 엷은 미소를 지으며 침대 위로 올라갔다. 그녀가 말했다. 내가 그렇다고 했잖아. 펠릭스는 한 팔을 팔베개하며 그녀를 올려다보았다. 그가 대답했다. 그를 보면 당신이 떠올라. 자기 패를 안 보여줘. 그녀는 베개를 집어 들고 그를 때렸다. 그녀가 말했다. 애석하게도, 아마 그는 이성애자가 아닌가 싶어. 펠릭스는 그 베개를 머리 뒤에 밀어 넣으며 부드럽게 이런 대답을 했다. 그래? 곧 알게 되겠지. 그의 몸 위로 올라타며 웃음을 터뜨리고 나서 앨리스가 물어보았다. 사이먼 때문에 나를 버리는 건 아니겠지? 두 손으로 그녀의 엉덩이와 허벅지를 쓸어내리며 그가 말했다. 당신을 버려? 아니, 그럴 리가. 우리 셋이 함께 재미 좀 볼 수 있을 것 같지 않아? 고개를 절레절레 흔들며 그녀가 물어보았다. 그럼 이 시나리오에서 아일린은 어디에 있게 될까? 아래층에서 뜨개질을 하고 있나? 생각에 잠긴 듯 아랫입술을 삐죽 내밀고 있다가 펠릭스가 말했다. 나라면 그녀를 제외시키지 않을 거야. 앨리스가 손가락으로 그의 짙은 눈썹 한쪽을 더듬으며 말했다. 저렇게 인물 좋은 친구들이 있으니 이런 일도 생기는군. 그가 미소 지으며 말했다. 알다시피 당신도 그렇게 나쁘지 않아. 이리 와.

한편 아일린은 침대에 앉아 휴대전화로 어머니가 보내준 일련의 결혼사진들을 죽 스크롤해보고 있었다. 방바닥에는 버려진 카디건과 끈이 엉킨 수영복, 버클이 풀려 늘어진 샌들이 있었다. 침대 머리맡 테이블에는 주름진 분홍색 전등갓을 쓴 램프가 놓여 있었다. 방

문을 두드리는 소리가 부드럽게 울리자, 그녀는 고개를 들어 큰 소리로 말했다. 누구야? 사이먼이 문을 살짝 열었다. 그의 얼굴은 어둠 속에 있었고, 한 손은 문손잡이에 있었다. 그가 말했다. 네 치약은 그냥 화장실에 놔둘게. 잘 자. 한쪽 팔로 그에게 안으로 들어오라고 손짓하며 그녀가 말했다. 결혼사진들을 보는 중이야. 그는 문을 닫고 침대 측면 가장자리에 앉았다. 그녀의 휴대전화 화면에는 롤라와 매튜가 성당 밖에 함께 서 있는 사진이 있었고, 롤라는 분홍색과 흰색 꽃이 섞인 부케를 들고 있었다. 사이먼이 말했다. 사진 잘 나왔네. 그녀가 다음 사진으로 넘어가자 신부 측 하객들이 함께 서 있는 사진이 보였는데, 옅은 초록색 드레스를 입은 아일린이 희미한 미소를 머금고 있었다. 사이먼이 말했다. 아, 너 참 아름다워 보인다. 그녀는 침대 위에서 자리를 옮겨 앉으며 매트리스를 툭툭 두드려 그를 초대했다. 그가 옆자리에 앉자, 그들은 침대 머리 판에 등을 기댔다. 그녀가 화면을 계속 넘기자, 드링크 리셉션에서 찍은 사진들이 보였다. 롤라는 목이 긴 샴페인 잔을 손에 들고 입을 벌려 웃고 있었다. 아일린이 이제 하품을 하며 사이먼의 어깨에 머리를 편안히 기대자, 그가 따뜻하고 듬직한 팔로 그녀를 감쌌다. 1~2분쯤 후 그녀는 전화기를 무릎 위에 내려놓았다. 그녀의 눈이 스르르 감겼다. 그녀가 말했다. 오늘은 참 즐거웠어. 그가 손가락을 그녀의 목덜미에서 머리카락 속으로 멍하니 움직여가자 그녀가 나직이 기분 좋은 한숨을 내쉬었다. 그가 소리를 냈다. 으음. 그녀는 눈을 게슴츠레하게 뜨고 그의 가슴에 손을 얹고는 물어보았다. 그래서 캐럴라인은 어떻게 된 거야? 그녀의 손을 내려다보며 그가 대답했다. 그녀에게 다른 사람이 있다고 말했어. 아일린은 마치 그가 말을 이어가기를 기다리는 것처럼 잠시 뜸을 들이다가 입을 열었다. 내가 아는 사람이야?

그녀의 귀 뒤에 있던 그의 손가락들이 머리카락을 빗질하기 시작했다. 그가 말했다. 아, 내가 줄곧 사랑에 빠져 있었던 바로 그 아가씨야. 때때로 그녀는 내가 여전히 관심이 있는지 확인하려고 내 감정을 가지고 장난치는 걸 좋아해. 아랫입술을 빨다가 내뱉고 나서, 그녀가 말했다. 무정한 여자네. 반사적으로 미소 지으며 그가 말했다. 음, 그녀를 응석받이로 만든 건 내 잘못이야. 정말이지 그 여자에 관해서는 나는 끔찍한 바보야. 손을 그의 셔츠 단추 위에서, 벨트 버클까지 죽 아래로 움직여가며 그녀가 말했다. 사이먼, 내가 당신이 자고 있었는데, 당신 집에 갔던 그날 밤 있잖아. 그가 그래, 라고 말했다. 그녀가 말을 이어갔다. 그날 밤 우리가 잠자리에 들었을 때, 당신은 내게서 떨어져서 몸을 돌려 모로 누웠어. 그거 기억나? 그는 멋쩍은 미소를 지으며 기억난다고 말했다. 손가락으로 그의 벨트 버클을 더듬으며 그녀가 물어보았다. 나를 만지고 싶지 않았던 거야? 그녀의 작고 하얀 손을 내려다보며, 웃음 비슷한 소리를 내고 그가 대답했다. 아니, 당연히 만지고 싶었지. 하지만 네가 집에 왔을 때, 무언가에 화가 난 것처럼 보였어. 잠시 생각에 잠겼다가 그녀가 말했다. 조금 그렇긴 했어. 나는 우리가 함께 자면 내 기분이 좋아질 거라고 생각했던 것 같아. 그게 형편없는 생각이라면 미안해. 하지만 당신이 나를 외면했을 때 당신이 정말로 나를 원하지는 않을지도 모른다는 생각이 들었어. 그가 그녀의 목덜미를 쓸어내리며 말했다. 저런, 그런 생각은 하지 않았어. 네가 기운을 내려고 나랑 자고 싶어 한 줄은 몰랐다는 뜻이야. 나는 순전히 내가 그러고 싶었고 또 네가 허락했기 때문에 그랬어. 정말이지 나는 네가 왜 허락해주고 있는 건지 확실히 알지도 못했어. 너를 몹시 원하는 사람과 잠자리에 드는 게 네 자존감에 좋을지도 모르겠다고 생각했던 것 같아. 전에도 그런 느낌을 받은 적이 있었어. 뭐랄까, 욕망의 대상이 되는 것은 으쓱해지는 기분이야. 너무 으쓱한 기분이 들어서 어떤 면에서는 약간 섹시하기까지 해. 하지만 내가 너를 원하지 않는다고 여길 거라는 생각은 내 뇌리를 스친 적도 없어. 내가 이런 일들에 대해 생각하는 방식이겠지……. 우리가 사랑을 나눌 때조차도 가끔은 나만의 이유 때문에 그렇게 하고 있는 것 같은 기분이 든다는 거야. 너도 어떤 순수한 육체적 즐거움을 얻을지 모르지. 그러기를 바라기도 하고. 하지만 나한테는 달라. 네가 성차별적이라고 말할 거라는 건 알지만. 그녀는 입을 벌리고 소리 내 웃고는 말했다. 성차별적인 소리야. 나는 신경 쓰이지 않지만. 당신이 말했듯이, 그건 으쓱한 기분이 들어. 당신한테 나를 정복하고 소유하려는 그런 원초적인 욕망이 있다니. 그건 굉장히 남성적이야, 섹시한 것 같아. 그가 손을 들어 엄지손가락을 그녀의 아랫입술에 갖다 대며 말했다. 나도 그렇게 느껴. 하지만 동시에 너도 그걸 원해야 해. 그녀는 휘둥그레진 검은 눈으로 그를 쳐다보며 말했다. 나도 원해. 그러자 그가 몸을 돌려 그녀의 입에 입을 맞췄다. 한동안 둘은 서로를 끌어안고 누워 있었다. 그는 한 손으로 그녀의 작고 단단한 엉덩이뼈를 어루만지고 있었고, 그녀는 뜨겁고 축축한 숨결을 그의 목에 토해내고 있었다. 그가 그녀의 원피스 밑으로 손을 집어넣자 그녀는 두 눈을 꼭 감고 가쁜 숨을 내쉬었다. 그가 나직이 속삭였다. 아, 아주 잘하고 있어. 그녀는 동물 울음 같은 소리를 냈고, 도리질을 치며 말했다. 세상에, 제발. 이제 또다시 소리 내 웃으며 그가 물어보았다. '제발'이라니 그게 무슨 뜻이야? 그녀는 머리를 베개에 대고 계속 도리질을 하며 대답했다. 무슨 뜻인지 잘 알잖아. 그가 그녀의 귀 뒤쪽 머리카락 한 가닥을 매만지며 말했다. 콘돔이 없어. 그녀는 그에게 괜찮다고 말했다. 그러곤 덧붙였다. 다른 사람과도 무방비로 섹스를 하지만 않는다면. 그의 귀는 빨갰다. 그가 미소를 지으며 말했다. 아니, 아니야. 너랑만이야. 이거 벗겨도 돼? 그녀가 일어나 앉자 그가 원피스를 그녀의 머리 위로 들어 올려 빼냈다. 그녀는 부드럽고 하얀 브래지어를 입고 있었다. 그가 그녀의 등 뒤로 손을 뻗어 브래지어의 후크를 풀었다. 그가 그녀의 어깨에서 브래지어 끈을 빼내는 동안 그녀는 그를 지켜보며 몸을 살짝 떨었다. 이윽고 등을 대고 누워 속옷을 벗었다. 그녀가 그의 이름을 불렀다. 사이먼. 그는 셔츠 단추를 풀며 그녀를 주의 깊게 살펴보고 있었다. 그녀가 물어보았다. 당신 여자친구들이랑도 다 이런 식으로 하는 거야? 그러니까 당신이 나한테 쓰는 말투, 내게 잘하고 있다고 말하는 것 같은 그런 거 말이야. 자주 그래? 내가 상관할 일은 아니지만, 그냥 궁금해서. 약간 부끄러워하는 듯한 미소를 지으며 그가 말했다. 아니야, 절대로, 정말이야. 즉흥적인 거야. 괜찮아? 그 순간 그녀는 웃음을 터뜨렸고, 쑥스러워하면서도 그 역시 웃음을 터뜨렸다. 그녀가 말했다. 아, 너무 좋아. 그냥 좀 궁금했어. 지난번 이후로. 왜 그런 거 있잖아. 어쩌면 이게 그의 특기이거나, 다른 여자들과도 다 이런 식일지도 몰라. 그가 자신의 옷을 마룻바닥에 내려놓으며 말했다. 어쨌든 사실 여자가 그렇게 많지도 않았어. 네 환상을 망치고 싶지는 않지만. 눈을 가리고 미소를 지으며 그녀가 말했다. 몇 명이야? 그 순간 그녀의 몸 위에 엎드리며 그가 말했다. 이러지 말자. 그녀는 그의 목을 얼싸안고 물어보았다. 스무 명이 안 돼? 얼굴을 익살스럽게 찡그려 보이며 그가 말했다. 더 적어. 그래. 네 생각에는 스무 명인 것 같아? 씩 웃으면서 이를 핥고 나서 그가 물어보았다. 열 명보다 적어? 그녀가 물어보았다. 천천히 숨을 들이쉬고 나서 그가 말했다. 네가 착하게 구는 줄 알았는데. 그녀가 입술을 깨물며 말했다. 맞아. 그가 그녀 안으로 들어갔을 때 그녀는 희미하게 헐떡대는 소리를 내며 아무 말도 하지 않았다. 그는 눈을 감고 중얼거리듯 말했다. 아, 사랑해. 그녀는 작고 어린애 같은 목소리로 물어보았다. 그리고 당신이 사랑하는 사람은 나뿐이야? 그 순간 그가 그녀의 옆얼굴에 입을 맞추며 대답했다. 맙소사, 그래.

그 후, 그녀는 엎드려 베개 위에서 팔짱을 끼고 고개를 돌려 그를 바라보았다. 그는 누비이불 한 귀퉁이를 끌어당겨 그의 몸을 덮고, 한 팔을 팔베개한 채 등을 대고 누웠다. 그는 눈을 감고 땀을 흘리고 있었다. 그녀가 말했다. 가끔 내가 당신 아내였으면 좋겠다는 생각이 들어. 그는 여전히 숨을 헐떡이면서, 반사적으로 미소를 지으며 대답했다. 계속해. 그녀는 팔 위에 턱을 괴고 말을 이어갔다. 하지만 당신과 결혼하는 것에 대해 생각할 때면, 수도 없이 이런 상상을 하게 돼. 예를 들어 하루 종일 우리 친구들과 시간을 보내고 나서, 밤이면 함께 잠자리에 들어 사랑을 나누는 것 같은 상상 말이야. 현실에서는 당신은 아마도 회의 참석차 늘 집을 비울 테지. 다른 사람들의 비서들과 바람을 피울 테고. 그는 눈을 감은 채 평생 한 번도 바람을 피워본 적은 없다고 대꾸했다. 그녀는 이렇게 지적했다. 하지만 당신은 결혼한 적이 없잖아. 봐, 당신 여자친구들은 항상 같은 나이야. 아내는 점점 늙는단 말이야. 그가 웃음을 터뜨리며 말했다. 이런 버릇없는 꼬맹이 같으니라고. 네가 내 아내였다면 콧대를 꺾어놨을 거야. 그녀는 잠시 말없이 그를 지켜보다가 이내 입을 열었다. 하지만 내가 당신 아내라면 우리는 친구 사이가 아닐 거야. 그가 나른하게 한쪽 눈을 뜨고 그녀를 바라보며 물어보았다. 그게 무슨 말이야? 그녀가 햇빛을 쬐어서 주근깨가 가뭇가뭇한 자신의 가느다란 팔을 빤히 내려다보며 말했다. 친구들끼리 관계를 맺게 되는 이런 상황들에 대해서 줄곧 생각해봤을 뿐이야. 그런 관계는 대개 안 좋게 끝나곤 해. 내 말은, 사람들이 데이트를 하면 어떤 경우에도 당연히 다 그렇다는 거야. 하지만 대부분의 경우 그냥 그 사람의 번호를 차단하고 넘어가면 그만이지. 그런데 개인적인 의견을 말하자면, 나는 당신 번호를 차단하고 싶지 않아. 그녀가 팔꿈치를 괴어서 상체를 똑바로 세우고 내려다보며 물어보았다. 내가 열네 살인가 열다섯 살쯤이었을 때, 당신이 나한테 우리가 남은 평생 동안 친구로 지낼 거라고 말했던 거 기억나? 아마 기억 못 하겠지만 나는 기억해. 그는 꼼짝 않고 누워서 귀를 기울이고 있었다. 그가 말했다. 그럼, 당연히 기억하지. 그녀는 이제 누비이불을 몸에 두르고 매트리스 위에 똑바로 앉아, 재빨리 고개를 끄덕거리고는 물어보았다. 그러면 그건 어떻게 될까? 만약 우리가 데이트를 하다가 헤어진다면…… 그런 말을 하는 것조차 너무 고통스럽고, 심지어 그런 생각조차 하기 싫지만. 세상만사가 다 그런 식이니까…… 앨리스는 여기 이 외딴곳에 살고 있고, 우리 친구들은 모두 계속 다른 나라로 이주를 하고 있고, 나는 너무 가난해서 병원에 갈 수 없기 때문에 요로감염증이라도 걸리면 인터넷에서 불법 항생제를 사야만 하고, 이 지구 어디에서든 선거가 있을 때마다 물리적으로 내 얼굴을 걷어차이는 것처럼 느껴진다는 거야. 그런데 내 삶에 당신이 없다면? 세상에, 나도 잘 모르겠어. 그런 상황에서 일이 벌어지는 건 상상하기도 힘들어. 반면에 우리가 만약 그냥 친구로 지낸다면…… 그래, 우리가 함께 잘 수는 없지만, 서로의 삶에서 떨어져나갈 가능성이 얼마나 될까? 나는 상상도 못 하겠어. 당신은? 그가 조용히 대답했다. 나도 그래. 네가 무슨 말을 하는 건지 알아. 그녀는 도리질을 하며, 두 손으로 얼굴을 쓸어내리고는 말했다. 어떤 면에서는 사실 우리의 우정이 더 중요한지도 몰라. 나도 잘 모르겠어. 에이든과 함께 살고 있었을 때, 이따금 이런 생각을 했어. 사이먼과 함께했다면 무슨 일이 있었을지 결코 알아낼 수 없다는 게 조금 슬프다는 생각 말이야. 하지만 어떤 면에서는 모르는 것이 나을지도 몰라. 우리는 늘 서로의 삶에 속해 있을 테고, 우리 사이에는 늘 이런 감정이 있을 거야. 그게 나아. 가끔씩 정말로 슬프고 우울해지면, 당신도 알다시피 나는 침대에 누워서 당신 생각을 해. 성적인 면에서 그런다는 게 아니야. 그저 한 사람의 개인으로서 당신의 선한 면을 생각할 뿐이지. 당신이 나를 좋아하거나, 혹은 사랑하니까 나는 틀림없이 괜찮을 거야. 심지어 그 감정에 대해 설명하는 지금 이 순간에도 내 안에서 그런 기분을 느낄 수가 있어. 뭐랄까, 모든 게 정말 엉망진창일 때, 그 작은 도토리만 한 느낌이, 그게 여기 내 안에 있어. 그녀는 갈비뼈 사이, 가슴뼈의 밑 부분을 가리키며 말했다. 이런 식인 거지. 나는 화가 날 때, 당신에게 전화할 수 있고 당신이 나를 달래는 말을 할 거란 걸 알고 있어. 게다가 사실 대부분의 경우엔 당신에게 전화할 필요조차 없어. 그 기분을 내가 지금 설명하는 대로 느낄 수가 있기 때문이지. 당신이 나와 함께 있다는 걸 느낄 수 있어. 바보같이 들릴 수도 있다는 거 잘 알아. 하지만 우리가 데이트를 하다가 헤어지면, 더 이상 그 기분을 느끼지 못하게 되는 것 아닐까? 그러면 이 안에는 그 대신 뭐가 있을까? 그녀는 불안해 보이는 손가락으로 다시 한번 가슴뼈 밑 부분을 톡톡 두드리며 물어보았다. 아무것도 없을까? 그는 침대에 누워 그녀를 지켜보면서 잠시 잠자코 있다가 입을 열었다. 나도 모르겠어. 너무 어려운 문제야. 무슨 말인지는 잘 알겠어. 그녀는 절망적이고, 믿지 못하겠다는 듯한 표정으로 그를 응시하며 말했다. 하지만 당신은 내 말에 아무 대답도 하지 않고 있잖아. 그는 천장을 올려다보며 일종의 자조적인 미소를 짓고는 대답했다. 글쎄, 참 복잡한 문제야. 네 말이 맞을지도 몰라. 이미 다 끝난 일이라고 치고, 더 이상 이 모든 일을 겪지 않는 게 나을지도 모르지. 네가 이런 말을 하는 걸 들으니 정말 힘들어. 캐럴라인이 얽혀 있던 상황이 너무 끔찍했고, 정말로 그 상황을 바로잡고 싶었어. 하지만 지금 네가 하는 말을 들어보면, 그건 정말로 그 상황 탓은 아니었던 것 같아. 뭔가 다른 것 때문이었지. 네가 말한 이유들은 정말로 이해가 가. 하지만 네가 하는 말을 들어보면, 너는 사실은 나랑 함께하고 싶지 않은 것처럼 들려. 그녀는 여전히 가슴을 손으로 누른 채 가만히 그를 응시하고 있었다. 그는 턱을 문지르고 침대에서 일어나 앉으며 마룻바닥에 발을 내려놓았다. 그녀를 등진 채 그가 말했다. 나는 이만 갈 테니까 잠 좀 자. 그는 방바닥에서 옷을 주워 들고 다시 입었다. 그녀는 누비이불을 몸에 감고 매트리스 위에 앉아 아무 말도 하지 않았다. 마침내 셔츠 단추를 다 채우고 돌아서서 그가 말했다. 내가 런던에서 돌아온 후 그날 밤 네가 왔을 때, 나는 너를 만나서 무척 흥분했어. 내가 그 말을 했는지 모르겠지만. 아니, 어쩌면 했을 수도 있어. 솔직히 말해서 너무 행복해서 불안했어. 그녀는 손가락으로 코를 닦으며 잠자코 있었고, 그는 그녀의 침묵을 알은척하며 반사적으로 고개를 끄덕이고는 말했다. 네가 그 일을 후회하지 않으면 좋겠어. 그녀는 상냥하게 말했다. 후회하지 않아. 그러자 그가 미소 지으며 말했다. 잘됐다. 다행이야. 잠시 멈칫했다가 그가 덧붙였다. 네가 원하는 사람이 되지 못해서 미안해. 그녀는 몇 초 동안 더 응시하며 가만히 앉아 있다가 말했다. 하지만 당신은 내가 원하는 사람이야. 바닥에 눈길을 둔 채 그 말에 웃음을 터뜨리고 그가 대답했다. 그 감정은 피차 마찬가지야. 어쨌든 아니야. 다 이해해. 정말, 진짜야. 더 늦게까지 붙잡고 있지 않을게. 잘 자, 알았지? 그런 다음 그는 방을 나갔다. 아일린은 여전히 가만히 침대에 앉아 어깨를 치켜올린 채 팔짱을 끼고 있었다. 그녀는 전화기를 들었다가 보지도 않고 다시 떨구고, 이마에서 머리카락을 밀어내고는 눈을 감았다. 무심결에 다음과 같은 시 한 줄을 기억해내면서. **자, 이제 다 끝났어/ 그리고 다 끝나서 나는 기뻐**(영국 시인 T.S. 엘리엇의 시 「황무지」의 한 구절-옮긴이). 그녀의 겨드랑이는 축축하게 젖어 욱신거렸고, 허리는 끊어질 듯 아팠고, 어깨는 햇볕에 타 따갑고 화끈거렸다. 사이먼은 계단 꼭대기를 가로질러 맞은편에 있는 자기 방으로 들어가 문을 닫았다. 만약 그가 고요하고 외로운 그 방에서 마룻바닥에 무릎을 꿇는다면, 기도하고 있는 것일까? 그렇다면 무엇 때문일까? 이기적인 욕망으로부터 자유로워지기 위해서. 어쩌면 그럴지도 모른다. 아니면 매트리스를 팔꿈치로 짚고 얼굴 앞에 두 손을 모아 쥔 채 오로지 이런 생각만 하는 중인지도 모른다. 제게 무엇을 원하시나이까? 하느님, 부디 당신의 뜻을 제게 보여주소서.

27

아침 6시 45분, 펠릭스의 알람이 울렸다. 단조롭게 거듭 삑삑대는 소리였다. 서쪽으로 나 있는 창문의 블라인드 틈새로 서늘한 하얀빛만 조금씩 새어들고 있어서 방은 어둑했다. 앨리스가 중얼거리듯 말했다. 지금 몇 시야? 알람을 끄고 침대에서 일어나며 그가 말했다. 일하러 갈 시간이야. 다시 자. 그는 방에 딸린 욕실에서 샤워를 하고 속옷을 입은 후 타월을 어깨에 두르고 다시 나왔다. 옷을 다 입자 그는 침대 옆으로 가서 몸을 숙여 앨리스의 따뜻하고 축축한 이마에 입을 맞추며 말했다. 나중에 봐. 그녀는 눈을 감은 채 대답했다. 사랑해. 그는 마치 체온을 재듯 손등을 그녀의 이마에 댔다. 그가 말했다. 그래, 당연하지. 곧이어 그는 아래층 주방으로 향했다. 아일린이 조리대에 기대고 커피포트의 아랫부분을 돌려서 빼내고 있었다. 눈이 빨갛게 부은 채 그녀가 말했다. 좋은 아침. 펠릭스는 문간에서 그녀를 바라보며 물어보았다. 안 자고 뭐해요? 그녀는 피곤해 보이는 얼굴로 미소를 지으며 잠이 안 온다고 말했다. 그녀의 얼굴을 유심히 살펴본 후 펠릭스가 말했다. 확실히 좀 몽롱해 보여요. 그녀가 어제 마신 커피 찌꺼기를 싱크대에 버리는 동안, 그는 냉장고를 열고 요거트 병을 꺼냈다. 테이블에 앉으며 그가 물어보았다. 그래, 당신은 직업이 뭐예요? 앨리스 말로는 기자나 뭐 그런 사람이라던데. 커피포트에 수돗물을 받아 채우며 고개를 가로젓고는 아일린이 말했다. 아니, 아니에요. 그냥 잡지사에서 일해요. 편집자 같은 거죠 뭐. 펠릭스가 숟가락으로 요거트를 저으며 물어보았다. 어떤 잡지죠? 그녀는 문학잡지라고 대답했다. 그가 말했다. 아, 그래요. 나는 사실 그게 뭔지 잘 몰라요. 그녀가 가스레인지에 불을 켜며 말했다. 네, 우리는 독자층이 넓지는 않아요. 시와 에세이 같은 것들을 출판해요. 펠릭스가 그렇다면 그 잡지는 어떻게 돈을 버느냐고 물어보았다. 그녀가 대답했다. 아, 돈을 벌지는 못해요. 보조금 지원을 받고 있죠. 펠릭스는 흥미롭다는 듯 질문을 던졌다. 납세자한테서 받거나 뭐 그런다는 건가요? 그녀는 희미하게 웃으며 테이블 반대편에 앉고는 되물었다. 그래요, 반대하나요? 요거트를 삼킨 후 그가 대답했다. 천만에요. 그러면 당신 역시 납세자로부터 급여를 받는군요, 그렇죠? 그녀는 그렇다고 긍정하고는 덧붙여 말했다. 많지는 않지만요. 숟가락의 뒷면을 핥고 있다가 그가 물어보았다. 많지 않다는 게 얼마죠? 그녀는 과일 그릇에서 귤을 꺼내 껍질을 까기 시작하며 말했다. 연봉 2만쯤이요. 눈썹을 치켜세우고 요거트를 내려놓으며 그가 말했다. 농담이겠죠. 세후로요? 그녀는 아니라고, 세전이라고 말했다. 그가 고개를 절레절레 흔들며 말했다. 나도 그것보다는 더 벌어요. 그녀는 하나의 나선형으로 길게 이어지는 오렌지 껍질을 테이블 위에 내려놓고는 물어보았다. 당신이 더 벌면 안 될 이유라도 있나요? 그가 그녀를 응시하며 말했다. 대체 어떻게 생활을 해요? 그녀가 귤을 반으로 쪼개며 대답했다. 나도 종종 궁금해요. 그는 요거트를 다시 먹으려다가 상냥한 어조로 중얼거렸다. 빌어먹을. 한 입 더 삼킨 후 그가 덧붙였다. 그걸 벌려고 대학에 갔다고요? 그녀가 귤을 씹으며 말했다. 아니요, 나는 배우러 대학에 갔어요. 그가 웃음을 터뜨리고 나서 대답했다. 그 정도면 충분히 알겠어요. 어쨌든 당신은 그 일을 좋아하겠죠? 그녀는 머뭇머뭇 고개를 가로저은 다음 말했다. 싫어하지는 않아요. 그는 요거트 병을 들여다보며 고개를 끄덕이고는 말했다. 그게 우리가 다른 지점이에요. 그녀가 그에게 물류 창고에서 얼마나 오래 일했는지 물어보자 그는 8개월이나 10개월쯤이라고 대답했다. 그 순간 커피포트에서 부글부글 끓는 소리가 나서 그녀가 자리에서 일어났다. 그녀는 소매를 손으로 끌어내려 포트를 잡고 커피 두 잔을 따라 테이블로 가져왔다. 그녀를 지켜보다가 그가 말했다. 저기, 뭐 좀 물어봐도 될까요? 그녀는 테이블에 다시 앉으며 대답했다. 그럼요. 그는 자기도 모르게 얼굴을 찡그리며 말했다. 어째서 이제야 찾아온 거죠? 당신은 더블린에 살고 있고, 거기는 그리 멀지도 않잖아요. 앨리스는 여기에 오랫동안 있었어요. 그가 말하는 동안 아일린의 자세가 뻣뻣해졌다. 하지만 그녀는 아무 말도 하지 않았고, 얼굴에 별다른 표정도 짓지 않았다. 그저 말없이 커피에 설탕 한 스푼을 넣었다. 그가 덧붙여 말했다. 앨리스가 하는 말을 들어보면 당신이 가장 친한 친구인 것 같아서요. 아일린이 재빨리 차분하게 대답했다. 우리는 가장 친한 친구 사이예요. 비가 내리는지 창문에 빗방울 자국이 점점이 찍혔다. 그가 물어보았다. 좋아요, 그런데 앨리스를 보러 오는 데 왜 이렇게 오래 걸린 거예요? 그냥 궁금해서 그래요. 정말 친한 친구라면 더 빨리 만나고 싶었을 것 아니에요. 아일린의 얼굴은 하얗게 질려 있었고, 숨을 깊게 들이쉬고 내쉴 때마다 콧

구멍도 하얗게 변했다. 그녀가 말했다. 알다시피 나한테는 직장이 있어요. 그 순간 그는 얼굴을 찡그리며 한쪽 눈을 질끈 감았다. 그가 말했다. 그래요, 나도 그렇고. 하지만 당신은 주말에는 거의 일하지 않잖아요, 그렇죠? 아일린은 이제 팔짱을 끼고, 두 손을 드레싱가운 소매 속으로 넣어 위팔을 잡고 있었다. 그녀가 반문했다. 그러면 왜 저 애는 나를 보러 오지 않았을까요? 만약 나를 그렇게 간절히 보고 싶어 한다면요. 저 애는 주말에 일하지 않죠, 그렇죠? 펠릭스는 이 말이 이상하다고 여긴 듯, 잠시 곰곰이 생각해보고 나서 대답했다. 그녀가 당신을 그렇게 간절히 보고 싶어 했다고 말하지는 않았어요. 둘 다 서로를 간절히 보고 싶어 하지 않았는지도 모르죠. 나는 잘 모르겠어요. 그래서 물어보는 거예요. 이제 아일린은 팔을 아주 꽉 움켜잡으며 말했다. 글쎄요, 우리 둘 다 안 그랬는지도 모르죠. 그가 고개를 끄덕이며 물어보았다. 사이가 틀어지거나 뭐 그런 건가요? 그녀는 짜증스럽다는 듯 얼굴에서 머리카락 한 가닥을 치우며 말했다. 사실 당신은 나에 대해 아무것도 모르잖아요. 그는 이 말을 인정하고 잠시 후 대답했다. 당신도 나에 대해 아무것도 모르잖아요. 그녀는 다시 팔짱을 끼고 말했다. 그게 바로 내가 당신을 추궁하지 않는 이유예요. 그 말에 미소를 지으며 그가 대답했다. 뭐, 하는 수 없죠. 그는 마지막 한 모금의 커피를 삼키고 전날 밤 의자 등받이에 걸쳐 두었던 재킷을 집어 들며 자리에서 일어난 후 말했다. 내 이론은 이래요. 그들 같은 사람들은 당신이나 나와는 다르다는 거죠. 두 사람을 당신이 원하는 대로 행동하게 하려고 애쓰다가는 당신만 미칠 뿐이에요. 아일린은 잠시 그를 지켜보다가 대답했다. 나는 그 누구에게도 내 뜻대로 행동하라고 하지 않아요. 배낭의 지퍼를 열고 재킷을 안에 쑤셔 넣으며 펠릭스가 말했다. 스스로에게 물어봐요. 그들이 당신 머릿속을 그렇게 엉망으로 만드는데도, 왜 굳이 애를 쓰는 걸까요? 그는 한쪽 어깨에 가방을 메고 말을 이어갔다. 틀림없이 당신 쪽에 뭔가 이유가 있어요. 당신이 신경 쓰는 이유가요. 그 순간 자신의 커피 잔을 들여다보며 아주 조용히 그녀가 말했다. 꺼져요! 그는 깜짝 놀라 헛웃음을 지으며 말했다. 아일린, 나는 비난하려는 게 아니에요. 나는 당신이 마음에 들어요, 알겠죠? 그녀는 잠자코 있었다. 그가 덧붙여 말했다. 피곤해 보이는데 눈 좀 붙여요. 어차피 나는 갈 거니까. 나중에 봐요. 현관 밖에는 아침 비가 옅은 안개로 변해 있었다. 그는 차에 올라타서 CD 플레이어를 켜고 진입로 밖으로 차를 뺐다. 마을로 가는 갈림길을 지나 해안 도로를 따라 산업단지로 차를 몰고 가는 동안, 그는 도로를 주시하면서 음악에 맞춰 휘파람을 불며 때때로 멜로디에 약간의 리프(두 소절 또는 네 소절의 짧은 구절을 몇 번이고 되풀이하는 재즈 연주법, 또는 그렇게 되풀이하는 멜로디-옮긴이)와 변주를 더했다.

/

그날 저녁 펠릭스가 퇴근 후 집에 돌아가자, 개가 껑충껑충 뛰며 주방에서 달려 나왔다. 소리 높여 컹컹거리고, 발톱이 바닥 합판에 부딪혀 달가닥거리는 소리를 내면서 말이다. 그러곤 혀를 축 늘어뜨리고 헐떡거리며, 뒷다리로 벌떡 일어서서 앞발로 그의 다리를 짚었다. 그가 머리에 손을 얹고 귀를 마구 문질러주자, 개가 또다시 컹컹 짖었다. 쉿, 나도 보고 싶었어. 누구 집에 없니? 그가 부드럽게 다시 바닥으로 밀어내자, 개는 재채기를 하고 원을 그리며 뛰어다녔다. 이내 펠릭스가 복도를 따라 나아가자, 개는 빠른 걸음으로 그의 뒤를 따라왔다. 주방은 불이 꺼진 채 텅 비어 있고, 아침에 쓴 접시 몇 개가 싱크대 설거지물에 담겨 있었다. 그는 할 일 없이 주방 의자에 앉아 전화기를 꺼냈고, 그러는 사이 개는 발치에 앉아 무릎에 머리를 얹었다. 그는 한 손으로 알림들을 죽 스크롤하면서, 다른 한 손으로 목덜미를 문질렀다. 앨리스가 보낸 메시지에는 이렇게 적혀 있었다. 오늘 저녁 다니엘의 파티 참석 계획은 여전히 유효해? 혹시나 해서 케이크를 구웠어. 일 잘했기를 바라. 그는 그 메시지를 열고 재빨리 답글을 입력했다. 응, 아직 유효해. 거기 7시쯤에 도착할 거라고 했는데 괜찮아? 너무 많이 기대하지 마. 하하. 아마 노인들과 아이들만 많을 테니까. 하지만 다니는 너를 보면 기뻐할 거야. 개가 나직이 낑낑거리자 그가 한 손으로 다시 머리를 만져주며 말했다. 알잖아, 나는 고작 이틀 나가 있었어. 밥은 꼬박꼬박 먹는 거지? 개가 손을 핥으려고 머리를 뒤로 젖히자 그가 말했다. 참 고맙구나. 너무 더러워. 그 순간 전화기가 진동해 다시 한번 확인했다. 앨리스가 그들과 함께 저녁을 먹고 싶은지 물어보았고, 그는 벌써 먹었다고 했다. 조금 이따 들러서 당신들을 태워갈 거야. 그녀가 대답했다. 좋아. 아일린이 기분이 좀 이상해. 그냥 알려주려고……. 그는 눈썹을 치켜세우며 글을 입력했다. 아하하, 알고 있어. 오늘 아침에 만났거든. 당신 친구들도 당신만큼 나빠. 그런 다음 그는 휴대전화를 주머니에 넣으며 자리에서 일어나, 싱크대로 가서 뜨거운 물을 틀었다. 그의 왼손 새끼손가락 마디 아래 파란색 반창고가 붙어 있었다. 뜨거운 물이 흐르는 동안, 그는 아주 조심스럽게 반창고를 떼어내며 피부를 살펴보았다. 깊게 베인 분홍색 상처가 손가락 관절 바로 아래에서 손바닥 반대편까지 죽 이어져 있었다. 반창고에 붙어 있는 하얀 솜은 피로 얼룩져 있었지만, 피는 더 이상 흐르지 않았다. 그는 그 반창고를 돌돌 말아 싱크대 아래 쓰레기통에 버린 다음, 얼굴을 찡그려가며 흐르는 수돗물에 상처를 세척하고, 비누와 물로 손을 씻었다. 개는 여전히 주방 의자 발치에 앉아 있으면서 꼬리로 바닥을 탁탁 치고 있었다. 그는 깨끗한 수건으로 조심스럽게 손을 닦으며, 개를 내려다보고 물어보았다. 앨리스 기억하니? 여기 몇 번 왔었고, 너도 만난 적 있는데. 개가 바닥에서 일어나더니 사뿐사뿐 다가왔다. 그가 말했다. 그녀가 집에 개를 들이게 해줄지 모르겠어. 내가 물어볼게. 그런 다음 그는 개의 그릇에 물을 다시 채워주었다. 개가 물을 마시는 동안, 그는 위층으로 올라가 출근하기 위해 신었던 검은색 운동화를 벗어 침대 밑에 두고 나서 깨끗한 검은색 스웨트 팬츠, 흰색 티셔츠, 회색 면 풀오버로 옷을 갈아입었다. 그는 침실 안쪽 방문에 붙어 있는 전신 거울로 자기 모습을 점검했다. 거울에 비친 호리호리한 모습을 잽싸게 훑어보다가, 마치 어떤 생각이 다시 떠올라 재미있기라도 한 듯 고개를 절레절레 가로저었다. 그런 다음 복도를 따라가서, 하얀 운동화의 끈을 묶기 위해 계단에 앉았다. 개가 주방에서 올라와 그의 앞에 앉아 길고 우아한 턱으로 무릎을 쿡 찌르자, 그가 말했다. 계속 이 안에 갇혀 있었던 건 아니잖아, 그렇지? 개빈이 어제 너를 데리고 산책을 나갈 거라고 했어. 개가 다시 손을 핥으려고 하자 그가 주둥이를 부드럽게 밀어내며 말했다. 지금 너 때문에 죄책감이 생기려고 해. 개는 나직이 낑낑거린 다음 그를 올려다보며 머리를 맨 아래 계단에 내려놓았다. 자리에서 일어서며 그가 말했다. 있지, 너는 그녀와 공통점이 참 많아. 너희 둘 다 나랑 사랑에 빠져 있지. 개가 낑낑대며 문까지 따라오자, 그는 한 번 더 머리를 쓰다듬어준 다음 밖으로 나와 현관문을 닫고 차에 올라탔다.

따뜻하고 고요한 저녁, 하얀 구름 사이로 푸른색이 은은하게 보였다. 펠릭스는 앨리스의 집 현관문을 한 번 두드린 후 문을 열고 들어가 외쳤다. 안녕, 나 왔어. 집 안에는 불이 켜져 있었다. 위층에서 그녀가 대답하는 목소리가 들렸다. 우리 이 위에 있어. 그는 문을 닫고 계단을 천천히 뛰어 올라갔다. 사이먼이 계단 꼭대기 맞은편 아일린 방의 열린 문간에 서 있었다. 그는 펠릭스에게 인사를 하기 위해 고개를 돌렸고 잠시 서로를 바라보았다. 체념한 듯한 표정의 사이먼은 지쳐 보였다. 펠릭스가 말했다. 안녕, 미남 양반. 그러자 사이먼이 미소를 머금고 펠릭스에게 먼저 방으로 들어가라는 손짓을 하며 말했다. 나도 반가워요. 아일린은 방 안 화장대에 앉아 있었고, 앨리스는 거기 기대고 립스틱을 돌려 여는 중이었다. 펠릭스는 침대 끝에 앉아 아일린이 화장하는 모습을 지켜보았다. 앨리스와 사이먼이 그날 매스컴을 탄 어떤 뉴스에 대해 이야기하는 동안, 그의 눈길은 아일린의 어깨, 뒤통수, 거울에 비친 약간 굳은 표정의 얼굴 위로 움직였다. 아일린은 작은 지팡이 같은 플라스틱 통을 휘두르다가, 거울에 비친 펠릭스의 눈과 마주치자 질문을 던졌다. 당신도 좀 발라볼래요? 그가 자리에서 일어나 그 물건을 살펴보며 말했다. 이게 뭐죠, 마스카라인가? 어서요, 안 될 것 없잖아요? 그녀는 옆자리에 앉으라며 작은 벤치 위에서 옆으로 옮겨 앉았다. 그가 거울을 등지고 앉자, 아일린이 말했다. 잠깐만 위를 쳐다봐요. 그는 기꺼이 그렇게 했다. 그녀는 손목을 섬세하게 움직이며 그의 왼쪽 속눈썹 위에 붓질을 했다.

사이먼, 당신도 해보면 어떨까? 앨리스가 말했다.

문간에서 사이먼이 차분하게 대답했다. 고맙지만, 됐어.

그는 이미 충분히 매력적이야. 펠릭스가 말했다.

앨리스가 립스틱 뚜껑을 다시 닫고, 혀를 끌끌 차며 말했다. 외모

평가하지 마.

사이먼은 주머니에 손을 넣은 채 말했다. 펠릭스, 저 말 신경 쓸 것 없어요.

아일린이 마스카라 붓을 치우자 펠릭스가 다시 눈을 떴다. 그는 고개를 돌려 거울에 비친 자신의 모습을 무표정하게 흘낏 쳐다본 다음 자리에서 일어났다. 그가 물어보았다. 그건 그렇고 여기서 노래 좀 할 줄 아는 사람 있어요? 모두 그를 쳐다보았다. 이런 경우에는 가끔 노래를 부를 일이 있거든요. 물론, 꼭 할 필요는 없지만. 앨리스가 사이먼이 옥스퍼드대학 합창단에 있었다고 하자, 사이먼은 그 파티에 참석하는 어떤 사람도 14분 동안이나 미제레레(죽은 사람을 위하여 부르는 단선율 성가-옮긴이)의 베이스 부분을 듣고 싶은 기분은 아닐 거라고 말했다. 펠릭스가 말했다. 아일린, 당신은 어때요? 노래 잘해요? 그녀는 마스카라의 뚜껑을 돌려 닫는 중이었다. 그가 그녀를 쳐다보았지만 그녀는 그의 눈길을 피하며 대답했다. 아니요, 잘 못해요. 곧 그녀는 양손으로 엉덩이 부분을 매만지며 자리에서 일어섰다. 다들 준비됐다면, 나도 갈 준비가 됐어.

앨리스는 비닐 랩에 싼 스펀지 케이크 접시를 안고 조수석에 올라탔다. 아일린과 사이먼은 뒷자리에서 중간 좌석을 비워두고, 양 끝에 앉았다. 펠릭스는 룸미러로 그들을 힐끗 쳐다보고 나서, 손가락으로 핸들을 경쾌하게 두드리며 물어보았다. 그래, 체육관에서 어떤 운동을 해요? 예를 들자면 로잉머신이나 뭐 그런 것 중에서 말이죠. 사이먼은 거울에 비친 펠릭스와 눈이 마주쳤고, 앨리스는 빙긋 웃으면서, 아니 웃음을 터뜨리지 않으려고 안간힘을 쓰면서 고개를 돌렸다. 사이먼이 대답했다. 네, 로잉머신을 조금 해요. 펠릭스가 이왕 하는 김에 역기도 드는지 물어보자, 사이먼은 그건 거의 안 한다고 대답했다. 그 순간 앨리스가 웃음을 터뜨리다가 기침하는 척하기 시작했다. 아일린이 물어보았다. 무슨 일이야? 앨리스가 대답했다. 아무것도 아니야. 그들이 해안도로에서 마을로 들어가는 갈림길에 가까워지자 펠릭스는 방향 지시등을 켰다. 그가 물어보았다. 키가 얼마나 되죠? 궁금해서 그래요. 사이먼은 느긋한 미소를 지으며, 차창 밖을 내다보았다. 앨리스가 말했다. 뻔뻔스럽기도 해라. 아일린이 말했다. 무슨 말인지 못 알아듣겠어. 사이먼이 헛기침을 하며, 낮은 목소리로 대답했다. 192센티미터예요. 그러자 펠릭스가 히죽 웃으며 말했다. 봐요, 그냥 물어보는 거예요. 192센티미터라. 이제 나도 답을 알게 됐네요. 손가락으로 핸들을 다시 두드리며 그가 덧붙였다. 그나저나, 나는 173센티미터쯤 돼요. 관심 없겠지만, 그냥 그렇다고요. 뒷좌석에서 아일린이 자신도 173센티미터라고 말했다. 펠릭스가 어깨 너머로 그녀를 힐끗 보고 나서 다시 도로를 쳐다보며 말했다. 그렇군요. 재미있네요. 그 정도면 여자치고 꽤 큰 건데. 차창 밖으로 스쳐 지나가는 여름 별장들의 정면을 여전히 내다보면서 사이먼이 말했다. 그건 누구한테나 적당한 키인 것 같아요. 펠릭스가 웃음을 터뜨리며 말했다. 고마워요, 꺽다리 씨. 곧이어 놀이시설 쪽으로 가는 갈림길을 지나 중심가를 따라 차를 몰면서 펠릭스가 말했다. 오래 있을 필요는 없어요. 그냥 잠깐 들르겠다고만 해뒀어요. 다시 한번 방향 지시등을 켜면서 그가 덧붙였다. 그리고 누군가 나에 대해 안 좋은 말을 한다면, 그들이 거짓말을 하는 거예요. 사이먼이 소리 내 웃기 시작했다. 아일린이 물어보았다. 사람들이 당신에 대해 나쁘게 말해요? 펠릭스는 우회전을 하려고 기다리며, 거울에 비친 그녀를 또다시 힐끗 쳐다보았다. 그가 대답했다. 아일린, 이 세상에는 짓궂은 사람들이 있게 마련이에요. 게다가 내가 누구나 좋아할 만한 사람은 아니잖아요. 우리 솔직해지죠. 곧이어 그는 성당 뒤편의 대로를 벗어나 우회전했고, 몇 분 후 어떤 단층집 밖에 차를 댔다. 그 집 진입로에는 벌써 여러 대의 차가 주차되어 있었다. 시동을 끄고 그가 말했다. 이제 저기 들어가서 세계 정치니 뭐 그런 쓸데없는 얘기하지 마요. 알았죠? 사람들이 당신들을 괴짜라고 생각할 테니까. 자기 자리에 앉은 채 돌아보며 앨리스가 말했다. 펠릭스의 친구들은 아주 친절해. 걱정하지 마. 아일린은 어차피 자신은 세계 정치에 대해 아무것도 모른다고 말했다.

펠릭스가 초인종을 누르자 다니엘이 문을 열어주며 나왔다. 그녀는 파란색 여름 미니 원피스를 입고, 머리는 풀어서 어깨 근처까지 늘어뜨려놓았다. 집 안은 환하고 시끌시끌했다. 펠릭스는 반갑게 맞아주는 다니엘의 뺨에 입을 맞추며 말했다. 안녕, 생일 축하해. 정말 멋져 보여. 그녀는 기뻐하면서도 아니라는 듯 손사래를 치며 말했다. 언제부터 그렇게 칭찬을 했다고 그래? 앨리스가 아일린과 사이먼을 소개하자 다니엘이 말했다. 두 사람 다 아주 매력적이네요. 부럽다. 어서 들어와요. 주방은 복도 뒤편에 있는 타일을 붙인 방이었는데, 테이블 위 천장 등과 정원으로 이어지는 뒷문이 있었다. 그 안에서는 일고여덟 명의 사람들이 플라스틱 잔으로 술을 마시며 이야기를 나누고 있었고, 그 옆 거실에서는 음악과 웃음소리가 들려왔다. 테이블 위에는 텅 비었거나 아직 따지도 않은 캔이며 병들, 감자칩 한 그릇, 와인 오프너 하나가 놓여 있었다. 냉장고 옆에 서 있던 키 큰 남자가 말했다. 펠릭스 브래디, 이번 주 내내 어디 있었어? 뒷문에 서서 담배를 피우고 있던 다른 남자가 소리쳤다. 자기 새 여자친구를 올라타고 있었지. 첫 번째 남자가 엄지손가락으로 앨리스를 가리키자, 두 번째 남자가 미안해하는 표정을 지으며 안으로 들어와 말했다. 정말 미안해요. 거기 있는 걸 못 봤어요. 앨리스는 미소 지으며 걱정하지 말라고 했다. 펠릭스는 감자 칩을 한 움큼 집어 먹으면서, 자기 어깨 너머로 고개를 끄덕이고는 말했다. 이쪽은 그녀의 친구들이야. 친절하게 굴어. 좀 특이한 사람들이야. 다니엘은 아일린을 바라보며 고개를 절레절레 흔들고는 말했다. 저 남자를 어떻게 견디나요? 한 잔 가져다줄게요. 앨리스는 주방 조리대에 케이크를 내려놓고 비닐 랩을 벗기는 중이었다. 한 여자가 거실에서 작은 남자아이를 품에 안고 나와 말했다. 다니엘, 우리는 애가 잠들기 전에 출발할 생각이야. 아이의 살짝 곱슬곱슬한 머리에 손을 얹고 이마에 입을 맞추며 다니엘이 말했다. 이 애는 내 소중한 조카 이선이에요. 천사 같지 않아요? 아이를 안고 있던 여자가 손을 뻗어, 아이가 잡고 있는 그녀의 귀걸이 중 하나를 빼냈다. 아일린이 그 애가 몇 살인지 물어보자 그 여자가 대답했다. 2년 2개월 됐어요. 펠릭스의 동거인인 개빈은 앨리스와 함께 조리대 앞에 서서 케이크를 직접 구웠는지 묻고 있었다. 펠릭스는 지갑에서 직접 만 담배를 꺼내며 사이먼에게 아무렇지도 않게 말했다. 나가서 한 대 피울래요?

뒤뜰은 더 시원하고 조용했다. 잔디밭을 따라 조금 더 가자, 여자, 남자, 그리고 어린 여자아이가 맨투맨 티를 골대 삼아 즉흥적으로 축구 게임을 하고 있었다. 펠릭스는 정원 담장에 등을 기대고 잔디밭을 바라보며 담배에 불을 붙였고, 사이먼은 그 옆에 서서 진행 중인 경기를 지켜보았다. 그들 뒤편의 집 후면은 짙은 색의 커다란 차고에 가려 보이지 않았다. 그 어린 여자아이는 발밑에서 서투르게 공을 드리블하며, 두 어른 사이를 활기차게 왔다 갔다 했다. 입안 가득 빨아들였던 연기를 내뿜으며 펠릭스가 말했다. 앨리스가 그 집에서 개를 기르는 걸 허락받을 수 있을 것 같아요? 주위를 주의 깊게 둘러보며 사이먼이 말했다. 글쎄요, 만약 그녀가 그 집을 산다면 마음대로 할 수 있겠죠. 왜요, 개를 키우나요? 펠릭스는 얼굴을 찡그리며 물어보았다. 그걸 살 생각이래요? 사이먼이 잠시 망설이다가 말했다. 아, 글쎄요. 어느 날 밤 통화하다가 그런 말을 들은 것 같기는 하지만, 잘못 들었을 수도 있어요. 펠릭스는 궁금해하는 표정으로 타들어가는 담배 끄트머리를 힐끗 내려다본 후 한 모금 더 빨아들이고는 입을 열었다. 그래요, 개가 한 마리 있어요. 사브리나가 정말로 내 개는 아니라는 의미죠. 우리 집을 빌렸던 지난번 세입자들이 이사를 하면서 사브리나를 그냥 남겨두고 떠나버려서, 결국 우리와 함께 살게 되었죠. 사이먼은 펠릭스가 말하는 동안 그를 지켜보았다. 펠릭스가 덧붙여 말했다. 그 당시 사브리나는 위험할 정도로 비쩍 말라 있었어요. 게다가 불안증도 있었고요. 누가 자기를 만지는 것도 좋아하지 않았죠. 사료를 챙겨줄 때는 어딘가에 숨어 있다가 사람이 자리를 비키면 그제야 나와서 먹곤 했어요. 그리고 사실 공격성 문제도 좀 있었어요. 너무 가까이 다가가면 싫어하면서 입질을 하더라고요. 사이먼은 천천히 고개를 끄덕이고는 그 개에게 과거에 뭔가 굉장히 충격적인 일이 있었던 것 같으냐고 물어보았다. 펠릭스가 대답했다. 확실히 알기는 어려워요. 마지막으로 길렀던 사람들이 제대로 돌보지 않았는지도 모르죠. 어쨌든 분명히 문제는 있었어요. 그런 문제들을 어디서 얻었든지 간에요. 그러곤 담뱃재를 톡톡 털었는데, 그 재가 허공을 떠돌다가 서서히 풀밭으로 떨어져 내렸다. 그가 말했다. 하지만 결국에는 긴장을 풀더라고요. 끼니마다 사료가 나오고 나쁜 일은 일어나지 않는데 그냥 익숙해졌죠. 결국 우리가 가까이 가는 걸 꺼리지 않게 됐어요. 여전히 낯선 사람들이 자기를 만져대는 건 좋아하지 않지만, 나랑 있으면 만져주는 걸 좋아해요. 사이먼이 미소를 지으며 말했다. 그거 잘됐네요. 다행이에요. 펠릭스는 얼굴을 찡그리며 또다시 연기를 내뿜은 후 대답했다. 하지만 그러는 데 시간이 꽤 걸렸어요. 사실 다른 녀석들은 어느 한 시점에서 사브리나를 치워버리고 싶어 했어요. 쉽게 흥분하고 경계심이 강해 사나웠거든요. 영웅인 척하려는 건 아니지만, 사브리나를 계속 데리고 있어야 한다고 말한 사람이 바로 나였죠. 웃음을 터뜨리며 사이먼이 말했다. 영웅일 수도 있죠. 나는 상관없어요. 펠릭스는 담배를 계속 피우다가 덧붙여 말했다. 나는 그저 사브리나를 앨리스의 집으로 데려가 키울 수 있는지 궁금할 뿐이었어요. 어떤 집주인들은 허용해주지 않으니까요. 하지만 만약 그녀가 그곳을 살 작정이라면, 그건 얘기가 다르죠. 그녀가 그런 생각을 하고 있는지 몰랐어요. 정원 아래쪽에서 어린 여자아이가 골대 사이로 용케 공을 차 넣자, 남자가 환호하며 아이를 들어 올려 목말을 태웠다. 사이먼은 아무 말도 하지 않고 그 모습을 지켜보았다. 펠릭스는 담배꽁초를 바로 옆 담장에 비벼 끄고는 풀밭에 버리고 질문을 던졌다. 그래, 어젯밤에는 무슨 일이 있었던 거예요? 사이먼이 그를 돌아보며 되물었다. 그게 무슨 말이죠? 펠릭스는 한 번 짧게 쿨럭 하고 기침을 하고는 말했다. 당신과 아일린 사이를 말하는 거예요. 나한테 꼭 말할 필요는 없지만, 그렇게 하는 편이 좋을 거예요. 어린 여자아이가 정원을 따라 집 쪽으로 돌아오고 있었고, 남자와 여자는 이야기를 나누며 아이의 뒤를 따라 걷고 있었다. 그들이 지나갈 때 남자가 턱짓을 하며 말했다. 브래디, 어떻게 지내? 펠릭스가 대답했다. 응, 나쁘지 않아. 고마워. 그들은 문을 열고 집 안으로 들어갔다. 그 순간 정원은 차고 뒤쪽 풀밭에 함께 서 있는 사이먼과 펠릭스를 제외하고는 텅 비었다. 오랜 침묵 끝에 사이먼은 자기 발끝으로 눈길을 떨구고 말했다. 무슨 일이 일어난 건지 나도 잘 모르겠어요. 펠릭스가 그 말에 웃음을 터뜨리며 말했다. 알았어요. 무슨 일이 있었는지 내가 들려줄게요. 우리가 집에 도착한 후에 당신은 그녀의 방에 들어갔어요, 그렇죠? 잠시 후, 당신은 당신 방으로 돌아갔고, 오늘은 둘 다 우울한 상태예요. 나는 그 이상은 아무것도 모르니까 당신이 말해봐요. 그녀랑 잔 거예요? 아니면 뭐예요? 사이먼은 한 손으로 지쳐 보이는 얼굴을 쓸어내리며 말했다. 맞아요. 더 이상 말이 없자, 펠릭스가 재촉했다. 처음은 아니었겠죠. 사이먼이 힘없이 미소 지으며 동의했다. 처음은 아니었죠. 거의 그런 셈이지만. 펠릭스는 사이먼의 얼굴을 지켜보며 양손을 주머니에 집어넣고는 물었다. 그래서 어떻게 됐죠? 당신들은 싸웠어요. 그건 그렇고, 내게 당신들 말이 들렸다는 건 아니에요. 목덜미를 문지르며 사이먼이 말했다. 싸우지 않았어요. 그저 얘기를 나눈 것뿐이에요. 그녀는 친구 사이로 남는 게 더 좋다고 했죠. 그게 다예요. 우리는 그 문제로 싸우지는 않았어요. 펠릭스는 눈썹을 치켜세운 채 뚫어져라 쳐다보며 말했다. 빌어먹을, 방금 섹스를 하고 나서 그렇게 말했다고요? 그게 대체 무슨 짓이죠? 사이먼은 어색한 웃음을 터뜨리며 손을 떨구고 눈길을 돌렸다. 글쎄요, 우리는 모두 하면 안 되는 일들을 하곤 하죠. 내 생각에 그녀는 그냥 행복하지 않은 것 같아요. 사이먼을 보며 잠시 얼굴을 찡그리다가, 펠릭스가 말했다. 이렇다니까. 또다시 예수처럼 되려고 하고 있잖아요. 사이먼은 또다시 억지웃음을 웃었다. 아니죠, 내가 기억하는 바로는 예수님은 사실 유혹을 물리치셨어요. 이제 펠릭스는 미소를 지으며 사이먼을 향해 손을 뻗었고, 손가락으로 사이먼의 팔오금부터 손목을 향해 천천히 쓸어내렸다. 침묵 속에 몇 초가 흘렀다. 사이먼이 조용히 말했다. 앨리스는 내게 아주 소중한 친구예요. 그 순간 펠릭스는 소리 내 웃으며, 사이먼에게서 손을 뗐다. 펠릭스가 말했다. 그것참 뜬금없는 얘기네요. 무슨 뜻이죠? 사이먼은 침착하고 지쳐 보이는 얼굴로 가만히 서 있다가 대답했다. 내 말은 그저, 내가 그녀를 아주 좋아한다는 거예요. 나는 앨리스를 존경해요. 펠릭스가 고개를 저으며 다시 기침을 하고 말했다. 당신 말은 그러니까 내가 그녀에게 뭐든 나쁜 짓을 하면, 내 머리를 차서 날려버릴 거란 얘기죠. 사이먼은 아까 펠릭스가 만졌던 부분을 다치기라도 한 것처럼 손에 쥐고 빙빙 돌리면서 만져보고 있었다. 그가 말했다. 아니요, 사실 그런 의미는 전혀 아니었어요. 펠릭스는 두 팔을 쭉 뻗으며 하품을 하고는 말했다. 그렇지만 내 머리를 걷어찰 수도 있겠죠. 쉽게요. 그는 허리를 꼿꼿이 펴고 돌아서서 정원을 내다보며 물어보았다. 그녀가 당신한테 그렇게 좋은 친구라면, 어째서 여기 사는 내내 한 번도 보러 오지 않았죠? 사이먼은 깜짝 놀라서 2월부터 앨리스를 보러 올 약속을 잡으려고 애썼지만, 그녀가 늘 집을 비웠다거나 때가 적당치 않다고 했다고 말했다. 그러고는 이렇게 덧붙였다. 또 그녀에게 우리 집에 오라고 초대하기도 했죠. 하지만 바쁘다고 하더라고요. 내가 받은 인상으로는 그녀는 나를 보고 싶어 하지 않았어요. 비난하려고 이런 말을 하는 게 아니에요. 그냥 휴식을 원할 수도 있을 것 같았거든요. 알다시피, 우리는 그녀가 더블린을 떠나기 전에 무척 많이 만났죠. 펠릭스는 반사적으로 고개를 끄덕였다. 그녀가 병원에 입원했을 때였죠, 그렇죠? 그가 물어보았다. 사이먼은 그를 잠시 바라보다가 대답했다. 그래요. 펠릭스는 두 손을 주머니에 넣고 잠시 정처 없이 걸어가다가, 다시 담장 쪽으로 돌아와 사이먼을 마주 보고 물어보았다. 그러니까 지금껏 내내 당신은 그녀를 보고 싶다고 하면서 계속 졸랐고, 그녀는 '아니, 나 바빠'라고 말했다는 거죠? 사이먼이 대답했다. 그럼요. 하지만 그게 잘못은 아니니까요. 펠릭스가 씩 웃으며 말했다. 기분이 상하지는 않았나요? 사이먼이 미소를 지어 보이며 대답했다. 아니, 아니에요. 나는 이런 일들에 있어서는 아주 어른스러운 사람이죠. 신발코로 담장을 걷어차며 펠릭스가 물어보았다. 그녀는 병원에서는 어땠어요? 심각했던 거죠? 사이먼은 그 질문에 대해 생각해보는 듯했다. 이윽고 그가 대답했다. 지금 그녀는 훨씬 좋아진 것처럼 보여요. 펠릭스는 다시 정처 없이 걷다가, 차고 너머로 그 집을 돌아볼 수 있을 만큼 멀리까지 갔다. 그가 말했다. 음, 저 안에서 그녀를 보면, 내가 이야기하고 싶어 하더라고 전해줘요. 사이먼은 고개를 끄덕였고 잠시 동안 아무 말도, 아무것도 하지 않았다. 이내 자세를 바로 하고 서서 다시 안으로 들어갔다.

주방에서 앨리스는 다니엘과 함께 서서 종이 접시에 담긴 케이크 한 조각을 먹고 있었다. 포크로 그 스펀지 케이크를 긁어모으며 그녀가 말했다. 별로 부풀지는 않았지만, 맛은 괜찮네. 사이먼은 문을 닫으며, 맛있어 보인다고 덧붙였다. 펠릭스는 밖에 있어. 너랑 얘기하고 싶어 하는 것 같아. 다니엘이 웃음을 터뜨리며 말했다. 말도 안 돼, 벌써 취한 거예요? 술에 취하면 항상 심각하고 의미심장해지거든요. 사이먼이 케이크 한 조각을 마음대로 집어 먹으며 말했다. 아니요, 술을 마시고 있는 것 같지는 않아요. 하지만 방금 전에 조금 심각하고 의미심장해지는 중이기는 했어요. 앨리스가 접시를 조리대에 올려놓고 말했다. 불길하게 들려. 금방 돌아올게. 그녀가 가고 나서 다니엘이 사이먼에게 무슨 일을 하느냐고 물었고, 그는 렌스터 하우스에 대해 말하면서 그녀를 웃기기 시작했다. 당신이 거기가 아무리 형편없다고 생각한들, 실제로 더 형편없어요. 아일린은 거실에서 스피커와 연결된 스포티파이 계정을 죽 훑어보고 있었는데, 그녀의 어깨 너머에서 한 남자가 말했다. 제대로 된 음악으로 부탁해요. 앨리스는 밖으로 나가 뒷문을 닫고, 텅 빈 정원을 향해 그의 이름을 불렀다. 펠릭스? 그가 차고 뒤에서 고개를 내밀고 쳐다보며 말했다. 나 여기 아래쪽에 있어. 그녀는 팔짱을 끼고 잔디밭으로 내려갔다. 그는 담장 위에 담배 종이를 펼쳐놓고 작은 비닐 파우치에서 담배를 한 줌 꺼내는 중이었다. 그가 말했다. 둘이 왜 이상한 분위기인지 알지? 저 한 쌍 말이야. 지난밤에 둘이 같이 잔 다음에 그녀가 손바닥 뒤집듯 돌아서더니 그냥 친구 사이가 되고 싶다고 했대. 당신 집에서 벌어진 이 드라마는 정말 비현실적이야. 담장에 기대어 그가 담배를 마는 걸 지켜보며 앨리스가 물어보았다. 사이먼이 그렇게 말했어? 그는 혀로 침을 발라 종이를 붙이며 말했다. 그래, 왜? 그녀가 뭐라고 했는데? 앨리스는 그가 담배에 불을 붙이는 걸 지켜보면서 대답했다. 그 애는 그냥 실수였다고만 했어. 어쨌든 자세히 설명하지는 않았어. 속상해 죽을 지경인 게 눈에 보이는데, 그 애를 다그치고 싶지 않더라고. 그녀는 자신의 손톱을 힐끗 내려다보며 덧붙였다. 그 애 말로는 그와 대화를 하기가 불가능하대. 감정적으로 억압적인 가정에서 자라 망가진 것 같다고, 자신에게 뭐가 필요한지 말하지 못한대. 펠릭스는 웃다가 사레가 들려 기침하기 시작했다. 그가 말했다. 세상에, 너무하네. 나라면 망가졌다는 표현은 쓰지 않았을 거야. 나는 그가 마음에 들어. 사실은 아까 밖에 있을 때 어디까지 가능한지 그를 조금 유혹해봤는데, 그는 당신이 얼마나 좋은 친구인지, 자신이 당신을 얼마나 존경하는지 얘기하기 시작했어. 내가 유혹한 걸 알아채긴 한 것 같더라고. 내가 이제 막 '긴장 풀어요. 그녀는 찬성했어요'라고 말하려는 찰나였지. 앨리스도 소리 내 웃으며 말했다. 세상에, 그는 새끼 양처럼 순진한 사람이야. 그가 자존감이 낮은 것 같아? 펠릭스는 얼굴을 찡그리며 대답했다. 삶의 의욕을 좀 잃어가고 있을지는 모르지. 하지만 그의 자존감이 낮다고는 생각하지 않아. 그리고 그렇게 대단히 순진한 사람도 아니야. 그는 당신과 비슷해. 그의 자존감은 멀쩡해. 다만 자기 삶을 엄청 싫어할 뿐이지. 앨리스는 미소를 머금은 채 원피스 치맛자락에서 케이크 부스러기들을 털어내며 대꾸했다. 나는 내 삶이 싫지 않아. 펠릭스는 연기를 잔뜩 내뿜고 나서 무심히 손으로 흩어버렸다. 당신이 그렇다고 했잖아. 지난번에 우리가 함께 담배를 피우러 밖으로 나왔을 때. 기억나? 우리가 로마에 가기 전에 말이야. 그때는 당신이 담배를 피우고 있었어. 그녀는 당황스러워하며, 머리를 귀 뒤로 넘기고는 말했다. 아, 그래. 내가 내 삶이 싫다고 했어? 펠릭스는 확실히 그렇다고 말했다. 그녀가 대꾸했다. 글쎄, 그때는 그랬을지도 모르지. 하지만 지금은 아니야. 그는 담배를 피우면서 자기 손을 내려다보며 아무 말도 하지 않다가, 이윽고 입을 열었다. 여기, 오늘 직장에서 나한테 무슨 일이 있었는지 봐. 그는 손을 내밀어 새끼손가락 마디 아래 수평으로 깊게 난 상처를 그녀에게 보여주었다. 베인 상처 자체는 이제 아물어가며 색이 더 짙어진 반면, 그 주변 피부는 염증이 나 붉어져 있었다. 앨리스는 움찔 놀라며 자신의 얼굴을 감싸 쥐었다. 펠릭스는 그 상처를 다양한 각도에서 살펴보려는 것처럼 손을 이리저리 움직이며 말했다. 사방으로 피가 흐르기 시작할 때까지 이 상처를 알아차리지도 못했어. 그는 고개를 들어 그녀의 얼굴을 보고 덧붙였다. 거기서는 항상 이런 거지 같은 일이 일어나. 그렇게 많이 아프거나 하지는 않았어. 그녀는 말없이 그의 손을 잡아들더니 그녀의 뺨에 가져다 댔다. 그가 어색하게 웃으며 말했다. 아, 당신은 참 부드러워. 그냥 좀 긁힌 거야. 당신한테 보여주지 말았어야 했는데.

지금도 아파? 그녀가 물어보았다.

아니, 별로. 손을 씻으면 좀 따끔거려.

이건 불공평해. 앨리스가 말했다.

당신은 모든 게 불공평하다고 생각하지.

그 순간 뒤쪽에서 뒷문이 열리고, 앨리스는 펠릭스의 손을 뺨에서는 떼어냈지만 여전히 잡고 있었다. 잠시 후, 다른 남자 하나가 근처의 잔디밭으로 내려왔다. 키가 크고 붉은 기가 도는 금발 머리에 몸에 꼭 맞는 무늬 있는 셔츠를 입고 있었다. 그들을 보자 그는 웃음을 터뜨렸고, 펠릭스는 아무 말도 하지 않았다.

내가 중요한 순간을 방해한 건가? 그 남자가 말했다.

펠릭스가 말했다. 걱정 마. 형이 여기 있는 줄 몰랐어.

그 남자는 주머니에서 담배 한 갑을 꺼내고는, 담배 한 개비에 불을 붙이며 말했다. 이쪽은 그 새 여자친구인 게 분명하겠군. 앨리스던가? 사람들이 방금 저 안에서 당신에 대해 이야기하고 있었어요. 누가 인터넷에 당신에 대한 기사를 올렸더군요.

그녀는 펠릭스를 바라보았지만, 그는 마주 보려 하지 않았다. 어머나, 세상에. 그녀가 말했다.

그 남자가 덧붙였다. 인터넷상에 열성팬들이 좀 있나 봐요.

그녀가 대답했다. 네, 그런 것 같아요. 또 나를 미워하고 아프기를 바라는 사람들도 많죠.

그 남자는 이 말을 제3자 입장에서 객관적으로 받아들이는 것 같았다. 그가 말했다. 나는 그런 사람들을 본 적은 없지만, 누구한테나 다 그런 사람들이 있겠죠. 펠릭스, 어떻게 지내나?

그럭저럭 잘 지내.

어떻게 유명한 여자친구를 차지한 거야?

틴더. 그가 말했다.

그 남자는 담배 연기를 길게 내뿜었다. 그래? 나도 항상 거기 들어가보지만, 유명한 사람을 본 적은 없어. 나한테 인사시켜줄 거야?

앨리스는 머뭇거리며 펠릭스를 힐끗 쳐다보았지만, 펠릭스는 더할 나위 없이 편안해 보였다.

그가 말했다. 앨리스, 저쪽은 우리 형 데이미언이야. 악수 같은 걸 할 필요는 없어. 그냥 멀리서 고개만 끄덕이면 돼.

그녀가 약간 놀라서 그 남자를 돌아보며 말했다. 아, 만나서 반가워요. 하나도 안 닮았네요.

그가 미소를 지어 보이며 말했다. 그 말은 칭찬으로 받아들일게요. 둘이 몇 주 전에 로마에 함께 있었다고 들었는데, 맞나요? 앨리스, 당신이 저 애 마음을 완전히 사로잡은 게 틀림없어요. 저 애가 보통 로맨틱한 짧은 휴가를 함께 가는 타입은 아닐 텐데.

사실 펠릭스는 그저 내 출장에 동행한 것뿐이었어요. 그녀가 말했다.

데이미언은 이 대화 전체를 점점 더 재미있어하는 것처럼 보였다. 펠릭스가 당신 책 행사 같은 데 같이 갔죠? 그가 물어보았다.

몇 군데는요. 앨리스가 말했다.

이런, 이런. 제일 놀라운 일은 내가 마지막으로 펠릭스를 본 후로 저 애가 글을 읽는 법을 배운 일인 게 틀림없군요.

펠릭스가 말했다. 아, 아니야. 내가 귀찮게 왜 그러겠어. 그녀가 나에게 직접 좋은 부분들을 말해줄 수 있는데.

데이미언은 동생을 무시한 채, 호기심에 차서 앨리스를 위아래로 훑어보았다. 담배를 한 모금 더 길게 빨아들이고 나서 그가 말했다. 몇 년 동안 정신없었죠, 안 그래요?

그런 것 같아요. 그녀가 말했다.

그렇겠죠. 사실은 내 친구 하나가 당신의 열렬한 팬이에요. 친구 말로는 당신 영화가 곧 개봉할 거라던데, 맞나요?

앨리스는 예의 바르게 대답했다. 그건 진짜 내 영화라고 볼 수는 없어요. 단지 내 책들 중 한 권이 원작일 뿐이죠.

펠릭스가 앨리스의 등에 한 손을 얹으며 말했다. 지금 형은 앨리스를 짜증나게 하고 있어. 앨리스는 그런 얘기를 좋아하지 않아.

데이미언은 당황하지 않고, 반사적으로 미소를 지으며 고개를 끄덕였다. 그가 말했다. 좋아하지 않는군. 그런 다음 앨리스를 향해 말을 이어갔다. 저 애는 괜찮은 녀석이 아니에요. 알잖아요. 정말로 당신이 누군지 짐작도 못 하죠. 평생 책이라곤 읽어본 적이 없으니까요.

펠릭스가 말했다. 앨리스는 독서를 좋아하는 사람들을 만나는 데 전혀 집착하지 않아. 물론 그런 사람들은 절대 앨리스를 혼자 내버려두는 법이 없지만.

데이미언은 담배를 다시 한 모금 빨았다. 잠시 후 그가 앨리스에게 말했다. 저 애가 지금껏 나를 죽 피하고 있었던 거 알아요?

앨리스는 펠릭스를 쳐다보았지만, 그는 고개를 가로저으며 자신의 발만 뚫어져라 내려다보고 있었다.

데이미언이 말을 이어갔다. 엄마가 돌아가시면서 우리 둘에게 집을 남겼어요. 알겠죠? 공동으로요. 우리는 그걸 팔기로 합의했고요. 내 말 이해해요? 당신은 똑똑한 여자예요. 틀림없이 그럴 거예요. 어쨌든 이 모든 서류에 저 애 서명이 없으면 나는 그걸 팔 수가 없어요. 그런데 지난 몇 주 동안 저 애가 그냥 사라져버린 거예요. 전화도 안 받고, 메시지에 답장도 안 하고, 아무 연락도 안 받으려고 하고요. 이게 무슨 의미인 것 같아요?

앨리스는 그건 자신이 상관할 일이 아니라고 조용히 말했다.

데이미언이 덧붙였다. 당신도 약간의 돈이 수중에 떨어지면 저 애가 기뻐할 거라고 생각하겠죠. 펠릭스가 돈이 자주 부족했다는 걸 하느님은 아세요.

여기 온 김에 나에 대해 밀고하고 싶은 거 더 없어? 펠릭스가 물어보았다.

데이미언은 그 말을 못 들은 척하며 조심스레 말을 이어갔다. 한번은 톰 헤퍼넌이 저 애한테 엄청나게 많은 돈을 줬어요. 자기 마누라랑 마을에 사는 노인네예요. 왜 그랬는지 궁금하네요. 무슨 관계인지 당신은 알아요?

펠릭스는 담배꽁초를 잔디밭으로 휙 내던지며, 다시 한번 고개를 가로저었다. 동쪽 하늘의 희미해져가는 햇빛에 비친 그의 얼굴은 붉게 상기되어 있었다.

데이미언이 말했다. 당신은 착한 여자인 것 같군요. 어쩌면 너무 착할지도 모르죠. 그러니 저 녀석이 당신을 바보 취급하게 두지 마요. 충고해주는 거예요.

앨리스가 냉정하게 대답했다. 왜 내가 당신한테서 인생 상담을 받고 싶어 할 거라고 생각하는지 궁금하네요.

펠릭스는 그 말에 폭소를 터뜨리기 시작했다. 데이미언은 느릿느릿 담배를 피우며 잠시 아무 말도 하지 않다가, 이윽고 입을 열었다. 다 알고 있었던 거죠, 그렇죠?

내 생각에, 나는 잘 살고 있는 것 같네요. 그녀가 대답했다.

펠릭스는 여전히 히죽거리면서, 달래는 듯한 어조로 말했다. 형, 내일 아침 출근 전에 들러서 그 일 처리해줄게. 됐지? 그럼 이제 나를 그만 괴롭혀도 될 거야. 그러면 되는 거지?

데이미언은 여전히 앨리스를 바라보며 대답했다. 좋아. 잔디밭에 담배를 버리며 그가 덧붙였다. 두 사람에게 신의 가호가 있기를 빈다. 그런 다음 그는 돌아서서 다시 안으로 들어갔다. 그의 등 뒤에서 달칵하고 문이 닫혔다. 펠릭스는 그가 정말로 가버렸는지 확인이라도 하려는 듯 차고 뒤에서 나왔고, 그런 다음 손깍지를 끼고는 그 깍짓손으로 뒷머리를 잡았다. 그녀는 그를 빤히 쳐다보았다.

그가 말했다. 됐다. 그나저나 우리는 서로를 미워해. 내가 전에 당신에게 그 얘기를 해줬는지 모르겠네.

안 했어.

아, 맞다. 미안.

펠릭스는 두 손을 머리에서 내려서 양옆에 축 늘어뜨리고, 아직도 그의 형이 들어간 문을 바라보고 있었다. 그것은 노란색 창유리가 끼워져 있는 나무 문이었다.

그가 덧붙였다. 우리는 사이가 좋았던 적이 없어. 하지만 엄마가 아프면서 있었던 그 모든 일은. 그래, 자세한 걸 얘기해주려면 여기 밤새 있어야 할 테니까 그런 얘기는 시작하지 않을게. 어쨌든, 나랑 형은 지난 몇 년간 사이가 썩 좋지 않았어. 형과 우연히라도 마주칠 줄 알았더라면 당신에게 전후 사정을 좀 더 알려줬을 거야.

그녀는 여전히 아무 말도 하지 않았다. 그녀를 돌아보는 그의 얼굴엔 불안 또는 슬픔이 드리워져 있었다.

그가 말했다. 그건 그렇고, 나는 글을 읽을 줄 알아. 형이 왜 내가 문맹이니 하는 그런 말을 했는지 모르겠어. 잘 읽지는 못하지만, 읽을 수는 있어. 어차피 당신은 별로 신경 쓰지 않겠지만.

물론이야.

그래, 형은 학교 다닐 때 늘 나보다 공부를 잘했기 때문에 사람들 앞에서 그 얘기를 꺼내는 걸 좋아하는 것 같아. 형은 대단한 사람인 것 같은 기분을 느끼기 위해서 다른 사람들을 깎아내려야만 하는 그런 인간 중 하나야. 엄마는 형의 그런 면을 잘못이라고 지적하곤 했고 형은 그걸 좋아하지 않았어. 아무튼 그건 중요하지 않아. 바보 같은 건, 사실 형 때문에 내가 짜증이 난다는 거야. 그러니까 지금 내가 짜증이 나 있다는 뜻이지.

유감이야.

그가 다시 그녀를 돌아보며 말했다. 당신 잘못은 아니야. 당신은 잘했어. 당신과 형이 결판을 내는 걸 한동안 지켜보고 있어도 될 정도였어. 그건 좀 웃겼어. 당신이 아주 위협적이라는 게 바로 그런 면이야. 당신이 다른 사람들한테 그럴 때는 재미있어.

그녀가 눈길을 땅바닥에 떨구고 부드럽게 말했다. 나는 재미없어.

재미없다고? 분명히 조금은 그렇겠지.

아니, 그렇지 않아.

그럼 왜 그러는 건데? 그가 물어보았다.

사람들을 위협한다고? 나는 그럴 의도가 없어.

그가 얼굴을 찡그리며 말했다. 하지만 당신도 스스로 어떻게 행동하는지 잘 알잖아. 신의 진노에 벌벌 떨듯 잔뜩 겁을 먹게 만들지. 당신한테 뭐라고 하는 건 아니야.

당신이 이 말을 믿기 힘들지도 모르지만, 사실 나는 사람들을 만날 때 잘해주려고 노력해.

그가 실소를 터뜨리자, 앨리스는 그에 반응하여 담장에 등을 기대며 눈을 가리고 한숨을 쉬었다.

생각만 해도 그렇게 웃겨? 그녀가 물어보았다.

잘해주려고 한다면, 왜 항상 신랄한 말을 하는 거야?

항상 그러지는 않아.

그가 말했다. 그래. 하지만 당신한테 편리할 때만 그런 말을 하잖아. 당신이 못된 사람이라거나 뭐 그렇다는 건 아니야. 그냥 사람들이 당신 눈 밖에 나고 싶어 하지는 않을 거라는 얘기일 뿐이야.

그녀는 날카롭게 대꾸했다. 그래, 당신이 그 점을 지적했었지.

그는 눈썹을 치켜세우고, 잠시 아무 말도 하지 않았다. 마침내 그가 부드럽게 말했다. 이런, 오늘 저녁 나는 사방에서 공격을 받고 있어. 그녀는 마치 낙담하거나 지친 것처럼 고개를 푹 숙이고 아무 대답도 하지 않았다. 그가 덧붙였다. 당신은 사이좋게 지내기 쉬운 사람은 아니야. 당신 자신도 잘 알고 있기는 하지만.

그녀가 물어보았다. 펠릭스, 내 성격을 비판하는 걸 그만둬달라고 부탁한다면 너무 무리한 부탁일까? 나는 당신이 나한테 아첨하는 건 바라지 않아. 나에 대해 정말 아무 말 안 해도 돼. 나는 그저 부정적인 피드백이 쓸모 있다고 생각하지 않는 것뿐이야.

잠시 머뭇거리며 그녀를 빤히 바라보다가 그가 말했다. 알았어. 당신을 속상하게 하려는 건 아니야.

그녀는 아무 말도 하지 않았다. 그는 그녀의 침묵에 신경이 쓰이는 눈치였다. 그는 두 손을 호주머니에 넣었다가 다시 빼냈다.

그가 말했다. 그래, 그건 데이미언이 했던 말이랑 비슷하네. 당신은 내가 당신의 진가를 모른다고 생각하는 것 같아. 그럴 수도 있지. 내가 정말 모를 수도 있고.

여전히 그녀는 아무 말도 하지 않고, 자기 발만 빤히 내려다보았다. 그는 안절부절못하며 짜증스러워하고 불안해하는 듯 보였다.

그가 말을 이어갔다. 이거 봐, 당신은 특별대우를 받는 데 익숙해져 있어. 당신을 알고 있고 당신이 정말 중요하다고 생각하는 사람들한테 말이지. 그래서 내가 당신을 평범하게 대하면, 그걸로는 충분하지 않은 거야. 솔직히 말하자면, 당신은 당신 진가를 더 잘 알아주는 사람을 찾을 테고, 그러면 더 행복해질 거 같아.

한참 동안 뜸을 들이다가, 그녀가 말했다. 괜찮다면, 이제 그만 안으로 들어가고 싶어.

얼굴을 찡그리고 땅바닥을 내려다보며 그가 말했다. 내가 무슨 수로 말리겠어.

그녀는 잔디밭을 따라 집 쪽으로 다시 걸어갔다. 그녀가 문에 이르기 전에 그가 목청을 가다듬고 큰 소리로 말했다. 있잖아, 내가 아까 내 손을 못 쓰게 만들었을 때 제일 먼저 떠오른 건, 틀림없이 앨리스가 슬퍼할 텐데, 라는 생각이었어.

그녀는 돌아서서 그를 바라보며 대답했다. 나는 슬퍼했고.

그가 말했다. 그래. 이런 일에 신경 써주는 사람이 있다는 건 좋은 일이야. 나는 그곳에서 2주에 한 번꼴로 이렇게 베여. 그렇다고 해서 나한테 '아, 정말 아프겠다, 무슨 일이 있었던 거야?'라고 말해주는 사람들이 많은 것도 아니야. 어쩌면 당신에게 내가 좋게 생각할 수 없는 특정한 면들이 있을 수도 있어. 가끔 당신이 나한테 쓰는 말투가 마음에 안 든다는 건 내가 이미 고백했고. 하지만 당신이 언덕 위 집에 혼자 있는데 몸이 안 좋다거나, 아니면 다쳤다거나 하면, 나는 그 일에 대해 알고 싶을 거야. 그리고 만약 당신이 내가 가서 돌봐주기를 바란다면 그렇게 할 거야. 확실히 당신도 마찬가지일 테고. 이 정도면 충분하지 않아? 혹시 당신한테는 충분하지 않을지도 모르지만, 나한테는 그래.

그들은 서로를 바라보았다. 생각해볼게. 앨리스가 말했다.

말벌 한 마리가 집 안 거실로 날아 들어와서 다니엘의 친구 두 명이 비명을 지르고 웃음을 터뜨리며 다시 창문 밖으로 내보내려 하고 있었다. 사이먼은 다니엘의 사촌 제마와 함께 주방 테이블에 앉아 있었고, 아까 축구를 하던 어린 여자아이가 그녀의 무릎에 앉아 있었다. 사이먼이 말하는 중이었다. 학교에 가는 게 더 좋아? 아니면 방학이 더 좋아? 아일린은 조리대에서 보드카를 튀겨가며 플라스틱 잔에 따르는 중이었는데, 그사이 아까 그녀와 이야기했던 바로 그 남자가 말했다. 그건 그리 대단하지는 않지만, 어쨌든 볼 만은 해요. 펠릭스와 앨리스는 파티오 문으로 다시 들어와서, 펠릭스는 자기가 먹을 생일 케이크 한 조각을 잘랐고, 앨리스는 카디건을 걸치며 쾌활하게 말했다. 바깥 정원이 참 크고 예쁘네요. 그녀가 사이먼의 어깨에 무심코 다정하게 손을 얹자, 그는 호기심 어린 표정으로 희미한 미소를 지으며 그녀를 올려다보았고, 둘 다 아무 말도 하지 않았다.

10시에 다니엘이 유리잔을 숟가락으로 두드리며 노래를 몇 곡 들어보겠다고 말했다. 사람들이 거실에서 들어왔고 대화가 잦아들며 서서히 방 안이 조용해졌다. 다니엘의 사촌 하나가 〈그녀는 장터를 지나서 갔다(She Moved Through the Fair)〉를 부르면서 노래를 시작했다. 가사를 아는 사람 몇몇은 노래를 따라 불렀고, 반면에 다른 사람들은 멜로디를 흥얼거렸다. 아일린은 문간에서 와인 잔을 들고 앨리스 바로 옆 냉장고에 기대어 있는 사이먼을 지켜보고 있었다. 다니엘은 펠릭스에게 다음 곡을 불러달라고 부탁했다. 개빈이 말했다. 〈캐릭퍼거스(Carrickfergus)〉를 불러줘. 펠릭스가 아랑곳하지 않는 듯 하품을 하고 말했다. 〈오그림의 처녀(The Lass of Aughrim)〉를 부르게. 그는 들고 있던 종이 접시를 내려놓고 목청을 가다듬은 다음 노래를 부르기 시작했다. 그의 목소리는 깨끗한 음색을 지니고 있어서 맑고 듣기 좋았으며, 적막을 채울 만큼 높이 올라갔다가, 침묵하는 것처럼 느껴질 정도로 아주 낮게 내려가기도 했다. 앨리스는 방 건너편에서 그를 지켜보았다. 그가 천장 등 아래 조리대에 기대서 있어서 머리카락과 얼굴과 비스듬히 기댄 호리호리한 몸은 불빛에 휩싸여 있었지만, 반대로 눈가와 입가는 어두웠다. 그의 풍성한 저음 때문인지, 혹은 그 노래의 구슬픈 가사 때문인지, 아니면 그 멜로디 때문에 일어난 어떤 연상 작용 때문인지, 어떤 이유 때문에 그를 지켜보는 그녀의 두 눈에는 눈물이 가득 고였다. 그는 흘낏 보고는 곧 눈길을 돌렸다. 그의 노랫소리는 평소 말소리와 이상할 정도로 비슷하게 들렸고, 발음은 똑같았지만 뜻밖의 깊은 울림이 있었다. 앨리스의 눈에서 눈물이 흐르기 시작했고, 코에서도 콧물이 흘러내리고 있었다. 그녀는 마치 자신의 불합리한 태도를 일소에 부치듯 미소를 지었지만, 아랑곳없이 눈물은 계속 흘러내렸다. 코를 훔치는 그녀의 얼굴은 붉게 상기되었고, 눈물에 젖어 어슴푸레 빛나고 있었다. 노래가 끝나자 일순간 정적이 흘렀다가 곧 환호와 박수가 쏟아졌다. 개빈은 만족스럽다는 듯 손가락으로 휘파람을 불었다. 펠릭스는 싱크대에 기대어 미소를 띤 채 앨리스를 바라보았고, 앨리스는 쑥스러운 듯 어깨를 으쓱하다시피 하며 그를 마주 보았다. 그녀는 손으로 뺨을 닦았다. 개빈이 말했다. 네가 그녀를 울렸어. 그러자 사람들이 앨리스를 돌아보았고, 그녀는 어색하게 웃음을 터뜨렸다. 목이 메인 것처럼 들리는 웃음소리였다. 그녀는 또다시 얼굴을 닦고 있었다. 그녀는 괜찮아요. 펠릭스가 말했다. 다니엘이 한 곡 더 부탁했지만 아무도 자청하지 않았다. 누군가가 말했다. 아무나 흉내 낼 수 없는 솜씨야. 다니엘의 사촌 제마는 〈아덴라이 들판(The Fields of Athenry)〉을 추천했고, 사람들은 끼리끼리 이야기를 나누기 시작했다. 펠릭스는 테이블 뒤로 돌아가서 플라스틱 잔에 와인을 따르고 있었다. 앨리스에게 그 잔을 건네며 그가 말했다. 괜찮은 거지? 그녀는 고개를 끄덕였고, 그는 위로하듯 등을 문질러주었다. 그가 말했다. 걱정 마. 보통 그런 노래를 듣고 우는 건 노부인들이지만, 여기서는 다 괜찮아. 내가 노래를 좀 한다는 건 몰랐지? 음, 흡연으로 목소리를 망치기 전에는 훨씬 더 좋았어. 그는 마치 자신이 무슨 말을 하고 있는지도 모르는 것처럼 가볍게, 거의 되는대로 말하며 한 손으로 그녀의 등을 쓰다듬고 있었다. 펠릭스가 말했다. 저기 봐, 사이먼은 눈물을 흘리고 있지 않아. 그는 나한테 감동받지 않았나 봐. 사이먼은 미소를 지으며 낮은 목소리로 대답했다. 못하는 게 없어서. 앨리스는 잔을 홀짝거리며, 또 한 번 살짝 웃었다. 펠릭스가 말했다. 뻔뻔스럽긴. 아일린은 거실 문간에서 그들을 지켜보았다. 펠릭스는 앨리스의 등에 손을 얹고, 사이먼은 그녀의 옆에 서서, 셋이 이야기를 나누고 있었다. 그리고 거대한 지구가 축을 중심으로 서서히 자전하면서, 창문 밖에서는 하늘이 어둑해지고 캄캄해져가고 있었다.

28

그들이 다니엘의 집에서 나왔을 때, 가로등도 없이 칠흑같이 깜깜한 밤이었기 때문에, 진입로로 가는 길을 찾기 위해서 아일린이 휴대전화 손전등을 켰다. 문을 닫은 차 안은 조용하고 따뜻했다. 아일린이 말했다. 펠릭스, 당신 노랫소리는 참 아름다워요. 그는 전조등을 켜고 후진을 해 도로로 빠져나가기 시작하며 말했다. 그래, 그건 당신들을 위한 거였어요. 음, 당신들 두 사람이요. 두 사람 다 그 근처 출신이니까요. 오그림이요. 그렇죠? 솔직히 말해서 그 노래 내용을 잘 아는 건 아니에요. 나는 남자가 여자에게 노래하는 줄 알았는데, 그러다가 후렴에서는 여자가 노래하는 것 같더라고요. 그녀의 아기가 품 안에서 차갑게 식어가고 있다고 하는 걸 보면요. 아마도 몇 가지 다른 가사들이 뒤섞인 오래된 노래들 중 하나일 테죠. 어쨌든 슬픈 노래예요. 내용이 뭐든 말이죠. 사이먼이 노래뿐만 아니라 악기 연주도 하는지 물어보자, 펠릭스가 대답했다. 조금요. 주로 바이올린이죠. 그리고 꼭 연주해야 한다면 기타도 그럭저럭 괜찮을 거예요. 결혼식 같은 데서 함께 연주할 친구는 거의 없어요. 전에 결혼식에서 몇 번 해본 적이 있지만, 음악적인 면에서 보면 그건 정말이지 내 취향이 아니에요. 밤새 셀린 디온 같은 음악만 연주하는 거잖아요. 앨리스는 그가 그렇게 음악에 재능이 있는지 몰랐다고 말했다. 그가 말했다. 그래, 그렇지만 이 근처 사람들은 다 그럴걸. 음치들을 만날 수 있는 곳은 오로지 더블린뿐이야. 나쁜 뜻은 없으니까 기분 나빠 하지는 마. 앨리스를 힐끗 쳐다본 후 다시 도로로 주의를 돌리며 그가 말을 이어갔다. 그러니까 당신은 그 집을 사려고 생각 중인 거지? 나는 그건 몰랐어. 뒷좌석에서 아일린이 고개를 들며 물어보았다. 미안, 뭐라고요? 앨리스는 약간 취한 채, 만족스러운 표정으로 립밤을 바르고 있다가 말했다. 생각 중이야. 아직 결정하지 못했어. 그 순간 아일린이 폭소를 터뜨렸고, 앨리스는 그녀를 마주 보기 위해 자리에 앉은 채 뒤돌아보았다. 아일린이 말했다. 아니, 굉장해. 너를 위해 정말 잘된 일이야. 너는 시골로 이사할 작정이구나. 앨리스는 어리둥절한 듯 얼굴을 찌푸린 채 그녀를 바라보며 말했다. 아일린, 나는 이미 시골에서 살고 있어. 우리는 내가 지금 살고 있는 그 집에 대해서 이야기하고 있는 거야. 아일린은 미소를 머금고 고개를 가로저으며 대꾸했다. 아니, 완전히 말이야. 너는 여기 휴가차 왔는데, 이제는 뭐랄까, 영원히 휴가를 보내는 셈이 되겠구나. 안 될 것 없잖아? 사이먼이 아일린을 지켜보고 있었지만 아일린은 여전히 앨리스를 보며 미소 짓고 있었다. 아일린이 덧붙였다. 진심이야. 정말 굉장하다. 그 집은 정말 놀라워. 와, 천장이 그렇게 높다니. 앨리스가 천천히 고개를 끄덕이며 대답했다. 맞아, 그런데 아직 아무것도 결정하지는 않았어. 그녀는 립밤을 다시 가방에 집어넣으며 덧붙여 말했다. 왜 내가 휴가 중이라고 말하는지 잘 모르겠어. 내가 일을 하러 갈 때마다, 나한테 못마땅해하는 이메일을 보내서 내가 집에 있어야 한다고 말하면서 말이야. 아일린은 핏기가 싹 가신 얼굴로 또다시 웃음을 터뜨리고는 말했다. 미안해. 내가 상황을 오해했어. 이제야 알겠어. 사이먼은 여전히 그녀를 지켜보고 있었고, 아일린은 가식적으로 환한 미소를 지으며 고개를 돌려 그를 바라보았다. 마치 이렇게 말하려는 듯했다. 왜? 펠릭스가 그 집을 사기 전에 제대로 살펴봐줄 사람을 구해야 한다고 언급하자, 앨리스는 보나마나 해야 할 일이 많을 것이라고 대꾸했다. 이윽고 그들은 호텔의 불 켜진 로비 창문을 지나, 해안 도로를 따라 차를 타고 가고 있었다.

집으로 돌아온 후, 아일린은 곧장 위층 자기 방으로 갔다. 그녀가 침대 머리맡 램프를 켰을 때 입술은 창백했고, 숨결은 얕고 불규칙했다. 어두운 침실 창문에 그녀의 타원형 얼굴이 희미한 회색으로 비쳤다. 그녀가 갑자기 커튼을 홱 쳐버리자, 커튼 고리들이 레일에 매달려 거슬리는 소리를 냈다. 아래층에서 목소리들이 들렸다. 앨리스가 말했다. 아니, 아니, 나는 아니야. 사이먼이 낮고 불분명한 목소리로 어떤 대답을 한 다음, 그들이 웃음을 터뜨리자 높은 웃음소리가 계단을 타고 올라왔다. 아일린은 손가락으로 감긴 눈꺼풀을 문질렀다. 냉장고 문이 부드럽게 열리는 소리, 유리 같은 것이 쨍그랑거리는 소리가 들렸다. 그녀는 원피스의 허리끈을 풀기 시작했다. 그 리넨은 하루 종일 입은 후라 선크림과 데오도란트 냄새가 나며, 구겨지고 후줄근했다. 아래층에서 문이 열리는 소리가 났다. 그녀는 코로 숨을 힘껏 깊이 들이마시고 입술 사이로 내뱉으면서, 원피스를 어깨에서 끌어내린 다음 줄무늬가 있는 파란색 나이트가운을 걸쳤다. 아래층에서 들려오는 소리는 이제 더 조용해졌고, 목소리들은 뒤섞였다. 그녀는 매트리스 한쪽 측면에 앉아 머리핀을 빼기 시작했다. 아래층에서 누군가가 휘파람을 불며 복도를 걷고 있었다. 그녀는 길고 검은 머리핀 하나를 빼서, 침대 머리맡 사물함 위에 희미하게 찰칵 소리를 내며 떨어뜨렸다. 그녀는 턱을 악물고 어금니를 아드득아드득 갈았다. 집 밖에서 낮고 반복적인 바닷소리, 무성한 나뭇잎 사이로 살랑거리는 바람 소리가 들렸다. 그녀는 머리가 풀리자 손가락으로 대충 빗어 넘긴 다음 침대에 누워 눈을 감았다. 아래층에서 마치 코르크 마개가 빠진 것처럼 퐁 하는 맑은 소리가 들려왔다. 그녀는 가슴 가득 숨을 들이마셨다. 깃털 이불 위에서 두 손으로 주먹을 꼭 쥐었다가 다시 펴는 동작을 두 번, 세 번 반복했다. 또다시 앨리스의 목소리가 들렸다. 다른 두 사람은 웃음을 터뜨렸다. 그 남자들은 앨리스가 한 말이 무엇이든 그 말을 듣고 웃음을 터뜨렸다. 아일린은 벌떡 일어섰다. 의자 등받이에서 노란색 누비 드레싱가운을 끌어당겨 소매 안으로 팔을 집어넣었다. 아래층으로 내려가면서 가운의 허리띠를 느슨하게 묶었다. 복도의 불은 켜져 있고, 공기 중에는 달콤하고 짙은 연기 냄새가 감돌았으며, 복도 끝 주방 여닫이문은 닫혀 있었다. 그녀가 문손잡이에 손을 갖다 대자 안에서 이렇게 말하는 앨리스의 목소리가 들렸다. 아, 나도 몰라. 몇 달 동안은 아니야. 아일린이 문을 열었다. 주방 안은 따뜻하고 불빛이 흐릿했다. 앨리스는 테이블 한쪽 끝에 앉아 있었고, 펠릭스와 사이먼은 나란히 벽을 등지고 앉아, 마리화나 담배 한 개비를 나눠 피우고 있었다. 그들은 모두 깜짝 놀라 경계하는 것 같은 눈초리로, 드레싱가운을 입고 문간에 서 있는 아일린을 올려다보았다. 용감하게 그녀는 미소 지으며 물어보았다. 나도 껴도 돼?

제발 그래 줘. 앨리스가 대답했다.

의자를 뒤로 당겨 앉으며 아일린이 물어보았다. 무슨 얘기 하고 있는 거야?

펠릭스가 테이블 너머로 마리화나 담배를 건네주며 말했다. 앨리스가 부모님에 대해 이야기해주고 있었어요.

아일린은 재빨리 한 모금 빨고 나서, 고개를 끄덕이며 담배 연기를 내뿜었다. 그녀의 모든 표정과 몸가짐에서 쾌활하게 굴려고 애쓴다는 것이 보였다.

앨리스가 아일린에게 말했다. 저, 너는 이미 아는 얘기야. 그분들을 만난 적이 있잖아.

아일린이 말했다. 음, 아주 오래전이지. 자, 계속해.

앨리스는 다른 두 사람을 돌아보며 이런 말을 이어갔다. 어머니의 경우는 사실 덜 복잡해. 어머니와 내 남동생은 비슷하거든. 그야말로 막상막하야. 하여간 어머니는 나를 별로 좋아하지 않았어.

펠릭스가 말했다. 그래? 그것참 별일이네. 우리 어머니는 나를 사랑하셨어. 장래가 촉망되는 아들이었거든. 정말 슬프게도 이런 똥멍청이였지만 말이야. 하지만 어머니는 나를 맹목적으로 사랑했어. 이유는 하느님만 아시겠지.

당신은 똥멍청이가 아니야. 앨리스가 말했다.

펠릭스가 사이먼에게 말했다. 당신은 어때요? 어머니가 무척 귀여워하는 아이였나요?

사이먼이 대답했다. 음, 나는 무매독자였어요. 그래요, 확실히 어머니는 나를 아주 사랑하셨죠. 그는 테이블 위에 놓인 와인 잔 밑 부분을 빙빙 돌리며 덧붙여 말했다. 그게 내 인생에서 가장 편안한 관계는 아니에요. 어머니는 가끔 나 때문에 다소 혼란스러워하고 좌절감을 느끼는 것 같아요. 내 경력이나 내가 내린 결정들 같은 것에 관해서요. 어머니한테는 내 또래의 자녀가 있는 친구들이 있을 거예요. 그들은 이제 모두 의사나 변호사이고, 자기 아이들이 있을 테고요. 그런데 나는 여전히 여자친구 하나 없는 의회 보좌관이죠. 내 말은, 어머니가 혼란스러워한다고 해서 내가 어머니를 비난하지는 않는다는 거예요. 나도 내 삶에 무슨 일이 일어난 건지 모르겠어요.

펠릭스가 짧게 기침을 하고 물어보았다. 하지만 당신은 꽤 중요한 일을 하고 있지 않나요?

사이먼은 마치 그 질문에 놀란 것처럼 그를 돌아보며 대답했다. 세상에, 아니, 전혀요. 그나저나 어머니가 사회적 지위에 집착한다고 생각하는 건 아니에요. 아들이 의사였다면 어머니가 좋아했으리라는 건 확실하지만, 내가 그 직업을 원하지 않았다고 해서 나한테 실망하지는 않았을 거예요. 펠릭스가 마리화나 담배를 건네자, 그는 그것을 받아들며 덧붙여 말했다. 우리는 사실 진지한 대화를 나누지 않아요. 어머니는 상황이 심각해지는 걸 좋아하지 않고, 그저 모두가 사이좋게 지내기를 바랄 뿐이죠. 어떤 면에서는 어머니가 나를 위협적이라고 생각하는 것 같아요. 그래서 정말 끔찍한 기분이 들어요. 그는 담배를 짧게 한 모금 빨고 연기를 내뱉은 다음 덧붙였다. 부모님을 생각할 때마다 죄책감이 들어요. 내가 그분들에게 적당하지 않은 아들이었을 뿐, 그게 그분들 잘못은 아니었어요.

하지만 그건 당신 잘못도 아니야. 앨리스가 말했다.

아일린은 턱을 악물고, 여전히 희미한 미소를 머금은 채 이 대화를 열심히 지켜보고 있었다.

펠릭스가 말했다. 아일린, 당신은 어때요? 부모님과 잘 지내나요?

그녀는 그 질문에 다소 놀란 듯 이런 소리만 냈다. 아. 그런 다음 잠시 주저하다가 말했다. 부모님은 나쁜 분들은 아니에요. 나한테는 그 두 분이 두려워하는 제정신이 아닌 언니가 있어요. 언니는 우리가 어렸을 때 내 삶을 생지옥으로 만들어버렸죠. 하지만 그것만 아니면 부모님은 괜찮은 분들이에요.

결혼했다는 그 언니군요. 펠릭스가 말했다.

그녀가 말했다. 그래요, 바로 그 언니예요. 롤라. 언니가 정말로 사악하지는 않아요. 단지 혼란스러운 것뿐이죠. 가끔은 좀 사악할지도 모르고요. 언니는 학창 시절에 정말로 인기가 많았고, 나는 그 반대였는데, 그러니까 말 그대로 친구가 하나도 없었다는 뜻이에요. 돌이켜보면 내가 자살하지 않았던 건 운이 좋은 것 같아요. 끊임없이 자살에 대해 생각하곤 했으니까요. 열네 살, 열다섯 살쯤이었죠. 어머니에게 이야기하려고 해봤지만, 어머니는 내게는 아무 문제가 없고, 그저 유난을 떨고 있을 뿐이라고 했어요. 이 대목에서 그녀는 테이블보가 깔려 있지 않은 테이블 표면을 내려다보며 머뭇거리다가 이내 말을 이어갔다. 내가 정말로 그랬을지도 모른다는 생각이 들어요. 하지만 열다섯 살 때, 나와 친구가 되고 싶어 하는 어떤 사람을 만났어요. 그리고 그가 내 목숨을 구했죠.

사이먼이 조용히 말했다. 그게 사실이라면 참 기쁜 일이야.

그 순간 펠릭스가 깜짝 놀란 듯 자세를 바로 하고 앉으며 말했다. 뭐라고요? 그게 당신이었어요?

아일린은 여전히 조금 창백하고 초췌했지만, 익숙한 이야기의 리허설을 즐기며, 이제 좀 더 자연스러운 미소를 짓고 있었다. 그녀가 말했다. 우리가 자라면서 이웃이었다는 건 당신도 알 거예요. 어느 여름, 대학에서 집으로 돌아왔을 때 사이먼이 우리 아빠 농장 일을 도우러 왔어요. 왜 그랬는지는 나도 몰라요. 당신 부모님이 그러라고 하셨겠지.

사이먼이 낮고 유머러스한 목소리로 말했다. 아니, 그 당시 나는 막 『안나 카레니나』를 다 읽은 참이었을 거야. 그래서 레빈처럼 될 수 있게 농장에서 일을 해보고 싶었지. 알다시피 그는 낫 같은 걸로 풀을 베다가 그런 심오한 경험을 해. 그래서 하느님을 믿게 되고. 지금 자세한 게 기억나지는 않지만, 그게 내 대체적인 생각이었어.

아일린은 소리 내 웃으며, 머리를 이리저리 쓸어 넘기고 있었다. 그녀가 말했다. 정말 『안나 카레니나』처럼 될 줄 알고 우리 아빠를 위해 일하러 온 거야? 전혀 몰랐어. 당신이 레빈이라면 우리는 무지크(러시아어로 소작농 혹은 농민이라는 뜻-옮긴이)겠네. 그녀는 다시 다른 사람들 쪽으로 시선을 돌리며 말을 이어갔다. 그렇게 해서 사이먼과 나는 친구가 됐어요. 나는 사이먼네 대규모 사유지 근처에 사는 소작농의 어린 딸들 중 하나였죠. 사이먼이 응석을 받아주는 듯한 말투로 나직이 말했다. 나라면 그런 식으로 말하지는 않겠어. 아일린은 손사래를 치며 이런 간섭을 일축했다. 그녀가 말했다. 그리고 우리 부모님들은 당연히 서로 아는 사이죠. 사실 우리 엄마는 사이먼의 어머니에게 열등감을 가지고 있어요. 해마다 크리스마스이브에 사이먼과 그의 부모님이 잠깐 들러 술을 한잔하고 가는데, 우리는 그 전에 집 전체를 구석구석 문질러 닦아야 하죠. 게다가 욕실에는 특별한 타월도 둬요. 왜 그런 거 있잖아요.

이제 펠릭스는 몸을 뒤로 젖혀 벽에 기댄 채, 마리화나 담배를 다시 피우며 말했다. 그분들은 앨리스를 어떻게 생각하나요?

아일린이 그를 쳐다보며 물어보았다. 누구, 제 부모님이요? 그가 고개를 끄덕였다. 그녀가 말했다. 서로 두어 번 만난 적이 있죠. 서로를 잘 알거나 그런 건 아니고요.

앨리스는 미소를 지으며 말했다. 그분들은 나를 못마땅해하셔.

펠릭스가 웃음을 터뜨리며 물어보았다. 정말 그래요?

아일린은 고개를 가로저으며 말했다. 아니야, 못마땅해하지 않아. 단지 너를 잘 모르는 것뿐이야.

앨리스가 말을 이었다. 그분들은 대학 시절에 우리가 함께 사는 것을 결코 좋아하지 않았어. 아일린이 착한 중산층 여학생과 친구가 되기를 바랐지.

아일린은 거칠게 웃음을 터뜨리며 숨을 내쉬었다. 그녀가 펠릭스에게 말했다. 그분들은 앨리스의 성격이 조금 도전적이라고 여겼던 것 같아요.

지금은 내가 성공했기 때문에 나를 괘씸해하고. 앨리스가 덧붙여 말했다.

네가 어떻게 그런 생각을 하게 됐는지 모르겠어. 아일린이 말했다.

글쎄, 그분들은 네가 병원에 있는 나에게 병문안 오는 걸 싫어했어. 그랬지?

아일린은 무의식적으로 귓불을 잡아당기며, 또다시 고개를 가로저었다. 그녀가 말했다. 그건 네가 성공한 것과는 아무 상관없었어.

그럼 뭐랑 상관이 있었는데? 앨리스가 물어보았다.

펠릭스는 자신이 마리화나 담배를 피우는 중이라는 걸 잊어버린 듯, 담뱃불이 손가락 사이에서 사그라들게 내버려뒀다. 그를 쳐다보며 아일린이 말했다. 있잖아요, 앨리스는 뉴욕에서 돌아올 때 내게 귀국할 거라는 말을 하지 않았어요. 나는 저 애에게 이메일이며 메시지를 닥치는 대로 보냈지만 몇 주 동안 아무 소식도 듣지 못했고, 저 애한테 무슨 일이 일어났는지 걱정하며 전전긍긍했죠. 그러는 동안 내내 저 애는 내 아파트에서 5분 떨어진 곳에 살고 있었고요. 그녀가 사이먼을 가리키며 이런 말을 이어갔다. 사이먼은 알고 있었어요. 나만 몰랐죠. 저 애가 내게는 말하지 말라고 하는 바람에, 사이먼은 내가 저 애한테서 소식을 듣지 못했다고 불평하는 걸 줄곧 견뎌야 했죠. 그리고 사이먼은 저 애가 그 빌어먹을 클랜브래실 가에 살고 있다는 걸 알고 있었어요.

앨리스가 감정이 절제된 목소리로 말했다. 내게는 분명 그리 좋은 시기가 아니었어.

아일린이 계속해서 억지로 밝은 미소를 지으며 고개를 끄덕이고 있다가 말했다. 그래, 나한테도 그리 좋은 시기는 아니었어. 3년 정도 된 파트너가 나와 헤어지려 하는 데다 살 집도 없었으니까. 게다가 가장 친한 친구는 나한테 일언반구 없었고, 또 다른 가장 친한 친구는 나한테 아무 말도 하면 안 되기 때문에 정말 이상하게 굴고 있었거든.

앨리스가 차분하게 말했다. 아일린, 정말 미안한 말이지만, 나는 신경쇠약에 걸려 있었어.

그래, 잘 알아. 기억하고 있어. 네가 병원에 입원했을 때 거의 매일 거기 가 있었으니까.

앨리스는 아무 말도 하지 않았다.

아일린이 말을 이어갔다. 우리 부모님이 너를 그렇게 자주 찾아가는 걸 좋아하지 않았던 이유는 네가 성공한 것과는 아무 상관없었어. 그분들은 그저 네가 아주 좋은 친구라고 생각하지 않았을 뿐이야. 병원에서 퇴원했을 때 몇 주 동안 더블린을 떠나서 좀 쉬겠다고 했던 거 기억나니? 그런데 이제 알고 보니 몇 주 동안 떠나 있는 게 아니라 영원히 떠난 거였구나. 나만 빼고 모두 그걸 알아차렸던 거 같아. 물론 나를 끼워주려고 할 필요는 없어. 나는 그저 입원해 있는 너를 보기 위해 은행 계좌를 당좌대월로 초과 인출하면서까지 매일 버스를 탄 바보에 불과하니까. 봐봐, 우리 부모님이 알면 네가 정말이지 나한테는 조금도 신경 쓰지 않는다고 할걸.

아일린이 말하는 동안 사이먼은 고개를 푹 숙이고 있었지만, 펠릭스는 두 여자를 계속 지켜보았다. 앨리스는 얼굴이 확 빨개지며 테이블 건너편을 응시했다.

내가 어떤 일을 겪었는지 너는 아무것도 몰라. 앨리스가 말했다.

아일린이 귀에 거슬리는 새된 웃음소리를 내며 물었다. 너나 나나 피차일반이라고 해도 될까?

두 눈을 감았다가 다시 뜨며 앨리스가 말했다. 그래, 네 말뜻은 정말로 좋아하지도 않던 남자가 너랑 헤어졌다는 거지. 틀림없이 참 힘들었겠구나.

테이블 반대편 끝에서 사이먼이 그녀의 이름을 불렀다. 앨리스.

앨리스가 말을 이어갔다. 아니, 아무도 몰라. 나한테 설교하지 마. 그 누구도 내 삶에 대해 무엇 하나 이해할 수 없어.

아일린은 의자를 뒤로 쓰러뜨리며 벌떡 일어나더니, 방문을 쾅 닫으며 나가버렸다. 사이먼이 그 모습을 지켜보다가 몸을 바로 세워 앉자, 앨리스가 냉정하게 힐끔 건너다보며 말했다. 가봐. 저 애한테는 당신이 필요해. 나는 아니지만.

그녀를 돌아보며 사이먼이 부드러운 말투로 대답했다. 하지만 그게 항상 사실이었던 건 아니잖아?

꺼져버려. 앨리스가 말했다.

계속 그녀를 쳐다보다가 그가 말했다. 네가 화난 거 알아. 하지만 네가 하는 말이 옳지 않다는 건 너도 알고 있을 거야.

당신은 나에 대해 아무것도 몰라. 그녀가 대답했다.

그러자 그는 테이블 표면을 빤히 내려다보며 미소를 짓더니 말했다. 알았어. 그는 자리에서 일어서서 문을 조용히 닫으며 주방을 나갔다. 앨리스는 마치 머리가 아픈 것처럼 관자놀이에 잠시 손가락 끝을 갖다 댔다가, 이내 자리에서 일어나 싱크대로 가서 잔을 헹궜다. 그녀가 말했다. 사람들을 믿으면 안 돼. 그들을 믿을 수 있다고 생각하는 바로 그 순간, 언제나 그 기대를 저버리거든. 그중에서도 사이먼이 최악이야. 그가 뭐가 문제인지 알지? 진지하게 하는 말이야. 그걸 순교자 콤플렉스라고 해. 그는 누구에게도 아무것도 요구하지 않아. 그리고 그로 인해 자신이 우월한 존재가 된다고 생각해. 하지만 실제로는 자기 집에서 혼자 자신이 얼마나 좋은 사람인지 스스로에게 되뇌면서 그저 통탄할 보람 없는 삶을 영위하고 있을 뿐이지. 어느 날 밤 너무 아파서 그에게 전화를 했더니, 나를 병원에 데려가줬어. 그게 다야. 그리고 이제 나는 그를 볼 때마다 그 일에 대해 들어야 해. 그가 지금껏 살면서 뭘 이뤘지? 적어도 나는 이 세상에 뭔가 기여했다고 할 수 있어. 그런데 그는 고작 전화 한 번 받았다는 이유로 자신이 나보다 우월하다고 생각해. 단지 우쭐한 기분을 느끼려고 불안정한 사람들과 어울리고 다녀. 특히 여자들, 특히 자기보다 더 어린 여자들이랑. 만약 그들이 돈이 없다면, 그건 금상첨화고. 알다시피 그는 나보다 여섯 살 위야. 그가 지금껏 살면서 뭘 이뤘지?

펠릭스는 벤치에 앉아 벽에 등을 기댄 채 한참 동안 말없이 맥주병을 들고 아까운 듯 홀짝거리고 있다가 대답했다. 아무것도. 이미 당신이 그렇다고 말했잖아. 나 역시 아무것도 한 게 없는데, 내가 그걸 신경 쓸 거라고 생각하는 이유를 잘 모르겠어. 앨리스는 그를 등지고 주방 조리대 앞에 서서, 주방 창문에 비친 그의 모습을 지켜보았다. 그는 그녀가 쳐다보는 것을 서서히 알아챘다. 그녀와 눈길이 마주치자, 그가 말했다. 뭐? 나는 당신이 두렵지 않아. 그러자 그녀가 눈길을 내리깔며 말했다. 그건 당신이 나를 잘 모르기 때문일지도 몰라. 그가 거침없이 웃음을 터뜨렸다. 그녀는 아무 말도 하지 않았다. 그는 그녀의 뒷모습을 잠시 더 지켜보았다. 그녀는 하얗게 질린 얼굴로 식기 건조대에서 빈 와인 잔을 집어 잠시 손에 들고 있다가 타일 위로 탁 떨어뜨렸다. 그 유리잔의 둥근 부분이 와장창 깨지는 소리를 내며 바닥에 부딪혀 박살이 났고, 반면에 다리 부분은 크게 깨지지 않고 냉장고 쪽으로 굴러가버렸다. 꿈쩍도 않고 말없이 그녀를 관찰하다가 그가 말했다. 만약 자해를 할 생각이라면, 굳이 수고할 것 없어. 괜히 한바탕 소란만 피울 뿐, 어차피 그 후에 기분이 나아지지도 않을 테니까. 그녀는 눈을 감은 채 주방 조리대를 꼭 짚어 몸을 버티고 서 있었다. 그녀가 아주 조용히 대답했다. 응, 걱정하지 마. 당신들이 다 여기 있는 동안에는 아무 짓도 안 할 테니까. 그가 눈썹을 치켜세우고 술병을 내려다보며 말했다. 그럼 나는 어디 가지 않고 여기 있는 편이 낫겠군. 조리대를 꼭 움켜잡은 그녀의 손마디가 눈에 띄게 하얗게 질려 있었다. 그녀가 말했다. 솔직히 내가 죽든 말든 당신은 신경 쓰는 것 같지 않아. 펠릭스가 술을 한 모금 마시고 삼킨 다음 말했다. 당신이 그런 식으로 말하면 화가 나야겠지만 그래 봐야 무슨 의미가 있지? 어차피 정말로 나한테 말하고 있는 것도 아니잖아. 머릿속에서는 아직도 그녀에게 이야기하고 있어. 앨리스가 두 손에 얼굴을 묻으며 싱크대 위로 몸을 숙이자, 그가 자리에서 일어나 다가가려 했다. 그녀가 돌아보지도 않고 말했다. 펠릭스, 가까이 오면 때릴 거야, 빌어먹을. 빈말 아니야. 그녀가 두 팔로 머리를 감싸 안고 서 있는 동안 그는 테이블 앞에 그대로 멈춰 서 있었다. 시간은 침묵 속에 그렇게 흘러갔다. 마침내 그는 테이블 뒤에서 나와 주방 의자 중 하나의 옆으로 빠져나간 다음, 타일 위의 커다란 유리 조각 몇 개를 치웠다. 잠시 그녀는 마치 그가 다가오는 소리조차 들리지 않는 것처럼 싱크대에 계속 기대서 있다가, 그를 쳐다보지도 않고 자리에 앉았다. 그녀는 이를 딱딱 부딪치며, 덜덜 떨고 있었다. 낮게 신음을 흘리며 그녀가 말했다. 이런, 자살해버릴 것 같은 기분이 들어. 그가 테이블에 기대어 그녀를 지켜보며 말했다. 그래, 나도 전에 그런 기분을 느낀 적이 있어. 하지만 그러지 않았어. 당신도 그러지 않을 테고. 겁에 질려 뉘우치며 부끄러워하는 표정으로 그를 올려다보며 그녀가 말했다. 그래, 당신 말이 맞는 것 같아. 미안해. 희미하게 웃으며 아래를 내려다보고 그가 말했다. 괜찮아. 그건 그렇고 나는 당신의 생사가 정말 신경 쓰여. 그렇다는 거 당신도 잘 알잖아. 그녀는 멍하니 그의 몸, 손, 얼굴을 아까보다 조금 더 길게 쳐다보고 있다가 말했다. 미안해. 나 자신이 부끄러워. 내 생각에는…… 글쎄, 내 생각에는 좋아지기 시작하는 것 같았는데. 미안해. 그 순간 그가 주방 테이블 위에 앉으며 말했다. 맞아, 당신은 좋아지는 중이야. 이건 그저 사소한…… 사람들이 뭐라고 부르든, 이건 사소한 에피소드에 불과해. 뭐 복용하는 거 있어? 항우울제나 뭐 그런 거 말이야. 그녀는 고개를 끄덕이며 대답했다. 응, 프로작. 그는 의자에 앉아 있는 그녀를 동정 어린 눈초리로 내려다보며 말했다. 아, 그래? 그럼 당신은 꽤 성공적인 거네. 그걸 복용했을 때 나는 성욕이 전혀 없었거든. 그녀는 웃음을 터뜨리며, 마치 어떤 재난을 피한 후 안도감을 느끼는 중인 것처럼 손을 덜덜 떨었다. 그녀가 말했다. 펠릭스, 내가 당신을 때릴 거라고 말했다니 믿을 수가 없어. 괴물이 된 기분이야. 무슨 말을 해야 할지 모르겠어. 정말 미안해. 차분하게 그녀의 눈을 마주 보며 그가 말했다. 당신은 내가 가까이 오는 걸 바라지 않았을 뿐이야. 자기가 무슨 말을 하고 있는지 전혀 몰랐지. 게다가 당신은 정신과 환자라고. 명심해. 그녀는 혼란스러워하며 자신의 떨리는 손을 내려다보았다. 그녀가 말했다. 하지만 이제는 아닌 줄 알았어. 호주머니에서 라이터를 꺼내고 어깨를 으쓱하며 그가 말했다. 이런, 당신은 아직 환자야. 괜찮아. 시간이 좀 걸려. 그녀는 그를 빤히 바라보며 자신의 입술을 만졌다. 그녀가 물어보았다. 언제 프로작을 복용했어? 고개를 들어 쳐다보지도 않고 그가 대답했다. 작년에. 한두 달 정도 복용하다가 다시 끊었어. 나는 와인 잔 몇 개 떨어뜨리는 것보다 훨씬 더 나쁜 짓들을 했어. 늘 싸움에 휘말렸지. 멍청한 짓거리나 하고. 엄지로 라이터의 바퀴 모양 점화장치를 득득 긁으며 그가 말했다. 당신과 당신 친구는 괜찮을 거야. 자신의 무릎을 물끄러미 내려다보며 앨리스가 말했다. 잘 모르겠어. 우리 우정은 한 사람이 나머지 한 사람보다 훨씬 더 신경을 쓰는 그런 우정인 것 같아. 라이터 바퀴를 돌려 불을 켰다가, 다시 손가락을 떼며 그가 말했다. 그녀가 당신한테 신경 쓰지 않는 것 같아? 앨리스는 여전히 자신의 무릎을 내려다보며 치마를 매만지다가 말했다. 아일린도 신경 써. 하지만 똑같지는 않아. 그는 테이블에서 내려와 큰 유리 파편들을 피하면서 뒷문으로 건너갔다. 문을 활짝 열어젖힌 후 문틀에 기대어 시원한 밤공기를 들이마시며 축축한 정원을 내다보았다. 한동안 둘 다 아무 말도 하지 않았다. 앨리스는 자리에서 일어나, 유리를 쓸기 위해 싱크대 밑에서 쓰레받기와 비를 꺼냈다. 가장 작은 파편들이 가장 멀리, 그러니까 냉장고와 조리대 사이, 라디에이터 밑까지 튀어 나가 빛을 반사하며 은빛으로 반짝이고 있었다. 그녀는 쓰레받기에 다 쓸어 담은 후 신문지 위에 털어버린 다음 잘 싸서 쓰레기통에 집어넣었다. 문설주에 기대어 밖을 내다보며 펠릭스가 말했다. 당신은 나에 대해서도 똑같은 생각을 해. 정말 흥미로워, 똑같이 생각하다니. 그녀가 주방 안에서 몸을 곧게 펴고 그를 바라보며 물어보았다. 뭐라고? 숨을 깊게 들이마시고 내뱉은 다음 그가 말했다. 당신은 아일린이 자신만큼 신경 쓰지 않는다고 생각해. 그리고 나에 대해서도 똑같이 생각해. 당신이 더 신경 쓴다고. 글쎄, 그래서 애초에 나를 좋아하게 됐는지도 모르겠어. 당신이 그냥 자기 자신을 몹시 싫어할 뿐이라는 생각이 조금 들기도 해. 당신이 하는 모든 일들, 그러니까 차도 없이 혼자서 여기로 이사 온 일, 온라인에서 되는 대로 만난 사람과 감정이 뒤얽히게 한 일. 이런 건 마치 당신이 스스로를 비참하게 만들려고 하는 거나 마찬가지야. 당신은 누군가가 당신을 엿 먹이고 상처 입히기를 바라는지도 몰라. 그렇다면 적어도 당신이 왜 나를 골랐는지는 이해가 돼. 내가 그런 짓을 할 만한 타입이라고 생각하기 때문이야. 아니면 그런 짓을 하고 싶어 할 타입이거나. 그녀는 싱크대 앞에 서서 아무 말도 하지 않았다. 그는 천천히 고개를 끄덕이며 말했다. 아니, 나는 그러지 않을 거야. 만약 그걸 바라는 거라면, 미안해. 그는 헛기침을 한 후 덧붙였다. 그리고 당신이 나를 더 좋아하는 것 같지도 않아. 우리는 서로를 똑같이 좋아하는 것 같아. 내가 그렇다는 걸 늘 행동으로 보여주지 않는다는 건 나도 알아. 하지만 그 점에 있어서 나아지려고 노력할 수 있어. 정말 노력할 거고. 당신을 사랑해. 알겠지? 뺨을 감싸 쥐고 귀 기울여 듣는 동안 내내 이상하고 멍한 표정을 짓고 있다가, 그녀가 말했다. 설사 내가 정신과 환자라고 해도 말이지. 그가 똑바로 서서 문을 닫으며 웃음을 터뜨리고는 대답했다. 그래, 설사 우리 둘 다 그렇다고 해도 말이야.

사이먼은 주방에서 나와 위층 계단 꼭대기까지 간 후, 아일린의 방문 앞에 잠시 서 있었다. 안에서 높고 거친 흐느낌 소리와 함께 간간이 헐떡이는 숨소리도 들렸다. 그가 살며시 문을 두드리자 갑자기 침묵이 흘렀다. 그가 큰 소리로 말했다. 나 혼자야, 들어가도 될까? 다시 울음소리가 나기 시작했다. 그는 문을 열고 안으로 들어갔다. 아일린은 무릎을 접어 가슴으로 당긴 채 모로 누워, 한 손은 머리카락 속에 넣고, 다른 한 손으로는 눈을 가리고 있었다. 사이먼은 문을 닫고 침대로 가서 베개 근처 가장자리에 앉았다. 그녀가 말했다. 이런 게 내 인생이라니 믿을 수 없어. 그는 다정한 표정으로 내려다보며 말했다. 이리 와. 그녀는 다시 흐느끼며 머리를 꽉 움켜잡고는 탁한 목소리로 대답했다. 당신은 날 사랑하지 않아. 그 애도 날 사랑하지 않아. 내 인생에는 아무도 없어. 아무도. 내가 이렇게 살아야 하다니 믿을 수가 없어. 이해가 안 돼. 그가 그녀의 머리 위에 자신의 넓적하고 둔탁한 손을 얹고 말했다. 무슨 소리야? 당연히 나는 너를 사랑하지. 이리 와. 그녀는 잠시 아무 말 없이, 뿌루퉁하게 얼굴을 두 손으로 문질러 닦았다. 그런 다음 똑같이 날카롭고 짜증이 난 태도로 그의 허벅지에 머리를 얹고, 무릎에 뺨을 기댔다. 그가 말했다. 이게 낫네. 그녀는 얼굴을 찌푸린 채, 손가락으로 눈을 비비며 말했다. 나는 내 인생에서 좋은 건 모조리 망쳐버려, 모조리. 그는 그녀의 얼굴 위로 흘러내린 축축한 머리카락 몇 가닥을 귀 뒤로 쓸어 넘기며 머리를 매만져주었다. 그녀가 말을 이어갔다. 앨리스와의 관계도 내가 모든 걸 망쳤어. 그리고 당신과의 관계도. 그 말을 한 후, 그녀는 자신의 눈을 가리고 또다시 흐느껴 울었다. 천천히 그녀의 이마와 머리를 쓰다듬어주며 그가 말했다. 너는 아무것도 망치지 않았어. 그녀는 못 들은 체하고, 잠시 숨을 고른 후 말을 이어갔다. 우리가 어젯밤 마을에서 술을 마시고 있었을 때……. 그녀는 또다시 말을 멈추고, 한 번 더 심호흡을 한 다음 가까스로 말을 이어갔다. 행복하다고 느꼈어. 심지어 혼자 속으로, 내 인생에 이번 한 번만큼은 행복하구나 하고 생각까지 했다고. 때때로 나는 내가 벌을 받고 있는 것 같아. 마치 하느님이 나를 벌하고 있는 것처럼 말이야. 아니면 내가 나 자신을 벌주고 있는 건지도 모르겠어. 내가 단 5분 동안이라도 기분이 좋을 때면 언제나 꼭 나쁜 일이 일어나기 때문이야. 우리가 요전 주에 당신 집에서 함께 텔레비전을 보고 있었을 때처럼 말이지. 그 후에 모든 게 엉망진창이 될 거란 걸 알았어야만 했어. 왜냐하면 거기 당신 소파 위에 앉아서 혼자 속으로 생각하고 있었거든. 마지막으로 이렇게 행복했던 게 언제였는지 기억도 안 난다고 말이야. 정말로 좋은 일이 생길 때마다 내 삶은 꼭 무너져 내려. 내 삶을 이렇게 만들고 있는 건 나일지도 몰라. 나도 모르겠어. 에이든은 나를 이해하고 받아들이지 못했어. 그리고 이제는 앨리스도 마찬가지야. 당신도 그렇고. 사이먼이 낮은 목소리로 온화하게 중얼거렸다. 아니, 나는 받아들일 수 있어. 여전히 흘러내리는 눈물을 성급하게 닦으며 아일린이 말했다. 잘 모르겠어. 나는 그렇게 좋은 사람이 아닐지도 몰라. 어쩌면 다른 사람들을, 나 자신을 생각하듯 정말로 생각해주지는 않을지도 몰라. 당신에게 그랬던 것처럼 말이야. 아마 당신이 나보다 더 비참할지 모르지만, 당신은 절대로 그런 말을 하지 않지. 게다가 나한테 항상 잘해줘, 항상. 심지어 지금 이 순간에도 나는 당신 무릎을 베고 울고 있어. 언제 내 무릎을 베고 울어본 적 있어? 한 번도 없어. 한 번도. 그는 그녀를, 그녀의 광대뼈를 따라 난 주근깨와 빨갛게 달아오른 분홍색 귀를 상냥하게 내려다보며 동의했다. 없지. 하지만 우리는 서로 다른 사람이야. 그리고 나는 비참하지 않아. 걱정하지 마. 가끔가다 슬프기는 하지만 그건 괜찮아. 그의 허벅지에서 머리를 들지 않은 채 고개를 살짝 가로저으며 그녀가 말했다. 하지만 나는 당신이 보살펴주는 것처럼 당신을 보살피지 않잖아. 그는 엄지로 그녀의 광대뼈 위를 천천히 쓰다듬으며 대답했다. 음, 내가 보살핌을 받는 데 그리 익숙하지 않은지도 모르지. 그녀는 눈물을 그치고 잠시 아무 말 없이 그의 허벅지를 베고 누워 있었다. 이윽고 그녀가 물어보았다. 왜 익숙하지 않은 거야? 그는 어색한 미소를 지으며 대답했다. 잘 모르겠어. 그건 그렇고, 우리는 너에 대해 이야기하는 중이었던 것 같은데. 그녀가 고개를 돌려 올려다보며 말했다. 이번 한 번만이라도 당신에 대해 이야기를 나눌 수 있었으면 좋겠어. 그녀를 내려다보며 잠시 잠자코 있다가 그가 말했다. 하느님이 너를 벌하고 계신 것처럼 느껴진다니 안타까워. 나는 그렇게까진 하지 않으실 거라고 믿어. 그를 잠시 더 쳐다보고 나서 그녀가 말했다. 며칠 전에 우리가 기차에 타고 있었을 때, 사이먼이 10년 전에 나한테 청혼했었으면 좋았을 텐데 하고, 앨리스에게 이메일을 썼어. 잠시 생각에 잠긴 듯 아무 말도 하지 않다가 그가 말했다. 열아홉 살이었을 때 네가 그런 청혼을 받아들였을까? 그녀는 희미하게 소리 내 웃으며 어깨를 으쓱했다. 그녀의 눈은 뜨겁고 부어 있었다. 그녀가 대답했다. 내가 분별력이 조금이라도 있었다면 그랬을 거야. 하지만 그 나이에 나한테 분별력이 있었는지는 모르겠어. 나는 그걸 아주 로맨틱하다고 생각했을 것 같아. 그러니 좋다고 했을 수도 있겠지. 그게 더 나은 삶이었을 거야. 내가 지금껏 살아온 삶이 어떤 삶이든 말이야. 고개를 끄덕이며 약간 슬프게 쓴웃음을 짓고 있다가 그가 말했다. 나도 마찬가지야. 미안. 그러자 그녀가 그의 손을 잡았고, 그들은 잠시 침묵했다. 그가 말했다. 앨리스 때문에 화난 거 알아. 자신의 엄지로 그의 손가락 마디들을 더듬으며 그녀가 말했다. 오늘 아침 주방에서 펠릭스가 왜 더 일찍 그 애를 보러 오지 않았느냐고 물어봤어. 그래서 나는 이렇게 말했지. 그럼, 앨리스가 날 보러 오지 않은 건 뭐였죠? 그 애는 어디에 있었나요? 많이 바쁜 것 같지도 않은데. 그 애는 마음이 내킬 때면 언제든 기차에 껑충 올라타고 나를 찾아 올 수 있었어요. 그 애가 나를 그렇게 사랑한다면, 애초에 왜 여기로 이사를 했을까요? 아무도 그러라고 시키지 않았어요. 마치 우리가 서로 만나기 어렵게 하려고 일부러 애를 쓰고는, 이제 와서 내가 자기한테 신경 쓰지 않는다고 속으로 되뇌면서 자신의 상처받은 감정을 달래고 있는 것 같아요. 사실, 떠난 사람은 바로 그 애였는데요. 나는 그 애가 가는 걸 원하지 않았어요. 아일린은 얼굴을 두 손으로 감싸 쥐고 또다시 울기 시작했다. 그러곤 다시 한번 말했다. 나는 그 애가 가는 걸 원하지 않았어. 사이먼은 아무 말도 하지 않고 머리를 어루만져주었다. 그녀는 고개를 들지 않고 고통스러운 목소리로 말했다. 제발 날 떠나지 마. 그녀의 머리카락을 귀 뒤로 쓸어 넘겨주며 그가 중얼거렸다. 안 그래. 절대로. 그럴 리 없잖아. 1분, 2분, 시간이 흐르는 동안, 그녀는 계속 눈물을 흘렸고, 그는 그녀의 머리를 허벅지로 고이 받치고 조용히 앉아 있었다. 마침내 아일린은 소매로 얼굴을 닦으며 자리에서 일어나 매트리스 위, 그의 옆자리에 자세를 바로 하고 앉았다. 그가 말했다. 나는 아직 익숙해지지 않은 것 같아. 보살핌 받는 거 말이야. 힘없이 살짝 소리 내 웃으며 그녀가 말했다. 좀 보고 배워. 내가 전문가잖아. 그는 무릎을 내려다보고 무심코 미소 지으며, 말을 이어갔다. 나는 다른 사람에게 폐를 끼치는 걸 두려워하는 것 같아. 누군가가 내가 그들에게 그래 주기를 바란다고 생각하거나 의무감을 느낀다는 이유만으로 무언가를 하고 있다고 느끼기가 싫다는 뜻이야. 설명을 제대로 못 하겠어. 분명히 나도 원하는 것들이 있어. 그는 고개를 가로저으며 말을 멈췄다. 아, 내 생각을 잘 표현 못 하겠어. 그가 말했다. 그녀가 그의 얼굴을 훑어보며 말했다. 하지만 사이먼, 당신은 정말로 내가 다가가지 못하게 해. 내 말 무슨 뜻인지 알겠어? 게다가 다가갈 때마다, 당신은 나를 그냥 밀어내버려. 자신의 두 손을 내려다보며 헛기침을 하고, 그가 말했다. 그 얘기는 다음에 하자. 네가 앨리스 때문에 화난 거 알아, 우리가 지금 이 모든 것에 대해 토론할 필요는 없어. 희미하게 눈살을 찌푸리며 그녀가 말했다. 하지만 이건 또다시 나를 밀어내고 있는 거잖아. 고통스러워 보이는 미소를 지으며 그가 말했다. 나는 우리 사이에 다시는 아무 일도 일어나지 않을 거라는 생각에 이제 막 익숙해진 참이었어. 그게 쉬웠다는 건 아니야. 하지만 어떤 면에서는 궁금해하는 것보다는 쉬웠어. 그는 엄지손가락 마디로 그의 손바닥을 문지르며 말을 이어갔다. 내가 너를 위해 뭔가 해준 적이 있다면, 그건 정말로 나 자신을 위해서였어. 너랑 친하게 지내고 싶었거든. 게다가 솔직히 말하자면 너한테 내가 필요하다고, 너는 나 없이는 안 된다고 느끼고 싶었어. 내 말 이해하겠어? 내가 쉽게 말하고 있는 것 같지는 않네. 내가 너를 위해 해준 것보다 네가 나를 위해 해준 게 정말 훨씬 더 많다는 뜻이지. 그리고 네가 나한테 더 필요했어. 너한테 내가 필요한 것보다 나한테 네가 더 필요해. 그는 숨을 내쉬었다. 그녀는 잠자코 그를 지켜보고 있었다. 그는 마치 혼잣말을 하는 것처럼 두서없이 말을 이어갔다. 하지만 어쩌면 내가 틀린 말만 하고 있는 건지도 모르겠어. 나는 이런 식으로 말하는 게 무척 어렵거든. 다시 한번 그는 한숨 쉬듯 숨을 내쉬고 자기 이마에 손을 갖다 댔다. 그녀는 그를 계속 지켜보면서, 말없이 귀 기울여 듣기만 했다. 마침내 그가 그녀를 쳐다보며 말했다. 네가 겁먹은 거 알아. 그리고 네가 우리 우정에 대해 한 모든 말, 친구로 지내고 싶을 뿐이라는 말도 진심이었을 수 있어. 만약 진심이었다면 받아들일게. 하지만 어느 정도는 내가 다른 의견을 말해주기를 바랐기 때문에, 네가 그런 말을 했을지도 모르겠다는 생각이 들어. 마치 내가 불쑥 나타나서 이런 말들을 할 것처럼 말이야. 제발, 아일린, 내게 이러지 마. 나는 줄곧 너를 사랑했어. 너 없이 어떻게 살아야 할지 모르겠어. 혹은 뭐가 됐든, 네가 내가 했으면 하는 말은 뭐든 다. 이런 말들이 사실이 아니라는 건 아니야. 당연히 사실이지. 그리고 심지어 네가 앨리스에게 화를 내면서, 너에 대해 신경을 쓰지 않는다고 말할 때조차도. 잘은 모르겠지만, 그 또한 같은 생각일 수 있어. 어떤 면에서 그녀가 이렇게 말해주길 원하는 거야. 아, 하지만 아일린, 나는 너를 무척 사랑해, 너는 내 가장 친한 친구야. 하지만 문제는 네가 그런 식의 반응을 잘 보이지 않는 사람들에게 끌리는 것 같다는 거야. 누구라도(확실히 펠릭스와 나는 둘 다 알고 있었어) 앨리스가 지금 당장은 그런 식으로 반응할 리 없다는 걸 말해줄 수 있었다는 뜻이지. 그리고 어느 정도는 나도 마찬가지일 거고. 네가 나와 함께 있고 싶지 않다고 말한다면, 나는 몹시 상처받겠지만, 네게 애원하지는 않을 거야. 어떤 면에서는, 사실 너도 내가 그러지 않을 거라는 걸 알고 있는 것 같아. 하지만 그 순간 너는 내가 너를 사랑하지 않거나 원하지 않는다는 인상을 받게 되지. 나한테서 그런 반응을 못 얻고 있으니까. 나는 기본적으로 너한테 그런 반응을 할 수 있는 타입의 사람이 아니니까 말이야. 나도 잘 모르겠어. 나 자신을 변명하자는 게 아니야. 앨리스를 변명해주는 것도 아니고. 내가 항상 그녀를 옹호한다고 생각하는 거 알아. 사실은 나 자신을 옹호하는 중인 것 같아. 그녀에게서 나 자신이 보이고, 또 안쓰럽게 느껴지거든. 나는 그녀가 너를 밀어내고 싶지 않은데도, 밀어내고 있는 게 다 보여. 그건 그녀를 아프게 해. 그리고 나는 그게 어떤 느낌인지 알아. 그냥 친구가 되고 싶다고 한 말이 진심이었다고 해도 이해해. 정말이야. 나는 함께하기 쉬운 사람이 아니야. 나도 알아. 하지만 내가 너를 조금이라도 행복하게 해줄 수 있다고 느낀다면 기회를 줬으면 좋겠어. 그거야말로 내가 살면서 정말 하고 싶은 유일한 일이기 때문이야. 그 순간 그녀는 침대 한편에 앉아 있는 그를 향해 몸을 돌려 그의 목을 얼싸안으며 얼굴을 바짝 밀착시키고 오직 그에게만 들리는 어떤 말을 속삭였다.

몇 분 후, 앨리스가 계단 맨 아래 칸에 이르렀을 때, 아일린은 계단 맨 위 칸으로 나오는 중이었다. 그들은 복도 램프의 희미한 불빛으로 서로를 발견하고, 아일린은 계단 꼭대기에서 아래를 내려다보고, 앨리스는 위를 올려다보며, 잠시 멈춰 섰다. 그들은 마치 흐릿한 거울상처럼 똑같이 불안하고, 경계하며, 억울해하는 표정의 창백한 얼굴로 잠시 그 자리에 가만히 서 있었다. 이내 다가가다가 계단 중간에서 만나, 서로의 몸에 팔을 두르고 꼭 끌어안았다. 그러고 나서 앨리스가 말했다. 미안해. 미안해. 아일린이 말했다. 사과하지 마. 내가 미안해. 우리가 왜 싸우는지 모르겠어. 이내 두 사람 다 이상한 딸꾹질을 하며 웃음을 터뜨리고 얼굴을 쓸어내리며 말했다. 우리가 무슨 일로 싸우고 있는지 모르겠어. 미안해. 그런 다음 둘 다 기진맥진해서 계단에 앉았다. 앨리스가 아일린보다 한 단 아래 앉았고, 두 사람 다 벽에 등을 기댔다. 아일린이 말했다. 대학 시절 우리가 싸우고 나서 네가 나한테 심술궂은 편지를 썼던 거 기억하니? 리필용 노트 속지에 썼잖아. 뭐라고 쓰여 있었는지는 기억나지 않지만, 유쾌한 내용이 아니었던 건 알아. 앨리스가 딸꾹질을 하며 다시 한번 피식 웃고 나서 말했다. 너는 내 하나뿐인 친구였어. 너한테는 다른 친구들이 있었지만 나한테는 너밖에 없었어. 아일린은 앨리스의 손을 잡아 손깍지를 꼈다. 한동안 그들은 계단에 앉아서 잠자코 있거나,

혹은 오래전에 일어났던 일들, 그들이 벌였던 어리석은 논쟁들, 알고 지냈던 사람들, 함께 웃었던 일들에 대해 이것저것 마구 지껄였다. 전에도 몇 번이고 되풀이했던, 오래된 대화였다. 그러고 나서 잠시 다시 조용해졌다. 아일린이 말했다. 모든 게 예전 같았으면 좋겠어. 우리가 다시 어려져서 가까이 살고, 달라질 게 전혀 없길 바랄 뿐이야. 앨리스가 슬픈 미소를 지으며 물어보았다. 하지만 상황이 달라도, 우리가 여전히 친구일 수 있을까? 아일린은 앨리스의 어깨에 팔을 두르고 말했다. 네가 내 친구가 아니라면, 나는 내가 누군지도 모를 거야. 앨리스는 눈을 감고 아일린의 팔에 얼굴을 기대며 동의했다. 그래, 나도 내가 누군지 모를 거야. 사실 한동안은 정말 내가 누군지 몰랐고. 아일린이 자신의 드레싱 가운 소매에 다정하게 기대고 있는 앨리스의 금발 머리를 내려다보며 말했다. 나도 그랬어. 새벽 2시 30분. 밖에서는 천문박명(天文薄明)이 일어났다. 초승달이 캄캄한 물 위에 낮게 걸려 있었고, 모래 위로는 살며시 밀려오기를 반복하며 썰물이 돌아오고 있었다. 또 다른 장소, 또 다른 시간에.

29

안녕. 아래에 메모를 단 에세이 초안을 첨부했어. 지금 그대로도 잘 읽히기는 하지만, 중간에 있는 두 부분의 자리를 서로 바꿔보면 어떨까? 전기적인 부분이 나중에 오게 하는 거야. 한 번 훑어보면서 느낌이 어떤지 확인해봐. JP가 메모를 달아서 다시 연락했니? 내 짐작에는 그가 나보다 훨씬 더 도움이 될 것 같아!

나는 선형적 시간에 대한 감각을 완전히 잃어버렸어. 그래서인지 어젯밤에는 침대에 누워 있는데 이런 생각이 들더라. '아일린과 사이먼이 여기 온 지 벌써 1년은 됐겠다.' 그러다가 아주 서서히(내가 가벼운 여름 이불이 아니라 크고 따뜻한 깃털 이불을 덮고 누워 있다는 것을 깨달았을 때에서야 비로소) 지금이 12월이라는 것을, 그러니까 작년 여름 첫 방문 이후로 18개월이나 지났다는 것을 간신히 기억해냈어. 18개월!! 우리의 남은 인생도 계속 이런 식일까? 시간이 짙고 어두운 안개 속으로 녹아들면서, 지난주에 있었던 일들이 몇 년 전인 것 같고, 작년에 있었던 일들이 마치 어제처럼 느껴지는 것 말이야.

이것이 단순히 나이를 먹어가는 데 따른 결과가 아니라 봉쇄의 부작용이었으면 좋겠어. 말이 나온 김에 말인데, 늦었지만 행복하길 바랄게. 선물을 제때 부치기는 했는데 언제 도착할지, 과연 도착하기나 할지 전혀 모르겠어…….

우리 쪽에는 들려줄 소식이 아무것도 없어. 짐작하겠지만 펠릭스는 별일 없이 잘 지내. 그는 계속해서 팬데믹으로 인한 절망적인 일들을 주기적으로 경험하고 있고, 만약 이런 상황이 훨씬 더 오래 지속된다면 자신의 행동을 책임질 수 없다는 것을 어렴풋이 암시하고 있어. 하지만 보통은 그 후에 다시 기운을 내곤 해. 지금껏 그는 몇몇 마을 노인분들을 위해 대신 장을 봐왔고, 그로 인해 노인들에 대해 불평할 수 있는 기회를 많이 얻고 있어. 또 지역 공동체 텃밭에서 퇴비를 만들거나, 퇴비를 만드는 일에 대해 불평을 하거나 하면서 많은 시간을 보내고 있지. 내 경우에는 봉쇄와 평범한 일상의 차이가 (맥이 풀릴 정도로?) 미미해. 어차피 하루의 80~90퍼센트 정도는 똑같아. 집에서 일하고, 책을 읽고, 사교 모임을 피하고. 하지만 알고 보면, 아주 적은 양의 사교 활동일지라도 아예 하지 않는 것과는 무척 달라. 내 말은 2주에 한 번 있는 디너파티라도 파티가 전혀 없는 것과는 완전히 다르다는 거야. 그리고 당연하게도 네가 간절히 보고 싶고, 네 남자친구도 마찬가지야. 그건 그렇고, 며칠 전 밤 뉴스에서 그를 본 것은 우리 삶에 흥분을 안겨주는 일이었어. 펠릭스는 그 개가 화면을 보고 짖었기 때문에 사이먼을 알아봤다고 확신하지만, 우리끼리만 하는 얘긴데 사브리나는 텔레비전을 보면 항상 짖어대.

네가 이 일에 계속 관심을 갖고 있었는지 모르겠지만, 한 달 전쯤 내가 이메일로 인터뷰를 하고 있었을 때, 기자가 내 파트너가 내 책들을 어떻게 생각하느냐고 물어본 적이 있어. 나는 무심코 그가 내 책을 읽어본 적이 없다고 답장을 썼어. 그래서 당연하게도 이 말이 그 인터뷰의 헤드라인이 되었지. '앨리스 켈리허: 내 남자친구는 내 책을 읽어본 적이 없어요', 그리고 나중에 펠릭스가 '이것은 비극이다…… 그녀는 더 나은 대접을 받을 자격이 있다' 같은 인기 있는 트윗을 보았고. 그가 어느 날 저녁 아무 말 없이 나에게 자기 휴대전화로 그 트윗을 보여주었어. 그리고 내가 그에게 그것에 대해 어떻게 생각하느냐고 물었을 때, 그는 그저 어깨를 으쓱했을 뿐이야. 처음에 나는 이렇게 생각했어. '독서를 하지 않는 사람들은 도덕적으로 열등하다고 지탄을 받고, 사람이 책을 더 많이 읽으면 읽을수록 다른 사람들보다 더 우수하다고 여기는 얄팍하고 자기만족적인 '책 문화'의 완벽한 사례야.' 하지만 이내 이런 생각이 들었어. '아니, 여기 정말로 존재하는 것은 아마도 유명 인사라는 개념 때문에 사고방식이 혼란스러워진, 평범하고 정신이 온전한 한 사람의 사례야.' 내 사진을 보고 내 소설을 읽었다고 해서, 자신이 나를 개인적으로 알고 있고, 사실은 내 인생에 가장 좋은 것이 무엇인지를 나보다 더 잘 알고 있다고 진심으로 믿는 사람의 사례인 거야. 그리고 이건 평범한 일이야! 이런 기이한 생각들을 개인적으로 할 뿐 아니라 공개적으로 표현하고, 그 결과 긍정적인 피드백과 관심을 받는 것은 평범한 일이야. 본인은 자신이 이 작고 제한적인 측면에 있어서만큼은, 그야말로 말 그대로 제정신이 아니라는 걸 전혀 몰라. 왜냐하면 주변의 모든 사람이 아주 똑같은 방식으로 제정신이 아니니까 말이야. 정말이지 자신들이 소문으로 들어 알고 있는 사람과 개인적으로 잘 알고 지내는 사람을 구별하지 못해. 그리고 그들은 친밀감, 원망, 증오, 연민 등등 그들이 나라고 생각하는 이 사람에게 가지는 감정이 자신의 친구들에게 가지는 감정만큼이나 진짜라고 믿어. 그래서 나는 연예인 문화란 종교가 남긴 공허함을 메우기 위해 일종의 전이가 된 것일지도 모르겠다는 생각이 들어. 마치 신성한 종교적 요소들이 있던 자리에 자라난 악성 종양처럼 말이야.

이것도 새로운 소식은 아니지만, 내 건강은 여전히 그리 좋지 못해. 나는 요즘도 거의 매일 이런저런 이유로 아파. 기분이 더 좋을 때는 이것이 그저 지난 몇 년간 축적된 스트레스와 피로의 결과일 뿐이고, 시간이 지나고 인내하다 보면 해결될 것이라고 나 자신을 타일러. 그리고 기분이 더 나쁠 때는 이렇게 생각해. '그래, 내 인생이 이렇지 뭐.' 나는 '스트레스'에 대한 의학 문헌을 많이 읽고 있어. 모든 사람이 스트레스가 흡연만큼이나 건강에 나쁘고, 어떤 지점을 넘어서면 실질적으로 건강을 크게 악화시킨다는 데 동의하는 것 같아. 하지만 스트레스에 대해 유일하게 권장되는 치료법은 애초에 그것을 경험하지 않는 거야. 스트레스는 의사에게 가서 치료를 받고 어느 정도 실질적인 증상 개선을 기대할 수 있는 불안감이나 우울증 같은 것이 아니야. 마치 불법 약물을 복용하는 것과 같아. 복용하면 안 되고, 만약 한다면 덜 복용하려고 노력해야 해. 그 문제에 실제로 처방할 수 있는 치료약이 없고, 어떤 실질적인 증거로 뒷받침할 수 있는 치료 체계도 없어. 그냥 스트레스를 받지 마! 그것은 아주 중요한 일이야. 스트레스를 받으면 정말 아플 수도 있어!! 병리학적 관점에서 볼 때, 나는 지난 몇 년 동안 수천 명의 사람들이 밤낮으로 이해할 수 없을 정도로 나에게 소리치는 연기가 자욱한 방에 갇혀 있었던 것 같아. 그것이 언제 끝날지, 혹은 그 후에 상태가 호전되는 데 얼마나 걸릴지, 혹은 과연 언젠가 호전되기는 할지는 나도 몰라. 한편으로 나는 인간의 몸이 믿기 힘들 만큼 놀라울 정도로 회복력이 있다는 것을 알고 있어. 반면에 소작농이었던 나의 건강한 조상들은 내가 널리 경멸받는 유명 소설가로서 경력을 쌓는 데 도움이 되지 않았어. 너는 어떻게 생각하니? 내 몸의 건강 상태가 평범한 수준으로 회복될까? 아니면 영적 성장을 위한 새로운 기회를 제공하고 있는지도 모를, 만성적인 허약 상태를 받아들여야 할까?

말이 나온 김에 말인데, 내가 너에게 이메일을 쓰고 있는 것을 보자 펠릭스가 이렇게 말했어. '당신이 이제는 가톨릭 신자라고 말해줘야 해.' 최근 그가 나에게 하느님을 믿느냐고 물었고, 나는 모르겠다고 대답했기 때문이야. 그 후 그는 하루 종일 고개를 절레절레 흔들며 돌아다닌 다음, 내가 수녀원에 들어가더라도 자기가 방문하는 건 전혀 기대도 하지 말아야 한다고 했어. 말할 필요도 없겠지만 나는 수녀원에 들어가지 않을 것이고, 내가 아는 한 심지어 가톨릭 신자도 아니야. 옳든 그르든 모든 것의 이면에는 무언가 중요한 것이 있다고 느낄 뿐이지. 한 사람이 다른 사람을 죽이거나 해치려 할 때 '무언가 중요한 것'이 있는 거야. 그렇지 않니? 단순히 원자만 빈 공간을 누비며 다양한 형태로 날아다니는 것이 아니야. 사실 어떻게 설명해야 할지 잘 모르겠지만, 나는 자신의 이익을 위해서일지라도 다른 사람들을 해치지 않는 것이 중요하다고 생각해. 물론 펠릭스도 이 생각에 동의하고, 단지 신을 믿지 않는다고 해서 대량 살인을 저지르며 돌아다니는 사람은 아무도 없다고 (상당히 합리적으로) 지적해. 하지만 그것은 사람들이 어떤 식으로든 신을 믿기 때문인 것 같아. 모든 것의 이면에 깊이 묻혀 있는 선과 사랑의 원칙이라는 신을 믿기 때문이야. 보상과 무관하고, 우리 자신의 욕망과 무관하며, 다른 사람의 목격 여부나 추후 다른 사람의 인지 여부와도 무관한 선함을 믿기 때문이야. 펠릭스는 그런 것이 신이라면 괜찮다고 말해. 그냥 단어일 뿐 아무것도 아니라고. 물론 그것이 천국과 천사, 그리스도의 부활을 의미하는 것은 아니지만, 그런 것들이 우리가 그것이 의미하는 바를 이해하는 데 어떤 면에서는 도움이 될 수도 있을 거야. 인류 역사를 통틀어 옳고 그름의 차이를 설명하려는 우리의 시도는 대부분 미약하고 잔인하며 부당했지만, 그 차이는 우리 자신, 각각의 특정한 문화, 지금껏 삶과 죽음을 경험한 모든 개개인을 초월해 여전히 남아 있어. 그리고 우리는 그 차이를 알고 그 차이에 맞춰 살아가고, 다른 사람들을 미워하는 대신 사랑하며 살아가려 애쓰고 있지. 이 세상에 그것 말고 중요한 건 아무것도 없어.

책은 전에는 일사천리로 진척되고 있었지만, 지금은 마치 간헐적으로 똑똑 떨어지는 물방울처럼 작업이 느려졌어. 물론 내 낙천적인 기질 덕분에 이런 국면 전환에 불길한 의미는 조금도 부여하지 않아. 하하! 하지만 정말이지, 이번에는 그 혼돈의 수렁에 빠지지 않으려고 노력하고 있어. 내 뇌가 작동을 멈추고, 다시는 소설을 쓰지 못하게 될까 봐 걱정하면서 말이야. 언젠가는 내 상태가 좋아지겠지. 그러면 그때 그렇게 많은 시간을 미리 불안해하며 보냈다는 것을 내가 기뻐할지 상상이 안 가. 내가 여러모로 운이 좋다는 걸 알아. 그리고 그 사실을 잊어버릴 때면, 나는 그냥 펠릭스가 살아 있고, 네가 살아 있고, 사이먼이 살아 있다는 사실을 상기하곤 해. 그러고 나면 놀랍고 무서울 정도로 운이 좋다고 느껴져. 그리고 우리 중 누구에게도 나쁜 일이 일어나지 않기를 기도해. 그럼 이제 너희가 어떻게 지내는지 답장을 보내서 알려줘.

30

앨리스, 메모해줘서 정말 고마워. 선물도 정말 고맙고. 시기적절하게 도착한 데다, 너답게 후한 선물이더라! 그리고 답장이 늦어져서 미안해. 네가 나를 용서해주리라는 것을 알아. 내가 중요하고 비밀스러운 소식을 적을 생각이기 때문이야. 그렇지만 잠깐 동안만 비밀이야. 오래는 아니지. 너도 금세 알게 될 테니까. 사실, 나 임신했어. 며칠 전 사이먼이 직접 참석해야 하는 위원회 청문회에 갔다가 귀가하기 전에, 부엌 가위를 사용해서 비닐 포장재를 자르고 임신테스트기를 꺼낸 다음 욕실에서 검사를 해서 확실히 알게 되었어. 검사 결과가 양성으로 나왔을 때 나는 부엌 테이블에 앉아서 울기 시작했어. 왜 그랬는지는 잘 모르겠어. 내가 충격을 받았다고 할 수는 없어. 내 주치의가 몇 달 전에 피임약을 끊게 했고, 생리가 3주나 늦었기 때문이야. 내가 어떻게 임신을 하게 되었는지에 대해 더 구체적으로 자세한 설명을 해서 너를 지루하게 하거나 당황하게 하지는 않겠어. 네가 우리 우정의 현단계에서 내가 하는 어떤 무책임한 행동에도 놀랄 리는 없다고 확신하지만, 사이먼조차도 그저 인간일 뿐이라고만 말해두겠어. 그가 언제 이 청문회를 마치고 귀가할지는 전혀 몰랐어. 한 시간 후, 두 시간 후일 수도 있고, 아니면 정말 늦어서 저녁 내내 나 혼자 집에 있을 수도 있었지. 그런데 내가 그런 생각을 하고 있던 바로 그 순간에, 문에서 그의 열쇠 소리가 들렸어. 그는 안으로 들어와서 내가 아무것도 하지 않고 앉아 있는 것을 보았고, 나는 그에게 나와 함께 앉아달라고 부탁했어. 그는 꽤 한참 동안이나 나를 바라보며 가만히 서 있다가, 아무 말 없이 다가와 앉았어. 내가 무슨 말을 하기도 전에, 그가 알고 있다는 걸 알아차릴 수 있었어. 임신했다고 했더니, 그가 어떻게 하고 싶은지 물어보더라. 이상하게 들릴지 모르지만, 그가 물어보기 전까지는 전혀 생각조차 못했지. 하지만 알게 된 지 불과 몇 분밖에 지나지 않았고, 그 시간 동안 나는 그가(아직 일하는 중인지, 귀가하는 길인지, 약국에 들렀는지, 마트에 들렀는지 등등) 어디에 있는지와 집에 도착하는 데 얼마나 걸릴지에 대한 생각뿐이었어. 하지만 그가 질문을 던졌을 때, 생각해볼 필요도 없었지. 답은 정해져 있었으니까. 아기를 낳고 싶다고 말했어. 그 순간 그는 울면서 아주 행복하다고 말했어. 그리고 그 말을 믿었어. 나도 아주 행복했으니까.

앨리스, 이 결정이 내가 지금껏 내린 최악의 선택일까? 어떤 의미에서는 그럴지도 모르겠어. 만약 아기가 배 속에서 순조롭게 자라난다면 내년 7월 초쯤 태어날 테고, 그 시점에 우리는 여전히 봉쇄 상태일 수도 있어. 그러면 나는 세계적인 팬데믹 기간 동안 병원 병동에서 혼자 출산해야 할 거야. 그와 같은 좀 더 당면한 걱정거리를 차치하더라도, 너나 나에게는 우리가 익히 알고 있는 이 인류 문명이 우리가 죽은 이후에도 계속 지속될 것이라는 확신이 없어. 하지만 한편으로는 내가 어떻게 하든 수십만 명의 아기들이, 추정컨대 앞으로 태어날 내 아기와 같은 날에 태어날 거야. 그리고 그 아기들의 미래는, 오직 나와 내가 사랑하는 남자와의 관계로써만 구별되는 내 아기의 미래만큼이나 확실히 중요해. 어쨌든 아이들은 태어날 테고, 세상의 거대한 체계 속에서 어느 아기가 누구의 아기인지는 중요한 문제가 아니라는 거야. 우리는 그 아이들이 살 수 있는 세상을 만들기 위해 어느 쪽이든 다 시도해봐야 해. 그리고 나는 이상한 의미에서 그 아이들의 편에, 그리고 그 아이들의 엄마 편에 서고 싶다는 기분이 들어. 단지 멀리서 제3자처럼 감탄하고 그들의 가장 큰 관심사에 대해 추측하는 관찰자가 아니라, 그 안에서 그들과 함께하고 싶어. 그나저나 그것이 모두에게 중요하다고 생각한다는 것은 아니야. 나는 그저 나한테 중요하다고 생각할 뿐, 왜 그런지 설명할 수는 없어. 또한 나는 기후 변화가 두렵다는 이유만으로 낙태를 하겠다는 생각은 참을 수가 없었어. 나에게는 (어쩌면 오로지 나에게만) 일종의 구역질 나는 미친 짓이고, 상상 속 미래에 굴복하겠다는 제스처로 내 실제 삶을 망치는 방법일 거야. 나는 의심과 공포를 품고 내 몸을 보게 하는 정치 운동에 참여하고 싶지 않아. 우리가 문명의 미래에 대해 어떻게 생각하든, 무엇을 두려워하든, 전 세계 여성들은 계속해서 아기를 낳을 것이고, 나는 그들과 함께할 것이며, 내가 낳을 수도 있는 어떤 아이라도 그들의 아이들과 함께할 거야. 나는 얄팍한 합리주의자답게 내가 하는 말이 전혀 말이 되지 않는다는 것을 알고 있어. 하지만 나는 그것을 느끼고, 또 느껴. 그리고 그것이 사실이라는 것을 잘 알아.

너에게는 훨씬 더 긴박한 듯 보일 수도 있는 나머지 질문은(네 생각을 알았으면 좋겠어! 빨리 답장을 보내서 알려줘!) 애초에 내가 아이를 양육하기에 적합한가 하는 거야. 나는 30대에 건강한 편이고, 나를 사랑하고 지지해주는 파트너가 있어. 우리는 재정적으로 안정적이야. 나한테는 좋은 친구들과 가족이 있고, 상황은 아마도 더할 나위 없이 좋을 거야. 반면에 사이먼과 나는 겨우 18개월밖에(!) 함께하지 않았어. 우리는 침실 하나짜리 아파트에 살고 있고, 차는 없지. 그리고 나는 최근에 〈대학 도전〉(1962년 처음 방송을 시작한 영국의 텔레비전 퀴즈쇼-옮긴이)의 시작 질문을 하나도 풀지 못해서 울음을 터뜨린 엄청난 바보야. 이런데도 내가 아이에게 적절한 모델일까? 쉼표를 이리저리 옮기며 하루를 보낸 다음 저녁을 요리하고 설거지를 할 때나, 이런 일련의 일들을 한 후에는 너무 피곤해서 바닥에 주저앉아 땅바닥과 하나가 될 것 같은 기분이 들어. 그것이 아이를 낳을 준비가 된 사람의 심리 상태일까? 이것에 대해 사이먼과 이야기를 나눠봤는데, 그는 저녁 식사 후에 피로를 느끼는 것이 30대에는 정상이고 걱정할 것 없는 일이라고 해. '여성은 누구나' 한바탕 울음을 터뜨리는 일이 흔하고 말이야. 그게 사실이 아니라는 걸 아는데도, 여성에 대한 그의 가부장적인 생각이 매력적인 것 같아. 때때로 나는 그가 부모가 되기에 아주 완벽하게 적합하고 아주 느긋하고 믿음직스럽고 유머러스해서, 내가 아무리 형편없어도 나중에 보면 결국 아이는 괜찮을 것 같기도 해. 그리고 그는 우리가 함께 아기를 갖는다는 생각을 몹시 좋아해. 나는 이미 그가 얼마나 행복하고 자랑스러워하는지, 그리고 얼마나 흥분했는지를 알 수 있어. 그리고 그런 식으로 그를 행복하게 해주면서 내 기분도 몹시 들떠. 그가 나를 얼마나 사랑하는지 생각하면 나 자신에게 정말로 뭔가 나쁜 면이 있을 거라고 믿기가 어려워. 나는 남자들이 여자들에 대해 어리석게 굴 수 있다는 걸 상기하려고 해. 하지만 그의 말이 맞을지도 몰라. 나는 그렇게 나쁜 사람이 아닐지도 모르고, 심지어 좋은 사람일 수도 있어. 그리고 우리는 행복한 가정을 꾸릴 거야. 어떤 사람들은 행복한 가정을 꾸리기도 하니까. 너희 집이 안 그랬고, 우리 집도 안 그랬다는 거 알아. 하지만 앨리스, 나는 우리가 태어났다는 게 여전히 너무 기뻐. 집에 대해서 말인데, 사이먼이 그런 걱정은 하지 말래. 우리가 그냥 좀 덜 비싼 지역에 집을 사면 그만이니까. 그리고 물론 그는 우리가 결혼을 생각해볼 수도 있다고 다시 한번 제안했어. 만약 내가 원한다면…….

나를 더리버티 지역 어딘가에 작은 테라스식 집을 가진 어머니이자 유부녀로 상상할 수 있겠니? 벽지에는 크레용 자국이 있고 바닥에는 레고 조각들이 온통 널려 있을 거야. 심지어 이런 말을 입력하면서도 큰 소리로 웃고 있는 중이야. 너도 그런 말이 전혀 나답게 들리지 않는다는 걸 인정해야 해. 하지만 작년에 나는 내가 사이먼의 여자친구라고 상상할 수 없었어. 단지 우리 가족이 뭐라고 할지, 친구들이 어떻게 생각할지 상상하기 힘들었다는 말이 아니야. 우리가 함께 행복할 거라고는 상상도 못 했다는 뜻이야. 나는 그것이 내 삶의(까다롭고 슬픈) 다른 모든 일과 같을 거라고 생각했어. 나는 까다롭고 슬픔에 잠긴 사람이었으니까. 하지만 전에는 그랬다고 할지라도 더 이상은 그런 사람이 아니야. 그리고 삶은 내가 생각했던 것보다 더 변화무쌍해. 삶이 오랫동안 비참하다가도 나중에 행복해질 수도 있다는 거야. 그것은 그저 이것 아니면 저것 하는 식의 문제가 아니야. '성격'이라는 홈에 고정되고, 그런 다음 끝까지 그 길을 죽 따라가는 것이 아니야. 하지만 한때는 정말로 그렇다고 믿었어. 요즘은 매일 저녁 일을 마치면, 내가 저녁을 만드는 동안 사이먼이 뉴스를 틀거나, 사이먼이 저녁을 만드는 동안 내가 뉴스를 틀고, 서로 최신 공중 보건 지침에 대해 이야기해. 그리고 내각에서 논의 중이라고 보도된 내용들과 사이먼이 내각에서 실제로 논의 중이라고 개인적으로 들은 내용에 대해 이야기해. 그리고 나서 우리는 식사를 하고 설거지를 한 다음, 함께 소파에 누워 있으면서 내가 『데이비드 코퍼필드』의 한 장을 그에게 읽어줘. 그런 다음 우리는 둘 중 하나 혹은 둘이 다 잠들 때까지 한 시간 동안 다양한 스트리밍 서비스의 예고편들을 훑어보다가 잠자리에 들어. 그리고 아침에 일어나면 고통스러울 정도로 행복해. 내가 정말로 사랑하고 존경하는 사람, 나를 정말로 사랑하고 존경하는 사람과 함께 산다는 것. 그것은 내 삶에 정말 큰 변화를 가져왔어. 물론 지금 당장은 모든 것이 끔찍해. 네가 몹시 그립고, 가족들이 그립고, 파티와 책 출간과 영화 보러 가는 일이 그리워. 하지만 그 모든 것이 정말 의미하는 건 내가 내 삶을 사랑하고, 그것을 다시 찾게 되어 흥분되고, 계속 이어질 거라는 것, 그러니까 새로운 일들이 계속 일어날 것이고 아직 아무것도 끝나지 않았다는 것에 흥분된다는 거야.

네가 이 모든 것에 대해 어떻게 생각하는지 알고 싶어. 나는 아직도 그것이 어떨지, 어떤 느낌일지, 혹은 하루하루가 어떻게 지나갈지, 내가 여전히 글이 쓰고 싶은지, 아니 쓸 수 있을지, 내 삶이 어떻게 될지 전혀 모르겠어. 나는 아이를 낳는 것이 내가 한다고 상상할 수 있는 가장 평범한 일인 것 같아. 그리고 그 일을 하고 싶어. 인간의 가장 평범한 면이 폭력이나 탐욕이 아니라 사랑과 보살핌이라는 것을 증명하기 위해서 말이야. 누구에게 증명하기 위해서인지는 나도 모르겠어. 어쩌면 나 자신일지도 몰라. 그건 그렇고 아직은 아무도 몰라. 우리는 몇 주 동안은 너와 펠릭스를 제외하고는 아무에게도 말하지 않을 작정이야. 물론 네가 원한다면 직접 그에게 말할 수도 있고, 아니면 사이먼이 전화로 그에게 말할 수도 있어. 앨리스, 집을 사고 나와 함께 자란 소년과 아이들을 낳는 것이 네가 나를 두고 상상했던 삶이 아니라는 건 알아. 그것은 내가 나 자신을 두고 상상했던 삶도 아니야. 하지만 그것이 내 삶이야. 유일한 삶. 그리고 이 이메일을 쓰면서 나는 아주 행복해. 온 마음을 다해 사랑해.

감사의 말

이 책의 제목은 1788년에 처음 출판된 프리드리히 실러의 시「그리스의 신들(Die Götter Griechenlandes)」의 한 구절을 직역한 것이다. 독일어 원문에는 이 구절이 다음과 같이 적혀 있다. 'Schöne Welt, wo bist du?' 프란츠 슈베르트가 1819년에 이 시의 일부분에 곡을 붙였다. 아름다운 세상이여, 그대는 어디에?는 내가 2018년 10월 리버풀 문학 축제 기간 동안 방문한 바 있는 2018 리버풀 비엔날레의 제목이기도 했다.

이 책을 집필하는 동안 도와주신 분들께 이 지면을 빌려 감사를 표하고 싶다. 우선, 내가 지금처럼 생활하며 일할 수 있게 해주는 남편에게 감사의 뜻을 전하고 싶다. 존, 내가 할 수 있는 일이라고는 당신이 내 삶에 가져다준 사랑과 행복을 조금이나마 글로 표현하려고 노력하는 것뿐이야. 그리고 내 친구 이퍼 코미와 케이트 올리버에게도 감사의 뜻을 전하고 싶다. 너희 둘의 우정에 날마다 감사하고 있고, 그 고마움은 이루 다 말할 수 없을 정도야.

특히 존 패트릭 맥휴에게는 마음의 빚이 크다. 집필 초기에 해준 훌륭한 피드백 덕분에 이 책에 절실히 필요했던 새로운 방향을 찾을 수 있었다. 내 편집자인 밋지 에인절에게도 마찬가지로 신세를 졌다. 그는 처음부터 이 소설의 좋은 점과 개선할 점을 파악할 수 있도록 나를 도와주었다. 나는 또한 알렉스 보울러의 철저하고 매우 통찰력 있는 조언에 감사를 표하고 싶다. 나아가 토마스 모리스와 내 에이전트이자 친애하는 친구인 트레이시 보한에게 개인적으로나 업무적으로나 감사를 표하고 싶다. 이 책의 문제점을 파악하는 데 도움이 된 대화와 몇몇 현실적이거나 사실에 관한 문의를 해결해준 도움의 손길에 대해(위에서 언급한 분들은 물론이고) 실라, 에밀리, 자디, 순니바, 윌리엄, 케이티, 마리에게 감사의 뜻을 전하고 싶다.

나는 토스카나의 산타 막달레나에서 이 소설을 쓰면서 더없이 행복한 시간을 보냈다. 관대하게도 나를 자신들과 함께 머물도록 초대해준 베아트리체 몬티 델라 코르테 폰 레조리와 산타 막달레나 재단에 감사를 표하고 싶다. 그리고 라시카, 숀, 니코, 케이트, 프레드리크에게도 감사의 뜻을 전하고 싶다. 그 천국 같았던 몇 주에 대해 여러분에게 어떻게 고마운 마음을 표현해야 할지 모르겠어요.

내가 2019년부터 2020년까지 특별 연구원으로 있었던 뉴욕 공립 도서관의 컬먼센터에도 감사드리고 싶다. 그곳의 훌륭한 직원들은 물론이고, 나의 '동료 특별 연구원'들, 특히 켄 첸, 저스틴 E. H. 스미스, 조세핀 퀸에게 감사의 말을 전해야겠다. 이 소설 16장의 아일린의 생각은 분명히 조세핀이 2016년에 쓴 청동기 시대 붕괴에 대한 글('당신들의 배가 이 일을 해냈다!', 런던 리뷰 오브 북스)의 영향을 받았다. 하지만 어떤 실수가 있다면 이는 당연히 아일린과 나의 실수이다. 마지막으로 이 책의 출판, 배포, 판매를 위해 노력해주신 모든 분께 진심으로 감사드린다.

샐리 루니

옮긴이의 말

과연 아름다운 세상은 어디에 있는 것인가?

『아름다운 세상이여, 그대는 어디에』는 전작인 『친구들과의 대화』와 『노멀 피플』로 일약 스타 작가로 떠오르며 서른 초반이라는 젊은 나이에 이미 평단의 찬사와 상업적 성공이라는 두 마리 토끼를 다 잡은 아일랜드 작가, 샐리 루니의 세 번째 장편소설이다. 캐릭터, 문체, 주제 등 전반적인 측면에서 전작의 매력을 계승하면서도, 형식 및 주제의 확장을 시도한 『아름다운 세상이여, 그대는 어디에』를 루니의 팬들이라면 반색하며 환영해 마지않을 것이다.

이 작품은 대학 동창이자 절친한 친구 사이인 앨리스 켈리허와 아일린 라이든, 각각 그들의 연인인 펠릭스 브래디와 사이먼 코스티건이라는 네 인물의 삶과 고뇌를 중심으로 전개된다. 소설 초반, 젊은 나이에 이미 큰 성공을 거둔 소설가인 앨리스는 신경쇠약에 걸려 더블린에서 한참 떨어진 한적한 해안 마을 외곽에 집을 빌려 홀로 살고 있고, 틴더를 통해 물류 창고 노동자인 펠릭스와의 만남을 갖는다. 이 두 사람의 이야기와 함께 더블린의 한 문학잡지에서 박봉에 보조 편집자로 일하는 아일린과 의회 보좌관인 사이먼의 이야기도 펼쳐지기 시작한다. 고통스러운 이별을 겪은 아일린에게 어린 시절부터 알고 지낸 사이먼은 한 줄기 빛처럼 위안을 주는 존재다.

두 주인공, 앨리스와 아일린은 『노멀 피플』의 메리앤처럼 똑똑하고 나름의 깊이를 가지고 있는 젊은 여성들이다. 하지만 이 두 사람은 그저 심리적으로 불안정하기만 한 것이 아니라, 때로는 이기적이며 자주 화를 내기도 하는, 완벽과는 거리가 먼 인물들로 등장한다. 작가가 이런 인물들의 일상을 통해 현시대를 살아가는 젊은 세대의 불안과 갈망을 생생하게 그려내는 동시에, 후기 자본주의의 사회적 문제에 대한 고민을 본격적으로 담아내려 애쓴 흔적이 여실히 드러난다는 점에 있어서, 이 소설은 전작보다 진일보한 모습을 보여준다. 주인공들의 연령대가 서른 즈음으로, 전보다 훨씬 성숙한 나이대인 데다 친한 친구 사이인 두 사람의 성격과 경제적 상황이 대조적인 것으로 설정되어 이야기가 한층 더 풍성해지고, 특히 이미 엄청난 성공 가도를 질주 중인 작가로서 샐리 루니의 자의식이 강하게 투영된 분신 같은 인물인 앨리스를 통해 오늘날의 문학계, 출판계, 대중문화계의 문제점들까지 깊이 있게 다루고 있다는 점에서도 작가의 성장이 엿보인다.

형식적인 측면에 있어서는 3인칭 전지적 시점과 이메일을 동원한 1인칭 시점이 장마다 번갈아 등장한다는 점이 이채롭다고 할 수 있다. 작가는 스토리상의 속도감에 영향을 미칠 수도 있다는 위험을 감수하면서까지 이런 담론적 에세이에 가까운 형식을 시도함으로써, 그녀의 작품에 정치적, 도덕적 비판이 부족하다고 지적하는 일부 비평가들의 우려를 불식하고, 소설 속에서 다루는 주제들에 대해 보다 직접적이고 심도 있는 자신의 목소리를 제시한다.

그렇다고 해서 이 작품이 그런 사회적 문제들에 대해 어떤 명확한 해결책을 제시하지는 않는다. 또한 그런 해결책을 제시하는 것이 작가가 의도하는 바도 아니다. 다만 작가는 작품 전체를 통해 프리드리히 실러의 시의 한 구절이기도 한, 이 소설의 제목에서 묻고 있는 질문에 대답하고자 끝없이 고심한다. 과연 아름다운 세상은 어디에 있는 것인가? 앨리스가 아일린에게 보내는 이메일에 적은 다음과 같은 문장들에서 이 질문에 대한 작가의 답변을 일부 엿볼 수 있을 것 같다. "물론 이 모든 일의 한복판에서도 세상은 그대로이고, 인류는 멸종의 문턱에 서 있고, 나는 여기서 섹스와 우정에 대한 또 하나의 이메일을 쓰고 있지. 그 두 가지 말고 우리가 살아야 할 이유가 또 뭐가 있을까?", "그래도 우리는 지금 여기 있어. 아무것도 사랑하지 않는 것보다는 무언가를 사랑하는 게 훨씬 낫고, 아무도 사랑하지 않는 것보다는 누군가를 사랑하는 게 훨씬 낫지." 주인공들은 오늘날의 사회에 초조, 불안, 환멸을 느끼지만, 동시에 희망을 느끼며, 실존적 위협에 대한 그들의 반응은 그들이 겪는 지난한 과정에도 불구하고 허무주의가 아니라 공감과 사랑이다. 수많은 사람들이 고통스러운 삶을 영위하는 이 세상에서 서정적인 문체로 사랑과 우정을 논하는 것이 무슨 의미가 있느냐는 사람들에게 루니는 결국 이렇게 말하고 있는 것 같다. 사랑하고, 사랑하고, 또 사랑하라.

『노멀 피플』의 번역이 끝나갈 때쯤 뉴스에는 온통 팬데믹, 봉쇄, 백신에 관한 이야기뿐이었는데, 『아름다운 세상이여, 그대는 어디에』의 번역을 마무리하고 '옮긴이의 말'을 쓰는 지금은 마스크를 쓰지 않고 자유롭게 산책할 수 있다는 사실을 생각하니 팬데믹과 엔데믹을 모두 샐리 루니라는 작가의 작품들과 함께했다는 것을 절실히 실감하게 된다. 그사이 루니는 우리나라에서도 OTT 서비스로 방영

된 〈노멀 피플〉을 통해 적지 않은 팬을 보유한 작가로 자리매김하게 되었다. 과연 이 세 번째 작품이 독자들에게 『노멀 피플』만큼이나, 아니 그 이상으로 사랑받는 작품이 될 수 있을지 너무나 궁금하고 그 결과가 기대된다.

2023년 10월

김희용

옮긴이 김희용

이화여자대학교 영어영문학과를 졸업하고 같은 대학원에서 박사 과정을 수료했다. 배화여자대학교, 그리스도대학교, 성결대학교 등에 출강했으며, 현재 전문 번역가로 활동 중이다. 『노멀 피플』, 『심장은 마지막 순간에』, 『동조자』, 『결혼이라는 소설』, 『오 헨리 단편선』, 『로마제국 쇠망사』(공역), 『헌신자』 등을 우리말로 옮겼다.

아름다운 세상이여, 그대는 어디에

1판 1쇄 인쇄 2023년 10월 11일
1판 1쇄 발행 2023년 10월 23일

지은이 샐리 루니 **옮긴이** 김희용
펴낸이 김영곤 **펴낸곳** (주)북이십일 아르테

책임편집 원보람 **일러스트** 영점일
디자인 표지 데시그 **본문** 최원석
문학팀 김지연 권구훈
해외기획실장 최연순
출판마케팅영업본부장 한충희
마케팅 나은경 정유진 박보미 백다희 이민재
영업 최명열 김다운 김도연
제작 이영민 권경민

출판등록 2000년 5월 6일 제406-2003-061호
주소 (우 10881) 경기도 파주시 회동길 201(문발동)
대표전화 031-955-2100 **팩스** 031-955-2151

ISBN 978-89-509-5740-7 03840

아르테는 (주)북이십일의 문학 브랜드입니다.